入城式

他和她的半婚时代

鬼鬼◎著

文化藝術出版社
Culture and Art Publishing House

图书在版编目(CIP)数据

入城式 / 鬼鬼著. —北京：文化艺术出版社，2009. 11
ISBN 978-7-5039-4006-4

Ⅰ. 入… Ⅱ. 鬼… Ⅲ. 长篇小说－中国－当代 Ⅳ. I247. 5

中国版本图书馆 CIP 数据核字(2009)第 201111 号

入城式

著　　者　鬼　鬼
责任编辑　仲　江
特约监制　李耀辉　郑中莉
特约策划　陆　佰　沈晔英
装帧设计　棱角视觉
出版发行　文化艺术出版社
地　　址　北京市朝阳区惠新北里甲 1 号　100029
网　　址　www. whyscbs. com
电子邮箱　whysbooks@263. net
电　　话　(010)64813345　64813346
　　　　　(010)64813384　64813385
经　　销　新华书店
印　　刷　廊坊市兰新雅彩印有限公司
版　　次　2010 年 2 月第 1 版
　　　　　2010 年 2 月第 1 次印刷
开　　本　710 × 1000 毫米　1/16
印　　张　17. 5
字　　数　264 千字
书　　号　ISBN 978-7-5039-4006-4
定　　价　28. 00 元

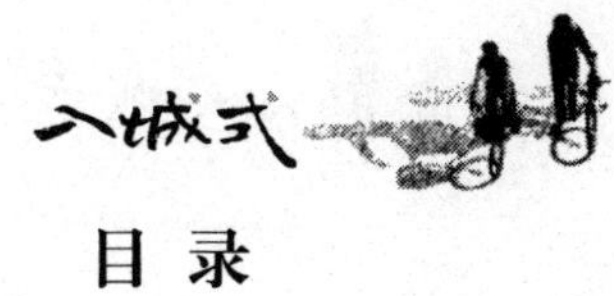

目 录

Prolog 楔子 / 001

Part.01 压路机万岁 / 003

Part.02 太冲动了 / 021

Part.03 香车美人 / 033

Part.04 此城的冷漠 / 042

Part.05 我自忧愁 / 057

Part.06 爱得如此慌乱 / 074

Part.07 天无绝人之路 / 091

Part.08 弓箭理论 / 105

Part.09 母亲啊，母亲 / 125

Part.10 大不了离婚 / 141

Contents

Part.11 何以为兄弟？/ 152

Part.12 谁疼谁知道 / 166

Part.13 丈母娘 / 176

Part.14 旧情人的感伤 / 187

Part.15 回家，回家 / 197

Part.16 父亲的心 / 211

Part.17 突变 / 222

Part.18 四顾皆茫然 / 232

Part.19 冰冷的太平间 / 243

Part.20 婚礼中止 / 256

Part.21 信 / 266

End 尾声 / 275

Prolog 楔子

林航又做了那个梦。

他和胡杨去北京西站为宋江送行。

三个人站在冰冷的广场上，用力地哈出气，然后看着它们变成白霜。

宋江感慨道："以后很难再见面了，我老家福屿岛只有咸咸的海风和氤氲的蒸汽……"

"老四，你真想好了吗？"胡杨抓住宋江的胳膊问。

"靠，车票都买了，你说呢？"宋江笑嘻嘻地回答道。

"我们都觉得你不应该走，你在那杂志社不是挺好的吗？再说你要是不愿意干，你就去胡杨那儿！"林航跟着加了一句。

"停……停……"宋江伸手做了一个暂停的手势，"就不能说点我会想你之类的？"

"你真就这么颓了？"胡杨扳着宋江的肩膀问。

"颓了……真颓了！"宋江再也装不下去了，他苦笑一声道，"最起码在北京我是真颓了！"

胡杨有些抓狂地说："就因为你的作家梦没有实现？不继续坚持怎么……"

"咱不说这个行不行？"宋江有些激动。

"好了……好了，老大，别说了！"林航抬起胳膊把胡杨的手从宋江身上拽了下来。

“我跟你们不一样，你们一个有自己的公司，一个是优哉游哉的导游，女朋友是北京本地的！我呢，我是一个企业内刊的编辑，一个月一千五百块钱，不光不能给家里寄，每个月还要接受我老爹老妈卖土豆的支援，捡破烂、要饭的都比我挣得多！我今年二十八了，你说我还在这儿混个什么劲儿啊！”宋江说完，一屁股坐在自己的箱子上呼呼地喘着粗气。

“我们都很年轻啊，还有的是机会呢！”胡杨大声地反驳着。

“还年轻啊？再有两年就三十了！三十而立啊！我老家同学的孩子都能打酱油了！”宋江一边说一边猛挥着双手，“我在这儿奋斗了，努力了，我跟别人一起合租五平米的地下室！上顿馒头下顿方便面！还能怎么样呢？继续熬？我没时间了！”

“那你就甘心一辈子躲到你那小岛上当个初中老师？”胡杨继续问。

“没什么不好啊！退一步海阔天空，我学的就是师范！没什么，真的没什么，这就是我的命……”宋江摇了摇头，语气低沉了下来。

“吁……”一旁的林航长长吐了一口气，一股白烟倏然而现，然后又迅速地消失在空气之中，“走吧……要走就走吧！没准儿什么时候我们也会走……”

“唉……”胡杨和宋江也同时长叹一声，都不再说什么了。此时的北京西站，晨雾刚刚散尽，四周脚步匆匆的人流正逐渐汇成海洋，三人外加一个行李箱围成的一平米空地，正慢慢地变成水面上的一片浮萍，悠悠然没有方向……

林航和胡杨一直把宋江送上火车，火车轰隆隆启程，宋江转头冲林航一笑。

林航惊觉，宋江的那张脸，慢慢地变成了他自己的。

他看到胡杨和宋江正在车外冲他挥手，一切都变得诡异起来。

“不！不！”林航大叫着醒来，当他发现自己仍身处通州区的一间破旧的小屋里，便松了口气，抹了抹脑门上的汗说，“磕下去，一定要死磕下去，磕到他妈的海枯石烂为止。”

Part.01
压路机万岁

1

林航从圆明园出来时已经是下午五点了。算起来，这已经是他今年第七十九次来这儿了。也不知道这些残垣断壁哪儿来的那么大吸引力，几乎所有旅游团都会把这儿当成一个必到的景点。站在一大片耻辱的废墟上，男游客摆出一副挥斥方遒的样子，仿佛一个巴掌就能扇到一八四二年。而女人们则压根就不去考虑什么历史的悲哀，她们摆弄着各自的孩子，大呼小叫间，转眼就把一片历史墓地变成了菜市场。

好不容易看完了这堆辉煌的破烂儿，林航又把这四五十人送到北京站旁边的一家宾馆，把返程车票发到每个人手里，然后说上一番贴心的客套话，这才摆手离去。

坐到公车上，浑身上下都像散架了一般，林航拿出手机给姜薇拨了个电话。她下班早，现在已经到了什刹海的茶马古道。从电话里，林航还听见了胡杨和朱一墨夸张的笑声。这让他的心情变得更加烦闷，说了声随后就到，然后便挂断了电话。

现在是二零零八年的八月末，奥运刚刚结束，但整个城市温度不减，太阳依旧狠毒，从车窗向外看，满大街都是私家车，从最便宜的奥拓到昂贵的奔驰，一个个铁皮盒子把这个城市的居民分成了三六九等。这已经是林航来北京的第八个年头了，头四年他在大学校园里度过，毕业的时候本想回东北老家教书，但是父亲林国文要他想尽一切办法留在北京。如今又一个四年已过，二十九岁的林航依旧还是一个导游先生，父亲却不再是以前的态度了，每次打电话都会忧心忡忡地对儿子说："某某当了老师，现在月工资如何如何，你看你都奔三十的人了……"说这些话的时候，林国文仿佛已经忘记了当初正是他自己拼了命地要儿子留在北京。

可有什么办法呢？现在的林航已经没有退路了。

和他的北漂的身份不同，姜薇是土生土长的北京人，当年师大新闻系的系花。用胡杨的话讲，"中文、新闻，同气连枝"，但林航对这些并无概念，同校四年，自成一统的他愣是没注意新闻系还有这么一位姜薇。直到毕业后第二年的同学聚会，林航才见到了这位让胡杨花痴了三年多的传奇美女。

姜薇个子不算太高，娇小玲珑，瓜子脸，眼睛明亮，仿佛会说话似的，乍一瞅并不惊艳，但多看几眼之后就会觉得越来越舒服。和一般的大城市女孩相比，她的性格随和，善解人意，完全没有都市人的那种傲慢。

林航本来是一个好面子的人，因此对牛哄哄的北京人并无好感，然而这份由自卑滋生出来的自尊在姜薇这里并无效用。她柔情似水的眼眸，外加和风细雨的声音很快就让林航的内心从小溪荡漾变成波澜起伏。

对于这种情感，林航起初是拼命压抑的。毕竟这是老同学胡杨眼馋了三年的梦中情人，自己横刀夺爱有些说不过去。然而爱情是不讲先来后到的，这熊熊烈火要是燃烧起来，就连神仙也挡不住。林航可以装成柳下惠，但却不能阻止姜薇的疯狂进攻。从第一次见面开始，这个北京丫头就像中了邪一样对他紧追不舍，大半年下来，电话、短信、吃饭、礼物，林航招架不住了，没敢和胡杨打招呼，他便在自己那十五平米的合租房里赤身裸体地沦陷了。

时光荏苒，转眼三年已过，他们俩已经好得跟蜜糖似的了。北京奥运会开幕式那天，姜薇拉着他在民政局排了整整三个小时队，领回了两本暗红的结婚证。也就是说，现在的林航已经是北京女婿了，虽然依旧一贫如洗，但这个城市已经和他有了再具体不过的关系。买房、买车、婚礼，三座大山现在就整整齐齐地压在他的肩膀上。

想逃？没门儿了！

现在的林航想得最多的就是安个家，有了家就有了归属感，也许就算是在这个城市扎下了根。奔三的年纪了，不能再像浮萍一样。

2

公交车在北海公园门口停下来，迷迷糊糊的林航下了车。从这儿到目的地还要步行十五分钟，当然，打车的话也就两分钟。林航拿出钱包扫了一眼，还有两千八百块钱，一沓粉色的钞票坚挺有力，但事实上这将是他后面一个月的全部弹药。林航苦笑一下，又把钱包稳稳当当揣回了西裤大兜，然后甩开大步朝什刹海走去。

其实按照正常逻辑，一个北京地区的导游，月入万元是非常正常的事情，但林航却给打了个三折。这几年他看到无数同行风生水起、腰缠万贯，比如有位学姐，当了一年半导游就在东四环付全款买了房子，还有位男同事，才干了半年就傍上一香港女大款，没事儿的时候就开着一辆宝马 Z4 满街乱窜。

但是这些，林航做不来。简单来说，他是个失败的导游，他认为自己之所以失败就是因为面不厚心不黑。东北人特有的那种实诚、要面子和穷大方，被他发挥得淋漓尽致，什么便宜都不占，回扣不要、潜规则不碰、傍大款更万万不能。三年下来，以前的老同事要么腰缠万贯、骑鹤下扬州，要么改行做了猫腻巨多的全陪，投入了抢钱者的行列，只有他一个人还兢兢业业地做着地陪！而这所谓的地陪，其实说白了就是只在北京本地绕。老同学朱一墨挖苦他说："咱林航就是北京的活地图，别说饭店，连厕所都门儿清，就他现在这水平应该直接调到北京城建局！"

然而玩笑是这么说，城建局却并不这么想，北京的人多了去了，他林航再熟悉地形也赶不上飘在太空的卫星。所以三年下来，林航依旧还是小导游，还是地陪！他一直没挪窝儿，踏实得让旅行社的领导都觉得他有什么问题。姜薇也没少劝他换工作，有时候他自己也这么打算，但一想到又要重新开始，一想到三个月的试用期，而且试用期后还不一定能在新公司站住脚，他就打退堂鼓，还是老老实实地在旅行社上班。他一次又一次地安慰自己：虽然挣得少点，但心里踏实，不做蒙骗游客的亏心事也不怕半夜鬼敲门。

有时想想这些年，林航也很难受，自己一个外地人，居然做了客居城市的导游。毕业四年了，每年夏天他都要节衣缩食地攒钱，为的是能在春节前衣锦还乡，毕竟在老家人眼里，他可不是一般人，是留在了首都的成功人士，而这不能不说是绝妙的讽刺。

可是又有什么办法呢？战争年代农村包围城市，和平年代农民拥进城市。乡村的奔向县城，县城的奔向省城，省城的又奔向首都和上海。林航的父亲高兴时就会志得意满地对别人讲："我这辈子没白活，养了个好儿子，一步到位，直接从县城杀到首都了！"可是这中间的辛酸，老人并不完全明白。他不知道，当自己的儿子努力地改变着口音，改变着一切属于故乡的东西时，那种内心的纠结和痛苦……

林航和无数生活在这个都市的外乡人一样，努力地改变着自己，努力地融入这个城市，他们有的貌似成功，有的依旧挣扎。每当夜深人静的时候，一个人躺在出租屋里，林航都会拷问自己，会感到自卑，时间匆匆而过，他的事业依旧平平，经济的拮据让他对这个城市愈加难以产生归属感。虽然每一次失败之后，他都会再一次站起来，甚至更强悍一些，但自卑依旧不可避免！尤其是同学聚会，和胡杨、朱一墨他们一起吃饭的时候，林航就会觉得自己从皮肤到灵魂深处都写满了两个相同的字——失败！

人家怎么就能够成功呢？

要说念书那会儿，胡杨和朱一墨的成绩都没他好，整天吊儿郎当地到处乱晃。可现在都混得比他强，而且强得不是一星半点儿。

朱一墨是富家子弟，家在浙江，靠着父亲的关系，他留在了北京，而且两年不到就当上了某国企的办公室主任。基本上就是挂个职，铁饭碗，吃喝用都不花钱。上学那会儿，这小子的人缘要多惨有多惨，每天拈花惹草，然后又始乱终弃，挨打那是经常的事儿，要不是和五大三粗又手黑的胡杨住到一个寝室，没准儿他现在早被人阉成了太监。

毕业之后，朱一墨也算投桃报李，在胡杨走投无路的时候伸出了援助之手，他说服老子，不知从哪里拉来一笔钱开了个梦成图书公司。就这样，胡杨从最开始找不到工作，批发盗版光碟、在夜市摆小摊儿，到现在摇身一变成为北京名列前茅的图书公司老板，四年之内公司资产成几何数字地增长。扔掉那辆二手的破自行车，胡杨开起了宝马，住上了二百平米的大 house。

这世界公平吗？林航常这么想，朱一墨也常唠叨，而他的答案是——太他妈不公平了。

3

林航不愿与朱一墨和胡杨为伍，但大学一个寝室四个人，其中一个已经混不下去回了老家福建，踪影全无，留在北京的就他们三个。而这俩人似乎也不愿放弃他这个混得如鱼“缺”水的朋友，吃喝玩乐总要招呼着他。对于他们的邀请，林航能推就推，但也有推不掉的时候，比如今天，上午胡杨就和姜薇定下了饭局。林航知道，这个饭局自己是去也得去，不去也得去，把自己老婆放在俩浑蛋身边，他还真不放心。

一路上紧赶慢赶，六点半多一点终于到了饭店，林航擦擦汗，整理一下衣服，上二楼推门进了包间。

屋子里的人听到门响，都转头看了过来，接着就是一片欢呼，而人和人的差距在这一声欢呼里又直白地显露了出来。

大热天儿，胡杨和朱一墨都是一副休闲装扮，显得精气神十足，特别是胡杨，灰绿色卷边T恤加牛仔裤，脚上一双名牌的休闲鞋，穿得既随意又不掉价儿，用发泥抓过的短发，为他更加了两三厘米的身高。而反观林航，黑西裤，白衬衫，就差脖子上再来一领结了，活脱脱一个酒吧服务生。陪着游客绕北京跑了一天，骨头都累散架了，人也打不起精神，看起来灰头土脸，一副苦大仇深的样子。

姜薇见老公来了，急忙站起身，拽把椅子过来说：“累了吧，赶紧坐，甭答理那俩瘪三。”

“嘛叫瘪三哪，这话说得也忒残酷了吧！”朱一墨眼皮一翻，笑嘻嘻地说，“再说了，这还有我们肖小姐呢！”

“去死吧你，我可没说肖倩啊！我说的是你和胡杨！”姜薇笑着回了一句，然后又拉了林航一把。林航这才发现原来屋子里还有一个陌生的姑娘，两人目光相撞时，她冲他微笑着点了一下头，林航也若有若无地回点了一下。

胡杨看林航进了屋，立刻大声挤兑道：“哎？林航，你不是不来吗？我还以为你这是要给我和姜薇创造单独会面的机会呢。我刚想把朱一墨他们撵走，你说你真是的，没劲啊！没劲！”

“我主要是怕我们家姜薇手黑，见着癞蛤蟆就掐死，我这是考虑你的人身安全才来的！”林航立刻回敬了一句。

“靠，还是人家两口子亲啊，胡杨，你完了，彻底没戏。人家一个中文系的高才生，一个新闻系的高才生，两张嘴顶你十六个，你歇菜吧！”朱一墨揶揄道。

“暂停！暂停！新闻、中文，同气连枝、同气连枝！”胡杨哈哈一笑。

简单斗了两句嘴，众人围着圆桌坐了下来。服务员上菜的空当里，朱一墨接了一个电话，表情暧昧，声音绵软。林航觉得特别恶心，姜薇和肖倩视而不见，而胡杨则把脑袋歪过去偷听。等挂断了电话，他立刻喊道："我靠，大爷的，这声儿也忒嫩了吧！"

“大二！正是青春好年华！”朱一墨眉头一扬，摆出一副志得意满的样子。

“你就缺德吧！你说你念书那会儿咋就没被人打死呢！”林航白了他一眼。

“靠，你还别说，要是没有你们几个，我还真没准就被人阉了！”

“阉了好啊！阉了，咱就是姐们儿了啊！”姜薇也随了一句。

“真是的！啧……啧！《北京时报》的记者素质真低！”朱一墨摇头叹息道。

“算了，人家姜薇现在跟了天下第一正人君子，说话自然要大义凛然！”胡杨道。

“也是，就不知道这林大君子是左冷禅还是岳不群！”朱一墨道。

“No！咱是令狐冲！”林航一拍胸脯。

“嗯，你还别说，令狐冲成名前也是一穷光蛋！你俩有一拼！”胡杨笑嘻嘻地说。

“呸！再穷我们也没摆过地摊啊，再穷我们林航也没大衣里夹着黄碟到处卖啊！”姜薇道。

“好，好！我服！我只要一张嘴，你就让我突然死亡！我吃饭！行了吧！”胡杨做了一下投降的姿势，然后拿起筷子对身边的肖倩说："肖倩，吃！甭听他们的，他们说的都是假话！"

众人一边说笑一边吃饭，菜吃得很慢，酒喝得也不多。三巡已过，两斤米酒还剩一大半儿。没过多会儿，胡杨又打开了话匣子，他说前两天回福建的老四宋江打过电话给他，林航问宋江怎么样了？胡杨叹了口气，表情有些迷茫。

宋江回家后，在福屿岛的一所初中当上了老师。待遇不错，每月都有结余。胡

《请继续爱我到时光尽头》

作　者：皎皎
定　价：26.80元
出版社：时代文艺出版社
ISBN：978-7-5387-2809-5

比倾城之恋更怅惘的重逢，比死生契阔更执着的坚守，与席慕容、安妮宝贝、刘若英一同寻找千山万水中的那个他。

《入城式》

作　者：鬼鬼
定　价：28.00元
出版社：文化艺术出版社
ISBN：978-7-5039-4006-4

《蜗居》后80后的感情归宿 ——半婚。婚姻是爱情的坟墓，房子是婚姻的坟墓。

《错过你为遇见谁》

作　者：月褪
定　价：26.80元
出版社：时代文艺出版社
ISBN：978-7-5387-2959-6

没有错过你，我永远不知道，
未来还可以遇见，更美的爱情。

《人生若只初相见》

作　者：梅子黄时雨
定　价：24.80元
出版社：华文出版社
ISBN：978-7-5075-2924-1

一场有关艳遇的游戏，重新演绎纳兰容若、仓央嘉措、张爱玲、安意如笔下最怅惘的爱情。

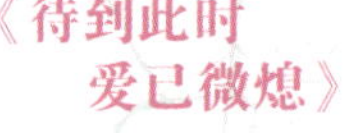

《待到此时爱已微熄》

作　者：鬼鬼
定　价：26.80元
出版社：华文出版社
ISBN：978-7-5075-2753-7

婚姻在即，我们能否将爱情进行到底？
一部走向婚姻的童话，一曲终结爱情的挽歌。

《花开半朵》

作　者：子悦
定　价：26.80元
出版社：宁夏人民出版社
ISBN：978-7-227-04221-1

寻觅一生，我们只是在等待对的时间遇到对的人。
Life is a shuttle, Life is but a span.

《军校里的那些花儿》

当我已不再年轻，忽而怀念起往日的时光，绿色的操场上，那一曲藏在心底的军校恋歌——而现在，你们都在哪儿呢？

叶小米，郝好，朱颜，丁素梅，任天行，庞尔，廖凡，张雪飞……念起这些熟悉的名字，彷佛我们还正当年少，意气风发，而时间早已越过那片操场，翻走我们20岁的华章。

《军校里的那些花儿》
作　者：陈华
出版社：文化艺术出版社
定　价：26.80
ISBN：978-7-5039-4021-7

在一个不纯的年代，邂逅最纯的爱情。

80年代的青春，一个所有成年人都亲历过的纯真时代；统一的绿色军服下，军校女生们依然怀着一颗浪漫和多愁善感的心。那样的时代，那样的环境，那样的一群刚刚从懵懂少年变成穿上军装的女兵，遭逢了怎样不寻常的爱情？

《那一曲军校恋歌》
作　者：陈华
出版社：百花洲文艺出版社
定　价：24.80
ISBN：978-7-80742-375-1

杨说,宋江跟他聊了足足一个小时。从大学毕业,他们俩还有林航挤在地下室时开始回忆,一直说到那个风萧萧兮易水寒的初春,自己坐上南归的火车。宋江说,当火车启动的一刹那,他躲进厕所里哭了一个多小时。他在北京整整七年,走的时候全部家当都装不满一个行李箱。他告诉胡杨,自己永远不会再回到北京,因为这不是他的城市,他在这里没有根,只是浮萍,或者说连浮萍都算不上,只是一片落叶,命运留给他的只能是破碎。

胡杨这段话让屋子里的气氛有些低沉,林航也低着头不说话,他在脑子里一遍遍回忆着宋江走时的情景。他和胡杨站在站台上,火车开动的时候,朱一墨才匆匆赶来。三个人站在那里先是默默地哭,继而号啕。

其实并不是说离别有多残酷,这两年林航总是会梦到宋江离京,没事儿的时候总是琢磨那个场景,他们为什么哭?但是没有答案。胡杨后来说,那种哭是兔死狐悲,林航和朱一墨既不赞同也不反对。也许是吧,也许不是。不过这都没有关系了,他们都明白,哭过一次之后,就再没有这样的机会了。他们留下来了,就得继续下去。

那一天,是他们纯洁的结尾,是他们青春的最后一刻……

长久的沉默过后,朱一墨站起身来,拿着酒杯,有些激动地说:"俱往矣啊,都他妈是狗屁!喝酒吧!祝宋老四桃李满天下,日日都有花姑娘!"说完,他没等大家搭话,自己便一饮而尽。酒杯重新落到桌子上的一刻,他脸上的乌云被笑容冲散了。

胡杨也看出自己刚才的话让大家的情绪都有些低沉,急忙又起了一个新的话头儿。一伙儿人都在刻意躲避着刚才的伤感,说着不咸不淡的笑话。说了一会儿,话题又绕到了林航身上,胡杨笑着推了推鼻梁上度数不高的黑框眼镜道:"哎!林航,你说咱每次吃饭,姜薇不来你也不来,姜薇一到,你立马就到,你说你是不放心我啊?还是不放心姜薇啊?"

"当然是不放心你了!我媳妇我能不放心吗?"林航照例是微笑应战。

胡杨一挥手不耐烦地说:"得得得!还不是你媳妇呢啊!领证不算结婚!"

"国家法律规定,我和林航是合法夫妻!什么叫法律?你懂不懂啊?"姜薇道。

"法律还允许离婚呢!"胡杨说。

姜薇一眨眼又说:“那也和我们没关系,我们要到地老天荒!”

“胡杨,你丫就是哪壶不开提哪壶!自己揭自己的伤疤,还嫌不够疼!”朱一墨也恢复了常态,贼贼地笑道,笑得本来就不大的眼睛眯成了一条缝。他是个不太高的白胖子,脸蛋子嘟噜着,厚紫色的嘴唇,湿润润的,好像挂着一层油。穿一件薄荷绿的POLO衫,肥大的胸部加上一个大肚腩,活脱脱是只白色的大猪。

林航听着胡杨和姜薇斗嘴,心里很不是滋味。他和姜薇走到一起,的确对不住胡杨,所以一直以来他都觉得自己有些不仗义。但胡杨总有事没事的挖苦也让他感到特别难堪,就比如现在,他就觉得有些忍无可忍了。朱一墨话音刚落,他就回道:“你没追上姜薇,那只能说明你有问题,甭总一副受害者的德行啊!”

朱一墨一听林航这话,立刻火上浇油说:“哎哎哎!我说句公道话啊!胡杨多委屈啊!这可是夺妻之恨哪!我估计他都想插你丫两肋!呵呵……”

胡杨往椅子上一靠说:“两肋就不插了,你可以不仁!我不能不义啊!只要姜薇幸福,我也就放心了!”

“这不!人家胡杨今天带个漂亮姑娘过来,就是为了避嫌!”朱一墨冲他对面的肖倩挤了挤眼睛说,“肖倩啊,你看,我就说你不来不行!这饭桌上真不能少了你啊,是不是?”

肖倩腼腆一笑点点头,很快又把视线转回到胡杨的脸上。

胡杨抬起屁股几乎趴在了桌子上,笑眯眯地凑近姜薇说道:“避什么嫌哪?姜薇,咱俩有嫌吗?有嫌吗?啊?”

“你干吗呀?”姜薇紧张地缩到了林航怀里,她知道胡杨不能怎么着她,只是她受不了和林航以外的男人靠这么近。

“才喝多少啊,你丫晕了吧?这要是亲上,我看你怎么跟林航交代!”朱一墨扯了胡杨一把,贼兮兮地笑着歪头看了林航一眼说,“亲也不能当着他面亲!你好歹找个背人的地方哪!”

胡杨坐回椅子上一脸正气地说:“我跟你说,哥们儿没别的优点!就是明人不做暗事!我不干那背人的事!”

林航尴尬地笑了两声说:“差不多就得了啊!别老欺负我们家姜薇!老这样下次我们真不来了!哎,还没介绍呢,这是你女朋友?”

“不!助理,肖倩,老家……江西的吧?”胡杨扬了扬手随口介绍道,“这是林航，京城名导！导游的导！旅游找他！哦，对了，肖倩也是师范毕业的，虽然不在北京，也算是缘分！按年龄得叫师妹！”

朱一墨喊道：“师妹啊！那得喝三个！我最喜欢师妹了！师妹是促进社会进步的关键所在！”

姜薇举杯笑道：“一起喝吧！我们都是人民教师里的残渣余孽！”

肖倩端起杯，突然成了女一号，她不知所措地笑着说：“哦，那真是……以后还请各位师哥师姐多关照！”

三个男人也举起杯，砸了砸桌子，然后仰头喝了。

“菜都凉了！咱边吃边聊！姜薇你好像喜欢这道‘青蛙皮’，放你那儿，你倒是真好养活，爱吃树皮！”胡杨呵呵笑着替姜薇换了菜，然后又端了一盘黑红三剁放到林航面前说，“这盘给你！下饭，要不先让服务员给你来十碗米饭？”

大家都笑喷了，林航的能吃是出了名的，上大学时没人愿意给他捎饭，因为拎着沉，也丢人，他吃米饭论斤，吃馒头论袋。一米八三的个子，七十五公斤的体重，人看起来壮而不胖。姜薇和他在一起，越发显出她的小鸟依人，真是羡煞了旁人。

“不用，我三点吃过一顿了。”林航看着一桌子盘大量小的菜没什么胃口。

朱一墨嘴一咧呵呵笑道：“丫比我还腐败！一天五顿饭？三点能吃什么？大M还是KFC？”

“不是！”林航一笑，表示对洋快餐的不屑，其实他只是在路边吃了一个绿豆煎饼。

胡杨一脸幽怨地望着姜薇说：“姜薇！你怎么能跟他呢？一年给国家浪费多少粮食啊？”

朱一墨帮腔道：“你不知道，咱姜薇以前的志向是去养猪场养猪！”

姜薇瞪了朱一墨一眼说：“你自己姓朱还说别人！你忘了那个宋江给你取的外号了？”

朱一墨张开手掌一捂脸夸张地喊道：“往事真他妈不堪回首啊！当着肖倩咱不提这事行不行？”

林航靠在椅子上，一条胳膊就搭在姜薇身后的椅子上，强迫自己保持笑脸，心里恨恨地把胡杨和朱一墨骂了两个来回。歪头看看身旁的姜薇，突然发现，她

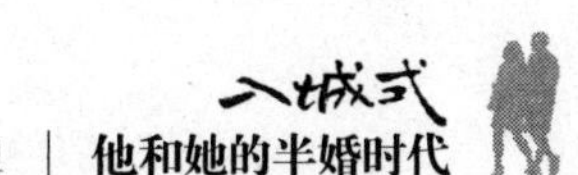

又换了发型，剪成了满大街都是的短短的波波头，看起来倒是清爽多了。姜薇转过头冲他笑笑，显摆一下她的新发型。林航随手摸了摸，光滑的发丝，冰冰凉凉，像雨丝。

又打量了一下姜薇旁边那位话不多的肖倩，她身材与姜薇相仿，直长中发，未施粉黛，并不漂亮，皮肤稍有些黑，在这个以白为美的时代，她属于异类。

似有似无地，林航从肖倩的侧脸看出了几分姜薇年轻时的模样，也说不清是哪儿像，只是感觉，想想胡杨对姜薇一直吃不着，放不下，就找一个替身来，真是够悲哀的。

几杯酒下肚，肖倩的话就多了起来。但每句话都好像是斟酌了许久，作了充足的思想准备，矜持而放肆着。这是初涉江湖，身不由己啊。唉！林航微微地叹了口气，替她惋惜着。挺淳朴一个女孩儿，估计也是凶多吉少，不知会被胡、朱哪匹狼吃掉。

几个人好不容易把米酒干掉，林航正打算提议撤退，胡杨却又招手要了一瓶芝华士。于是继续喝，等到一瓶芝华士干掉了一大半，林航已经迷迷糊糊了，再看胡杨和朱一墨，说话都不利索了。常年的酒色无度，这俩人的身体和上大学那会儿相比已经差了好多。两个人大呼小叫，都嚷嚷着要请这顿饭，说到激动处甚至比起了这个月的收入。

林航觉得自己插不上话，就问姜薇今天采访顺利不顺利，姜薇说顺利。两个人刚说了两句，胡杨又横插一杠子道："天天腻，天天说，有完没！"

"没完！"姜薇白了他一眼。

胡杨嘿嘿一笑说："没完……那就没完吧！这爱情啊，就是邪门！你说啊，林航，我除了长得不如你帅之外，哪儿也不差啊。这姜薇咋就非你不嫁呢？咱俩都是同岁同学，你也不比我年轻啊！"

"操！咱俩的差距纯属道德问题！"林航也不再忍让，针尖对麦芒地还击。

"得了吧，什么道德啊？这年头钱就是道德！"胡杨道。

"不，这个问题你们俩都说错了！"朱一墨双手狂摆，插口道，"这事儿得问我，我的恋爱经历多丰富啊！我是情圣啊！关于男女对眼儿这个问题，哥们儿是有理论基础的！"

“屁！你就是一花心萝卜！”姜薇不屑道。

“和那没关系！”朱一墨立刻否认说，“有本小说叫《被枪毙的内幕新闻》，你们看过没？”

众人摇头，同时对朱一墨还看小说感到诧异。

朱一墨眉头一扬，接着说：“这小说讲的啊就是60年代一群巴黎流氓要开一性PARTY，警察就慌了，在一边连监视带偷窥。只见这帮流氓丫的，开着车就在那儿兜圈子，最开始只有一辆菲亚特，开车的是一中年流氓，紧接着来了一辆宾利，是一北非流氓，警察就觉得，我操，这流氓档次不低啊。可是屁大工夫，一辆雷诺小货车也加入了流氓车队。警察一下就傻眼了，叹息道：‘这性啊，就是世界上最牛逼的压路机，在它的面前一切阶级都被压平了！都一样了！”

“靠，按你的说法，咱们和乞丐一样了？”胡杨反驳道。

“一样，那真是一样一样一样滴！我算是看清楚了！”朱一墨胖手一挥，振臂高呼道，“压路机万岁！喝酒！”

朱一墨的这番话让林航彻底难过到家了。他象征性地喝了一口酒，站起身直接去了洗手间，出来的时候顺便结了账，他觉得吃这两个人的饭，窝囊！

再回到包房，胡杨和朱一墨仍在啰唆，舌头都大了，顾不上再灌林航。林航就隔着大落地玻璃窗，看了许久的什刹海风景，耳边的喧嚣好像离他越来越远了，远得和他一点关系都没有。

友情还剩下多少？林航不敢多想，他只是觉得非常难过。其实在心底，他依旧把朱一墨和胡杨当做哥们儿，但是随着身份和收入差距日渐增大，这一年多来他们的分歧也越来越多。朱一墨酒色无度，胡杨则一副暴发户的嘴脸，再加上有了姜薇这件事，几个人的感情似乎真的淡了下来。林航觉得老四宋江走得很及时，假如他还留在北京，那么敏感的宋老四一定会比自己更伤心。

好不容易熬到酒终人散，胡杨和朱一墨都醉得摇摇晃晃，一边往楼下走一边吵吵着喊服务员埋单。

林航轻描淡写地说：“我已经付过了。”

“靠！你请的？”胡杨瞪着林航，好像看外星人似的。

朱一墨拍了拍林航的胸膛说：“你丫不地道！这你也抢！说好我请的！”

胡杨突然立正，给林航敬了一个标准的军礼说：“Sorry！早知道我就不要那瓶洋酒了，菜也点多了，都没吃完，哎，你打……打不打包？”

林航仿佛受了天大侮辱似的，咬牙切齿地说：“不打！”

“不打……不打就算了！不爱惜粮食的同志不是好同志！”胡杨嘟囔着，打头走出了餐厅。他打了个趔趄，肖倩手疾眼快，急忙用肩膀倚住了他，肖倩手里提了一个金色的“GUCCI”字样的纸袋，摇摇晃晃地让人眼晕。

4

林航和姜薇肩并着肩沿着大街往前走，开始还拉着手，但走着走着就松开了。沉默了一会儿，姜薇突然问他：“花了多少钱？”

林航吐了口酒气说：“一千八。”不提还好，说完就开始心疼起来。

刚才还一副温婉模样的姜薇惊道：“你傻啊？他们请客你结什么账啊？你有钱没处花了啊？”

林航歪头看了姜薇一眼低声说：“我不想被人看不起！你瞅他们这一唱一和的不就挤兑我没钱嘛！”

姜薇撇撇嘴不以为然地说：“我跟你说，就是要吃胡杨这种傻大款，吃朱一墨这种国家蛀虫！你倒好，拿半个月工资请他们吃饭！你以为你请他们吃饭，他们就看得起你了？面子就那么重要？”

林航看着姜薇，难道她一点都不理解他在面对胡杨和朱一墨时的心情吗？林航想反驳，看她嘟嘟囔囔不高兴的样子，还是放弃了，只垂下头低声说道：“下次我不来了，要来你自己来！反正你也不怕胡杨把你怎么样。”

“怎么样啊？你什么意思啊？”姜薇不走了，气得冲他的背影喊道。

林航转回头，刚要说话，就见一辆出租车停在姜薇身旁，正是刚才胡杨他们乘的那辆，肖倩开门下车，把手里那个金色的纸袋递到姜薇面前。

姜薇低头看到包装袋里的咖啡色GUCCI包，她一愣说：“肖倩，你……”

胡杨从出租车里探出头来说：“过阵子是你生日，我可能出差不在北京，提前给你送个礼物。”

姜薇急忙说不要，生日还早着呢！但胡杨却摆了摆手，肖倩把包塞到姜薇怀里就急忙上车了，那样子仓皇至极。

出租车窗里伸出两只胳膊挥了挥，车呼啸着离开，姜薇看着怀里的纸袋，再看看不远处注视着她的林航，有些紧张地解释道："生日礼物……这也有点太早了……"然后心虚地走到林航身边。

林航没理这茬儿，问她："要不……今天去我那儿吧？"

姜薇摇摇头说："算了吧，我妈总唠叨，说咱俩还没办喜事，不让我跟你同居。"

林航皱眉道："可是咱领证了，是合法夫妻啊！"

姜薇耸耸肩说："我知道，你要是能说服我妈的话，我是没意见。林航，反正咱俩也不差这半年，等明年咱们把房子买了，酒席一办，就好了。"

林航张了张嘴，想继续反驳，但最终还是闭上了，他知道自己刚才就不该问这个问题。想想自己那环境，确实太寒碜了！和林航合租的是一个四十出头的河南籍包工头，姓赵，叫赵冲，每当夜幕降临便带回一个个不同的花枝招展的女子，屋子的隔音不好，也不知道这厮哪来那么多精力，从来只顾着自己，不管别人的死活。姜薇跟林航回去过两次，后来就再不愿去了。

但这些，姜薇是不好意思说的，她的办法是拿她妈说事，说这一切都是他妈唠叨导致的，林航虽然见识过她妈的嘴皮子，但又不愿相信老人会管这些。当然，话说回来，人家也跟他唠叨不着，管住自己女儿就得了。

想想姜家老太太，其实也不容易，寡居多年含辛茹苦地把一双儿女拉扯大。她也不扭秧歌，不打麻将，平日里就买菜才出门。每天憋在黑黢黢压抑的小房子里算自己那点退休金，儿女一回家，她的倾诉欲不可能不强。

林航特别同情姜薇，还有他的小舅子姜胜，也不知道这么多年他们是怎么熬过来的。

按照老习惯，林航把姜薇直接送到了地安门的家，按说应该是娘家。刚一开门，门里就传来她母亲的喊声："回来啦？"

"妈。"姜薇低低地喊了一声。

林航也充起乖女婿，因为没办婚礼，还没改口，他喊道："阿姨。"

姜薇的母亲正坐在客厅角落的单人床上洗脚，见女婿来了，她不慌不忙，照洗不误。

家里的两居室，儿女各住着一间，她自己住小客厅。姜母名叫贾英，今年五十六岁，人有些臃肿，看起来比实际年龄要老上五岁左右，短鬈发，染得极黑，略有些蓬乱。她哈着腰抄着一块搓脚石搓脚后跟儿，不冷不热地说道："哦，林航来了。"对于女婿一直不提婚礼和买房的事，她对他意见很大。

"今天同学聚会，我送姜薇回来。"林航连忙表明自己不是来住的。

"坐，工作怎么样啊？"贾英把林航支到他们家的小沙发上。姜薇把纸袋和自己的包随手扔在茶几上，进了卫生间。

"还行。"林航坐下，不轻不重地答道。客厅里都是老式家具，颜色显得很暗，对面的老旧电视正在播一条他觉得恶心的广告，不觉间皱了皱眉头。

贾英追问："还行是好还是不好啊？开完奥运会了，北京的游客还多吧？"

林航见丈母娘不高兴了，忙点头撒谎道："嗯！多！挺多的！"

"哎，这人啊，旅游的、长住的，都往北京跑，也不知道你们这些外地人怎么想的，非得跑这儿来抢饭碗！就说这个小区吧，一大半都是外地人，到处扔垃圾！楼上是四川的，楼下是广西的，对面屋更厉害，两室的房子住着三个吉林的，四个河南的。市场上卖菜的，就没一个北京口音的！我在这住了一辈子了，现在倒好，我成外地人了！"贾英顺势发起了牢骚。

林航听着这话，就觉得不是滋味，心想，我们外地人怎么了，我们要不租房子，你们北京人怎么挣钱啊？难道你们自己就不扔垃圾？可是这些话，他并不敢说出来，只能在心里念叨念叨。

贾英看林航不搭话，便又问："怎么样，游客多了，工资涨没涨啊？平均一个月多少钱啊？"

林航刚想回答说没涨，姜薇从卫生间里走了出来。她站到母亲身旁，有些气鼓鼓地说："妈！您老问人家这个干吗呀？林航的收入不固定，有时候多有时候少，导游就这样，跟您说多少回了！"

贾英白了女儿一眼，嘟囔道："我就是问问平均水平嘛！我不问这个我问他什么呀？我问他什么时候娶你？"

林航如坐针毡，恨不得拔腿就走。

"哎呀，妈！按说我们都领证了，算结了婚的！"姜薇端起母亲的洗脚水进了洗手间，"哗啦"一下倒进马桶旁边的一个储水桶里，回头还能冲马桶，母亲精打细算惯了，姜薇从小耳濡目染，不受影响也不行，浪费一盆洗脚水，母亲是要唠叨一整天的。

她母亲“哼”了一声道:“领证了算吗？没办喜事，不贴个大喜字的话，街坊四邻谁知道啊？”

“妈，我明天就买一张贴门口！”姜薇冲母亲吐了吐舌头，拿起刚才扔下的包，冲林航使了个眼色，然后回到自己的卧室，林航在丈母娘的嘟囔声中进了姜薇的闺房。

林航随手把胡杨送姜薇的包拿出来看了一眼，咖啡色的小包，并不是中规中矩的样式，包顶有抽绳，包身上全是字母，林航不认识这牌子，不动声色地问了一句:“做工还不错，估计得上千吧？”

“上千？”姜薇撇撇嘴笑着拿过来看了看说，“这款我不清楚，估计要上万。”

林航看着姜薇手里的包很难过地说:“你还不如嫁给胡杨算了！我估计我这辈子都给你买不起这么贵的包……”

姜薇打断他说:“凭什么你就超不过他？”

“这不明摆着的吗？”林航垂头丧气地坐到姜薇的床上，这卧室很小，放一张单人床，一张写字台外加一张转椅就转不开身了。

姜薇随手把包扔到地上，坐到林航身旁哄他道:“这包儿跟我完全不搭！我天生丽质，需要这种东西吗？是不是？哎，今天这饭店的菜一点都不好吃，菜太少了！完全就是吃情调，太不实惠了……”

姜薇说了半天，林航仍旧打不起精神来，哼哈了半天，也觉得没趣，他站起身来沉着脸说:“你早点睡吧，我回去了。”

姜薇一番努力都是白费，郁闷得不得了，闷声答应了，然后送他出门。林航跟正熬着不睡看他什么时候走的丈母娘道别，然后就自己开门走了。

下了楼，小风一吹，林航感觉酒劲突然就上来了，之前大概光顾着心疼加生气没觉得，现在头昏昏沉沉的，脚有些软，像踩在棉花地里。他心里有些怨姜薇，他喝多了酒她都不留他住下，十点多了，还从地安门往通州赶？她就不怕他路上出什么事吗？他叹了口气，姜薇不留，丈母娘不留，他自己也是执意着不肯张口。

唉！这要是办完了婚事，在哪儿住他都理直气壮。

恍惚看到前边走过来一个二十多岁的小伙子，近一米八的个子，瘦瘦的，穿着白T恤，牛仔裤，脚上一双滑板鞋。一边走一边甩着胳膊瞎蹦，跟抽筋似的，浑身乱颤。林航吓了一跳，想躲开已经不可能。他这几年在街上总是离这些脑残的年轻人远远的，不想惹事。可是这回躲不开了，因为对方已经笑嘻嘻地迎了上来，定睛一看，原来是姜薇的弟弟姜胜。

姜胜去年大学毕业，一直没找工作，估计这是去蹦迪了才回来。他笑嘻嘻地跟林航打招呼："哟！姐夫！刚送完我姐？"

"嗯，你今天这么早？"林航知道他的作息，一点没有挖苦他的意思。

姜胜会意地一笑，问："我妈睡了吗？"

林航说："我出来时还没有。"

"那我等会儿再回去。"姜胜递上一根烟，林航一看，嗬，红塔山，比自己抽得还贵，他苦笑着接过，塞进嘴里，姜胜凑上前帮他点上，自己也点了一根，两个人就微微地斜对着站在人行道上抽了起来。

林航吐出一口烟说："你别老跟你妈闹别扭，你爸去世得早……"

姜胜说："姐夫，你不知道，我妈就是一地道的钱锈，守财奴！我才二十五，你说我再玩两年怎么了？非削尖了脑袋赚钱去才是正道儿？我不愿意让别人管我！根本不适合上班！再说为什么要上班呢？我觉得我现在挺好的啊！"

林航说："你姐工作忙，你就多在家陪陪你妈吧，以后上班了你想挤时间都挤不出来。"

姜胜说："不是我不愿意在家待着，有工夫我还睡会儿觉呢，可我受不了我妈那张嘴啊！唉！以后你就知道了！有你受的！"

林航也不想细说，毕竟他现在才转正了一半，只嘟囔了一句："你妈也不容易，别那么说。"

姜胜笑了笑，说："林航，你知道吗，我就喜欢你一点，有人性，一看就不是始乱终弃的那种人，我姐嫁给你虽然穷点，但是后半辈子有把握！别人都不喜欢你们外地人，我！我姜胜喜欢！"他顺手拍了拍自己的胸膛。

这番话让林航讪笑了一下，是的，虽然姜胜是好心，但他的心里不痛快，丈母娘和小舅子都还在用看外地人的眼光看待自己，都觉得他这辈子就这么穷下去了。可这些，能拿什么反驳他们呢？难道自己不是外地人吗？难道自己是个大款吗？

两个人又扯了几句，林航实在提不起兴致，自己都觉得有些敷衍他了，果然没多久，姜胜就跟他说“拜拜”了。看着姜胜的身影消失在黑暗中，林航这才想起来，这次单独相处，姜胜竟然没再跟他借钱，没跟他要东西，他摇了摇头，他这小舅子没救了。

姜薇站在窗口看着林航消失在她的视野里，重重地叹了口气。回身把包捡起来，看了又看，只蹭破了一点皮，不仔细看看不出来。真是一分钱一分货，她感叹着，手感真好啊！拉开大衣柜，一面瘦长的镜子嵌在柜门上，她拎起包，左照照，右照照，又拎出两件最贵的上衣来，在自己身前比划了一下，还真是没有衣服搭啊，显得不伦不类的，真包也拎出仿货的感觉来了，最后失望地把包装好，塞进了大衣柜。

听到外边门响，姜薇从卧室探头出来。姜胜回手关上门，歪头见他妈已经睡了。姜薇小声问弟弟：“这么早回来？吃了吗？”

姜胜笑嘻嘻地轻声说：“没有，你请我啊，外面饭店还没关门呢。”

“呸，先把你欠林航的钱还了！”姜薇说完转身要回屋。

贾英在黑暗里骂了一句：“那几个破钱，还有脸要！没钱瞎折腾什么？领什么证啊！”

姜薇想还嘴，被姜胜推进屋里。姜胜劝姐姐：“我姐夫说了，别跟妈闹别扭。让着她点！”

姜薇撇嘴说：“你什么时候这么听你姐夫的话？”

姜胜嘿嘿一笑说：“这不是拿人家的手短吗？姐！你打算什么时候出嫁啊？”

“干吗？”姜薇斜着眼睛睨他，不知他又打什么鬼主意。

姜胜说：“我刚才碰到我姐夫，看他好像不太高兴，你们没事吧？”

姜薇摇头说：“没事，他跟你说什么了？”

姜胜“扑通”一声躺倒在姜薇的床上，摊开四肢伸了个懒腰说：“不就让我别老气咱妈嘛！没事就赶紧请喜酒！我都替他累，十点多了还得回通州。”

姜薇打了他的脚一下说：“鞋！怎么着？把你那屋腾出来给我们当新房？”

“租房住不是挺好的嘛，在你们俩单位中间租个一居，好好收拾收拾，贴俩红喜字……”姜胜坐起来，把脚丫子垂到床下，掸了掸他蹭在床单上的土。

姜薇推了推他的肩膀说：“行了，皇帝不急急死太监，赶紧回你屋！我得赶个稿子！”

姜胜顺势站起身来说:“反正以后我结婚我就租房。”

姜薇一笑说:“你先找一个愿意跟你结婚的姑娘回来！”

姜胜往门外走,回头对姐姐说:“你以为我找不着？”

姜薇笑道:“连工作都没有,谁跟你？”

“我这么帅！喜欢我的有的是！”姜胜嘟囔着出了姐姐的房间。

Part.02
太冲动了

1

林航从床上爬起来，一看手机屏显，已经十点多了，手机闹铃不知是没响，还是响了他没听见，他后悔没闹钟加手机上两个闹铃双保险。

急忙跳下床，拉开门往洗手间里冲，对面的门几乎是与林航的门同时打开的，从里边闪出一个陌生的年轻女人，只穿着三点式内衣，她轻佻地上下打量了他一番，露出一抹笑问："先生，需要服务吗？给你打八折！"

林航猛地摇头，非礼勿视，他低头往卫生间里走，却看到T恤下边，是自己那两条光溜溜的长腿，他惊觉自己只穿着内裤，赶紧转身关了门套上一条裤子，门外传来爽朗的笑声，笑得上气不接下气。恼羞成怒的林航打开门，却发现卫生间已经被那个女人占了。

林航转回卧室去准备自己出门要带的东西，收拾完，那个女人还没出来，林航奔进厨房，洗了个脸，漱了漱口，然后冲回卧室换了衣服，拿好自己的东西，跑出了门。很快他又回来了，把脚底那两只大拖鞋一踢，蹬上自己的破皮鞋，十分狼狈地走了。

今天他要接一个上海来的旅游团，约好了十一点他去机场接。机场大巴肯定是赶不上了，林航只好打车去。

一路堵车，看着出租车的计价器不停地蹦，林航心疼不已，从兜里摸出一块口香糖塞进嘴里，拿出手机看时间，顺便给家里打了个电话，很快，电话接通了。

“喂？谁呀？”听筒里传来母亲赵文瑾懒洋洋的声音。

“妈！您干吗呢？”林航打起精神笑着问。

听见电话里传来儿子的声音，林航的母亲赵文瑾突然来了精神头儿，高声说道：“儿子！我挺好啊！你咋样？怎么白天打电话？有事吧？”

林航心里有些难过，半年多没回家了，母亲听到他的声音就这么激动。听到母亲“喂”了几声，林航回过神来说：“没事！我去机场接旅游团，车堵死了，您做饭呢吧？”

赵文瑾随口答道：“没有！就我一人，吃点咸菜，昨天晚上的剩粥，熬一锅够吃三天的。”

林航叹了口气说：“您自己炒个菜，别舍不得吃！我爸呢？”

赵文瑾说：“你黄叔秦叔他们找他喝酒。”

林航不满地说：“又喝什么酒？”

赵文瑾说：“退二线的欢送会。”

林航说：“都欢送了半年了，怎么还送啊？有什么用啊？他就是虚荣！”

赵文瑾说：“你爸最近喝酒少多了！真的！咱家电话现在你爸都让我接，只要是找他喝酒，就说他不在家。真的！儿子，你别惦记我们。”

林航说：“行，那您注意身体！我给他打一个。”

赵文瑾急忙说：“你别老给他打电话！回头你爸又跟我急！”

“我知道，妈，我挂了啊。”林航挂了电话，挺起身子看看前边堵车的情况，估计一时半会儿是动不了，他又拨了父亲的手机号，过了半天才接通，背景音十分嘈杂。

林航的父亲林国文喊道：“哎，儿子！我正跟你黄叔他们说你呢！”

林航皱着眉头说：“爸！您又喝高了吧？”

他父亲说：“没有！真的！你等我把电话给你黄叔。”

“哎！”林航急忙拦他，可还是晚了。听筒里传来了另外一个男人的声音：“小航！挺好的吗？我是你黄叔！”

林航礼貌地问候：“黄叔，您好！”

那个黄叔又说：“工作挺好的吗？”

林航说：“挺好的，黄叔，我爸又喝多了吧？您管着他点，别让他喝了。”

“好！你放心吧！有我在！他肯定醉不了！呵呵，好好干！要在北京扎根，咱们这地方不行了！还是得留在大城市！哪儿也不如首都好啊！……”黄叔满口答应着，听话音，他也喝多了。

林国文拿过电话说：“我没事！跟你秦叔说几句啊！”

林航硬着头皮又跟秦叔打了声招呼，接着还有张叔、赵叔、王叔、杨叔、他认识的、不认识的，父亲都逼他打了招呼。好不容易电话又传回了父亲林国文手里，林航一肚子气，刚要让父亲别喝了，他父亲打着官腔问：“小同志！你最近工作怎么样？”

林航没精打采地回答：“还凑合。”

林国文严肃地问：“整得过你媳妇吗？”

林航说：“这重要吗？”

林国文说：“要是干不过个娘们儿，那不是废物吗？”

林航无奈，刚要反驳，只听到父亲对同桌的人说他儿媳妇在北京的大报社，如何如何厉害，如何如何能挣！林航皱着眉头等他吹完。

林国文又问：“你打算啥时候办婚礼？”

林航说：“过完年再说吧。”

林国文说道：“你说你快三十了，怎么就不着急呢？也不回来商量商量这事！说定了，就春节后！我跟你妈给操办了啊！办了才算结婚，谁像你们啊，结婚结一半！对了，你那个丈母娘啥意思？女方不办了？”

林航回道：“嗯，亲戚都凑不齐两桌，大概就请吃顿饭吧。”

林国文有些不悦地说：“那行吗？不得像模像样地……”

林航打断父亲说：“北京这边就这样。”

林国文咂咂嘴说：“还首都呢！人情也太淡了！哪像咱东北啊！哎！儿子，北京房子现在多少钱啊？”

林航叹了口气回答：“近郊一万吧。”

林国文喊道：“郊区都一万了？你刚去北京的时候哪有这么贵？咱们这边现在最贵的才三千！在北京买一套，够在老家买三套了！儿子！实在不行你回来得了！我找人给你批块房基地……”

林航听父亲又开始说不靠谱的，连忙说：“爸，我有事先挂了啊。”

电话里他隐约听见旁边的黄叔好像插嘴说:“林大哥,千万别给孩子拖后腿,必须让小子留在北京！必须的……”

2

好不容易解决了父亲的电话,机场也到了,迟到了半个小时,游客们十分恼火,林航不停地道歉。等所有人都上了大巴,林航清点了一下人数,接着清清嗓子作了自我介绍,告知游客们行程安排以及车内不要吸烟,不要乱扔垃圾等注意事项,长长的一套话,他几乎一口气说完的,让听者觉得心慌。

有位游客打断林航说:“哎哟!你这些话就省省吧!时间都耽误在这上边了!”

紧接着有人应和:“服务也太差了!一点时间观念都没有!哪里有导游让游客等的道理？”

仍有几个游客不停地指责林航,吵嚷着要投诉他。林航连连道歉,解释说来的时候赶上堵车。最后终于有个老太太给他解了围,说机场这段路是最堵的,她上次来堵了两个多小时。

游客们又开始七嘴八舌地说北京的交通太差。

眼看就到了饭时,林航把他们带到了旅行社的合作伙伴——“人上人”烤鸭店。游客吃得不满意,嫌脏,嫌地方小,嫌菜也不好吃。林航安顿好游客,自己跑到烤鸭店对面的一个小铺面要了一个煎饼,这两天花销太大,已经严重超支了,他打算在之后的半个月把钱省回来。

手机的短信铃响起,林航掏出手机调出短信一看,是姜薇发来的,短短的三个字:吃了吗?

林航动了动手指回了两个字:吃了。

姜薇坐在报社大得像仓库的办公室里,握着手机生起气来,他就不能多发几个字吗？还在为昨天的事生气,男人这样真是小气到家了。

“姜薇吃饭去啊？”同事们相约去报社对面的饭馆吃午餐。

姜薇抬起头来微笑着说:“哦,你们去吧！我要了外卖。”等他们走开,姜薇拎起电话要了一份素炒圆白菜的盒饭外卖。

编辑刘义民走过来敲敲她的桌子说:“你怎么天天圆白菜啊？”

姜薇笑着回答:“减肥。”

刘义民说:“你要再减可就没了啊！走,我请你吃饭！”

姜薇抬头问他:“你干吗请我吃饭啊？”

刘义民挠挠头发说:“上次你写的那篇作家专访很好啊，当天版面被评了一个A,你功劳不小,我肯定得请你啊！”

姜薇一笑说:“不用了！”

刘义民不肯,催她道:“走走走！别等圆白菜了！”

姜薇尴尬地说:“你就别客气了!我还要整理一个采访提纲,真不去了!”要是他再坚持或者拉她胳膊,她就真不知如何拒绝了。

“你要真想请,就请我吧!上次那作家还是我帮着联系的。”袁璐丹过来替姜薇解围。

姜薇松了一口气笑着说:“你赶紧走吧！袁璐丹肯定让你请三斤以上的龙虾。”

刘义民耸耸肩走了,姜薇冲袁璐丹一笑算是道谢,袁璐丹也一笑,走了。

姜薇从帆布包里摸出自己的账本,记上了一份炒圆白菜的钱。打开电脑里的计算器算账,上个月她写了三篇大稿,小稿无数。粗略算了一下,稿费加工资应该是六千左右,刨除给母亲买药,添日用品,家里的水电费、燃气费、电话费还有给弟弟的零用钱,还剩下两千多。她可以支配的这两千块钱要花一个月,午饭和晚饭再省一些,坚决不能打车！不买新衣服！熬到下次发工资,估计也剩不下什么了。她和林航都是月光族,也不知这婚要什么时候才能结上。不算不想还好,一算这日子简直就没法过了！

3

天色渐晚,姜胜醉醺醺地从饭馆里出来。他和几个朋友喝了点酒,酒是从中午一点开始喝的,他心里不痛快,因为他心仪的那个姑娘拒绝了他,投入了他哥们儿的怀抱,说到底还是嫌他没工作没钱。他看着朋友们都成双成对,只有他仍是光棍一条,想起昨晚姐姐说的那句话,他是不是真的找不到一个愿意嫁给一无所有的他的姑娘？当然谈到嫁还早,可是连愿意跟他的都没有。他自觉长得也不赖,比今天一起喝酒的那几位可强多了。性格也不错,算是个不偷不抢不吸毒的好青年,他们不就比他多个工作吗？他又不是找不着工作,只是暂时不想找罢了。

吃饱喝足，朋友们要去酒吧，然后还要去唱歌，姜胜喝了一下午闷酒，这时候已经醉得差不多了，一想到还要转移去一个地方就觉得很头疼。现在的他感觉特别累，于是便推说有事先出来了。他想早点回家，上网看看有什么工作可干，也许该投投简历了。要知道，这可是他毕业之后，第一次动了找工作的心思。

姜胜顺着马路一边走一边旁若无人地唱着《国际歌》，声音嘹亮苍凉："从来就没有什么救世主！也不靠神仙皇帝，要创造人类的幸福，全靠我们自己……"

喊着喊着，他突然感觉肚子有些发胀，转头看看，附近也没公厕。于是摇摇晃晃地拐进一个胡同，想找个旮旯解决。

这附近挺荒，也没有什么行人，进了胡同，姜胜发现，此处入口虽然只有两米，但里面却挺宽敞，靠墙边停着一辆车。看了看车标，宝马，姜胜嘿嘿一笑道："就你了！"他一边嘟囔着，一边凑过去，在车屁股后面撒了泡尿。

这一泡长尿足足持续了半分钟，正准备转身离开的时候，宝马车颤了一下，车里有挣扎声，紧接着车门开了，一个男人从里面出来，后面是一个衣衫不整的年轻女孩，她哭着下了车，抹着眼泪跑了。

姜胜一见，火就上来了。天还没黑呢，就敢强抢民女，这还了得！他怒吼了一句："畜生！"接着便冲到那男人面前，往腮帮子就是一记潇洒的勾拳。

"你他妈谁啊你？"挨打的人转头骂道。

"我是你大爷！操你妈的！"姜胜借着酒劲，又是一通拳打脚踢。

两个人你来我往战到一处，宝马男缓过一口气之后，也是狠招频出，但他哪是棒小伙子姜胜的对手啊，几个回合下来便已气喘吁吁。等警察赶来的时候，这家伙已经和一条死狗差不多了，而姜胜还在一旁一边蹦一边喊："起来！妈的！敢跟老子亮招，老子是柔道四段，国家二级运动员！有钱你就牛逼啊？"那嚣张的样子就好像是泰森没咬耳朵就打赢了霍利菲尔德。

4

和姜胜差不多，林航这一天心气儿也不顺，这拨旅行团里中年妇女居多，仅有的几个男人也都是锱铢必较的主儿。折腾一天下来，林航已经到了崩溃的边缘，他甚至开始怀疑最近自己是不是犯了太岁、撞了邪。

好不容易回到了出租房，屁股还没坐稳，派出所打来电话，说他的朋友被抓了，让他马上过去一趟。林航稀里糊涂赶过去一看，原来是姜胜，警察说是打架斗殴，转头再一看这小子的对手，林航顿觉哭笑不得。

原来宝马男不是别人，正是胡杨！此刻的他双眼乌青、两腮红肿，要是这会儿把他送到动物园，母熊猫一定特别高兴，一定会认为管理员开了天恩，给自己送来一个老公。

胡杨的旁边站着肖倩，脸上似乎还有泪痕。一看林航进门，胡杨就更觉得难堪了，大声说："我靠，我他妈真是流年不利！挨打时你不来，打完了你来了！"

"我……我是来接他的！"林航有些不好意思地指了指姜胜。

胡杨骂了一句："我靠！你丫找人打我？"

"滚你妈的！打你个臭流氓还用我姐夫指使？"满嘴酒气的姜胜依旧不依不饶。

"都小点声，老实蹲着！这是派出所，不是你们家厨房！"坐在一边的警察喊了一句。

"哎……这孙子刚才喊你什么？"胡杨眯着眼睛问林航。

林航实话实说："他是姜薇的弟弟！"

"我靠！我真得出去算一卦了！我……我……靠的嘞！"胡杨肿起的脸上堆满了无奈的痛楚。

"你们俩这是怎么回事啊？"林航问。

"是这样！"站在一旁的肖倩接过话来说，"我和胡总在车里谈公事，胡总说我的一个策划案有问题，我就哭了！正好这位大哥在车后面……路过，就……就把胡总当流氓给打了！"

姜胜一听肖倩的话，顿时像受了天大的委屈，大声叫嚷起来："等等，明明是这个畜生非礼你，我见义勇为，你怎么撒谎啊？我说你这人怎么这样啊？你胆子大点不行吗？现在都什么年代了？性骚扰就性骚扰！你干吗不敢承认啊？"

眼前的这情景，林航一下子就明白过来了。小舅子这事儿是说不清楚的，肖倩和胡杨是怎么回事他虽然不知道，但是肖倩在这儿是绝对不可能帮着姜胜的。

几个人又纠缠了一会儿，警察也烦了，问胡杨是什么态度，胡杨双手一摊说："我没事！我这伤一半儿是自己摔的，和这哥们儿关系不大！"

警察又问了问林航这俩"拳手"是什么关系，林航马上和了和稀泥，最后警察手一挥免了拘留，每人罚款一千元。

林航替姜胜交了罚款，扶着他出了派出所大门。走到门口时，警察在后面对同事嘟囔了一句："这帮外地人，真不让人省心！奔三十了还跟小痞子一样！"

这话让胡杨和林航的身子同时一颤，两个人几乎同时转过身，异口同声地问："外地人怎么了？"

警察愣愣地看着这两个人，脸上有点尴尬，但嘴上还是不轻不重地说了一句："外地人就要努力工作，就要和气生财！"

"哎，你知道我们没努力工作？你知道我们没和气生财？"胡杨有点儿怒气冲冲的意思。

"嘿，你还想威胁警察？"

林航挥挥手说："少拿大帽子乱扣！我们是外地人不假，但是在这个地方也待了七八年了，没偷没抢，一直好好做人。你一人民警察，歧视外地人，你就不怕我们找媒体给你曝光啊！"

姜胜也来了劲，在一旁大声吵吵："我姐就是《北京时报》的！专曝光社会阴暗面！歧视外地人？你等着挨处分吧！"

警察一下子没辙了，过了老半天，才挤出了一句："哦，误会，误会！"

林航和胡杨没再说什么，转身继续往外走，肖倩咬着嘴唇跟在后面。只有姜胜，一副乐呵呵的样子，心里琢磨，自己终于有帮姐夫说话的机会了，而且还是跟警察，干得太漂亮了！

一抬头看见肖倩，气又不打一出来。好不容易见义勇为，英雄救美一回，结果被救的人冤枉他！太倒霉了！

几个人走到一个僻静地方，林航让姜胜给胡杨道个歉，但是姜胜眼睛一瞪，大声喊道："姐夫！跟这种人渣，你废什么话啊！下次再见着他，我弄死他！"

林航抬手给了姜胜一拳，姜胜揉揉肩膀，不说话了。

胡杨看了看，摇摇头，长叹一声："我呀，就是他妈贱，算了，既然贱了，我就贱到家得了。亲爱的姜胜兄弟，您没错，是我错了，您出拳如风，赛过邹市明成了吧！"

“滚蛋！”姜胜骂了一句。

林航拍了拍胡杨的肩膀说:“哥们儿,多谢了！”

胡杨惨笑道:“算了吧你,不用你谢！我贱,这辈子就栽在姓姜的手里了！”说完转身走了,一旁的肖倩不好意思地看了姜胜一眼,也急忙追了过去。

5

林航抬腕看了看表,已经是晚上九点多了。他抬手叫了一辆出租车,连拉带拽把姜胜塞进去,冲司机喊了一句:“地安门！”

司机回头厌恶地看了一眼,然后一打方向盘,出租车融入了茫茫夜色中。

到了小区门口,姜胜死活不进,说不愿听他妈唠叨,至少过了今晚再说。这会儿他的酒劲早过了,兴致一来,翻了翻兜,找出二十块钱,到街边小商店又买了几瓶啤酒,一盒香烟。俩人坐在一处偏僻的马路牙子上边喝边聊。

林航问他怎么回事,姜胜就绘声绘色地描述了一遍,说到打胡杨那块儿时手舞足蹈,格外兴奋。

林航叹了口气,昨晚还琢磨那个肖倩会被谁吃掉,他以为是朱一墨的可能性大,没想到却是胡杨。难道是因为肖倩像姜薇吗?林航突然怒火中烧,好像今天在胡杨的车里,被调戏的根本不是肖倩,而是他老婆姜薇！好像他已经被戴了绿帽子似的那么难受,他一仰脖,咕嘟咕嘟,喝下一瓶啤酒。

“姐夫！你怎么跟这种人认识？”姜胜问。

林航放下酒瓶,打了个酒嗝,眼泪都噎了出来,冷冷地说:“同学！”

姜胜不做声,抽一口烟,喝一口酒。过了半天,嘟囔道:“男人是不是要是没钱,就真没女人跟你？”

林航一听这话,立刻喷了一口酒,姜胜急忙抬手在他后背拍了两下。

林航歪头看着年轻的小舅子一脸受伤的表情,低声道:“也不全是！”

姜胜冷笑一声说:“我算看明白了！女人就是这么势利！真他妈恶心！她们也配谈爱情？”

他这句话让林航有些无言以对,其实这也是他时常琢磨的问题,现在从姜胜嘴里说出来,就更加让他难过了。他开始琢磨,是不是姜薇跟他弟弟说了什么,可这会儿又不好问。

林航默默地望着夜色中行走的人们，感到内心一片荒凉，他深深地觉得北京这地方不是家，完全没有归属感。

两瓶啤酒下肚后，姜胜又迷糊了，歪在姐夫的肩膀上睡着了。林航狠狠地吸了一口烟，然后把烟头扔在地上，他并不想去踩灭，也不想扔进什么狗屁垃圾桶。此刻的他打心眼里觉得北京的环保跟他没关系，随便扔，反正他也不是北京人。

林航把姜胜推醒，两个人互相搀扶着深一脚浅一脚地往姜家走去。

贾英这会儿已经睡下了，可是一听门响，她还是坐了起来，再一看摇摇晃晃进来的人，她赶忙走过去，嘟囔着从林航手里接过儿子，责骂道："你看看你跟什么人学不好？不挣钱你还学会喝酒了？"

姜胜哭丧着脸说："这和姐夫没关系！是……是我自己喝的！"说完他直接扑倒在客厅的单人床上。贾英被扯了个趔趄，幸亏林航眼疾手快扶住了老太太。

贾英歪头瞪着林航说："以后别带小胜喝酒了！"

林航松了手，点点头，垂着手站在一旁，尴尬至极。

卫生间里有稀里哗啦的水声传来，估计姜薇在洗澡。

贾英走到床边，一边拉被子给儿子盖上，一边发起了牢骚："别总姐夫姐夫的，我听着心烦！领证都这么长时间了，婚礼也不办，也不买房，有这样结婚的吗？谁家的婚是这么结的？你还叫他姐夫？"

姜胜眯着眼睛，抬手一挥，又重重地拍在床上，大声喊道："领证了，怎么就不算？您……一天天就钱钱的，有意思吗？我这辈子就……就这一个姐夫了。他要不当我姐夫，我就不要我姐了……我就跟我姐夫离家出走了……"

贾英看着儿子的样子，气得发笑说："看把你能的！你还离家出走？你怎么不跟你姐夫出家哪？"

林航听着这对母子的话，脸上的表情更加难堪，只觉得自己里外不是人，只好起身告辞说："阿姨，我先走了。"

贾英没理他，又替儿子掖了掖被子。

就在这会儿，姜薇打开洗手间的门，探头出来喊了一句："哎，林航，你等我一会儿！我送你！"

贾英瞪了女儿一眼说："你刚洗完澡！一会儿感冒！"

林航犹豫着是不是要走，姜薇没理母亲，“噔噔噔”跑回屋里换了件衣服，在衣柜里翻出一顶帽子扣在湿湿的头上，然后和林航一前一后下了楼。

出了单元门，姜薇往楼上看了一眼，确定她母亲没趴在窗口偷听才问林航：“哎，到底怎么回事啊？怎么和姜胜一起喝酒去了？”

“没事儿。”林航想了想，还是没说。他觉得胡杨的事又不是什么好事，他还是不说为好，要不然好像他故意挑拨似的。

姜薇又追问了几声，见他不吱声，她有些生气，推了他一下说：“喂！我问你话呢？你听见没有？”

“真没什么事儿！就是碰上了。”林航回答。

姜薇知道在林航嘴里问不出来，还不如明天问姜胜，便撇着嘴嘟囔道：“现在钱这么紧，哪还有钱喝酒？你还不赶紧攒钱买房？”

林航沉默，买房，他拿什么买啊？就是在郊区，现在也要七八十万才能买一套，首付最少百分之二十，他连首付都拿不出。

见林航脸色不好，姜薇也不再逼他，凑过去小声问：“还有钱吗？”

林航答道：“有。”

“别逗了，你都借给姜胜了我还不知道。”姜薇说着从兜里拿出一沓钱递给林航。

林航脸一沉说：“我不要，我不用你的钱！”

“林航！我们是夫妻！还分什么你的我的？你耍大男子主义有什么用啊？能变出馒头来吗？”姜薇把钱塞进林航兜里，顺便抱住他。

林航搂住姜薇吻了她的脸，趴在她耳边哽咽道：“姜薇！你放心！这一切我都会加倍还给你！以后我会努力赚钱！让你吃好的喝好的！”

“我知道！我知道！”姜薇轻声回答。

“姜薇！”贾英趴在窗口冲楼下大喊了一声。

“哎！”姜薇赶紧松开林航，冲他一笑说，“不许喝酒了啊！”

“好！你回去吧！”林航点点头。

“我看着你走！”姜薇站在原地冲林航挥了挥手，林航只好转身离开。

看着林航走远，姜薇转身上楼，刚爬上了四楼，门就开了，母亲站在门里，又开始唠叨起来。姜胜抱着母亲的枕头一边吐一边哭，墙上他父亲的遗像愁眉苦脸地看着眼前的一切。

林航上了一辆公交车，刷完卡，找了个单座。旅行社经理打来电话，劈头盖脸地骂了他一顿。原来那拨儿游客到底还是投诉了，他这个月的奖金没了。骂完之后经理又夸林航实诚，说这虽然是好的品质，需要发扬，但导游这行业有其特殊性，因此以后还是要灵活点。这王八蛋已经用惯了“打个巴掌给个甜枣”的手段。

挂了电话，林航长长地叹了口气，他能想象经理现在肯定偷着乐呢，这个月他又能省点了。

车过长安街时，一片辉煌，林航开始头疼，胃里一阵翻江倒海，也不知是醉了还是晕车，他特别难受，车一停就逃也似地跳了下去，抱着一个垃圾桶吐了起来。

吐完，好受了些，抬起头，看着旁边站台上着急回家的人们，失落感再一次笼罩上来。人都说三十而立，他现在二十九了，但是离这个目标似乎还很遥远……

Part.03
香车美人

1

林航回到通州的合租房时已经接近子夜了。他想早点睡觉，但不知为什么，翻来覆去怎么也睡不着，脑子里塞满了乱七八糟的景象。随着年龄的增长，他现在的心理压力是越来越大；虽然每到崩溃的边缘时，他都会努力地让自己再度坚强起来，但这样的折磨却依旧让他难以忍受。有时想一想，他会不由自主地羡慕起宋江。

回老家，这或许真的是个选择，但是回家就能解决一切吗？林航心里又开始纠结起来，他想到了体弱多病的母亲，也想到了神神叨叨不讲道理的父亲。

林航的父亲林国文是典型的大男子主义者，什么事情都爱管，林国文的母亲去世得早，父亲“文革”的时候挨过批斗，身子骨也不好。所以六个弟弟妹妹几乎都是他拉扯起家的。现如今，日子也都过得不错。按理说林国文已经完成了历史使命，但事实却远非如此。东北有句俗话，叫“儿子多了娘遭罪”，林国文的娘早就没了，老爹已经卧床两年多，现在受罪的是他这个大哥。

操不完的心，这就是林国文的人生。

他的酒量其实不大，之所以每次都喝得稀里糊涂，其实也就是借酒浇愁。十年前，他是县里点名的后备干部，说白了，将来县长的位置迟早是他的。可是十年过后他退居二线的时候还是个土地局的副局长。要好的朋友撺掇他花点钱疏通疏通，可是钱在哪儿呢？

林国文也羡慕那些当个芝麻大的村官就腰缠万贯的人，可那些钱来得太不干净，他下不去手，他总是对自己说，吃点喝点已经对不起党了，要是再贪污，那可要断子绝孙了。

然而他不贪，不代表别人也认为他不贪，大多数人还是觉得他老林这辈子已经捞够了，甚至他的弟弟妹妹们也有这样想的。大妹妹孩子结婚，借钱！二兄弟下岗离婚，要支援。三弟弟就更狠了，开批发商店，直接拿走了三万，说是有钱再还，可是已经过去三年多了，三弟楼房都买了两套，可当初跟大哥借的这笔钱却不提了。

林国文觉得心疼，不是为了钱，是为了情分！兄弟啊！一个娘胎爬出来的啊！当年老三念书的时候，他和妻子赵文瑾上顿棒子面饽饽下顿地瓜，仅有的那点儿细粮，留够林航那份，就全烙成大饼打了三弟的牙祭。

这些事情林国文不敢多想，有时自己一个人独处的时候，一想到这些，他的眼泪就会刷地一下流出来。

当年兄弟四个分家的时候，老三媳妇沈琼枝拼了命地要养公爹，她这么干当然不是为了尽孝，为的是家产。林家老爷子以前在煤矿厂受过工伤，虽然没有什么积蓄，但每个月退休金加补贴也有一千多，自己根本花不完。家里的老房子是三进三出的大院，虽然是在农村，但折腾折腾也值几万。沈琼枝打结婚那天起就瞄上了这份家业，她可不管这十多间房子其实都是大哥林国文出钱给老爷子翻盖的。

对于沈琼枝的要求，林国文起初并不愿意，这倒不是为了家产，他是担心老三两口子照顾不好父亲。他也想过自己赡养老人，但是老婆赵文瑾浑身上下都是病，根本就没有精力照顾老人。老二林国武是个鳏夫，林国文托关系才给他找到一个看大门的活儿，自己能吃饱就不错了。老四刚成家三年多，孩子小，媳妇江秋眉脾气火暴，两口子经常动手，同样也不合适。想来想去，林国文也没有更好的办法，只好答应了沈琼枝。

敲定了老人的赡养问题之后，接下来就是分财产，沈琼枝当仁不让，除了锅碗瓢盆之外，连鸡窝里的鸡都没有放过。刨去这些，她又要求老大老二老四每人每月交给她三百元钱，三个姐妹每人一百，说是老人的营养费。这个要求让赵文瑾和江秋眉都很窝火，最后还是林国文摆出老大的姿态把事情压了下来。

老爷子到了林国双家之后，事情依旧一件接着一件，每到老爷子有点大病小病，感冒咳嗽，春秋体检，凡是花钱的时候沈琼枝都会把电话打到林国文家，先是一通哭穷，接着就是表功，说自己如何如何照顾老人。林国文也懒得搭理，每次都是二话不说掏腰包。因为这些事儿，赵文瑾也没少唠叨，但最后都被林国文连喊带训糊弄住了。

林航总爱和父亲较劲，很多时候也就是因为这些乱七八糟的事儿。他不明白父亲为什么这样，为什么会因为他的兄弟姐妹而去欺负母亲，这是他无法容忍的。难道大哥就非得这么委曲求全地当吗？关于这些，林航和父亲心平气和地交涉过，林国文忽而暴跳如雷，忽而含着眼泪沉默不语。

是啊，他能说什么呢？他心里还记得儿时那会儿，大妹妹、二妹妹帮着父亲做饭，手上烫得都是血泡。一家人坐在炕沿上啃地瓜时，二弟三弟也会把大的拿给他。

人都慢慢长大了，有了自己的家，有了自己的考虑，有的变得自私了、贪婪了。这些林国文不是看不出来，只是他不知该怎么面对。

情分啊！那是情分！是一个娘胎爬出来的血浓于水的情分！他没办法对独生儿子解释这些，他只能选择暴跳如雷，选择用怒吼维护自己作为父亲的尊严和威慑力，而没人的时候呢，他暗室窥心，一遍遍告诉自己，这一切都是时代使然，儿子没错，自己也没错，错的只是人们常说的代沟……

2

和林航一样，这两天姜薇也很闹心，她琢磨着林航没联系自己，肯定是生她母亲的气了，她想解释一下，可又不知怎么说。那天他和姜胜喝酒，一定是有什么事情，可自己偏偏想不出来这俩家伙会有什么事儿。隔了两日，最后还是拐弯抹角从弟弟嘴里问出了事情的来龙去脉。

骂了弟弟一顿后，这一上午姜薇都心神不宁，在电脑前坐着，却什么也看不进去，最后还是掏出手机拨通了胡杨的号码，为弟弟的冲动向他道歉。

胡杨拼了命解释说这是误会，自己和肖倩清白得很。

姜薇当然知道胡杨为什么这么说，但自己又不好指出来，只好一个劲儿地回

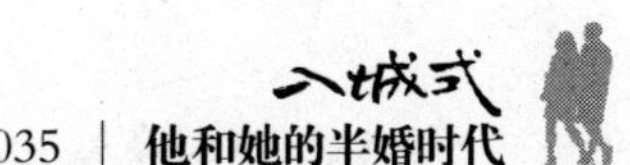

答:“我知道……我知道！”

两个人纠缠了一会儿，胡杨笑嘻嘻地说:“跟姜胜战斗一场，我可是吃了大亏,你弟弟下手也忒狠了！你得请我吃顿饭吧？”

姜薇说:“呃,好吧！周末吧,到时候再叫上朱一墨。”

胡杨说:“别了,你向我道歉就拿出点诚意来！叫他们干什么呀？哎！就现在吧！我正好离你们单位不远,一会儿我过去。”

“还是下次吧,”姜薇为难地说,“林航中午可能过不来,他带团呢。”

胡杨说:“随便吃点,搞那么隆重干吗？就咱俩！”

“呃,好吧。”姜薇迟疑一下,但还是答应了下来。

半个小时以后,胡杨到了,姜薇简单收拾了一下办公桌,拎起自己的包下了楼。看到胡杨的车停在路边，姜薇走过去歪头凑到车窗前说:“你把车停在这儿吧,就在附近,咱们走着去。”

“别啊,这儿有什么吃的？刀削面啊？那可不成！我知道一个地方,你肯定喜欢！上来吧！”胡杨替她开了车门。

姜薇只好上车坐好,目不斜视地说:“我只有一个小时啊！”

“我就那么可怕啊？都不敢看我？”胡杨笑着启动了车子。

“没有啊！我不是一直这样嘛！”姜薇不好意思承认。

算起来,她并不是第一次坐胡杨的车,但独自一人坐他车却是头一回。车里放着悠扬的音乐,在这个足够密闭的小空间里,气氛有些暧昧。两个人有一句没一句地聊着,因为不说话就会尴尬。

姜薇问胡杨:“哎,你怎么牌照还上了一个陕西的啊？”

“我……”胡杨一时语塞。

姜薇恍然大悟说:“我觉得有些地方儿你和林航真像！”

胡杨笑道:“嗬,夸我！我和他怎么可能像？他正人君子,我奸淫盗邪啊！”

姜薇撇嘴道:“少来！我是说你俩总把自己当成外地人！总是做出一副别别扭扭的姿态,特假,特较劲！特拧巴！”

“假？哈哈哈！”胡杨笑。

姜薇继续说:“就是啊！你们俩的北京话说得都快比我溜了,可总要时不时地表达一下自己是外地人的身份！哎,我就不明白了,你们是觉得我们北京人恶心啊，还是觉得你们外地人高尚啊！”

胡杨摇摇头，没有回答。

姜薇说：“我问你话呢！”

胡杨想了想说，“大概我们都觉你们北京人高不可攀吧！”

姜薇喊道：“不可能！就你们寝室那四头，大学那会儿，你们摧残了多少北京青年啊！女的落到朱一墨手里生不如死，男的落到你和林航、宋江手里，体无完肤啊！那会儿，一提中文系男寝409，我们都烦得要命！”

胡杨扑哧一笑说：“那你干吗还跟林航啊，按你的形容，他就一畜生啊！”

姜薇反驳道：“呸！他符合我心目中男子汉的形象！”

胡杨歪过头来抛媚眼说：“我呢？念书那会儿，他可没我手黑啊！”

姜薇撇嘴说：“算了吧，打架那是粗人干的活儿！我们林航才不干那种事！”

“那他现在也没我有文化啊，我……出版商啊！引领文化潮流啊！”

“呸！吹牛脸都不红！”

“哎，姜薇，我就真没有机会了？”胡杨扭过头，睁大眼睛问。

姜薇坚决摇头说：“没有！”

“啧啧！”胡杨又转了过去，一打方向盘，车拐了个弯儿。

“啧什么啊？”

“太残酷了，情何以堪哪！”

“你就贫吧！”姜薇不说话了，眼睛朝外看去，她知道，这会儿再说下去，胡杨还不定胡说什么呢。

胡杨的车现在已经上了三环，正朝东面一路驶去，外面的阳光很好，透过车窗便更显得煦暖可人，姜薇感觉很温暖，没一会儿眼皮有些乏，昏昏欲睡。

3

“天才！到了！”耳边传来胡杨的喊声。姜薇猛然惊醒，发现车子已经开进了一个地下停车场。

从停车场出来，姜薇随着胡杨进了一家豪华的西餐厅，一边走她一边合计着钱包里的现金够不够一顿大餐，银行卡里倒是有钱，可附近又没有取款机，但愿这饭店可以刷卡。

两个人找张桌子坐下，翻开菜单，姜薇就更晕了，看看这个又看看那个，她不是很了解西餐怎么点，她也不敢点，点最便宜的怕胡杨说她没诚意，点贵的她又心疼，干脆让胡杨来。

姜薇把菜单一推说："你点吧，我不饿，要一杯咖啡好了。"她想赌一把，也许胡杨会放她一马点便宜的。

可惜的是她错了，胡杨推了推鼻梁上的眼镜，一口气点了半桌子。

菜一盘盘端上桌，胡杨让姜薇陪他吃点。姜薇感觉有把刀在割肉，一点儿胃口都没有。可是不吃吧，又太不划算，于是便努力往嘴里塞东西。

胡杨一边吃一边解释自己和助理肖倩清白如水，完全是上下级的纯洁关系。姜薇也没听进去几句，就光算计这桌子饭的价钱了。

吃完饭，胡杨还没等姜薇说话，便很潇洒地把账付了。回去的路上，姜薇不好意思地说："谁知道你吃这么贵的？今天带的不够，回头我还你钱。"

胡杨一笑说："不用，哪有让女人埋单的道理？何况还是美女！哎，姜薇你不知道，我老想跟你单独吃一次饭，要不然我死不瞑目啊！做鬼也不会放过你！"

女人怎么可能不喜欢这种恭维话，姜薇扑哧一笑说："你话怎么这么多。"

胡杨歪头问："姜薇，我送你的手袋你怎么不用啊？"

姜薇抚摸着自己的帆布包说："现在这个还没坏呢。"

胡杨说："是怕林航生气吧？这林航也是死心眼，这都什么年代了还当导游，这和小姐有什么不同啊？"

姜薇不高兴，反驳道："当然有本质的不同！"

"我听说好多导游小姐和司机一般出门都只开一间房，没沦陷的导游小姐也只是时间问题。林航长得也不错，你以为就没有如狼似虎的女游客勾引？保不齐他什么时候把持不住就做了对不起你的事……"

"胡杨！停车！"

"好好好！我说错了！你这林航就不是一般人！天下第一正派男！只不过姜薇，咱们可都是奔三的人，你就算是不给我机会，也得多替自己想想，劝劝林航吧，实在不成改个行，宋老四的教训还不够吗？"胡杨不敢再气她，只好换了一副语重心长的口气。

姜薇也长长地叹了一口气说："唉……太快了！一眨眼，我都快三十了！"

车子又开了一会儿，终于到了报社楼下，姜薇下车时正赶上同事吃完饭往报社走，她冲胡杨挥挥手，转身快走了两步与同事们会合。

“哟！香车美人啊！”同事袁璐丹一脸嫉妒。

“我请你，你就不去，原来你是嫌我没车啊！”刘义民半开着玩笑，他双手插兜，耸着肩膀快步进了报社的大门。

姜薇心里有些别扭，同事们都误会了，如果林航看到她单独和胡杨出去，恐怕也会误会。只此一次，下次再也不单独和胡杨出去了！姜薇暗暗发誓。

4

林航今天的任务毫无乐趣而言，带的四川旅行团的第一站就是故宫。带着一群老头儿老太太走在红砖褐瓦中间，他觉得自己好像一下子就长了几十岁，一种强大的衰竭感始终笼罩着全身，步子都迈不开了。

而最别扭的还远不止这些，今天的太阳出奇地大，上午十点多，刚刚溜到乾清宫，一位老爷子突然晕了过去，一群人乱作一团。林航也是手忙脚乱，又是打电话叫救护车又是联系老人的儿女，同时还得叮嘱其他游客不要走散。救护车开到端门就进不来了，林航没有办法，只好把旅游团交给临时来接班的同事，自己背着老人一路小跑，直奔救护车。

到了医院，大夫又是一通责备，说大热的天还领老爷子逛故宫，这不纯粹是吃饱了撑的嘛。林航也懒得解释，不管怎么着，始终都是笑脸相迎。所幸医院离得近，送来又比较及时，抢救了一个来小时，总算脱离危险了。林航问大夫;“老人得的是什么病啊？”大夫白了他一眼说:“中暑引起的心脏病突发！休息一天就没事了！”

这个答案让林航险些气死，原来中暑还能引发心脏病！原来九月份也可以中暑！

按照合同，游客中途患病，旅行社得出人照顾，一直到家属来为止，而这个任务自然是林航承担。所幸这老爷子人很好，清醒过来之后，什么额外要求都没有，喝了一碗稀粥，精气神就回来了！老爷子姓王，抓着林航一通神侃，讲自己年轻那会儿也是袍哥弟兄，走过江湖，在长江边上大小也是一号人物。又说这全中国算下来，能出汉子的只有屈指可数的几个地方，四川、湖南、江西、山东、外加东北三省。林航笑呵呵地听着老爷子神侃，心想都说北京人能嘚啵，原来这四川人耍起嘴皮子来也是不一般啊！

第二天中午，老人的两个儿子坐飞机赶来了。一进病房，老爷子就破口大骂："格老子，你们两个龟儿子，把老子一个人轰到北京，说旅游，我差点旅死！"

林航看着眼前的情景很尴尬，老人的两个儿子都四十出头，西装革履，一看就是非富即贵，可此刻却被老爷子搞得灰头土脸，毫无面子可言。

骂完了儿子，老人指着林航说："你们两个看见没有！要是没有这个娃娃，老子就死喽！你们两个龟儿子给我跪下！"

老人这么一说，林航可就真慌了，急忙一把拽住他们哥俩，尴尬地说："老爷子，您看您刚好，可别再生气，我这两位哥哥不是也来了吗！"

老人瞪了一眼，不说话了。两个儿子一看有台阶可下，立马从兜里掏出一沓子钱，递给林航说："多谢多谢！"

林航急忙拒绝，但是老人和他两个儿子非要他把钱留下，撕扯了老半天，最后林航说："要不这样吧，这也快中午了，咱们一起吃顿饭，就在医院对面，你们俩请客成了吧！"

哥俩儿回头又看了看老人，老人点了点头，才缓慢地站起身来。

一伙人出了病房，林航又帮着办好了出院手续，这才领着老人和他的两个儿子来到了医院对面的一家炸酱面馆。

老人一看饭店门脸寒酸，有些不高兴，对林航说："你个娃娃，不要给这两个省钱，他们的钱拿火烧都烧不完！"

林航急忙说："老爷子，这炸酱面可是老北京最有名的风味小吃！您也尝尝吧！"

好说歹说，进了饭店，几个人简单吃了一口，又唠了一会儿家常。原来老人的两个儿子都是当地的富户，特别是大儿子王全福的双全工贸集团甚至还是一个很有名气的上市企业。为了让老爹能在北京玩得痛快，哥俩特意把老街坊凑到一起，组了这么一个团，可没想，别人都玩得开心，自己老爹却险些光荣掉！

临分手的时候，这哥俩又一个劲儿地跟林航说，没事儿的话就去四川，无论是扎根还是旅游都包在他们身上，林航只好一个劲儿地感谢。

告别了四川父子，林航一声长叹，看看人家这家庭，父严子孝！再想想自己的家，都乱成一锅粥了。二叔困难，什么也不说，可三叔有的是钱啊，但对爷爷那态度，真是让人寒心。表面上说赡养老人，但除了一天三顿饭之外，所有花销都要父亲和四叔来出。说得再不好听一点，就是这三顿饭，那其实也是其他兄弟姐妹花钱买来的！一个月下来东西不算，爷爷的退休金再加上别人交的营养费就有小三千。也不知道爷爷每天吃的都是什么！在绥河，饭店里一盘溜肉段才十五元，这三千块钱完全够三叔一家顿顿下馆子了！

Part.04
此城的冷漠

1

自打那天从派出所出来，姜胜这心里就憋屈得慌。明明是自己见义勇为，结果却被罚了一千块钱。这两天他没干别的，就一直在找肖倩，他想问她为什么在派出所冤枉自己。如果是不想得罪胡杨，那直接从了他不就得了？春宵一刻值千金啊，为什么还哭着跑开了？是真的假正经还是暂时没想开，或者有别的原因？他一定要问明白。不管怎么着，她还欠他一声谢谢呢！

然而北京城大得变态，茫茫人海里找这么个其貌不扬的小妞儿实在太难了。最后姜胜没有办法，只好从姐姐嘴里套出了胡杨公司的名称，上网查到地址。

中午吃饱了饭，姜胜坐着公交车就来到了胡杨的公司。到了楼下，买了一瓶可乐，他便大马金刀地坐在马路牙子上直勾勾盯着大门。

这一等就是三个多小时，快傍晚的时候，肖倩出现了，她抱着一个大纸箱子，出了公司门跳上一辆公共汽车，姜胜急忙跟上。

此时正值下班高峰，在拥挤的公共汽车上，他们隔得很远，姜胜始终没有勇气挤过去跟她说话，只是偶尔拿余光瞟她。肖倩下车，他也赶紧往外挤，可一着急公交卡又不见了，耽误了时间不说，又被售票员教育了一通。

下了车，左右不见肖倩，姜胜有些懊恼，心想自己实在是够衰，《碟中谍》都他妈白看了，盯梢太不专业。

在这站，下车的人们小部分向左，大部分往右，姜胜想了一下，最后还是跟着大部队往右追了过去。

然而让他兴奋的是，这一乱走，结果还真走对了。刚出去二百米不到，就看到了肖倩的背影，姜胜快走了两步，一直尾随着她来到一幢破旧的大楼前。

肖倩径直进了一个单元门，姜胜不远不近地追在身后，脑袋左右乱转，但余光却死死地盯住了前面的身影。

到了楼梯口，肖倩并没有向上，而是径直朝地下走去。姜胜有些纳闷，难道这丫头住的是地下室？他一边嘀咕着，一边悄悄地跟了进去。地下室的走廊里阴冷潮湿，一股发霉的味道扑面而来。长长的走廊灯光昏黄，就好像通往地狱一般，如果这会儿突然蹦出一个青面獠牙的怪兽，姜胜可以保证，自己会立刻被吓死。

肖倩顺着走廊又走了十几米，这才停在一扇门前，把箱子放下，从兜里摸出钥匙，打开门，然后弯着腰又把箱子拖了进去。姜胜等了半分钟，等关门声传来，这才轻手轻脚地走过去，看了看门牌号，B1—3。

此时的楼道里安静极了，只有细微的风声，姜胜只感觉阴风嗖嗖地穿过裸露的皮肤，冷不丁打了个哆嗦。撸起自己的上衣袖子，他发现胳膊上已经起了一层鸡皮疙瘩，膝盖也有些隐隐作痛。姜胜忽然想起前些日子看的那部恐怖电影，地下室的门轰然打开，鲜血像潮水一样涌出来。

“天哪，这丫头也太牛掰了！一个人住这么个地方，她难道就不怕大半夜墙缝里钻出黑白无常和吊死鬼？”姜胜不由得暗自感叹。

然而事实就在眼前，弱女子肖倩不光敢对警察同志说谎，还敢睡在地府门前。姜胜在门口站了一会儿，想敲门进去，但不知为什么却没有了勇气。他隐隐约约感到，门里的这位姑娘一定有什么难言之隐。假如她是个外表纯洁、内心淫荡的人，断然不可能如此委屈自己。要知道，现如今这社会，半大姑娘们，不管有没有姿色，只要偶尔做做兼职，卖卖皮肉也犯不着在地下室受罪啊。所以从这一点来看，肖倩应该不是什么坏人。既然不是坏人，自己就不能跟个凶神恶煞似地破门而入。对待好人，就得彬彬有礼。姜胜低头看了看自己的打扮，黑上衣外加一条六七个窟窿的牛仔裤，腰上还拴着一条铁链子，这模样太傻逼了，一看就是个混混儿。以这副德行敲门，人家肯定以为他是来寻仇的！

想到这儿，姜胜对着房门敬了个标准的军礼，然后悄声嘟囔了一句：“跑得了和尚，跑不了庙，后会有期吧您哪！”然后一转身大步离去。

2

姜薇这一下午忙得要命，跟胡杨吃完了中午饭回到报社，屁股还没坐稳，编辑刘义民便派下来一个采访。对方是个二线女星，以风骚和难接触闻名。好在姜薇所在的报社牌子也不小，女明星照例扭捏作态了一阵，最后还是答应挪出一个小时，不过条件是姜薇要去她所在的公司。临走时袁璐丹又话里有话地对姜薇说："你说你什么都有了，还在这报社熬什么啊？"

"什么什么都有了啊？"姜薇纳闷地问。

袁璐丹一笑说："你可别告诉我今天的宝马是出租车啊！"

姜薇解释说："咳，那是我一同学！"

"哟！还同学！有空给我也介绍一个啊！要有钱的！"袁璐丹说完留下一个意味深长的笑，转身走了。

姜薇撇撇嘴想跟上去再解释，可是又觉得跟这种八婆实在没什么好说的。也不知道他们是怎么了，难道是因为每天都关注娱乐圈，结果把自己也搞得八卦起来了？早知道这样的话，还不如去跑社会新闻，虽然累了点，但是毕竟比现在这工作有意义得多。

去采访的路上，姜薇努力地调整着自己的情绪，她深知一会儿自己要面对的将是一个比袁璐丹难缠一百倍的超级恐龙。

折腾了整整一个下午，采访完已经是傍晚六点了。拖着疲惫的身体，又转了三趟车，这才回到了亲切伟大的地安门。

刚一下车，姜薇便发现前方三十米左右有个老女人正弯着腰，背着一个鼓鼓囊囊的编织袋艰难地走着。她叹了口气，心想如果林航不能挣很多很多钱，三十年后还打不起车，那么背着沉重担子在街上走的就是自己了。

姜薇一边想象着以后可能的苦难生活，一边朝前走。走着走着，她突然觉得有些不对劲儿，随着距离拉近，前面那个女人的身影越来越眼熟。

姜薇的心立刻咯噔一下，赶紧跑过去喊："妈！您背的什么啊？"

"哎哟，小薇回来啦？这不大白菜上市了，我多买点！"贾英转头笑了笑却没停下，继续往前走。

"妈！您放下！我来！"姜薇撸胳膊挽袖子。

“你哪儿背得动啊？”贾英笑话女儿。

“我怎么背不动？”姜薇跟母亲拉扯了一会儿，终于抢下了白菜，母亲执意自己抱两棵，姜薇随她，把其余的菜扛到肩上。立刻，大白菜如同泰山压顶，她只觉得自己的肩膀立刻就塌下了一大块，硬挺着走了几十米，姜薇没劲儿了，只好放下来休息一下。

贾英心疼女儿，又忍不住笑话她道：“我就说你拿不动吧！看你这小体格儿！林航也不说多挣点钱，多给你买点好吃的！也是，他挣那仨瓜俩枣的，还不够他自己花呢！”说罢把怀里的两棵塞给姜薇说，“来，换换，把袋子给我！”

姜薇固执地摇摇头，径直走到路边，朝出租车招手。

贾英连忙高声制止：“小薇！不许打车！回来！”

姜薇撇着嘴说：“不打车怎么走啊？还有一站多地呢！”

贾英高声说：“我就为省点钱才买这么多！批发价给我的！再坚持一会儿就到了！要打车我早打了！我从市场那边背回来的！你抱着这两棵！编织袋给妈！”

姜薇见母亲不同意，一赌气又拎起那编织袋往家走。

贾英一手抱一棵白菜，快走两步追上女儿，看到女儿气鼓鼓的样子，只好主动跟她搭话。

姜薇表情严肃地走了一会儿，歪头问母亲：“您怎么一下买这么多？先买一棵吃着多好？何必受这个累啊？”

贾英凑到女儿面前笑呵呵地说：“买一棵谁给便宜？多买算批发价！”

姜薇感觉很头痛，她说：“妈！您怎么不会算账呢？白菜这么便宜，才几毛钱，您为了几毛钱就宁可受这么大的累？多不值得啊！您要是累坏了，可就不是这几毛钱能解决的！您可得改改消费观念了，现在什么最值钱？身体最值钱！”

贾英哼了一声表示不同意，接着又念叨起来：“吃不穷，穿不穷，算计不到就受穷！我退休金不高，也没挣大钱的本事了！钱都是这么一分一分省下来的，你们年轻，现在还能挣呢，什么都觉得无所谓，等老了就知道了！”

姜薇无话可说，母亲一向倔犟，想劝动每月只拿几百块钱退休金的老太太出门打车确实不容易。

休息了好几次，好不容易把白菜拿回家。进了门，姜薇一撒手，编织袋里的几棵白菜闷声坠地，她径直走到母亲的床前，脚一软，呈大字瘫倒。

“你还不如你妈这身子骨儿！”贾英嘟囔着把菜一棵一棵搬到厨房角落摆好，洗了手擦了擦，又问女儿喝不喝水，姜薇哼了一声摇摇头。贾英笑着转回厨房，系上自制的格子围裙准备洗菜做饭。

忽然，趴在床上的姜薇“腾”地弹起来，就跟打了鸡血一样，冲到厨房一把拉住母亲的胳膊说：“妈！别做了！我今天发了一大笔稿费！我请您下馆子！”

“下馆子？我才不去呢！”贾英激动地喊了一声，挣脱开女儿的手，转身哈腰抱起一棵白菜，“妈给你做醋溜白菜！”

“妈！我今天一定要请您！您就配合一下，听我一回嘛！”姜薇抢下白菜，又把母亲的围裙摘下来。

“我真不去！你要想吃什么，妈给你做！妈做不了你跟姜胜你们俩出去吃去！”贾英急了，想抓住点什么，可墙壁光秃秃的。

“妈！不行！咱们一家三口还没一起下过馆子呢！您看您身上还有白菜叶儿呢！换一件换一件！”姜薇撒娇耍赖地把母亲推进卧室，从柜子里翻出一件她认为母亲穿着最好看的衣服来，强迫她换上。

贾英拗不过女儿，只好随她，但嘴里却还嘟囔着，怪她乱花钱。姜薇知道母亲心里其实挺高兴的，只是故意装出不乐意的样子。是不是当长辈的都这样心口不一？这真是个问题！

由于怕惹母亲不高兴，姜薇犹豫了一下还是没叫林航，只给姜胜打了电话约好地点，然后就搂着不情不愿的母亲下了楼，母女俩直接去了什刹海的全聚德。

贵就贵吧！姜薇今天就想让母亲奢侈一回，奢侈就奢侈到底。

此时正是吃饭的高峰期，全聚德比菜市场还热闹！进了饭店还得排队等位，贾英几次想走，姜薇始终拉着母亲的手，生怕她突然变卦。好不容易等到空桌，姜薇问母亲想吃什么，贾英说随便吃点简单的。姜薇嘴上答应着，也没敢让母亲看菜单，自作主张点了一套烤鸭和四个被推荐的招牌菜，又要了一壶茶，她和母亲先喝着。

很快，姜胜也赶来了，还没坐稳就一脸不敢置信的表情问道：“哎，姐！今天太阳打西边儿出来吗？干吗请我跟妈吃饭？”

姜薇纠正道：“今天我请妈！你是作陪的！”

姜胜一撇嘴说：“我无所谓，不在乎！对了，我姐夫呢？”

“他加班。”姜薇冲弟弟使了个眼色，心里暗骂，这死小子又不是不知道母亲最近看林航不顺眼。再说他来了，肯定抢着付钱，他哪有钱呢？等以后林航的生活走入正轨了，有的是机会一起吃饭。

很快，菜一盘盘端上来。一家三口其乐融融地边吃边聊。母亲又问起姜薇的个人问题，姜薇说她喜欢林航，这辈子跟定他了，等再攒点钱交了房子首付，就办婚礼。

贾英说：“林航这孩子吧，大体上还不错，可是有两点让人难以接受，他是东北人，这东北人性子不好，脾气急，打老婆是家常便饭！”

“又不是都打！再说了，我就不信那些南方人都品质优良！我上学那会儿，认识不少江浙沪呢，大老爷们都矮得跟心里美萝卜似的，那叫一抠门儿啊，还特愿算计别人！没劲！我就喜欢东北人，糙是糙点儿，还敞亮呢！我姐夫啊，他就不可能打老婆！”姜胜替林航说好话。

贾英白了儿子一眼，又对女儿说：“我本来希望你找个本地的，以你的条件，你说，你模样也不错，工作又好，不找个当官的也找个做买卖的，你说你找什么样的找不着啊！你倒好找个那么远的！幸亏他在北京上班，也打算在北京落户，这要是他准备回老家，你还跟他回东北啊？不要你妈了？还有他家经济条件是不是也很一般啊？”

“他都说不回老家了！他家是没什么钱，但这不正好门当户对吗？”姜薇呵呵笑着说。

贾英哼了一声说：“什么门当户对？我看他爸那人有点不太对劲儿，我听你说他办的那些事儿，肯定特败家！根本就不是过日子的人！”

姜薇笑着卷了一个烤鸭卷递给母亲说：“看您说的！他爸当官当的，这不退二线了吗？再憋半年就跟普通群众一样了。”

贾英捏着那个烤鸭卷语重心长地说：“小薇啊，妈实在是怕苦了你啊！你们证都领了这么长时间了，房子也没着落。妈后悔当初没把户口本藏好了啊！你这死丫头翅膀硬了，自己有主意，你要是问问妈，妈肯定不会同意你和他那么早领证！”

“妈！早领晚领也就是他了，早领还省得他跑了呢。”姜薇开玩笑道。

贾英气呼呼地说：“嘿？他跑了？你还担心他跑了？条件这么好的北京媳妇，他上哪儿找去啊？这回他不怕了，这一拖还不知拖到什么时候去，我是担心你上

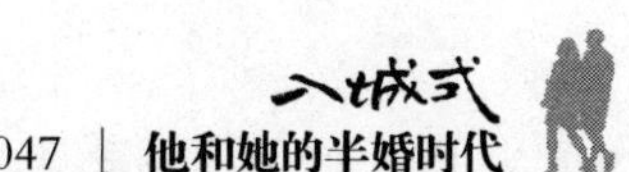

了贼船就下不来啊！虽然还没办酒席，但你要是跟他离了再嫁别人，那你就是二婚了！”

“妈！看您说的！谁离婚啊？”姜薇心里有些不是滋味，离婚这两个字，她可是想都不敢想。

一直低头吃菜的姜胜抬头插嘴道：“就是！妈！您说点吉利的！我姐夫那人真挺好的！都已经跟我姐领了结婚证了，您就对他好点吧！要不以后人家怎么孝敬您哪？”

姜薇也点点头说：“妈！咱也不能老逼他，咱中国人这习惯啊特差劲儿！非得要人家男方那边准备房子，多不平等啊！等以后姜胜结婚，您还得给他准备房……”

贾英微笑地望着儿子说：“你弟弟娶媳妇，我就把房子一腾，给他们一装修，我自己出来租个小平房住着还舒服！”

姜薇喊道：“妈！那可不行！”

姜胜也急了，慌忙咽下嘴里的菜，又喝一口水往下顺顺，才说：“妈！您这不是骂我呢吗？您想得可够长远的，我连女朋友都没有呢！再说就是有了，那也得养您老啊！”

一双儿女的这番话让贾英心里很受用，她轻哼了一声，不置可否，但心里却暗想，自己这辈子也算没白受累！

又吃了一会儿，贾英又问姜胜：“小胜啊，你说以前上学的时候，你小子女朋友就没断过，追你的姑娘不算少啊，怎么你大学毕业了反倒还没了呢？你天天往外跑，有没有喜欢的姑娘啊？”

姜胜看了母亲一眼，笑嘻嘻地说：“多着呢，挑花眼了！”

贾英笑着说：“嘿！你也带回来让我帮你挑挑！”

姜胜没理母亲这茬，连忙对姐姐说：“姐，你就赶紧跟林航结婚吧！咱妈有我呢，不用你操心，养儿防老嘛！”

贾英撇了撇嘴，说：“你？你拿什么孝敬我，你大学毕业到现在，哪个工作你干满一个月了？”

姜胜说：“妈！这次我是真准备找工作了！我最近在整理简历呢！”

贾英瞪大眼睛问：“真的假的？”这对于她来说可是比女儿带她吃全聚德还高兴的事。

姜薇也歪头教训弟弟说:“你就高不成低不就!好工作你做不了,工资低的你又看不上。还没常性!你姐夫做导游那么个破工作也干这么长时间了,换了你,你成吗?”

贾英怕姜薇说毛了姜胜，于是急忙按住女儿的手，和颜悦色地劝儿子:“小胜,你找一个差不多的先干着!你姐不是也换了好几份工作才干到记者嘛!哪能一步就登天了?”

姜薇会意母亲的想法,于是也换了一副笑脸儿,给姜胜出起了主意,告诉他应该以何种心态对待工作。

吃完了饭,姜薇起身去埋单,结完账钱包里只剩下一百多块钱了,离发工资还有七天,这七天坚决不打车!坚决不买零食!又要天天吃炒圆白菜了,但姜薇心里很舒服。她长这么大,第一次意识到她陪母亲的时间不多了,再过一阵子举行了婚礼,她和林航就要组成一个新的小家了。

快出门的时候,贾英东张西望地打量着大厅里的吃客,她小声问:“这里天天这么多人啊?”

姜胜笑着说:“咱中国人,特别是咱北京人,穿和用都能将就,就是这张嘴,吃不了亏。”

姜薇点头称是:“北京人就是馋!”

“要我看,都是外地人,咱北京才多少人啊,你看这些个,吃得肥粗圆胖的,还得减肥!拿自己的身体不当回事!”贾英撇着嘴嘟囔。

“这就叫皇城气派,八旗民风!”姜胜笑着揶揄道。

离开饭店,姜薇招手打了一辆出租车,母亲坚持要坐副驾驶的位置,甚至有些急了。姜薇开始没多想,还以为母亲喜欢副驾驶的视野开阔,后来突然想到母亲坐前面的真正原因,姜薇心里特别难受,她记得去年母亲看了一期电视节目,模拟车祸现场,后座的人没死,因为前座的人挡住了。她记得那天母亲还嘱咐她以后打车一定要坐后边,她都忘记了。母亲一辈子谨小慎微,三十六岁死了丈夫,担心再找一个男人会虐待她的孩子,一直独身,又当爹又当妈拉扯一双儿女长大成人,真是太不容易了。

母亲紧张地握着她头顶上的那个扶手，一直盯着前方。姜薇感到带母亲打车,对母亲来说简直是一种煎熬,她是冒着赴死的信念来坐的——死就死吧!死也要挡住后座的儿女。

姜薇感到弟弟的头靠在了她的肩膀上，歪头一看，弟弟睡着了，由于睡得不舒服，发出了轻微的鼾声。姜薇在这一刻觉得自己责任重大。她能为这个家做些什么呢？

3

那天林航送走了四川父子后，回到旅行社已经是下午了。办公室里没几个人，胖经理正跷着二郎腿美滋滋地抽烟，看林航进来后，急忙冲他招手。

他摆出一副经理该有的威严来说："小林啊，医院的事情处理得怎么样？"

林航回答："没事了，老人的两个儿子来了。"

胖经理皱皱眉说："哦？是要讹诈我们吧！"

林航一笑说："没！人家还一个劲儿地感谢呢！估计这会儿都上飞机了！"

胖经理有些不信地问："回四川了？"

"嗯！"

"他们是怎么感谢的啊？有没有留点……"经理做了一个手捻钱的动作。

"给了，我没要！"林航回道。

经理咂咂嘴说："哎呀，你这个人啊！就是个死心眼儿！干吗不要呢？我可跟你说，去医院的花费旅行社是不给报销的！"

林航一笑说："我也没说让您报销啊！"

"哼！以后要灵活一点！你看看，和你一同上岗的那些同事，哪个不是香车美女！就说我吧，不也只比你早来咱们社一年嘛，虽然也是给老板打工，但位置不同，赚得也多啊。"

"那是，您多灵活啊！我哪比得了！"林航淡淡一笑，突然担心这么说会不会惹经理不高兴。

"你不要不服气，这就是本事，干咱们这行，脑子要转得快才行，哪个来北京旅游的不想省钱？可他们省了，咱们吃什么？"

"是！我记下了！"林航应了一声，找个地方坐了下来。

"现在是经济危机了！我们的机遇啊！"经理笑着说。

"机遇？都经济危机了，游客应该变少了啊！"

"你看，你就只会思考表面现象！游客变少了是不假，但少的那部分是什么人？都是些没钱的人！你要记住，像我们这种旅行社不可能接到李嘉诚这种级别的大富豪，我们接待的人只有三种，第一种是普通游客凑的团，这样的没什么油水；第二种是公款旅游，这样的有一些油水，但他们干什么都要发票，很麻烦；第三种就是一些小富翁，这些人有钱，而且爱炫耀，钱花少了都不干！这才是大主顾！这样的人是不怕经济危机的，而且越是这时候他们越愿意出来，显示自己有钱嘛！比方那些矿老板就都是这副德行！买房一买就是十套，神经病！我们那些合作商家就是为这些人准备的！这样的人我们必须让他多多地花，用力地花，往死里花！"胖经理手一挥，脸上一副气壮山河的表情。

林航苦笑着点了点头，经理的这番道理，他自然是懂的，但真要让他使劲撺掇游客消费，他是无论如何都干不出来！

"林航啊，我知道，你实诚，正人君子嘛！不愿意这么赚提成！其实呢，也不是没有别的办法！"经理眼睛一眯，神秘地一笑。

"还能有什么办法？"林航竖起耳朵准备听听。

"哎，我给你看张照片！"经理指了指自己桌子上的电脑屏幕。

林航凑过去一看，心里一阵恶心。荧屏上的照片是一个女孩和一个老外亲切地靠在一起，女孩是自己的同事，老外背着大包，他不认识，想来也是一个游客，让林航感到惊讶的是老外的一只手搂在女同事的腰上！

"怎么样？哈哈，杜妮妮，你认识吧！拍照片的是李可！她俩陪这老外转了一个礼拜！知道吗？人家可是每天三百，欧元啊！"经理强调道，"你可别以为这老外是一般流氓，人家是大学教授，是到这边文化交流来的！交流！懂吧！哈哈哈……"

林航苦着脸说："这……我……我是男的啊！"

"男的怎么了，这世界有男就有女啊！你以为这世上只有男大款啊？"胖经理小眼儿一瞪，像看怪物一样看着林航。

"这……外国人……都跟长毛牲口似的……我可不行！"林航不好意思跟领导翻脸，只好虚以委蛇。

"不光是外国人啊！"经理一正身子，胖脸立刻变换出一副凛然的神情，"说真的，兄弟，我一直特别赏识你！这年头儿像你这样忠肝义胆的那可真是太少见了！咱俩共事也这么多年了！哥哥帮你一把，最近有个外地女大款要在北京开分公司，人嘛，是老了一点，快五十了，但是有钱啊！大方！丧偶，特孤独，特可怜！要不我给你介绍一下？等你发达了，也拉兄弟我一把！”

林航连忙摇头说：“这……这可不行，这都快赶上我妈了！”

经理怒其不争地说：“你怎么这么死心眼啊？人家杜新阳和闵浩不就是这么去的香港吗？人家可都他妈富豪了！我就是没你们这身体条件，我要是也长你们这么帅，我他妈早就大亨了！谁还当这个破经理！”

林航仍旧一个劲地摇头说：“人家那是两情相悦，自由恋爱的！”

“狗屁！杜新阳傍的那位狐臭，每天香水就得用半瓶，闵浩那个前年就他妈六十七了！”

“这……怎么可能啊！”！林航继续装傻，胖经理说的这些，其实他都是知道的。但每个人有每个人的奋斗方式，杜新阳和闵浩那种不是他林航的选择。假如眼前这张胖脸换成别人，他早就拎起椅子抡过去了。

眼看自己说服不了林航，胖经理神色多少有些黯然，但旋即又满怀希望地说：“这样吧，你也考虑考虑，反正那人也要十二月份才来呢。这两天你也辛苦，明天休息一天！工资照发！怎么样，哥哥够意思吧！”

“够意思！够意思！”林航连忙装出一副笑脸。

“好，那就这么着，你先忙！我这儿还有点别的事儿！”胖经理朝林航挥了挥手。

4

休息一天！这简直太奢侈了！

林航回到出租房饱餐一顿，躺在床上胡乱琢磨。不一会儿隔壁又传来高亢的女声，紧接着是赵冲那闷声闷气的叫喊：“哈哈哈！被我抓住了！”

“操他妈的！”林航低声骂了一句，想想这大哥已经四十多岁了，一个老帮菜居然还夜夜交欢，这得吃多少药啊！难道他是卖“伟哥”的？

想一想，自己这两天一直没见到姜薇，连电话也没打过，多少有些惦念。看了看表，已经快晚上九点了，他掏出手机拨通了姜薇的号码。

他放低了声音问：“喂，干吗呢？”

电话里传来姜薇的声音：“哼！才给我打电话，我以为你都不要我了！”

林航忙说：“哪儿的话，这两天忙死了！你干吗呢？”

“赶稿啊！还能干什么？报社要做一个专题！”

“专题？怎么，最近又有大腕牺牲？”

“呸！你这乌鸦嘴！这不是大婚年嘛！”

“什么大婚年？”

“我们领导说，今年是娱乐圈的大婚年！蔡少芬啊、王志文啊、佟大为、方中信、梁朝伟、刘嘉玲、董洁、聂远、权相佑、陈慧琳都结婚了，听说李嘉欣也快了，总之啊一大串！”姜薇念经似地叨咕了一大溜人名。

“天哪！不会说这些人你都要采访吧？”

“不啊，我只是一部分，但也够忙的了！”

“干吗都这么扎堆啊？好像多着急似的！”林航纳闷地问。

“你不急啊？呵呵，我倒是希望也跟着扎堆儿呢！”姜薇有些酸酸地说。

这句话一出口，林航立刻没电了。

是啊，怎么就没想到自己呢？按理说，自己和姜薇也算是扎堆儿的一拨儿，而且还是八月八号，最好的日子。可这婚礼一天不办，心里还真就没有那种已婚人士的感觉。林航扫了一眼床头的柜子，结婚证现在就躺在里面，那不过是一纸文书，貌似威严，但真正的功效实在有限。

自己到底急不急呢？应该是急的，无论是生理还是心理！

可急又有什么用？房子没有着落，婚礼就肯定还要再拖，总不能让姜薇跟自己住在这儿吧，总不能隔着一道墙天天跟赵冲大哥比叫床声音吧！

两个人又聊了几句，林航到最后也没说自己明天放假的事儿，本来他还打算叫姜薇陪自己玩一天，可现在她忙得要死要活不说，自己那欢快的心气儿也随着波澜壮阔的大婚年低沉了下来。

挂断了电话，林航嘟囔了一句:“算了，还是投简历吧！”今天下午经理的那番话已经搞得他出离愤怒，这个破地方真是不值得留恋了。

昏天黑地地睡了一晚，第二天上午十点多林航才睁开眼睛，按下电脑电源，然后迷迷糊糊去洗脸刷牙。五分钟之后坐回椅子上，那台跟故宫一样沧桑的奔腾三电脑才刚刚打开 Windows 的界面。

“妈的！”林航咒骂了一句，然后拿起鼠标，荧屏上 IE 浏览器像慢动作一样缓缓打开。登陆“前程无忧”用了五分钟,登陆“中华英才”用了四分钟,登陆“智联”足足花了七分钟。林航耐着性子填好招聘信息,然后按下确定键,这会儿一小时已经过去了。

这还是电脑吗?收音机也比这快啊!林航苦笑一声,其实他还想看看搜房网和新浪,因为今天上午有火箭队的网上直播,同时他也想查查最近房价有无回落。但很显然,这样的想法只是一个令人发指的笑话。如今这台电脑已经病入膏肓,脑血栓、半身不遂并发,同时还有严重的气管炎,机箱里突突的声音正在坚定地表达着它渴望退休的愿望。

“算了!还是看电视吧!”林航关了电脑,转身来到了客厅,打开电视,调到中央五套。还好,比赛正在进行中,姚明刚刚上篮不中,脸上的表情一如既往的坚毅而又茫然。

“嘿,帅哥!”正看得入迷时,一个娇滴滴的声音响起,林航转头一看,只见一个穿着三点式的女孩从赵冲的房间走了出来。

“呃……哦,你……你好!”林航红着脸应了一声。

“哎哟喂……你脸红了!”女孩肆无忌惮地娇笑着。

“呵呵。”林航讪笑了一声,急忙目不转睛地盯着电视。

女孩转身进了洗手间,不一会儿,哗啦啦的水声传来。再一会儿,赵冲也出来了。

他招呼道:“林航!”

林航笑着说:“啊!醒了?”

赵冲拍拍脸说:“醒啥?一夜没睡!怎么样,我这战斗力还行吧!”

林航应和道:“行!不错!”

“行个屁啊,我拿药顶的!”赵冲一屁股坐在沙发上,顺手扔给林航一包烟。

林航抽出一根点燃,又把那包烟放了回去。

屋子里暂时陷入了沉默,哗啦啦的水声在继续,女孩应该是在洗澡,电视里的喧嚣也在继续,姚明被矮他好几头的比卢普斯盖帽了。

“妈的,你说这北京和咱有啥关系呀?”赵冲突然感慨道。

“怎么了,被人打了啊?”林航揶揄了一句。

“谁敢啊!别看咱是搞建筑的,可手下也有一百来号人呢!有十来个是你们东北的,手黑着呢!”

“那你郁闷啥？”

“没什么，我就是觉得，我们拼死拼活把楼建起来，然后就和我们没关系了！”

林航说：“你买一套不就有关系了？”

赵冲摇摇头说：“买一套，也还是外地人，人家还是瞧不起咱！”

林航又说：“花点钱落个户啊！”

“算了吧！北京话我一辈子也学不明白，到头来还是外地人。”

“你干吗这么自卑啊？北京人很牛逼吗？”林航转过头不服气地说。

“你还别说，我觉得这北京人就是牛逼，人家住在天子脚下，眼睛都长在脑门上！”

“靠，那不是鳄鱼吗？”

“哼哼，差不多！别的不说，给我们工程队做饭的就是一个北京老娘们，连话都不愿跟我们说，一张嘴就是你们这群外地人如何如何……你说啊，林航，我就纳闷了，我们外地人怎么了啊？这北京城要没有咱们外地人，还不就是个坟圈子？妈的！”

林航听着赵冲的唠叨，没有说话。他倒不是不屑于回答，只是这番话让他产生了强烈的共鸣，心里有些莫名的疼痛。

“我他妈的算是想好了！我在这儿再干两年，挣够钱就回老家！”说到这儿，赵冲突然神秘兮兮地靠过来低声说，“刚才那丫头怎么样？”

林航有点尴尬地回答：“一般化吧！眼睛有点小！”

“嘿嘿，北京本地人！”赵冲得意地说，“没想到吧，他们本地人也干这行，不是瞧不起咱外地人吗？我他妈就专门嫖她们这些北京人！”

“靠！你还是省着点吧，挣钱多不容易啊！”

“今朝有酒今朝醉吧！我干了小半辈子了！劳心劳力！每个月往家寄回四千，剩下的我全他妈折腾了！”

林航没有回答，转头看了一眼赵冲。这是一张赤红的脸膛，上面刻满了岁月的纹路。刚认识的时候，赵冲说他四十二岁，林航怎么都不相信，因为看面相，他似乎比自己的父亲还要苍老。刚一开始，林航不愿意跟他合租，因为他很早就听说过河南人不好相处，然而等了好多天也没有合适的合租伙伴，没办法最后还是选择了他。

随着两个人接触的加深，林航发现自己的想法是错的，这个赵冲其实真的不错，为人大方，也仗义，更重要的是他很善良。记得去年有一次楼上的老太太买了一袋面，拿不上去，赵冲二话不说就吭哧吭哧给扛到了五楼。

再后来，赵冲也领回过几个老家的工友，无一例外，这些人都是善良淳朴的，他们晒得黑红的肌肤里其实都包裹着一颗值得尊敬的心。

民工怎么了？河南怎么了？一想到社会上的种种歧视，林航就觉得气愤，这个世界不就是这些民工用血汗建立起来的吗？那些如同附骨之蛆的都市人凭什么看不起这些财富与文明的建设者呢？

这世界真的越来越陌生了，越来越冷酷了！

很多时候，林航发现他与这个城市的隔膜之深恐怖至极。他和千千万万个赵冲在这个高贵的城市里拼死拼活地奋斗着，然而令人失望的是，有很多事情其实根本不是奋斗能解决的！

当然，可以肯定的是，在这个城市里也有很多外地人过着衣着光鲜的生活，他们有车有房，有庞大的资产，他们在挥霍着自己创造的财富，同时也在向本地人释放着自己的不满和鄙薄。他们证明了外地人并不比本地人差，甚至还比本地人更强。然而，这种抗争的结果最终却还是成了一个黑色幽默——他们用汗水把自己变成了新的北京人，然后也开始瞧不起那些后来的、和当初的自己一模一样的外地人。更为可怕的是，在这个城市里，这样的人其实比看不起外乡人的本地人要多得多……

地域歧视！身份歧视！财富歧视！地位歧视！这些延续千百年的恶疾至今依旧捆绑着这个古老的国度，谁也解决不了，谁都无能为力！

因此，林航虽然受不了赵冲夜夜交欢，但他却愿意试着理解他。一个四十多岁的男人，处在这个社会的底层，那种孤独、寂寞、焦灼，是可以想象的……简单来说，林航认为，赵冲有资格这样做，或许说得更难听一点，他有资格糟蹋这个高贵的城市！他应该获得一点起码的平衡，尽管这平衡来得虚弱，来得猥琐。

Part.05
我自忧愁

1

胡杨和朱一墨这两天都很忙，朱一墨所在的单位上了新的生产线，春节前要完成岗前培训。作为办公室的领导，他现在每天都要把工人们组织起来学习。请来的老师是美国人，高大威猛，银发络腮，远看近看都不像是工程师，而是一位蹲在象牙塔里的哲学家。朱一墨英语稀松，bad 和 bed 都不分，工人们就更加不懂，厂子里为此特意雇了一个外语学院的高才生。招人的事情自然是朱一墨负责，招的自然是一个美女，像这样的机会，他是断然不会放过的。

有了美女相伴，朱一墨的工作热情也高了很多，一连七八天，废寝忘食，终于在一次浪漫晚餐之后把美女骗到了床上。

翻云覆雨之后，两个人靠在朱一墨家宽大的床上，有一搭没一搭地闲聊。

朱一墨涎着脸问："哎，薛妍，你发现没，咱俩简直就是天生一对儿啊？"

薛妍撇了撇嘴，一翻身，从床边拿起一支烟点燃，然后抱着膝盖抽了一口，她吐出一缕烟雾，有些轻蔑地说："我还真就没发现，咱俩怎么就天生一对儿了？"

朱一墨伸手摸了摸薛妍光洁如玉的后背，嘿嘿一笑道："先说工作，咱把那美国老头弄得团团转，算是为国争光了吧；生活上呢，就凭刚才这半个来小时，多和谐啊。"

"算了吧，半小时，那也叫和谐？"薛妍撇了撇嘴，回头对朱一墨说，"我以为你身经百战很厉害呢！我才冲出起跑线，你已经到终点了！"

朱一墨尴尬一笑说:“咱一回生二回熟,我这不是羞涩嘛!”

薛妍笑道:“你羞涩?天哪,我这辈子也没见过你这么厚脸皮的!”她躺倒在床上,拉被子盖上自己。

朱一墨有些不悦,他眼皮一翻说:“这话可有点重啊!”

薛妍翻身侧躺,和朱一墨脸对脸,她又吐了一口烟喷在朱一墨脸上,她笑着说:“哎哟,甭说别的,就说那天你到我们学校招人的时候啊,你想想你那眼神,抬头只盯着我的胸,低头只看我的腿,活脱脱就一色狼啊!”

朱一墨坦白道:“食色性也!除了灵魂出窍之外,我实在找不出另外一种对你表达倾慕的方式了!”

“你绝对不是灵魂出窍!你们男人都是用下半身思考的动物!”薛妍瞄了一眼朱一墨的下半身,然后指了指自己的脑袋说,“而我是用这里思考!”

“哎……哎……你……太不纯洁了啊!”朱一墨一边笑着说,一边捧住薛妍的脸亲了起来。

薛妍推开他说:“算了吧,这世界还有纯洁的吗?就算有,也被你们这些色狼摧残得不纯洁了!”

朱一墨作罢,歪头问:“那……你呢?”

“我?”

“对啊,你是属于那种天生就不纯洁的呢,还是属于被摧残得不纯洁的?”

“我是属于那种看透了这世界的,纯洁不纯洁这种庸俗的定义和我压根就没关系!”薛妍眉头一扬说。

朱一墨一拍大腿说:“唉,那看来咱俩又一样了,我也是那种看破红尘的智慧型人才!”

“哦!那还真是幸会了!”

“怎么样?咱做个长期伙伴啊?”

“打住,本姑娘没那想法儿!”

“为什么?”朱一墨有些吃惊。

薛妍想了想说:“你吧,是挺有钱的,也很会享受生活。要是没猜错的话,最差也是个富二代,工作也还凑合,虽然是一破国企,但旱涝保收!对一般人来说,找你这样的做老公管不住,做情人倒挺合适的!不过……”

“不过什么？”朱一墨问。

薛妍露出一抹笑容说：“不过咱就不是一般人！”

朱一墨也笑着说：“哈，看不出来啊，你还是志向远大的那一拨儿啊！”

薛妍对他的挖苦并不生气，她捻灭了香烟十分诚恳地说：“废话，难道像你似的，一辈子憋在这么个破地方，就北京这路，你就算开一阿斯顿马丁，你跑得起来吗？到了西直门桥上，照样迷糊啊！”

“哎，那你的意思，是外国好？”朱一墨睁大眼睛问。

“当然啊，我告诉你，这外国的月亮它就是圆！”薛妍又摸起一支烟，却不打算点燃，她用纤细的手指把玩那根洁白的烟杆，凑到鼻子前闻一闻。

“啧！啧！崇洋！媚外！”朱一墨摸到打火机点燃了，凑过去帮薛妍点烟，他接着说，“你们这些年轻人啊，算是彻底腐化堕落了！”

薛妍摇摇头说：“少来！腐化堕落可和我没关系，我能保证我的每一分钱都是通过我自己的奋斗赚来的。”

“你该不会是中了电视剧的毒吧？”

“别逗了，我谁的毒都不中！”

“百毒不侵？”

“差不多吧！”

“我看不是，我看你是中了外国人的毒了！你呀，是没尝过漂在外面的滋味儿！”朱一墨叹了口气问，“你是哪儿人啊？”

“北京的啊！”

朱一墨点点头说：“哦！那也难怪，你一北京人，下一步就只能奔纽约了！”

“这和是哪儿的人没关系！”薛妍有些好奇地看了看朱一墨，问，“你哪儿人啊？”

“浙江的啊！”

“江浙沪，都是聪明人啊！”

“一般一般！”

“怎么着，北漂的生活让你感到郁闷了，感到纠结了？”

“其实也算不上，我呢，有北京户口、有房、有车，严格说，也算是北京人！”

薛妍顺着他说下去：“但就是觉得这不是你的地盘儿，就是觉得拧巴，对吧？

说得再准确点儿，就是没有归属感对不对？”

“哎呀！”朱一墨在床上一骨碌，坐起来，盯着薛妍，“看不出来啊，你还是一心理学家！”

“知道你缺什么吗？”薛妍也没答理这句揶揄，接着问。

“缺什么？”

“一颗二十一世纪的脑袋，一种全球化的思维！”

“我靠！你这都上升到哲学、经济学的层面了啊！”

“少来！这人啊，不论在哪儿，你得瞧得起你自己！你得时刻告诉自己，天大地大，哪儿好，哪儿就是我家！看不上地球，我还住月亮上去呢！”薛妍瞥了朱一墨一眼，抬手把烟头摁在了烟灰缸里。

朱一墨点点头说：“接着说啊！”

“说什么啊？明天一早我还得去接保罗呢！”薛妍打了个哈欠，钻进了被窝。

朱一墨撇嘴说：“还保罗，不就一糟老头子嘛，扔美国，还不就是一蓝领工人，退休之后还得靠政府救济活着。”

“那也是美国的救济金！Understand？”薛妍翻了个身，彻底把脑袋蒙在了被子里。

朱一墨把她拖出来不解地问：“哎，我就纳闷了，一般都是女的赖着我，你可真是个例外啊！”

薛妍神秘一笑说：“如果没有保罗，那赖着你也不错！”

和薛妍这次床头谈话的第二天，朱一墨抽空去了趟梦成公司。一进屋就看见胡杨正眉头紧锁地盯着电脑。

那天中午和姜薇的一顿西餐让胡杨很不舒服，虽然表面上依旧嬉皮笑脸，但是心里却有些难过。这倒不是因为他觉得自己这么恬不知耻地追姜薇对不起林航，他的不舒服是来源于内心的委屈。想想大学那些年，自己可是一直把林航当成血亲兄弟啊，这小子怎么能干出横刀夺爱的事儿呢？这个疙瘩已经在胡杨的心里结了好几年，一提出来就有种纠结的疼痛。

那天吃完饭，胡杨没去公司，而是直接回了自己的家。躺在床上，想着姜薇对自己的态度，他就感到一阵阵辛酸。算起来，自己在北京大小也是个成功人士，可不知为什么，一闲下来就觉得心里空落落的，一百九十平米的跃层式住宅里，除了他就是些冰冷而没有情感的电器和家具。半面墙的书已经提不起他任何的兴趣了，那里面的故事都是编的，都他妈是假的！

北京到底算不算自己的家呢？胡杨觉得自己是越有钱越迷糊了。

朱一墨看胡杨没发现自己进屋，便径直走到他身边，伸手在胡杨眼前划拉了一下，笑着说："又想姜薇呢啊？我操，你都快成精神病了！"

"啊？"胡杨一惊，抬头一看原来是朱一墨，立刻大声说，"你什么时候进来的啊？跟只猫似的！有脚垫吧？"

"猫咱可当不了，猫多优雅啊，咱能当好一个京巴儿就不错了！"朱一墨自嘲了一句，"扑通"一下坐在了沙发上。

胡杨笑道："哈，你丫该不会是受刺激了吧？那个什么外语学院的妞儿还没上手？"

朱一墨叹了口气说："哪儿能啊，昨儿晚上就拿下了！"

"那应该是春风得意马蹄疾才对啊，这会儿，你该领着那姑娘去马克西姆浪漫啊！怎么跑公司来了！"

朱一墨手一挥说："靠，谁还去那种地方啊，现在都流行去簋街吃麻辣烫！哈哈！"

胡杨也跟着笑了起来，真是太奇怪了，到底是谁在引导潮流？

笑完之后，胡杨又问："有事儿吧？还是回来支钱？要是支钱可得快点啊，一会儿会计下班了！"

朱一墨说："钱有的是！我就是过来看看，聊聊天！"

胡杨笑着说："咱俩聊天？聊什么？聊你的风流艳遇？"

"不是……不是……"朱一墨摆了摆手，有些黯然地说，"昨晚我跟薛妍聊了好半天……"

"哎……等等，薛妍是谁？"

"就我招的那女翻译啊！"

"哦……怎么，不是逼你结婚吧？"

"屁！丫把我玩了，把我当奔向老外的垫脚石！给我一安慰奖，完事还他妈给我讲了一堆大道理，愣把哥们儿整忧郁了！"

“你……忧郁？”

“怎么？不像啊？”朱一墨坐正了身子，咳嗽一声接着说，“丫愣跟我聊到什么归属感上去了。”

“什么归属感？”胡杨饶有兴致地看着朱一墨。

“这丫头太聪明了！”朱一墨感叹道，“算是把我给看穿了！”

“不会吧！宋江同学说得好啊，种猪的心，海底的针啊！”

“得得，甭提宋江，我现在都羡慕死他了，在老家活得如鱼得水。”

“你该不会是想家了吧？”

“家？操！”朱一墨低着头，不说话了。

胡杨一看朱一墨情绪有些不对，心想，昨儿晚上这小子可能真被刺激了。朱一墨性格敏感，这他是知道的，可是薛妍到底说了什么，竟然让他忧郁至此？胡杨也有些好奇，他坐直了身子说：“说说吧，到底怎么回事？”

“也没什么，我就觉得在北京待着别扭！”

“不挺好的吗？你有车有房，而且户口又在这儿，你一北京人不在这儿待着，你还能去哪？”

“我也不知道，我就觉得，这儿不是我家！”朱一墨有些沮丧地看着胡杨说，“你知道薛妍怎么说吗？”

“怎么说？”

“她说我对这个城市缺乏归属感！”

“哦！”胡杨点了点头。

“你呢？”朱一墨问。

“我，我没想过！”胡杨避重就轻地回答道，“我这一天都忙死了！不考虑利润以外的问题。”

“你就装吧！”朱一墨撇了撇嘴，接着说，“薛妍同学还说了……”

“我靠，她还挺能说的！”胡杨笑着说，“她还说什么了？”

“她说，人啊，就得瞧得起自己！就得告诉自己，哪儿好，哪儿就是自己的家！”

“挺有道理的！”

“那我问你……”朱一墨突然抬起头，盯着胡杨的眼睛问，“北京好吗？”

“我……”胡杨的目光有些闪烁，过了老半天才吭哧出一句，“挺好的吧！做图书公司很适合！”

“吁……”朱一墨听完这句话，像泄了气的皮球一样重新瘫坐在沙发上，过了老半天，他站起身，把双手按在桌子上，对着胡杨说，“很明显你撒谎了！”说完他转身就往外走。

胡杨追问：“哎……你干吗去啊？”

“去泡一个新姑娘！感受一下美丽的北京！”朱一墨头也不回地出了办公室。

2

北京城里的郁闷在不停地上演着，无论是外地人胡杨、林航、朱一墨，还是本地的姜薇、姜胜、薛妍，他们都有着各自不同的想法，各自不同的忧虑。

在北京之外，各种不爽也同样接连不断，就比方林航的老爹林国文吧，这两天就一直在为一台笔记本电脑闹心。

那天中午喝完酒，林国文拎着一兜水果去三弟家，给他开门的是弟媳沈琼枝，一看见大哥手里的大口袋水果，立刻眉开眼笑道：“哎呀，大哥来了啊！快进屋！林鑫啊，快给你大爷沏茶！”

林国文连忙说：“不用忙乎，我看看老爷子！”说完把手里的口袋放在了旁边的桌子上。

“大爷来了啊！”屋子里，小侄子林鑫蹿了出来。

林国文说：“嗯，最近学习怎么样啊？”

林鑫抓了抓头皮说：“嘿嘿，凑合吧！”

林国文说：“啥叫凑合啊？得好好学啊！”

林鑫叹了口气说：“唉，我这不是忙吗？出了学校，我哪有时间学习？还得帮我妈伺候我爷爷呢！大爷，有奖励没？”

“有！一兜水果！”林国文心里有些不舒服，但脸上还是一副笑吟吟的样子。这个侄子现在刚上初二，但那副猛钻钱眼儿的样子可是一点也不含糊。

“老三呢？”林国文问沈琼枝。

沈琼枝答：“在店里呢，现在生意不好，能多守一会儿就多守一会儿！”

“哦！”林国文应了一声，转身朝卧室走去。

林老爷子正仰卧在床上，看着大儿子进来，开心地点了点头。

林国文问："爸，这两天咋样？"

"挺好的！"

"那就成！"

林老爷子问："你媳妇和小航怎么样啊？"

"文瑾还是老胃病，小航不错，领了结婚证了。"

"领完了？那还不赶紧办办啊！"

"办！这两天文瑾正找人算日子呢，春节之后就办！"

"唉！我啊，也走不动了，张罗不了了！让俩孩子结了婚早点生养，临死前我也抱上重孙子！"

"哎，爸，别老死死的！就您这体格，再活百八十年没问题！"

"去他妈的吧，那不成老王八了！"老爷子笑骂道。

"大爷，我大哥在北京咋样啊？"林鑫拿着两只香蕉一边吃一边走了进来，进屋的时候，扔给了爷爷一根。

林国文皱了皱眉，拿起香蕉，一边给父亲剥皮一边说："你大哥挺好的，你得好好学，将来也考到北京，你们哥俩有个伴儿！"

林鑫一笑说："对了，大爷，我听说北京那边出了一种小电脑，就十寸，特别便宜。我跟我妈要，我妈说买不起。啥时候让我哥给我弄一个呗，他都大款了！"

"嗬，有了电脑你就能好好学习了啊？"

"那是啊，有了物质刺激，肯定学得特棒。"

"嗯，那我哪天问问你大哥。"

"琼枝，管管林鑫，一天到晚要这要那的！"床上的老爷子有些生气了。

"哎哟，爸，这可不是我让林鑫要的。这不是你们老林家孩子吗！"沈琼枝歪靠在门口，脸色很不好看。

"爸，你可行了！不就一个电脑吗？过年让林航拿一个回来！"林国文连忙息事宁人。

"说好了啊，大爷！"林鑫笑嘻嘻地说。

林国文点头应道："嗯，好好！"

"大哥，这可不是我找你要的啊！等林航买回来，我给他钱，我可不敢惹咱爹生气！"门口的沈琼枝阴阳怪气地说。

“哎,哪儿的话!一家人啥钱钱的!”林国文摆了摆手,他知道,这个电脑自己算是搭上了,老爷子要是不发火还好,这一发火,不买也得买了。

林鑫蹦蹦跳跳出去了,到门口的时候还冲母亲伸手做了一个V字手势。

老爷子也不说话了,脸色阴沉,两行浑浊的泪珠从眼角渗了出来。

林国文看见了父亲的眼泪,他手足无措地抓起林鑫的一本书,低头假装看了起来,他得给父亲留面子。父亲强硬了一辈子,他肯定不希望让儿子看见他哭。

林老爷子抓起自己的脏手绢抹去眼角的眼泪,心里难过至极,人不服老不行,到了这把岁数,他再也坚强不起来了,他再也不是那个说一不二,全家人都唯命是从的父亲了。

电脑的事情就这样定了下来,其实林国文也明白,这钱花得要多傻有多傻,但是又能怎么办呢?老爹还在三弟那儿,换一家吧,已经不可能了,一是沈琼枝发起泼来天下无双,二是老爹也死活不走。老爷子想得很简单,他不想给大儿子添麻烦,毕竟大儿媳的身体比自己强不了多少,他也不想看着不争气的二儿子闹心,四儿子两口虽然舍得花钱,但应酬多,都忙得要死,他又怕自己去了耽误了这俩人的前程。所以想来想去,老头儿决定,就这样在老三家靠下去了,吃得再不好也比“文革”时候强,至于睡,有张床就行了呗。

林国文也明白老爹的心思,因为这件事,他没少偷着掉眼泪。当年母亲生完四弟不久便去世了。那时自己正在太原当兵,照顾不了家里。老爹一个人拉扯一堆孩子,要多难有多难。村里有人给他介绍过后老伴儿,但是父亲却始终没有续弦,怕的就是后妈对孩子不好。这份情、这份爱,林国文铭记于心。

他知道老三媳妇沈琼枝为的就是一个钱字,她甚至用自己强大的气场同化了原本厚道的丈夫。想要让老爹在那儿过得舒坦点,就得满足人家的要求,说一千道一万,最后还是得用钱来解决,这电脑买也得买,不买也得买!

林国文当然明白这小电脑不可能只有北京才有卖,隔了几天他特意跑到街上转了一圈,结果发现,在百货大楼一楼就齐刷刷摆着一排。

看完电脑,林国文先是在外面喝了点酒,然后回到家立刻大发雷霆,说人家老三媳妇照顾父亲尽职尽责,自己当大哥的怎么着也得出点血,所以他打算给林鑫买台电脑。

赵文瑾跟他对着吵了几句，可两个回合没到她就觉得自己的胃痛如刀绞，只好吃了两片止疼药，找个地方躺着去了。

林国文气冲冲走到家里放钱的地方，刷刷刷数出几千块钱，一摔门走了。

到了商店，买了笔记本电脑，林国文又装出一副笑脸送到了三弟家。这会儿正好是傍晚，老三林国双也在家。沈琼枝看着电脑来了，便高兴地留林国文吃饭，又假模假样地拿出两千块钱说要给林国文。但是这钱攥到手里却只是说，并不往前递。

林国文微微一笑说："收起来吧！孩子好好学习就行了！"

这虚伪的一推一让间，老爷子在里屋叹了口气，林国双则一言不发，只是低着头吃饭，等媳妇把钱收起来了，才冲着儿子林鑫说："快点，谢谢你大爷！"

"谢谢大爷！"林鑫的小脸乐开了花，还上前鞠了一躬。

林国双对沈琼枝说："再炒两个菜，我和大哥喝两盅！"

可是这饭林国文怎么能吃得下去呢？他立刻站起身来说："别了，我刚喝完酒，不能再喝了，反正爸也挺好的，我就先走了！"

这一次，他没有进屋看父亲，他知道只要自己一进屋，老爷子肯定会哭，这是他最受不了的。

出了三弟家，林国文又转到县医院看了看二弟林国武。林老二正在医院门房里自斟自饮。林国文进屋之后二话不说就把酒瓶子摔了，指着二弟的鼻子说："你就不能争点气！快五十的人了，天天喝个没完！"

林国武是个慢性子，老老实实地看着大哥发了一顿飙，愣是一个字也没说出来。这样一来，林国文又觉得自己有些严厉了，毕竟二弟也不容易，人老实，有老婆的时候被戴绿帽子，没老婆的时候一贫如洗，这么大岁数连个孩子也没有，不喝酒还能干什么呢？

看着二弟收拾完满地的玻璃碴子，林国文仰天长叹，摸出买电脑剩下的三百块钱递给二弟说："老二啊，别总喝了！好好挣两年钱，到时候再娶一个，不还是一门日子吗？"

林国武一边接过钱一边连声答应，他的目光浑浊，也不知是含着眼泪还是已经喝迷糊了。

3

林航知道母亲和父亲吵架已经是第二天中午了，他本来想打个电话问问母亲的病情，结果电话里母亲情绪消沉，问了老半天才告诉儿子电脑的事情。

放下电话，林航火冒三丈，恨不得立刻插翅飞回绥河，把堂弟林鑫掐死。他马上从办公室出来，找了个没人的地方拨通了父亲的电话，冷冷地问："干吗呢？"

林国文并没有意识到儿子的话里风雷隐隐，这会儿他刚刚从老家回来，二妹妹孩子结婚的事已经把他烦死了，双方亲家见个面也要把他叫回去充场面，接到儿子的电话，情绪立刻好了一些。

林国文说："唉，小子啊，我刚从老家回来！你说你要是在绥河多好，就用不着我跑了！"

林航问："回老家干什么？"

林国文还是决定不说这些让人心烦的琐事，他说："没啥事，你怎样？挣的够花不？"

林航叹了口气说："我问你，你干吗跟我妈吵架？"

林国文终于明白，儿子这是兴的问罪之师，昨天下午的那一幕立刻回到了眼前。他略略迟疑一下，但紧接着还是立刻摆出了老子的威风，大骂道："兔崽子，他妈敢管我！你是我爹还是我是你爹？"

林航没理会父亲的怒吼，他继续说："我告诉你，我不准你再欺负我妈，我妈身体不好，不能着急，你还有没有良心？"

"放肆！你个王八蛋敢教训老子了啊！"林国文也不管自己身在车站，对着电话大骂道："有种把你妈接走，别他妈跟我穷叫唤！装什么孝心！"

"你……你还是不是个男人！"林航气得浑身哆嗦。

"林航！你……你……"儿子的话像石头一样重重砸在了林国文的心里，一时之间他气得说不出话来了。

"整天就是你那帮兄弟姐妹，你想没想过我们这个家！你想没想过我妈？我妈自打到了老林家，享过一天福吗？你一天天什么活儿都不干，跟个大爷似的，你还有完没完了！我告诉你，你要再这样对我妈，我就跟你拼了！"林航这会儿也完全进入了癫狂的状态，仿佛母亲已经在父亲的虐待下横刀自尽了一般。

"你给我滚！滚！有种别回来见我！"林国文大吼一声，直接把电话摔在了地上。

电话断了！林航再打过去，始终是无法接通。再拨家里，也没人接，母亲不在。林航慌了，他生怕母亲出什么问题，更怕父亲把这满腔怒火撒到她的身上。

放下手机，林航立刻打车到了姜薇的报社，直接把姜薇叫了出来。

两人在同事们惊异的注视下下了楼。

停住脚步，看着满头大汗的林航，姜薇纳闷地问："怎么了啊？"

"我跟我爸在电话里吵了一架！"

"嘿，又不是头一回！等老爷子气消了，道个歉！"姜薇安慰道。

"不是，这次比较特殊！"

"怎么了？"姜薇看着林航阴沉的表情，心里咯噔了一下。

林航吐了一口气说："我怀疑他又欺负我妈！我要回绥河！给我取点儿路费出来！"

姜薇拉住林航的胳膊说："不是！那个……你能不能冷静一点儿，他们老两口过了这么多年了，战斗了一辈子了，有摩擦很正常啊！"

"不是！"林航突然提高了声音喊道，"这次不一样！他不接电话，家里电话也没人接！我妈可能出事了！我妈……我妈那身体不能激动！"

姜薇被林航的样子吓了一大跳，自打两人认识起，林航从来没有这样狂躁过，也从来没这样对她大吼过，眼泪很快就汪住了她的眼窝儿。

林航没有发现姜薇的异样，继续大声喊："快点！我现在就走！"

"可是现在根本没有车！"姜薇终于跺着脚喊了出来，随之而来的眼泪也流了出来。

这句话如醍醐灌顶般让林航愣住了。是啊，北京去绥河的车只有上午一趟，要走也得是明天啊。再看看姜薇梨花带雨的样子，林航顿觉心中不忍，不住地责怪自己，怎么能这么跟姜薇喊呢，这不和父亲一个德行了吗？

姜薇看林航渐渐冷静下来，把他拉到了旁边的一个僻静处，问清了来龙去脉。听完之后，姜薇觉得心里也堵得慌。按照法律来说，自己现在已经是林家的人了，林家的一切都和她息息相关，林航的一切对她来讲都是感同身受。

两个人沉默了一会儿，林航的电话响了，是家里打来的。

姜薇一把夺过电话，说:“我来接！”她怕林航再冲动，还会说出什么难听的话来。

打电话过来的是赵文瑾，得知姜薇也知道了这件事之后，她很不好意思地对准儿媳说:“咳，都怪我多嘴，结果闹得他们爷儿俩吵了一架，你叔回来都哭了！林航这孩子也太倔了！他爸这次真伤心了！”

姜薇赶忙说:“那让我叔接电话吧，林航要给他道个歉。”

赵文瑾说:“咳，又走了，哭了一阵，接个电话，又喝酒去了！说是以前的老县长回来了！”

“那怎么办啊？打他手机好像不接！”

“手机摔坏了！过两天吧，等他消消气儿，让林航再给他打个电话！唉……”赵文瑾叹了口气说，“你叔也挺不容易的，这辈子净操心了！我俩拌两句嘴没啥！反正他现在也不打我了，你们就放心吧！”

姜薇又跟赵文瑾聊了一会儿别的，然后把电话给了林航，母亲责怪了他几句，命令他必须要给父亲道歉，林航答应了，又安慰了母亲几句，这才挂断了电话。

4

一场突如其来的父子大战让所有身在其中的人都有了微妙的变化。

赵文瑾发誓以后再也不跟儿子诉苦，免得惹祸。

林国文则在那天回来之后，借着酒劲跟老婆道了歉，虽然对儿子他暂时还不能原谅，但对老婆的愧疚之情却又加深了一层。

林航有些茫然，他有些后悔自己留在了北京，不能照顾母亲，同时又觉得自己跟父亲大喊大叫确实是大逆不道。

姜薇想的倒是和林家父子大战无关，她担心的是自己的命运。那天林航的样子真的把她吓到了，这让她想起了那些关于东北男人打老婆的传闻。晚上回到家，她抱着电脑一会儿百度，一会儿Google，到处寻找那些东北地区家庭暴力的新闻。

但是让她失望的是，她找到的案例一半都是小说，另外一部分虽然是真实事件但却天南海北，哪儿的都有。把这些新闻罗列起来一看，从两广到江浙再到最北端的黑龙江，中华大地仿佛重新陷入了万恶的旧社会，女性在这天晚上再次跌到了食物链的末端。

看了一个多小时，胆战心惊的姜薇刚想关上电脑，突然一个帖子又吸引住了她。同样，这也是一条家庭暴力的新闻，发生在江苏。让人有些尴尬的是，这一次受伤的是男人，新闻绘声绘色地描述了一位孔武有力的悍妇是如何丧心病狂地虐待自己的丈夫。新闻末了还附了一段记者的短评，大意是说，在女权彰显的今天，家庭暴力出现了新的转变，原本的弱女子将很有可能成为罪恶的施暴者！

这则新闻让姜薇的心里有了些大仇得报的快意。躺在床上，她满脑子都是自己和林航拿着武器对决的场面，一会儿是林航把自己打得口吐鲜血，体无完肤，一会儿是她奋起反抗把林航大卸八块。

血淋淋地过了一夜，早晨一起床，她就拨通了林航的电话，非要中午一起吃饭。林航此刻正在颐和园陪一群广西的小孩儿划船，接到了电话之后，有些为难。但是姜薇的态度不容置疑，想来想去他只好说："要不你过来，中午我带团去北海那边吃炸酱面！"

姜薇立刻答应了下来。

中午一到，林航便带着孩子们来到了面馆，进屋之后，他立刻帮着陪团的老师给孩子们点好了饭菜。这个饭店是他们旅行社所有合作伙伴里最干净、最省钱的，林航觉得挣谁的钱也不能挣这些孩子的钱。

安顿好一切，林航又单点了一大一小两碗面，找了一个靠边儿的桌子坐下。

十二点半，姜薇来了。在一群红领巾的环绕下，两人都感觉颇有一种领导人接见红卫兵的意思。

姜薇笑着说："嗬，你今天是孩子王啊！"

"是啊，这帮小家伙可逗了！"林航笑着说。

"都是祖国的花朵啊！"

"那是，我这一上午都是花团锦簇的。要是天天接这种团，我能多活十年！"

姜薇拍拍他的手说："那你还不如改行去当幼儿园阿姨夫！"

林航扑哧一笑，吃了几口面条，他问姜薇："你今天怎么非要一起吃中饭啊？"

姜薇低头吃面，默不做声。

林航歪头问:"哎,怎么了?你妈又说你了啊?"

姜薇摇头说:"没!"

林航有点担心地问:"那是怎么了?跟我说说。"

"我……林航……你……你以后会不会打我啊?"姜薇抬起头看着林航,一双大眼睛又变得眼泪汪汪了。

"啊……怎么可能啊?你想什么呢?是不是因为我爸跟我妈吵架,你就以为我会对你怎么着啊?"

"也不全是!昨个儿下午,你冲我喊那会儿,我汗毛都被吓立了,你特吓人,跟狮子似的!"

"我的天哪……你也太能联想了!你去给他们当形象代言人吧!"林航揶揄道。

"我没跟你说笑话儿!我昨天晚上回去心里还哆嗦呢!查了一夜东北家庭暴力的事儿。"

"那你查到什么了?"

"查到不少呢?"

"都是东北的?"

"那倒不是,哪儿的都有!反正……反正挺可怕的!有一男的把他老婆后背用火钳子烫了一大片!"姜薇用手在空中比画着,但那尺寸明显超出常人肩膀的宽度。

林航心里有点发毛,问:"这都哪儿跟哪儿啊!"

"你……你到底会不会打我啊?"姜薇这会儿眼泪已经出来了。

"不会!"林航坚定地回答道。

"那你发誓!"姜薇撅着嘴说。

"好……好!我发誓!"林航无奈,只好举起手掌来对天发誓说,"我要是打你的话,我就……我就是畜生!"

姜薇摇头说:"不行,这个不行,你要打我了,你就已经是畜生了!这个不行!"

林航皱皱眉,想了想说:"那好,我以后要是打你的话,我就变太监!"

"讨厌!这个也不行!"姜薇伸过胳膊捶了林航一下。

林航笑道:"那……那你说怎么办啊?我以后要是打你的话,我就被车撞死!

行了吧！”

姜薇摇头说:“嗯……不行！这太狠了,你不仁我不能不义！可是我又不能轻易放过你！”

林航苦着脸说:“我说姑奶奶……你今天是撞了邪了吧！我没不仁哪！”

“不行！你再想一个！”姜薇依旧不依不饶。

“好……你等等,我……我再想想……”林航哭笑不得地做出一副冥思苦想状,想了足足半分钟,他一拍桌子说,“有了,这样吧,我要是将来打你的话,出门就被朱一墨强奸！这行了吧！”

“呃……你真恶心！这么多孩子呢,你怎么什么都敢说啊！”姜薇捂着耳朵,做出呕吐状。

林航松了口气说:“被你逼的啊！这回总行了吧,这世界上已经不可能再出现比朱一墨还丑、还无耻、还恶心的下流动物了！”

“嗯……凑合吧,先这样,我要是想到更好的,咱们再重来！”姜薇这会儿已然破涕为笑。

5

这天下午,姜薇没有回报社,而是跟着林航溜了半天。这些孩子确实很可爱,但要求也是花样百出,姜薇看着林航忙忙碌碌的样子,心里有些难过。她以前并没有意识到导游是个辛苦活儿,直到这会儿,她才发现,林航真的比自己累多了。

晚上给孩子们安排好了住处,林航说带姜薇去吃比萨。胖经理不知为什么突然大发慈悲,让会计往他的工资卡里打了八百块钱,又打电话告诉林航,上次扣了他奖金,目的只是警告一下,这段时间他表现不错,所以就把奖金给补了回来。

对于林航这个奢侈的提议,姜薇立刻否决了。这倒不是说她不愿意吃比萨,而是她觉得目前的经济状况实在不适合铺张浪费。必胜客一顿就得一百多,太不划算了。

林航拗不过她,只好跟着她走,最后二人还是找了一个街边儿的小店,他吃了一碗卤煮火烧,姜薇来了一份红油炒面。

吃完饭，两个人又拉着手在后海转了一圈，感叹了一番有钱人的纸醉金迷后,就已经到了深夜。

姜薇想跟林航回通州，可是话刚说出口，贾英的电话就打来了，催女儿回家。

林航只好无奈地把姜薇送了回去，一边走一边安慰自己，不去更好，去了的话两间屋一起叫床多尴尬啊！

到了姜家楼下，林航从自己的包里拿出了一个纸盒，递给姜薇说，再过两天就是她的生日了，所以送她个生日礼物。

姜薇打开纸盒一看，里面是个做工精美的俄罗斯套娃。她立刻欢呼一声，扑到林航的怀里。

抱着自己的爱人，林航的心里其实挺难受的，他本来是打算花二百块钱给姜薇买个民族老绣片的布包，结果人家胡杨提前送了一个七八千的。

虽说老婆现在是自己的，但胡杨的心思他是知道的，所以林航也一直在较着劲儿。可一个破旧的绣片包比试一个做工精致的GUCCI，这不是一般的差距，林航觉得在这个环节上，自己是完败！

想来想去，自己也拿不出什么像样的东西。正好上午领着孩子们逛的时候看见了这组套娃，虽然只有六十块钱，倒也别致，做工不错，便买了下来。他生怕姜薇会嫌弃，所以一直没拿出来。现在已经到了各回各家的时间了，他才不好意思地把东西递给了姜薇。他可不知道，在姜薇的心里，他的一个套娃可远比胡杨的名包珍贵多了。

姜薇趴在林航的怀里，小声地说了一句："我爱你！"然后眼泪又出来了，是幸福的。

林航低下头吻去了姜薇眼角的泪水，也深情地回答道："我也爱你！"这是感动的！

"我知道你为什么送我套娃。"姜薇笑。

"为什么？"林航苦笑着问。

"我们会生很多孩子！七个……"姜薇笑得很甜。

两个人紧紧地拥抱在一起，夜色也变得柔和了许多。他们都没有看见，此时在四楼姜薇家的一间阳台上，贾英正忧心忡忡地看着楼下这一幕，然后长长地叹了一口气……

Part.06

爱得如此慌乱

1

姜胜这几天已经把自己当成007了。他还特意跟姐夫林航借了一套西装，谎称面试，衣服虽然旧了点，还是林航刚毕业那会儿找工作时的装备，但总比姜胜自己的那些衣服强多了。姜胜决定再观察些日子，力求做到百分之百地掌握对手的情况。至于自己为什么这么做，姜胜没想过，他只是对这姑娘产生了浓厚的兴趣。

但他的行动被一个陌生的老头儿发现了，他是地下室的管理员，手里始终握着一叠报纸，鼻子上架一副花镜，每次姜胜来，花镜老头总是走过来走过去，把花镜拨到鼻头上，瞪着两只白眼珠盯着姜胜看，让姜胜不那么舒服。

周末到了，姜胜早早来到肖倩住的地下室，看她周末都有什么消遣。没想到花镜老头儿又慢悠悠地走过来，这次没有像往常一样盯着他走过去，而是对他说："没在家！"

姜胜不信，没打算搭理这糟老头儿。

"加班！"老爷子又补了一句，然后摇摇头转身走了。

姜胜没理由信一个陌生老头的话，他在走廊里等了好久，始终不见肖倩的房门打开。他走过去，把耳朵贴在门上，也听不到里边有任何动静，看来管理员说的是真的。姜胜觉得很失败，他想去肖倩公司，走到楼梯口突然灵机一动，出门在附近买了些酒菜，他想用两小瓶二锅头外加一只烧鸡搞定这个对肖倩有所了解的花镜老头儿。

姜胜再次来到老人的房间，他开门见山地说："大爷！刚才谢谢您！我想跟您打听点事儿！"

老爷子照例把花镜往下一拉，笑着说："你小子没安好心啊！"

姜胜赔着笑，放下烧鸡和酒，赶忙从瘪瘪的钱包里抽出身份证递了过去："您老看看我的良民证！"

老爷子接过身份证看了看，撇撇嘴说："你不给我看还好，身份证上的照片啊，没有一个不像通缉犯的！"

"我拿脑袋保证，前阵子还见义勇为来着！"姜胜笑呵呵地拿回自己的身份证，然后拧开一瓶二锅头，毕恭毕敬地递给老爷子。老爷子笑道："还要贿赂我？"

姜胜也笑着说："看您说的！咱爷俩有缘哪！您跟我爷爷长得特别像！真的！"他打开烧鸡的包装，往前推了推，让鸡肉的香味迅速溢满整间小屋。

"你小子！"花镜老爷子不客气地伸手撕下一个鸡腿，递给姜胜，然后自己也撕一块鸡肉吃了起来。

姜胜大喜，只要老爷子吃了他的喝了他的，这事就算有谱了！

这陌生的一老一少，一边吃，一边喝，闲聊了几句，姜胜转移了话题问："哎，大爷，我看您这儿还住个姑娘啊！这多委屈啊！"

老头儿看了他一眼，笑着说："终于说到正题上了！你小子是看上人家了吧，我就知道酒无好酒，宴无好宴！"

"哪儿的话啊，您看您说的，我是《北京时报》的记者，我这是想写一篇有关北漂的稿子。"

"那你干吗不直接问那姑娘去？"

"我这……这不是怕她说假话嘛！"

"少来！你小子就是看上人家了，还记者！人家记者都带着照相机！哪像你啊！"说完老大爷又打量了一下姜胜，说，"你说你，西装革履，还扎个领带！你……该不会是房产中介的吧？你是来抢房客的是不是？"老头儿突然警觉起来。

"这……我这……就我这一表人才的，我能抢房客吗我？"姜胜一看老头儿胡乱猜疑，只好说，"您刚才猜得没错……我……我就是喜欢这姑娘，我这是来了解一下！"

“真的？”

“您不信？……那我告诉您她的名字，肖倩！对吧？在……在梦成文化公司上班，江西人！对不对？”

“嗯！倒是都对！”老头儿放松了警惕，喝了一口酒说，“我看你这小伙子不像坏人！”

两个人聊了一下午，姜胜终于把老头儿知道的关于肖倩的内幕全搞到手了。

原来肖倩住在这里已经快两年了。起初她在一家杂志社工作，可是没多久杂志社就倒闭了。之后她又去两家小报社实习过，但最终也没留下来。老头儿说，肖倩这姑娘比较内向，不是特爱说话，做事非常谨慎，不像电视里的那些记者口若悬河，能把死人说成活人。姜胜对老头儿的判断很是赞赏，因为他那当记者的姐姐姜薇就是唠叨嘴。

姜胜问老头儿，有没有男的来找过肖倩？

老头说，从来都没有过。肖倩这姑娘非常本分，每天回来就是把自己往屋子里一锁，和别的房客也没什么来往。但是这孩子心地很善良，有时做点儿好吃的总会给他这个孤老头子送来一点儿。住了两年，一老一少也成了忘年交。

老头儿对姜胜说：“小伙子，这姑娘可是不错啊！特别节俭！前阵子她做了点儿红烧肉，给我送来一小碗儿。我就问她，怎么想起改善生活了啊？她说自己新到了一家公司……对，就是你说的这个梦成公司，说工资已经涨到五千了！我问她，既然宽裕了，那就赶紧换个地儿住吧！别老在这地下室里待着了，将来得风湿病！这丫头就跟我解释说，自己得攒钱，得买房子，得努力！……留在北京！”

“哦！是这样啊！”姜胜若有所思地点了点头。

“是啊，这丫头可真能吃苦啊！她那小屋，放一张床一张小桌子就没地方了！她足足住了两年，连点儿怨言都没有！好姑娘啊！”

“是啊，是啊！”姜胜连连点头。

2

和父亲吵架的第三天，在去接团的路上，林航给家里打了一个电话。他想给父亲道个歉，但是林国文就是死活不接，到最后赵文瑾足足喊了七八遍，他这才骂骂咧咧地拿过了话筒。

还没等父亲开口，林航就语声低沉地说："爸，我错了！"

儿子的这一句话瞬间就化解了父亲的怨气，拿着话筒沉默了一会儿，林国文说了一句："没事儿！"

"爸，您……您也注意一下休息吧！忙乎一辈子了！"

"唉！"林国文叹了一口气，他何尝不想歇歇呢？

"爸，您和我妈保重身体！"林航说完这句话，有些哽咽。电话里父亲的嗓音是嘶哑的，想来肯定是被他气上火了。林航觉得自己真的很对不起父亲，他匆匆地又说了一句："我到机场了，得去接团，明天再聊！"说完便立刻挂断了电话，而此时，他的眼泪已经滴到了衣襟上，深蓝色的西装顿时被洇出一个水圈儿。

挂了儿子的电话，林国文坐到沙发上抽了一会儿烟，也是一副眼泪吧嗒的样子。赵文瑾坐在旁边没有吭声，老两口就这样发了半小时呆，林国文也过了伤心劲儿。他没话找话儿地对老伴儿说："妈的，这小王八蛋，熊了！前天还跟我叫唤呢！"

"那是，你多厉害啊！孩子都快三十了，你还想骂就骂！"赵文瑾揶揄了一句。

"哼！八十我也是他老子！倒反天纲可不行！"

"那你哭啥？"

"我……困的！"说完这句话，林国文不好意思地假装打了个哈欠，然后站起身来进了卧室，赵文瑾则抿嘴笑了。

中午吃完饭，林国文按捺不住了，他左想右想，儿子打电话时的语气都不对，肯定是哭了。这可不好，心情不好影响工作啊，即便不影响工作，恍恍惚惚地要是被车撞了可就麻烦了。一想到这些，林国文就越来越着急，眼看着墙上的石英钟已经指到了下午三点，他觉得自己必须给儿子打个电话，否则儿子很有可能会出事。

拨通电话，林国文第一句就问："儿子，你没事吧？"

"爸？我……我没事啊！"

"啊！没事啊！"林国文长长出了一口气，咳嗽了一声，又把语调变回往常那样，"干吗呢？"

“我领着游客逛颐和园呢！”

“颐和园？你妈都没逛过！”

“我……我下次一定领我妈来！”林航急忙说，他知道，这会儿父亲已经恢复正常了。

林国文酸酸地说:“唉！你小子心里只有你妈一个人！”

林航无奈地说:“好！也带您逛逛！”

“算你有良心！对了，结婚的事情商量得怎么样了啊？差不多的话，过完年就办了吧！”

“您就别催了，怎么着我俩也得攒个房子的首付啊，要不然结婚住哪儿？”林航回道。

“房子家里又不是没有，我看北京的房买不买没啥意思。”林国文阴沉地说。

“爸！您说点儿现实的！我又不是在家过一辈子！再说当初不也是您要我留在北京的吗？”

“哎呀，你这是在揭我短吗？”

“我不是那个意思！算了，爸，我错了！”林航想想前两天的战争，马上软了下来。

“哼！你他妈就没对过！”

“对！我全是错！”

“姜家怎么说？”林国文又问。

“没说什么，说尊重咱们家这边的意见。”

“还不是死盯个房子，还不是钱的事儿？姜薇他妈没少掺和吧？”

“爸，您说我和姜薇结婚，您干吗考虑那么多啊？总不能因为她妈，我俩就离婚吧？要不然，我俩再领个离婚证？”

儿子的这句气话让林国文立刻没电了，他讪讪地说:“谁让你离婚了？我就说说还不行啊？人家都说三十而立，你看看你，干啥啥不行！”

林航叹了口气回道:“行，您说吧！说吧！”

林国文接着说:“姜薇那闺女还不错，就怕将来跟她妈一样，咱们家可是视钱财如粪土，你爹为官这么多年，两袖清风，虽说没给你攒下多少，但是这身子可正！给你做好榜样，这就是给你的最大财富啊！”

“爸，您就别老提您这点事儿了，副局长也叫官啊？”林航不耐烦地回了一句，“要不是随您，我也不至于过成这样！”

“放屁！”林国文一听儿子看不起自己的官职，火儿瞬间又上来了，大声骂道，“我告诉你，兔崽子，你别老瞧不起我这副局长！有本事你熬一个我瞅瞅！”说完他“啪”地一下把电话挂了，然后指着电话大骂道：“王八蛋！这个王八蛋！”

一旁的赵文瑾憋着乐回道：“王八蛋那也是你的种！”

3

那天告别了花镜老头，姜胜直接回家趴了一个晚上，老头儿说的那些话触动了他。一个外地女孩在陌生的城市拼死拼活地努力着，而自己一个大老爷们儿却至今吊儿郎当的，这种反差让他感到了羞愧。第二天又在家琢磨了一个白天，投了几十份简历，傍晚的时候，姜胜换了一套比较正常的休闲装，扣上顶棒球帽又跑到了梦成公司楼下。

这一次他的跟踪没有以往那样小心，他甚至渴望肖倩能够发现他的存在。但是不知为什么，只要肖倩的目光一扫过来，姜胜就会立刻低下头，他感到自己的耳根子时不时就会热上一阵，这种感觉很奇妙。

跟到站，肖倩似乎有所察觉，回头看了几次，但是都被姜胜躲过了。他有些矛盾，一边躲一边渴望着肖倩能大胆地走过来。但是，这一次他又失望了，肖倩确实走过来了，但身边多了两个警察。

姜胜感到很气愤，站在警察的面前，他也不解释，只是直勾勾地盯着肖倩，他想看看这丫头到底准备怎么干，害他一次，还要再害他第二次？

肖倩一看跟踪自己的人是姜胜，也有些不好意思。想来昨天晚上管理员大爷说的那个年轻人应该也是他。他到底要干什么？难道是报复自己？肖倩心里有些发毛，但是又不好意思再害一次这个可怜虫。

警察有些不耐烦了，一遍又一遍地问：“到底是怎么回事？”

过了足足两分钟，肖倩一咬牙说：“真不好意思，他是我男朋友，刚跟我吵完架！”

警察看着眼前这两个年轻人，先是愤怒，继而哭笑不得！但是又没什么办法，总不能把俩人都抓起来吧，于是只好皱着眉头训了他们两句就转身走了。

送走了警察，两个人在小区门口又对视了两分钟。肖倩转身往地下室走，姜胜便厚着脸皮跟在她身后。走到地下室单元门口，肖倩转身问姜胜:“你……你干吗总跟着我啊……我给你道歉还不行吗？”

姜胜白眼珠一翻说:“我都因为你被警察抓了两回了！你道歉也总得有点诚意吧！”

“那……那……我赔你钱啊？”肖倩苦着脸，眼泪都快出来了。

“那倒不用，我跟了你一道儿了！我渴了！我也累了！我想坐一会儿，我要喝杯水！”

“那我去给你买可乐！”

“我要喝热茶！”

“我……我没地儿买茶水去啊！”

“你这不都到家了吗？你们家没茶叶？没茶叶也行，白开水总有吧？”

“那……你……我……”肖倩一脸为难的样子。

“放心，我不是流氓！我有十多个女朋友呢！”姜胜牛皮烘烘地说，但话一出口，他就立刻后悔了。

“啊？……那……那你跟我进来吧！”肖倩满脸愁容地进了地下室。

姜胜大步跟了上去，经过花镜老头的房间，他往里边看了一眼，冲老头儿摆了摆手，然后得意扬扬地跟着肖倩走了过去。

老头儿赶紧跑出来，推下眼镜看了一眼，然后笑着转身回去了。

两个人一前一后进了肖倩的小屋。和花镜老头儿形容的一样，这间屋子小得可怜，一张单人床、一张学生桌、一把椅子，就已经满满当当了。姜胜也没等肖倩开口，就大马金刀地坐到了床上，然后四下打量起来。屋子非常干净，桌子上铺着白布，上面有一摞书。床下摆着一双粉色的拖鞋。姜胜“啧啧”两声，然后说:“你还挺爱干净啊！”

肖倩也不回答，手足无措地站在椅子旁。

“嘿嘿，坐吧！别客气！”姜胜眼珠乱转地说。

肖倩依旧没有出声，只是从窗台上拿起一个杯子，倒了一杯凉水，然后递给姜胜，怯怯地说:“您……您喝水！”

“嗯……好！”姜胜接过杯子，一饮而尽。肖倩急忙又接过来，再倒满一杯，放到桌子上。

姜胜呼了一口气说：“说说吧，你为什么冤枉我？”

“我……”

“那姓胡的孙子是你……男朋友？”

“不……不……不是，他……他是我老板！”

“老板！……你老板骚扰你，你就忍着？”

肖倩低着头，不说话了。

“怕什么啊？丫就一暴发户，我听我姐夫说了，这孙子追了我姐好几年，跟他妈狗似的！”

“我……我知道。”

“嗬，这你都知道啊！看来这孙子还挺信任你！”

“我……我对不起您！”肖倩眼泪汪汪地说。

“别……别哭！”姜胜立刻摆手：“我呢，不是来找你麻烦的，我也不勒索你！我就是饿了！能请我吃顿饭吗？”

“你……你这人怎么这样啊？”

“我怎么样了啊？合着你把我送给警察两次，还让我回家被我姐还有我妈臭骂了一顿，甚至还搞得我姐夫跟我妈关系紧张，你……你就连顿饭都舍不得啊？”

“那……那你想吃什么？我请你就是了！”

“随便，饭店也行，在这儿也行！面条也行是米饭也行！我跟你说啊，我这人特随和，绥河知道吗？我姐夫老家！”

“那……我这儿……我这儿还有半锅剩米饭，你看炒炒行吗？”

“炒米饭？”姜胜睁大眼睛问道。

“那……那你要嫌弃，我就做别的……”肖倩一看姜胜的样子，更害怕了。

“哎……算了，算了，炒米饭就炒米饭吧，放俩鸡蛋！”

“我……我这儿没鸡蛋！”

“鸡蛋都没有？你也……你也太抠了吧！不是前两天还有红烧肉呢吗？”

“那都吃光了啊！”

“好……好，你爱怎么炒就怎么炒吧！”姜胜挥挥手说。

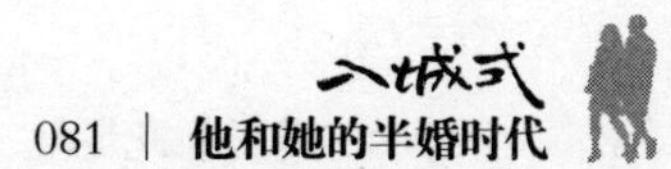

肖倩从床底下搬出一台小电磁炉，又拿出一口小锅，之后是菜板、菜刀和菜。

“嘿！你这床底下是聚宝盆哪？”

十分钟不到，炒饭做好了，里面掺了一些洋葱和圆白菜。肖倩拿了一副碗筷，盛好饭，又拧开一瓶王致和的腐乳放在桌子上，然后可怜巴巴地看着姜胜。

姜胜看了看饭碗，“然后抬头有些奇怪地问：“就……就一碗啊？”

“不……锅……锅里还有呢！”

“你不吃？”

“我……我能吃吗？”肖倩看着姜胜，小声说。

“老大，这是你家啊！你也太天才了吧！我又不是座山雕！天哪……来……一起吃，一起吃！”

“哦！”肖倩答应了一声，然后又找出一个买方便面送的塑料碗，自己也盛了一点儿，坐到椅子上。

“哎……这就对了！你不要害怕！我没有恶意！我是好人！不光能见义勇为，还……还体恤老幼妇孺！总之啊，我浑身都是优点！”

“哦！”

“我说，肖小姐，肖女士！能不能别总用语气助词对付我啊！我有那么可怕吗？唇红齿白的，一看就是个好人啊！”

“我……我，对不起啊！”

“甭说这个，甭说这个！都过去了。你一碗圆白菜炒饭就已经让我心花怒放了！我得谢谢你！”

“其实，那天我不是……”

“嘿，不用解释！我理解，我知道你怕得罪老板！没关系！我认栽，你放心！”

姜胜的这番话让肖倩悬在嗓子眼的心慢慢放了下来。两个人又吃了一会儿，姜胜的碗已经空了。

“再来点儿！”他把饭碗往前一推，肖倩急忙拿起来又盛了一碗。

“你还别说，你这圆白菜炒饭真好吃，比我妈做得好！你们南方人就是厉害！你看我们北方人，就是炖菜！从黑龙江一直到北京，都一个味儿！”

“你们北京人不是爱吃甜面酱吗？”

“算了吧，跟鸟儿粑粑似的！我打小儿就不爱吃！那都是糊弄外地人的。”

“你……你是做什么的啊？怎么周一还有时间出来啊？”

“我……嗯，我是搞社会调查的！”

“那你是公务员啊。”

“呃……算……算是吧！不过，我不打算干了！没有挑战性！”

“多好啊，为什么不干！你们这些北京人啊……唉！”

“北京人怎么了？懒惰是吧？”

“不……我是羡慕，你们不用为房子奋斗，不用为户口难受。”

“算了吧，这破地方有什么好的？户口有什么用啊？”

“首都啊！”

“切……首都怎么了？到处都是庙！”

“庙？”肖倩纳闷地看着姜胜。

“故宫、雍和宫、白云观……这不都是庙吗？好不容易有了个圆明园，算是个不一样儿的庙，结果还被那帮外国孙子一把火烧了！”

“我还是头一次听人这么说北京呢！”肖倩浅浅地笑了。

“你笑起来可真好看！”姜胜不失时机地拍了一下马屁。

肖倩的脸立刻红到了脖子根，她没有说话，只是用筷子不停地扒拉着饭粒儿。

两个人就这样有一搭没一搭地闲聊，肖倩虽然说得不多，但是防狼之心却也渐渐被姜胜的幽默感化解了。这些年她在北京孤孤单单，就像那首歌儿唱的——“少人关心少人问”。姜胜的出现虽然有些唐突，但这个晚上，他让肖倩的心里轻松了很多。慢慢地，她竟也对着这个原本陌生的大男孩说起了心里话，对他的称呼也从“您”改为了“你”。

从聊天中，姜胜得知，肖倩家里很困难，底下还有一个妹妹，去年嫁给了当地一个开早点铺的。肖倩大学毕业后，独自一人来了北京，一直撑到现在。她不想回去，拼命攒钱就是为了留在北京，在这里买套房子，彻底变成北京人。姜胜想到了他姐夫，也在为一套房子而奔波。成为北京人，到底有什么用，有什么意义？想到这儿，他笑着说:“我倒是很想成为外地人。”

“不会吧，北京多好啊，全中国的中心！”

“没劲，又破又老，我要是有机会，一定到外面闯闯！以一种平常心，呵呵……”

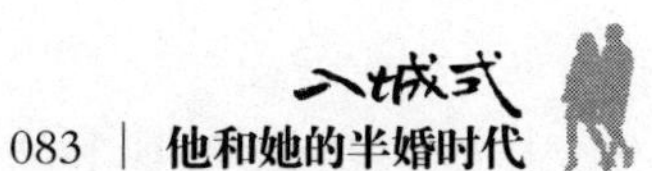

肖倩摇摇头说:“我觉得就算你去了别的城市，骨子里也有北京人的高傲。”

“你不了解我！你不可能知道！”姜胜笑。

“看,这还不是你的骄傲吗？”肖倩白了一眼说。

两个人就这样,说来说去,话题都是绕着北京,姜胜问:“你们外地来的是不是就觉得北京和上海特好啊？”

“那当然啊,一个是首都,一个是经济中心！我到北京可就是为能留在这儿啊！”

“你们老师就没有教育过你们长大以后要建设家乡吗？”

“算了吧,那是骗小孩儿的！”肖倩说。

“啧啧,国民素质啊！”

“呵呵！”肖倩有些不好意思,她觉得姜胜这句话里似乎带着一根刺,不轻不重地扎了自己一下。

姜胜也意识到了自己这句玩笑话说得有些难听，急忙又说:“我……我不是说外地人不好啊！我姐夫也是外地人！我就是不理解北京有什么好？值得你们这么背井离乡地折腾吗？”

“唉！你从小就生在这个城市,自然不会了解！如果北京不好,房价又怎么可能高成这样？”

“不是我说啊,关于房价这个问题,我……研究过！其实这个问题还真出在你们外地人身上？”

“这关我们外地人什么事儿啊？这是开发商的事吧！”

“你别急！”姜胜摆了摆手说,“你想,假如说你们外地人不觉得北京好,不往这来,就北京这点儿人口,往死里生能生多少？人都不够,房价怎么能高？对不对？”

“这……”肖倩有点儿被姜胜绕晕了,一时之间竟也觉得有几分道理。

“所以说啊,问题的根源就是,北京和上海这种地方具有迷惑性,迷惑了外地人！”

“那你有解决的办法？”肖倩反问道。

“嗯……没有！要是有的话,我就去中南海上班了！哈哈！”姜胜说完自己也笑了。

“你可真贫！”肖倩也不禁莞尔。

“你的北京话也不错！”

“可我还是外地人！”

“甭那么想！咱们都是中国人，就不应该有北京和外地之分！都俩肩膀儿扛一脑袋，谁比谁低贱啊！”

“唉，话是这样说……”肖倩的眼神变得迷茫了起来。

时间一点一点过去，姜胜觉得总聊这个话题对肖倩似乎有些沉重，便想着问点什么其他的东西，想来想去，自己也没什么值得说的，只好随口问了一句：“哎，你老家那里有什么好玩儿的？”

肖倩皱着眉想了会儿，说：“我觉得没什么好玩儿的啊，到处都是山，憋闷得要死，可能你去了会觉得新鲜吧。”

姜胜立刻顺杆儿爬，涎着脸说：“那改天我一定得去看看，你愿意带我去吗？”

肖倩看了看姜胜，脸色又有些微红，小声说：“干吗要我带你去啊？”

“咱俩熟啊，你给我做过圆白菜炒饭啊！”姜胜睁大眼睛摆出一副理所当然的表情。

肖倩抬头看了一眼姜胜，这会儿她只觉得自己的心跳有些加速，于是只好假装开玩笑说：“我这个导游可比你姐夫收费高哦！”

姜胜立刻一挥手，说：“哎，没事儿，贵有贵的价值啊！哎……对了，你跟我姐还有我姐夫熟吗？”

肖倩说：“也算不上熟吧，我和他们吃过一次饭。”

“哦！”姜胜点点头，明白那顿饭大概是那个胡杨组织的，他不想再细问了。

肖倩歪头问姜胜：“你是不是特喜欢在街上跟踪女孩子啊？”

姜胜立刻摇头说：“没有啊！从来没有过！天地良心啊，跟踪你是我长这么大头一回，为了不暴露，我看了好儿集《007》呢，还有《碟中谍》！”

肖倩笑了：“至于吗？你又不是特工！”

“至于！当然至于！我觉得跟踪是要体现诚意的！”

这句话姜胜说得很正经，肖倩也在里面听出一些弦外之音，她接着又问：“可是你为什么非要跟踪我啊！”

姜胜一愣，想了想说：“我……我就是……猜不透你，觉得你像谜。”

肖倩撇撇嘴笑了。她知道，姜胜是在撒谎，因为自己的底细，他早就从管理室大爷那里打听清楚了。他犯不着这么一而再，再而三地跟踪，这一刻肖倩的心里有些甜丝丝的味道。

两个人沉默了好一会儿，肖倩低声问：“你……你说你有十多个女朋友？”

“我发誓，那是绝对的口误，是我吹牛吹顺嘴了！我压根就没有女朋友，从小就姥姥不疼舅舅不爱。我都可怜死了！我特别渴望爱情的滋润，可惜啊……唉！”

“可惜什么？”

“可惜乱花渐欲迷人眼，好花至今才出现！”然后就对着肖倩傻笑。

“你……”肖倩的脸又红了，她低声嘟囔了一句，“讨厌！”

4

姜薇这天采访回来，已经累得不行了。即将大婚的明星们一个个神出鬼没，她跑来跑去，一天也只采访到了一个。回家的路上，她靠着公交车的车窗，只觉得一阵阵眩晕。她现在已经彻底厌恶了自己的这份工作，要不是考虑到经济压力，早就扭头不干了。

在老百姓眼里，娱乐新闻是最好看的，但在报社里这却是最没有意义的。每天记者们的工作要么是偷窥明星隐私，要么就是听他们讲述那谎言重重的故事。时间一长，姜薇觉得自己都变得浮华了起来。

算一算年龄，自己已经二十八岁了，虽然还没到而立之年，但却扎扎实实是奔三一族了。毕业那会儿她还满脑子新闻理想，但如今却成了一个狗仔。她不是没有想过给自己调个部门，但是报社里人际关系复杂，并不是说调就能调的。上个月，她曾经试着和主编聊过一次，可是还没等她开口，主编就严肃而又和蔼地告诉她：“如果你还想在这个报社，那就必须留在娱乐部！”

姜薇刚想辩解几句，主编又加了一句：“这样，再跟我两年，然后你再调到别的部门！”

两年！两年之后自己就三十了，三十岁还能每天四处奔走，去跑社会新闻吗？

姜薇觉得，如今的工作和自己的理想真的是渐行渐远了。

望望窗外，街上落叶很多，这恰如此刻的世界经济，衰退与寒冷并存。姜薇又琢磨了一下自己的婚事，经济危机给她带来了希望，同时也有无尽的感慨，北京的房价已经不那么疯涨了，按照这个趋势，也许到明年的三四月份她和林航就能攒出一套小两居的首付了。当然这也是指远郊而言，比如大兴的海子角、顺义的火神营，这些地方的价格还不算太离谱，还有拼一把的可能，实在不行，就买个郊区二手房，五六十平也够了。

算起来，北京的生活成本真是昂贵至极！所有东西都在涨价，涨疯了！她现在买猪肉都不买里脊，只买前臀尖，想攒钱太难了。

车过国贸，她看看表，时间还早。已经两三天没见到林航了，姜薇觉得自己的心里空落落的，于是下了车，换地铁去了通州，路上给母亲打了个电话，说有采访不回家吃饭了。

从地铁出来后，又倒了一趟小巴，摇摇晃晃半个小时，终于到了林航租住的地方。一下车，姜薇就立刻心疼起林航，住这么远，还经常送她回家。

找了一个小区附近的菜市场买了些蔬菜，拎着来到林航暂时的家，姜薇掏出那把她没怎么用过的钥匙开了门。

屋子里静悄悄的，姜薇往林航的房间走去，歪头瞄了一眼林航卧室的对门，房门紧闭。看来包工头大哥也没在家，她长长地出了口气，扭开林航的房门。

眼前的景象不出她所料，林航真是个邋遢鬼，屋子里乱七八糟的，被子也不叠，泡面的碗也不刷。姜薇花了一小时才收拾完，然后又手忙脚乱地做好饭菜摆在林航卧室的小桌上。

时间一点点过去，快七点了，林航还没有回来，姜薇琢磨着是不是给他打个电话。但转念一想，如果那样的话，就会让林航失去一次惊喜。于是她沉下心，在窗台找了一本书靠在床上看起来。

快八点的时候，外面响起了重重的开门声，姜薇猛地从床上跳起来，蹬上拖鞋跑去拉开卧室的门。

林航愣愣地站在门口，显然是吃了一惊，他扔下手里的一大包方便面，一把抱住她。

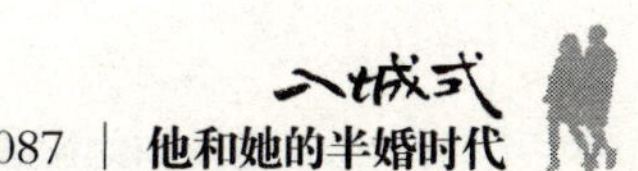

姜薇吻他，林航更热烈地回吻姜薇，两个人旋转着倒在床上。姜薇一不小心从单人床上掉到地上，林航把她抱回床上，两个人抱着，忍不住咯咯地笑起来。

林航问她："哎，你怎么来了？"

姜薇笑着说："我来突击检查啊！你饿了吧？赶紧吃饭吧！"

"本来是饿了，"林航趴在姜薇耳边小声说，"看见你我就不饿了！"

姜薇瞪着他质问道："你是看见我就饱了吗？"

"我哪儿敢啊？"林航笑嘻嘻地又凑上去吻她。

姜薇推不开他，只好把手伸到林航的腋下，突然胳肢他。林航笑着松开姜薇，躺倒在床上。姜薇拍了拍他的胸口催他去洗手，林航乖乖起身去洗手间，扭开水龙头用手指头沾了些水，连香皂也没用，然后关上水龙头，甩了甩水回到卧室。姜薇递给他一碗热水，他接过喝了，然后两个人围着床边的小桌开始吃饭。

姜薇压根就不会做菜，平时都是母亲下厨，她连打下手的机会都少，今天也像模像样地做了一荤一素，一荤是红烧鸡翅，一素是炒黄瓜，虽然色香味都欠佳，但林航吃得很开心。他们许久没有过二人世界了，虽然是租的小房子，但随着姜薇的到来，居然也有了点儿家的样子。

其实林航觉得租房子结婚也没什么，但是他担心姜薇不会同意，有点委屈她了。他从来没问过她，觉得问是自讨没趣，她从小到大一直在母亲的照顾下生活，什么苦都没吃过，什么事都没独自干过，她肯定不会同意和他在别人的房子里结婚过日子。

两人一边吃，一边聊各自的工作，结婚的事，林航不敢提。

可姜薇却总是往结婚上说，她往林航的碗里夹了一个鸡翅，然后说："哎，咱俩已经攒了六万块钱了，估计最迟明年夏天，就能攒够首付了，咱们去郊区贷款买一套小两居，不用太大，你爸妈过来，也够住了……"

林航叹了口气说："什么咱俩啊，基本都是你攒的，我的贡献实在太小了，每个月都交不了多少，三百五百的，我都不好意思。经济危机，我挣得更少了，但是开销又这么大，这个月不光没交还从你那拿了一千块钱。我看实在不行我就换个工作算了，那天我跟一个摊煎饼的小伙儿聊天，他一个月能挣一万多！要不然我也摊煎饼去得了！"

姜薇说："先别急，慢慢来吧，咱俩都领证了，这钱就不分你的我的，是我们的！哎，林航啊，认识你这么久了，我知道，你不是没能力，只是缺个机会，我对你有信心！我总感觉你以后会挣大钱的！我肯定不会选错的！”

几句简单的话，听得林航心里舒服极了。没错，他只是缺机会。

吃完饭，碗筷一推，林航在床下翻出半年前买的那盒安全套，冲姜薇晃了晃，他嘿嘿一笑，走到门口去锁门。对门那包工头好像已经回来了，林航终于有机会向他反击了。

姜薇转头时看到了窗台上的烛台，于是点亮了里边的小蜡烛端到床边，林航顺手关了灯。走过去拥住姜薇，两个人倒在床上边吻边脱去身上的衣服，许久没亲热，两个人都有些手忙脚乱，结果喊杀声虽然很大，但是战斗却很快就结束了。姜薇对这个结果有些失望，但又不敢说，她知道，林航这一天跑下来早就筋疲力尽了。

点了一支烟，吐了一口烟雾，林航清了清嗓子开口道：“哎，我爸一直问我咱们什么时候办婚事。”

姜薇由神游状态清醒，她小心地问：“你怎么说的？”

林航说：“我想买了房子再办，可他们等不及了，催我说让咱们过完年就把事先办了，我爸跟我妈操办，咱俩就回去捧个人场就行。”

姜薇沉默了片刻点头说：“行。”

林航问：“你过年能请几天假？”

姜薇摇头道：“我不知道。”

林航想了一会儿，说出了自己担心的事：“哎，我担心你妈不放人，毕竟咱们还没买房。其实要我说，反正咱们也不在东北买房，不如先在我老家办了，办完他们就放心了。北京这边回头再跟你妈商量，可以稍微拖后一点，等买了房再办，你妈也有面子。”

姜薇松了一口气笑着说：“嗯！我会说服她的。结婚的事我听你的，大不了你说怎样就怎样！”

林航揉揉姜薇的头发问：“说实话，嫁给我，你觉得委屈吗？”

姜薇撅着嘴一头扎进林航的怀里撒娇道：“委屈！没有比我更委屈的了！我想早一点跟你在一起！可你总是不开口，我以为你一点都不着急这事，让我自己一个人干着急！”

林航拍拍怀里的姜薇安慰她道："我也想早点跟你结婚！总这么不上不下地悬着不是事！"

两个人躺在床上又聊了一会儿，虽然目前很难，但前景是好的，他们似乎已经看到了希望。姜薇摸出自己的手机，突然大喊道："哎呀，已经快十点了！我得回家！"

林航懒洋洋而又不舍地说："在这儿住吧！别走了！"

姜薇为难地回头看了看，低声说："我怕我妈担心，现在还能坐上末班车，我还是回去吧！"

林航盯着姜薇的眼睛，有些无奈："你是怕她念叨啊还是怕她担心啊？"

"我怕她念经啊！"姜薇笑答。

没办法，林航只好坐起来，揉了揉姜薇的头发，亲了一下她的脸颊，然后起身穿衣服。

不一会儿，姜薇也收拾好自己的东西，她嘟囔着不让林航下楼，但是林航死活不干，坚持要送她，让姜薇一个人这么晚在这么偏僻的地方走夜路，他不放心。

两个人拉着手出了小区，此时外边的马路上仍旧有很多人，这些人口音驳杂，听得出来，在这边居住的大都是外地人。他们表情各异，有的欢喜，有的忧伤。姜薇暗暗叹了口气，这一刻她觉得这些外地人实在是太不容易了，他们用汗水缔造着首都的辉煌，但是他们获得了什么？哪怕是一个户口、一个名分都那么难！

姜薇摇了摇林航的手说："哎，林航，你别生我妈的气，她这辈子谨小慎微，生怕我和小胜吃一点苦。其实她挺喜欢你的，只要你努力，让她知道你是一个值得我托付终身的人，她也就不说什么了。"

林航点点头说："我知道，你妈真的挺疼你的。"

"你知道的，我爸去世得早，是我妈一个人把我拉扯大的，你就当是为我吧，让着她点儿！"

"嘿！放心，老太太挺好的！我这儿绝对没问题！"林航急忙送上一剂宽心丸。

Part.07
天无绝人之路

1

时光如流水，转过一道弯儿就是一片新天地。还没咂摸明白九月份的味道，十月就到了。打个喷嚏、感一次冒，又是三四天。林航起床时看了一眼日历牌，今天已经是十月五日了。

胖经理的预测还算精准，旅行社的游客总量已经直线下降，但在他狡诈的盘算下，营业额却没有太多下滑。危机时代，零售行业不好做，所以各合作商家的提成都有了很大的提高，胖经理脸上的油光也显得他愈加春风得意了。

然而这些和林航并无太大关系，分配给他的旅行团依旧是那些没什么油水的，而且数量越来越少。这倒不是说胖经理有意刁难，而是因为把好团给林航，林航也下不去黑手，挣不来那些钱。

上个月投出去的简历已经有了回音，但是条件都无一例外地苛刻。最离谱的是一家旅游杂志，没有保险不说，试用期居然要六个月，林航问为什么，招聘的人只回答了四个字：经济危机！

危机！什么都危机！奔三了算不算危机？

面试了六七家之后，林航放弃了。他想找找同学，看看有没有能帮上忙的。下午没事儿的时候，林航给朱一墨打了个电话，电话里老同学显得很为难，说进国企希望不大，自己一个纨绔子弟，认识的人也不多，要是林航缺钱的话，他倒是愿意赞助，一万两万都行，但是找工作实在爱莫能助。两个人又“嗯啊”了半天，最后朱一墨说，实在不成就去胡杨的“梦成文化”上班吧，或者再问问他有没有办法，反正都是自己人，林航一听急忙说：“那就算了，你们那些我也不懂！我自己再找找看吧！”

挂断了电话，林航心里更难受了。朱一墨的话有没有水分他不太清楚，但是自己被朋友撅了这是事实。想一想自己也真是不争气，明明瞧不起这个死胖子，可是第一个电话就打给了人家，挨撅也是自找的。朱一墨说让他问问胡杨，这个林航也不是没想过，但是一考虑到姜薇，他又觉得死活也不能求胡杨，那太丢人了！

又折腾了几天，换工作的想法又和前几次一样，渐渐偃旗息鼓了。一天下午，林航刚带完游客，忽然胖经理打来电话，说要他回公司一趟。

挂了电话，林航心里有些紧张，他们社已经解雇好几个导游了，他业务能力一般，又不会搞关系，也许这次就轮到他了。新工作没找到，这份工作要是丢了，他可就真完了，下个月的房租都交不上，混不下去他只能卷铺盖回老家了。

心里七上八下地赶到公司，敲门进了经理室。不出所料，胖经理上来就给林航一个下马威，提到最近辞退的几位导游，然后又说了一通公司制度，导游守则什么的，就是不说这次找林航来是因为什么事，听得林航原本就七上八下的心一直悬着。停了一会儿，林航实在受不了，小心地问：“您找我来，到底什么事啊？”

“哦，小林啊！有人举报说你额外收游客的钱了！是不是啊？”

林航完全想不出自己哪里出了差错，他说：“不可能啊！您给我提个醒，谁说的？什么时候的事啊？”

“装傻是不是？”胖经理笑着说，“你这么老实的人也装傻！没关系的，拿点回扣无所谓，但是按照规定，你得上报啊！直接伸手跟咱们的上帝要钱问题就严重了！”

林航把这几年的工作在脑子里迅速过了一遍，确信没做过任何不该做的事，他信誓旦旦地说：“经理！我可以保证，当导游这几年，从来没额外收过游客的钱！一分都没收过！”

胖经理挑挑眉毛问他：“就这么肯定？”

林航点头说：“肯定！”

经理盯着他的眼睛说：“有人匿名打电话给我，说上个月有位四川的老游客在游故宫时晕倒，你在送病人去医院后，跟人家要车马费了？”

林航勃然大怒骂道：“傻逼才要车马费了！谁要车马费谁就是大傻逼！”说完他把目光朝门外转了一圈，外面有的同事立刻脸红了起来。

“别骂人嘛！”胖经理不好意思地说。

“我现在就给那老爷子打电话，让他跟您说！”林航立刻翻出那老人的联系电话给经理，让他直接和老人沟通。

电话是老人亲自接的，一听胖经理的话，老爷子立刻就火了，先是把林航狠夸了一顿，接着“龟儿子、格老子”脏话频出。末了，老人很激动地说：“哪个冤枉了娃娃，我要找他！”胖经理急忙劝解，说这只是公司的例行调查，既然事情清楚了，就一定会给林航一个清白，会嘉奖！

挂了电话，胖经理尴尬地冲林航摊了摊手，说了声：“可能是搞错了！”

但是林航心里却特别不舒服，他冷着脸问胖经理：“您直接告诉我，到底是谁举报的吧！”

胖经理摇摇头说：“我也不知道啊，匿名打过来的！哎，消消气，事情弄清楚了就算了，有则改之无则加勉嘛！”

事实上，即便经理不说，林航也能猜到，这一定是哪位同事想把他挤走，真是太卑鄙了！

出了公司，他一腔怒火无处发泄，站在办公楼下，指着旅行社的牌子愤愤地骂了一句：“我加勉你妈个臭×！”

在路边坐了一会儿，林航骂痛快了，人也彻底蔫了，他明白只要自己不同流合污，同事们就会把他当做外人！这次只是打匿名电话想把他挤走，下次不一定还会使出什么烂招数来对付他。

想了一会儿，林航又琢磨出另外一个更加严重的问题。也许这举报压根就是子虚乌有的！这次胖经理就是准备开除他的，也许根本就没有人举报，只是经理找借口开除员工，他不相信林航没收过钱，只是想诈他，诈出来就直接辞退。

想到这儿，林航真的气急败坏了，脑子里一热，他几乎连想都没想就掏出了手机，按了个号码，直接拨了出去。

“天哪，你终于给我打电话了。我都想死你了！哪天一起聚聚，不带姜薇啊，哥们儿给你找个俄罗斯大妞……”电话里传来胡杨的调笑。

这声音让林航原本暴躁的心一下子冷静了下来。怎么打到他那儿去了，真是有病，他一边在心里埋怨着自己，一边有些磕磕巴巴地说："我……我……我操，我拨错号码了！"

"没关系，我明白，你只有在脑子短路的时候才能想起我！但是我不在乎！怎么样，过来不？"

"不了，改天吧，我都忙死了！"

"靠！你就忙吧！我就纳闷了，念书那会儿你也不这样啊，你是有名的意气风发啊！怎么现在跟一小老头儿似的啊？还不趁着没结婚及时行乐？脑子灵活点，别跟呆子似的，不然以后后悔也晚了，是不是啊？哈哈哈……"

"算了，算了，不扯了，我得挂了！我一会去接团！"

"靠，好好学学撒谎，天都快黑了！接个屁团！"

"夜车，夜车！"林航说完，连忙挂了电话。

挂断电话，林航又一屁股坐了下来，从里到外，冷得要命。他庆幸没一开始就说出求胡杨帮忙换工作的话，求这样的人实在是很掉价。这个胡杨还不如朱一墨呢，朱一墨是光明正大地淫荡，毫不掩饰。可胡杨在人前总装得人五人六的，其实背后比谁都阴损，还他妈俄罗斯大妞！干脆找一只高加索绵羊算了！想到这儿，林航自己也忍不住笑了，笑完又给自己打了打气儿："去他妈吧，天无绝人之路，我就不信自己不行！"

2

胡杨接到林航电话的时候，正在办公室里，朱一墨就坐在他的旁边。两个人刚刚对完这个月的账目。挂了电话，胡杨想继续讲下个月的出版计划，但朱一墨却忽然问了一句："哎，林航跟你说换工作的事儿没？"

"没啊，这呆子拨错号码了！"胡杨纳闷地看着朱一墨。

"他那天下午可是给我打电话来着！说要换个工作，问我能不能介绍一个！"

"你怎么说的？"

"我能怎么说啊？我哪有那本事啊！找我要钱还成，找工作那不扯呢吗，在北京我除了跟你熟，就是跟姑娘熟！"

“靠！”

“他真没跟你说啊？”朱一墨又问。

“真没提这事！”

“丫还是觉得对不住你！”

“不可能，他啊，是觉得求我丢脸！”

“你说他该不会跟老四一样，跑回老家去吧？”

“不能吧？要是那样的话，咱得拉一把啊！”

“靠！你就那么希望林航留下来？我不信！”

“你太阴暗了啊！哈哈！”胡杨笑着说，“哥们儿就是想跟姜薇在一起，那也是要豪夺的，哥们不像你，我是绝对不会巧取的！”

“算了吧你！巧取怎么了？本事！就咱这长相！花姑娘就是不断！眼热不？你还记得上次我领的那个新闻学院的小妞吧？”

“播音系那个？”

“对啊！就那个。我俩分手之后，她居然又主动给我介绍了一个同学！牛不！哥们搞女人都开始发展下线了！”

“我靠！传销啊，你应该去安利当总裁啊！”

“就是啊，我也琢磨呢，让我这样的在一国企当办公室主任，真他妈屈才了！”

“老朱，要我说，你也悠着点！别得什么病，你还真以为自己是种猪啊？”

“无所谓了！我不在乎！我必须对得起宋老四给我起的这个外号，狗日的，太一针见血了！”

“差不多就行了！我知道，你就是大一那次失恋闹的，都快八年了！也该过去了吧！”

“没有的事儿，和那没关系！那一次充其量是让我认识到女人的物品性！”

“什么叫物品性啊？”

“所谓物品性呢，就是要把女人当成东西，当成摆设！”

“你太邪恶了！”

“相信我，我说的保准没错！这世界上没有爱情！”

“得……得，咱不提这个，接着说工作！”

“说这些干吗？你说了我也不懂，你爱怎么弄怎么弄！什么穿越啊、耽美啊，女尊的搞得我迷糊。”朱一墨摆了摆手，接着说，“老胡，现在咱这公司做到这么大，你就没点别的想法？”

“别的什么想法？”

“你到底是想扎根在北京啊，还是只为了挣钱，或者跟我现在一样，就是一过客心态，就是为了玩儿？”朱一墨瞪着眼睛问。

“你今天怎么了啊？怎么又想起说这些了？”胡杨警惕地看了一眼朱一墨，问，“你丫，是不是又被薛妍灌迷魂汤了啊？”

“屁！人家都要出国了！”

“这也太快了吧！”

“快吧？傍上我们厂请来的那个外国老头了，叫……克里斯•保罗！”

“这不是黄蜂队的控球后卫吗？”

“屁呀，一白毛老头，爱尔兰裔美国人！长得跟恩格斯似的！”

“我靠！”

“对了，甭打岔啊，我接着说。”朱一墨摆了摆手，接着又说，“妈的，我今天上班时接了几个新分来的外地大学生。一个个儿特别胆怯，好像偷了谁的东西似的。办完手续后，一个劲儿地问我户口的事儿！搞得我心里这个别扭！就算是外地人，就算这是首都，至于吗？”

“靠，又说这种沉重的话题，你这么一说，我就想到老四！”胡杨的表情也黯然了下来。

“咱甭提宋江，就说你和我！我的户口在北京，老爷子给我买了一别墅！有保洁，有厨师，有奔驰，可是我怎么就觉得缺点什么似的呢？去年回老家时，我想多待几天，我家老爷子那个催啊，恨不得让我立刻滚回来！可我在这儿待着，到底图个什么呢？我就不明白，我到底是浙江人还是北京人？”

“我靠……”胡杨刚想插嘴，但是话头儿立刻又被朱一墨抢走：“咱再说说你吧，你现在资产也早过百万了，别墅、宝马一样不缺。可你的车牌是陕西老家的，而且还是他妈花高价办的，你们家书房叫西京阁，客厅叫长安苑，虽说这名儿有点傻逼，但是这里面的事儿，你想过没有？”

“我想什么？我什么都不想！”

“我觉得你不是不想，你是不敢想！”

“靠的嘞，你今天是吃错药了吧，你这辈子也没这么正经过！”

“不是我正经，我就是说，薛妍当初跟我说的话，一点儿没错，你和我对于这个地方，对于这个城市，都没有归属感！”

“呵呵……”胡杨苦笑，没有做声。

“知道为什么没有吗？”

“为什么？”

“因为没有家！”

“不是有房子了吗？”

“这和房子是两码事！什么是家？避风港才是家！你那跃层是吗？”

“我操，你到底想说什么？绕这么大弯子！”

“姜薇！”

“姜薇？”

“老胡，你和我不一样，你相信爱情！我分析过，以你现在的成就，只要有了爱情，只要这爱情有北京血统，你就算在这儿扎下根了。这就是你的家了。我打赌，假如你和姜薇在一起，半年之内，什么西京阁、长安苑、陕西车牌，你统统都会换掉！”

“你丫的意思是让我……”

“无毒不丈夫！姜薇在林老二手里只能吃苦！要我说，你要是还有贼心的话，就立刻下手，还来得及，生米做成熟饭！你也不用内疚，就林老二这性格，北京不适合他，他早晚都是一条路，回老家！”

“算了，不说这些，不说这些！”这回胡杨的脸色有些阴晴不定，朱一墨这番话让他有了种奇怪的感觉，但又不知该怎么表达，于是只好挥了挥手。

朱一墨把身子往沙发里一靠，接着又说：“要么，你就彻底放手，再找一个！或者干脆像我一样，把这座城市当成花园！自己当采花大盗！”

“靠！我看你今天是真吃错药了！”胡杨苦笑道。

“就算是吧！反正我也帮不上你什么忙，做做感情指导，还算在行！”

“那我问你！”胡杨挪了一下身子说，“你说的这个归属感它到底是什么东西？扎根？薛妍跟你说过没？”

“她哪来得及跟我说那个啊，就他妈一夜！”朱一墨想了想说，“我觉得，这归属感应该是指心态，不！应该是心情！一种很平和、很温暖的心情！”

“这种心情，你就从来没有过？”

“有过啊！而且是经常有，但是又经常消失！”

“这叫什么话？有了还消失！”

“你呀，也不用问我，你自己琢磨就能明白！你不用跟我装糊涂！”朱一墨呲牙一笑，拿起一根烟，点燃。

“妈的，本来还说谈工作，结果又被你搅和了！”

“今朝有酒今朝醉吧！别那么折腾！人啊，这辈子，就得活得潇洒点。你看看现在这些人，农村的想进城，小城市的想到大城市，大城市的又想到首都！首都的还要出国，出国之后又觉得别扭，觉得还是死在老家好。多累啊！现在都说要城市化、城市化，可这城市化再好，它还有副作用呢！”

“什么副作用？

“副作用就是在很长一段时间内，在城市化没有真正完成的时候，很多人都会背井离乡，都会陷入迷茫，都会没有归属感！这就是社会进步带来的阵痛！倒霉吧？被咱们赶上了！”

“朱老三啊，朱老三！你他妈应该去社科院啊！”

“别，社科院就算了，每天发我一个姑娘就成！哈哈哈哈……”朱一墨大笑起来。

3

姜胜现在算是知道什么叫人多，什么叫竞争，什么叫本科文凭不如狗屎了。

一个月下来，他共投了三十二份简历，二十五份石沉大海，剩下的七份里有五份要求有工作经验，姜胜原来以为是本钱的北京户口在这五次面试中毫无意义。招工的人明确告诉他，你是不是北京人我们不管，我们要的是能立刻干活的。剩下的那两份倒是非常满意姜胜的北京人身份，可工作岗位又让他感到难堪，一个是超市收银员，一个是肯德基服务员。

那天从肯德基回来后，姜胜心里很是窝火，他原本以为自己这回能直接到跨国企业当白领，却没想到险些成了出口转内销的店小二。到家他把西服一脱，然后便像一根木棍似地直接倒在了客厅的沙发上。

贾英看见儿子神情萧索，知道面试又没成功，便叹了口气安慰他说：“没事，慢慢找！”

姜胜把头埋在靠垫下有些委屈：“现在这人咋这么多啊？去哪儿面试都是一大群，比菜市场还热闹。”

“还不都是因为那些外地人！”

“唉！还是我没本事！”

“要我说，政府也该管管了，在自己的地盘儿上，正宗北京人都找不到工作，这公平吗？”

“行了，您老还是歇歇吧，太平盛世，您就甭发牢骚了，‘文革’时都下乡了，您愿意回去吗？”

“‘文革’？‘文革’红卫兵还来北京串联呢！”贾英不服气地说。

“好……好，您全对！您是西太后！”姜胜翻了个身，掏出手机，有三条未读短信，打开一看，都是肖倩发来的。

第一条是：“我正在上班啊，你有事？”

第二条是：“好好面试，我相信你一定能成功。”

第三条是：“成了吗？”

“没成！妈的！”姜胜嘟囔了一句，把手机扔在了茶几上。

这段时间里，虽然找工作四处碰壁，但他和肖倩的关系却有了很大的进展。两人虽然还没捅破那层恋爱的窗户纸，但姜胜觉得基本上已经差不多了。他本来打算等自己找到工作，就正式提出确定关系，但谁知一个月下来，自己依旧是盲流一个。

呆滞的目光在房顶上转了一圈，然后沿着墙壁向下，走到中间的部分时，姜胜心里又是一紧。那儿挂着老爹的遗像，虽然在脑海中，父亲始终是个模糊的概念，但一种细微的感情还是穿透阴阳两界，把他和那可怜的记忆连在了一起。

那是一张年轻而英俊的脸，挂着淡定的笑容。母亲说父亲是客死他乡的，至于为什么，老太太也不是很清楚，或者是场大病，或者是别的事情。总之那一年父亲和厂里其他技术骨干去了西北，回来时就只剩下了一个骨灰盒。那年月的事情，太乱、太沧桑，母亲不愿意回忆，他也不愿多问，就权当是一个梦吧！

“嗡……”手机一阵抖动，姜胜不耐烦地抓了起来，打开一看，又是短信，发信人依旧是肖倩，这回的内容倒是和找工作无关："我有事想请你帮忙！"

"有事？"姜胜连忙从沙发上跳起来，把对父亲的思念赶出脑海。

电话拨了两遍，但是肖倩就是不接，很快又来了一条短信："我在我家附近的车站等你。"

姜胜扔下手机，二话不说冲进了洗手间。

母亲又发起了牢骚："干吗这么着急忙慌的？你吓了我一跳！多大的人了，还不知道稳当点！怪不得没有姑娘跟你……"

姜胜也不理唠叨的母亲，对着浴室镜，迅速把自己收拾得人模狗样，回屋换了一身自认为最帅的衣服。

"约会啊？"母亲笑着问他。

"约会！"姜胜笑嘻嘻地推门而出。

刚冲到楼下，就听到母亲在楼上的窗口冲他喊："你有钱吗？手机，公交卡！"

姜胜站住，立刻把自己衣服、裤子的兜儿都翻出来，结果只有两个金灿灿的五毛钱的钢镚。抬头朝楼上看看，母亲已经不在窗口了。姜胜叹了口气，转身又跑了回去，进屋拿了公交卡和手机，捏着自己空空的钱包，不好意思地走到母亲跟前。

"没钱还约什么会！"贾英瞪着儿子，一歪身从裤兜里掏出两百块钱。

"谢谢妈！"姜胜抓起钱，冲母亲敬了个礼，转身撒腿跑了。

下了楼，直奔公交站，这一路，姜胜是心急如焚，又给肖倩发了两条短信，问到底是什么事儿，但是肖倩就是死活不说。好不容易到了她住的小区附近的车站，刚从车上跳下来，就看见肖倩正在站牌旁边四处张望，那眼神有些茫然，像是心事重重的样子。

姜胜跑过去打了一声招呼，两人相视一笑。

擦了擦脑门儿上的汗，姜胜问："什么事啊？"

"请你参观我们这边最大的街心公园！"肖倩抬手一指，正是她家的反方向。

"参观公园？我觉得轧马路也挺好！"

"讨厌！"肖倩白了他一眼说。

此时已是初冬，北京的天气已经很冷了，公园里除了松柏之外毫无生机可言。走了一会儿，姜胜说："这公园也没什么好溜的啊，除了松树就是柏树，跟烈士陵园似的！"

肖倩笑了笑说："我就挺喜欢松树的，特别有韧性！"

"嗯，你还别说，是挺像你的！"

"那你像什么树？"

"我？"姜胜愣了一下，想了想说，"我吧，我应该是那曲柳，看着讨厌不说，还特不成材！"

"真谦虚，我觉得你啊，像白桦树！"

"为什么？"

"挺拔、正直，而且还特别愿意燃烧自己！"

"呵呵！我太美了我！甜！"姜胜开心地说，"哎？你……真是这么想的？"

"是啊！"肖倩眨眨眼睛说。

"唉……说真的，一看你的眼神我就知道，十有八九是在忽悠我！但是没关系，我就愿意为你燃烧，哪怕只剩下一团灰烬，哪怕让我从西直门桥上跳下去，我也干！"

"算了吧，西直门离这儿远着呢！"

"哈哈，你看，还是有事儿！说吧！"

"我……"肖倩红着脸，一副欲言又止的样子。

"怎么还脸红了啊？说吧……"

"我……我爸最近总打电话逼我回去相亲……"

姜胜吃了一惊："啊？哦……相亲啊，都什么年头了，还相亲！"

肖倩说："是啊，我也是这么说，可我爸就是非要我回去。"

"那……你找我是……"姜胜满脸狐疑。

"我……我跟他说，我在北京有男朋友了，姜胜……你能不能帮个忙？就是打个电话……"

"哦！让我冒充你男朋友啊？可以！不过……"

肖倩紧张地问："不过什么？"

"不过我帮你这么大的忙，你怎么着也得牺牲点儿啊，给我点儿甜头儿尝吧！"

“甜头儿？”肖倩有些不知所措。

“不要误解，我就是想请你吃顿饭，我上次吃了你一顿炒饭，这这么长时间了，我还没回请呢！”

“那……明天行吗？”

“干吗明天啊？今天多吉利啊！”

“今天怎么吉利了？”

“今天你是我女朋友啊！来，拉个小手儿！”

“讨厌！”肖倩一边说一边挥拳打了姜胜一下，姜胜嘿嘿一笑，立刻握住了这只手。肖倩红着脸，又抬起另一只手再打，结果也一并被姜胜没收了。

4

一个电话让两人的关系有了本质的飞跃。

那天傍晚，姜胜圆满完成了肖倩交给的任务，然后他这个假男友便转正了。

对于儿子的这个选择，贾英是一百二十个满意，别看她反对女儿嫁给外地人，但是却毫不在意儿子找个外地媳妇儿。按她的想法，儿媳妇离娘家远点儿，那是好事儿，不光少了很多不必要的开销，同时还能一心一意地对待婆家，这绝对是一箭双雕的大好事！除了这些之外，肖倩的性格也让贾英非常满意，勤快、手巧、嘴甜，还能吃苦！在她眼里，自己的这个准儿媳简直就是天使的化身。

母亲的表现，姜胜自然也看在眼里，他知道，最关键最难的一关算是过去了。然而爱情虽然有了，但是他的工作却依旧没有着落，囊中羞涩的感觉实在是太痛苦了！以前没有女朋友的时候，姜胜想得简单，没钱就找家里人要，再不行就跟姐夫“借”。可是现在自己已经有了女朋友，人生算是进入了崭新的阶段，再像以前那样就实在说不过去了。他不好意思再找姐夫要钱，不想跟妈要，也不再榨姐姐的稿费，干瘪的钱包里除了一张公交卡之外就只剩下了身份证。有时和肖倩出去吃饭，他也只能看着对方结账，这种滋味儿简直就是生不如死。

每到夜晚，躺在床上，姜胜是除了后悔还是后悔，他后悔自己大学毕业后没有找个正经工作，后悔没听妈妈和姐姐的话。

但是后悔又有什么用呢？

肖倩倒是善解人意，对于姜胜的现状并不抱怨，反而一个劲儿地鼓励他。先是说工作要慢慢找，后来看姜胜急得不行，又说大不了做个买卖，自己这几年也攒了些钱，干脆拿出来做个本钱。

这个提议让姜胜既感动又难堪，一连好几天他也不去找肖倩，他觉得自己配不上人家。

儿子的变化，让贾英着急了，一天傍晚，她一个人坐车找到了肖倩的住处，不由分说把她接了回来。表面上她说肖倩住在地下室里，对身体不好，但事实上她是怕儿子丢了个好媳妇儿。

两人拿着行李到了家，姜胜正在电脑前投简历，一看母亲带着肖倩回来，他立刻就傻眼了。贾英拍了拍儿子的肩膀，笑着说："你呀，一点儿都不知道疼人儿，就光知道找工作，把人家姑娘一个人撇在地下室！那是人住的地方啊？大冬天的，又阴又冷！身子骨儿还要不要了？"

姜胜挠了挠头，傻笑着帮母亲和肖倩把行李放好。

不一会儿，姜薇也回来了，一看肖倩来了，立刻跑下楼，到饭店定了几个菜。

吃晚饭的时候，姜薇笑着说："嘿，这回我可算是有伴儿了，以后肖倩我们姐俩儿住！"

贾英一听女儿的话，连忙说："你可行了吧，你天天赶稿子，后半夜两三点都不睡，肖倩要是跟你一屋，不得折腾坏了啊！"

姜薇听完母亲的话，心里立刻就明白了，原来这老太太根本就不是因为地下室阴冷，她就是怕人家肖倩甩了姜胜，这是想生米煮成熟饭哪。这招儿可是真损啊！她有心提醒一下母亲，但是又不知道该怎么说。再看看肖倩，也没说什么，只是低头吃饭。

贾英顿了顿，接着又说："我看这样吧，姜胜你们小两口儿啊，就住一屋儿吧，等过两天把结婚证领了！"

"妈……这也太……太仓促了吧！"姜胜对母亲的提议也感到很诧异，毕竟他和肖倩确定关系还不到一个月。

"怎么，你还想变卦啊！臭小子！我告诉你！这媳妇我可是要定了！"贾英佯装发怒。

肖倩还是没有说话，只是脸有些微红。

姜胜看了看，虽然这会儿他也明白了母亲的做法有些差劲儿，但是肖倩什么

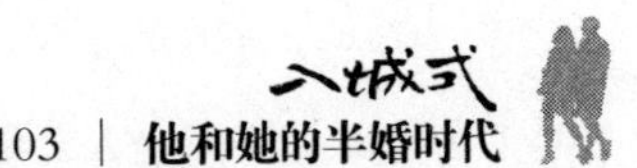

都不说，却让他丈二金刚摸不着头脑。

过了老半天，肖倩抬起头，小声说："我……要不然……我还是回去住吧！我怕我在这儿，姜胜就没心思找工作了！"

"他敢！"贾英在桌子底下踢了儿子一脚。

姜胜赶忙表态道："我肯定好好找工作！"

Part.08

弓箭理论

1

在北京的这些年，林航为自己的人生总结出了一套“弓箭理论”，意思是说一个人就是一张弓，外部压力越大，内部积蓄也就越饱满，射出去的箭自然就更加强劲。换句简单的话说，一个男人必须越挫越勇！

他的这种理论让姜薇觉得既光芒万丈又胆战心惊，她不止一次地问林航，假如外部力量太大，这张弓断了怎么办？林航笑笑回答说：“能被拉断的弓绝对不是好弓，那样的东西留在世上也毫无意义。”他说这话的时候，从来都是一副坚毅的表情，仿佛字典里就没有“倒下”这个词语。

换工作的努力再一次失败后，林航消沉了几天，拿“弓箭理论”武装头脑之后又恢复了常态，继续努力地工作。每天上班的时候，他都不停地对自己重复着弓箭理论，不停地给自己打气。

旅行社分给他的团依旧还是老样子，不过也无所谓。相比那些土大款、暴发户，林航更愿意领着小孩子和老年人逛，虽然事儿是多了点，但心里却舒坦。比如前两天，他接了一个齐齐哈尔的老年团，那天天气很冷，林航只穿了一件薄外套，到香山的时候，又有风，冻得他直打哆嗦，结果一位老大爷立刻从包里给他找了一件儿坎肩。这种人与人之间最纯真的温暖总是能让林航的心砰然一动，没事的时候他就自己琢磨，要是这世上的每个人都能将心比心、都能互相关爱，那该多好啊！

然而愿望虽然美好，事实却总是残酷的，世界如此复杂，有好人也有混蛋，人情冷暖当真是毫无道理可讲。甭说陌生人之间会相互提防，就是亲戚朋友之间也是隔阂重重。这一点林航算是深有体会，比如他和岳母贾英之间、父母与那几个叔叔姑姑之间，就总是有些看得见或者看不见的隔膜。

一天晚上，林航给姜薇打完电话，正准备上床睡觉，忽然一阵铃声响起，拿起手机一看，是父亲。林航的心立刻就有些发毛，这段时间，每次往家打电话时，他都尽量躲着父亲，为的就是避免争吵。

然而电话打来了，就不能不接。百般无奈之下，林航只好按下了接听键。

果然不出所料，父亲林国文又是满口酒话，先是发表了一通对人生和世界的看法，接着又讲了讲绥河的官场动态。

耐着性子听完这些废话之后，林航小心翼翼地问："爸，您是不是有事儿啊？"

"也没啥事，这不经济危机嘛！问问你那工作怎么样，影响大不大？"

"还行吧，变化不是很大。"

"到底还是首都啊，经济就是比地方平稳！房价变化大吗？"

"最近没看，反正要买也是春节后的事儿。"

"哦！春节后啊！对了，有两件事儿，你帮我办办。"

"啥事？"林航有些紧张，他生怕父亲又给自己下派什么乱七八糟的跑腿活儿。

"过两天你四叔要去北京，你要是有时间就接待一下。"

"没问题！"林航立刻答应了下来，在他心里，四叔林国全是所有直系亲属中最值得尊敬的。他要来北京，做侄子的自然是责无旁贷。

"还有一件事儿！"林国文顿了一下又说。

"还有啥事？"

"你二姑家小子要结婚了，女方想出去旅旅游，你看……"

"行……来吧。"林航略一迟疑，但还是咬牙答应了。

"人家是新婚，你整个好点儿的宾馆。"

"怎么个好法？二星级的一宿二百左右，三星级的四百，五星级的标间也要八百到一千。"

"三星就行，反正他们得玩个五六天。"

“五六天！”

“怎么着？嫌多啊？”

“爸，这五六天下来，连吃带玩怎么着也得五六千块钱啊！”

“咋地？舍不得啊？”林国文有些生气地问。

“爸，您也知道经济危机，我收入比以前少很多……这都快赶上我一个月工资了。”林航有些为难地说。

“你就差这么点儿钱啊？过年你回来我还给你，行了吧！”

“还给我？您的我的不都是咱家的钱吗？他新婚旅游，凭什么咱们家埋单啊？这钱我不花！”林航的声音也高了起来。

“林航！去的不是别人，是你弟弟，你在北京这么多年，你那小舅子，少花你的了吗？”

“这是两码事，再说了，我二姑家这弟弟打小我就见过三面，现在我都不知道他长什么模样！姜胜我可是想怎么支使就怎么支使，能一样吗？”

林航的这两句话，算是彻底把老爹惹火了，林国文几乎是声嘶力竭地骂道：“畜生！你就一点家族观念都没有！我他妈怎么养了你这么个犊子？”

“爸！您爱咋骂咋骂，但是我求您，别老拿您的那套来要求我！您怎么做我不管，我都快三十了，该做什么不该做什么我心里有数！这些年，我三叔、大姑二姑他们怎么对咱们家啊？您心里一点都不清楚？现在让我给他们花钱？我傻逼啊我！”

“畜生！畜生！”电话里又传来了两声咒骂，接着便是“啪”的一声，断线了。

把手机扔到床上，林航又气鼓鼓地琢磨了一会儿，快到九点半的时候，他拿起手机给四叔打了个电话。电话里林国全的语气和蔼可亲，林航问清了四叔来京的具体时间之后，又和四婶江秋眉聊了一会儿，问了问小堂弟的情况，这才挂断了电话。

熄了灯，躺在床上，林航怎么也睡不着，他想了很多很多。这么多年母亲受的那些苦，林航历历在目。他还记得他六岁的时候，由于父亲把家里的钱都给了三叔念书，家里断了粮，母亲只能漫山遍野地挖野菜，那是多么难熬的一个夏天啊，母亲因为吃多了灰菜（一种东北常见野菜，有微毒），肚子胀得像个锅底。他九岁那年，家里省吃俭用盖了房子，结果二姑家眼热，吵吵着也要盖，于是父亲林国文只好帮着到处张罗水泥木料，外加亲自监工。然而等房子盖起来之后，二姑却还是不满意，逢人便讲嫂子如何如何不厚道，好东西不给她。可究根揭底，这一切不过是因为她家的梁柁比大哥家的细了一小圈儿。白给她盖的新房子，她还挑三拣四，于情于理都说不过去啊！这种让人憋气窝火的事太多了。

这些事情，难道父亲就全都忘了？林航长长地叹了一口气。所谓亲情，所谓家族，这到底都是什么？绥河，绝对不能再待了！这一刻他暗下决心，自己一定要好好干，一定要留在北京，扎下根，把父母接出那个火坑一样的故乡。

和父亲的这次小吵又让林航难受了好几天，等缓过劲儿来已经是三四天过去了。这段时间里，他的工作起色不大，但是依旧兢兢业业、不辞辛苦，胖经理虽然没给他发奖金，但也在会上表扬了两次。

和他一样，姜薇这阵子也是特别的累，年关将近，报社的各种专题陆续开始操作，采访任务压得人喘不过气来，不过在她看来，这是天大的好事儿。毕竟，采访多了钱也多，有时半夜写完稿子，她会立刻打个电话，把林航吵起来，小两口甜蜜蜜地腻歪一会儿，憧憬一下未来的美好生活。

姜薇对林航说，现在他俩的生活就像白岩松的那本书名——痛并快乐着。林航对这个说法也很赞同。虽然生活上和工作上不如意的事情很多，但每一天他都感到力量十足。北京虽然还像以往那样缓慢而矜持，虽然依旧无视他这颗火热的心，但一种更加坚定的信念却无时无刻不在鼓励着他。

融入并扎根于一座城市，这过程本身就是人生最积极的历练！有什么还能比征服一座城市更加惊心动魄呢？有什么还能比一个温暖的家更值得期待呢？现在的林航觉得，无论多么苦，多么累，这一切都是值得的！

2

好不容易熬到了周末，林航和姜薇终于可以往一起凑凑了。约好了傍晚出去吃饭，下午三点一到，林航便早早地上了公交，直奔姜家。可倒霉的是，汽车刚上辅路，前面就出了车祸，堵了足足一个多小时，等赶到姜家时已经是傍晚六点了，肖倩和姜家老太太在准备晚饭。

俗话说，赶得早不如赶得巧，贾英虽然不太待见这个女婿，但是这顿饭她还是得留林航吃的，毕竟女儿已经嫁给人家了，也没必要把关系搞得太僵。

做饭这活儿，姜薇一点儿不会，林航虽然很在行，但一进厨房就被肖倩推了出来，说让他歇着，厨房有俩人就足够了。林航又站了一会儿，一看自己确实也帮不上什么忙，便回到客厅，找个地方坐了下来，和姜薇、姜胜有一搭没一搭地聊着。

看着小舅子一副美滋滋的样子，林航笑着说："臭小子，你行啊！在大街上打架，也能打出一个女朋友来！"

姜薇也点头说："是啊！而且效率高啊，才见过几次面，俩人就……哎呀呀……我这弟弟太厉害了！"

姜胜对姐姐、姐夫的揶揄毫不在意，反而振振有词地说："我这算什么啊？要说还是姐夫你厉害，你看当初那会儿，我姐一见到你就四肢抽搐了，晚上回来时都斗鸡眼儿了，那追得叫一个废寝忘食啊。哎，姐夫，当初我姐给你写了多少情书啊？"

姜薇一听弟弟的话，急忙冲过去掐住他的脖子，佯怒道："叛徒，你才斗鸡眼儿呢，你才四肢抽搐呢，明明就是你姐夫先追的我！当时追我的小伙子排成队！要不是看他老实本分，我会跟他？是不是，林航？"说完她转身问。

"对对对！没错！是我先追的你！是我四肢抽搐，我口眼歪斜。"林航笑着回答。

"这还差不多！"姜薇松开弟弟，然后顺手弹了个脑崩，接着说，"知道吗，你姐我上大学那会儿可是风华绝代啊！"

"嗯，疯，疯！疯人院的疯！"姜胜一边说，一边拿起坐垫挡在自己的头上抵挡姐姐的第二波攻击。

姐弟俩儿又闹了一会儿，姜薇便没劲了，气喘吁吁地坐到林航旁边，指着姜胜说："你等着啊，我明天就雇一票儿变态杀手，折磨死你！"

"你算了吧！咱怕那个吗？咱可是柔道高手，上次那个……姓胡的傻逼，差点被我打死！"

"不准骂人！"姜薇瞪着眼睛说。

"切，他也叫人？以前我听你说他和我姐夫一寝室的，我还以为他是什么好人呢，谁知道就是一臭流氓！以后见他一次，我打他一次！敢打我姐和我女朋友的主意！我跟他势不两立！"

弟弟的这两句牢骚让姜薇有些不好意思，可是偏偏又没话反驳，于是只好说:“你可别乱来啊！这可能是个误会，胡杨其实不是坏人。”

“误会？误会个屁！我亲眼所见！”姜胜眼睛一瞪说。

“你那天喝多了，没准看错了呢！还有，你别老当着肖倩的面提这事，缺心眼儿啊？”姜薇撇嘴教训弟弟。

“我怎么可能看错？”姜胜“噌”地站起来。

“好了，好了，咱不说他，犯不着！”林航见这姐弟俩的脸色都有些不好，急忙劝解。可劝虽然是劝了，但他这心里也不好受，他不明白姜薇为什么就那么相信胡杨，那是个什么东西，他还不知道吗？大学四年主攻打架，毕业后主攻泡妞！姜胜说得有什么错？那就是一个活脱脱的流氓啊！要不是念着四年同屋的情分儿，没准他也会跟姜胜一样，揪住胡杨痛打一顿。

小小的争执让屋子里的气氛冷淡了许多，好在饭菜很快就上来了。姜胜和姜薇也恢复了常态。吃饭时贾英一个劲儿地夸肖倩，同时话里话外地挤兑着林航。这种做法，让姜薇感到非常难过，不停地往回找补。姜胜和肖倩也是分外尴尬。倒是林航一副见怪不怪的样子，也不说什么，该吃菜吃菜，该吃饭吃饭，只是左耳朵听，然后再从右耳朵冒出去，好像丈母娘根本不是在说他。事实上，从被留下吃饭那一刻起，林航就做好了被讥讽的准备，因此虽然此刻他的心里很不舒服，但脸上却一点儿表现也没有。

饭吃了一半，姜胜终于听不下去了，准备解救姐夫于水火，他突然把筷子放下，对林航说:“姐夫，我跟你说个事。“

“啥事儿啊？”

“哥们儿准备开饭店！”

“真的假的？”林航侧头看着姜胜，满脸狐疑。

“真的啊，以后周末，就咱俩过，咱们要和那些头发长见识短的人划清界限！”

姜胜这句豪言没把屋子里的女人惹怒，她们反而都笑了，贾英指着儿子说：“你那么喜欢你姐夫，干脆和你姐夫结婚吧！”

姜薇斜着眼睛，做出一副冷笑的表情说:“小样儿，还开饭店，你干吗不开一凯宾斯基啊！”

“我说真的呢！”姜胜把脸色一正，一本正经地说，“真的，我真打算开饭店！”

屋子里的人面面相觑，都不敢相信这是真的，过了老半天，姜薇又问："有人给你投资啊？"

"啊，暂时还没有，我又不认识大款，谁给我投啊？"姜胜一下子蔫了。

姜薇笑着拍拍弟弟的脑袋说："没钱开什么饭店啊？你想卖肾啊？"

"哎，小胜，开饭店得多少钱？"兴奋了半天的贾英拉住儿子问。

"多少钱都行，钱多开个大的，钱少就开个小吃部。当然，这都是设想，我只是想告诉你们，虽然我现在还没找到工作，可不是一点都没想这个问题，我天天都在想！嘿！总之，不管大小，我以后会开的。"

"姜胜，我有五万块钱存款，你拿去作本钱吧。我觉得你很有经济头脑，人又灵活，挺适合开饭店，以后肯定会大赚的！"肖倩突然插了一句。

姜胜一听，急忙摇头说："你的钱我不能动，我自己想办法。"

"姜胜，你要是心里有我，那就拿着！这钱赚完了也不给你出去花天酒地，是以后咱们过日子用的！这就算是我的嫁妆了！"说完肖倩拉了拉姜胜的手。

看着肖倩的样子，一旁的贾英双眼有些湿润，心想，这个儿媳妇可真是太好了。

姜胜也很感动，之前虽然肖倩说过拿钱让他做买卖，但他一直以为那不过是嘴上说说而已，没想到这一切并不是做做样子，肖倩对他的确是毫无保留。想了一会儿，他动情地说："行！我保证干好！"

姜胜这个突然提出的创业计划让屋子里热闹了起来，大家东一句西一句，一会儿担心一会儿高兴。高兴的是老大难姜胜终于要干点正经事儿了，担心的是五万块钱开饭店，这本钱的确是太少了。贾英说，要把自己的首饰卖了，还有一个定期存折要到期了，回头取出来给儿子凑到十万，但是这个提议立刻被姜胜和肖倩否决了。他们都知道，老太太攒点钱不容易，这会儿绝对不能乱动。

吃完饭收拾碗筷时，姜薇把林航叫到厨房小声跟他商量："哎，林航，你说能不能先把我们那几万块钱存款投给小胜开饭店？反正暂时也不够买房的，放着也是放着，利息也不高，还不如先给小胜用，要是经营得好，也许到时候小胜就能还上了。"

林航痛快地答应道："行！钱的事你做主。那小子是做买卖的料，很有经济头

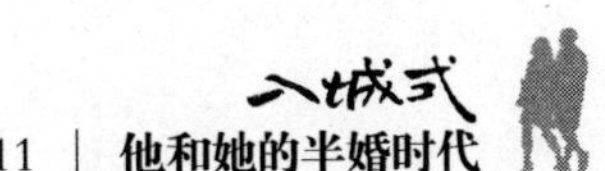

脑，总是能变着法儿地从我这里要钱。”

姜薇说:“别，这是咱俩的。我不是跟你商量呢嘛！”

林航点头说:“我同意！”

“你要是不乐意就算了！”姜薇又试探着问。

“别呀！我乐意，给小胜用吧！”

姜薇盯着他看了一会儿，又问:“你真是自愿的吗？还是只是担心我不高兴？”

“你怎么那么多事啊？我不是说了嘛！”林航叹了口气说，“女人可真啰唆！”

“那我怎么感觉你好像不太高兴啊？”

“天啊！”林航做了一个苦笑的表情，举起一只手对着房顶说道，“我发誓，我是真的高兴！真的！姜胜要是真开起来，咱俩以后还能跟着沾光！”

“嘁！沾什么光啊！以后下馆子不用花钱了？这样，你现在出去，当着我妈的面，就说你赞助小胜五万块钱开饭店，我明天早上把钱取出来再给他。”姜薇笑着说。

“我不干。”林航皱眉道。

“你不干也得干！要不然我妈老认为你没钱，咱后半辈子的幸福就在你一句话上，你干吗不说啊？求你了！以后什么事我都听你的！……大老爷们儿！你痛快点！现在就出去说！”姜薇一边说，一边开门，使劲儿把林航推了出去。

林航被硬推了出来，看了看在床上半躺半坐的老太太，又看看电视机前的姜胜和正在扫地的肖倩，他们都歪着头看自己。憋了半天，他终于红着脸说:“姜胜，你开饭店，我给你拿五万。”

“真的？”姜胜“噌”地一下蹦了起来，凑到林航身边。

“真的！”

“我就说嘛，这世界除了我妈和肖倩之外还有一个人爱着我，那就是你啊，你是我亲姐夫！我是你亲小舅子！”姜胜笑嘻嘻地感叹道，搂着林航一起坐在了沙发上。

“我呢？就没我啥事儿啊？”姜薇从厨房里扔出一块白菜根，正命中姜胜的脑袋。

“你……你从小就跟我抢冰棍儿吃，还打我，我都记着呢！”

“你个没良心的，你怎么不说我给你买汽水儿呢！”姜薇笑着做出一副生气的样子。

和姐姐说笑了两句，姜胜又问林航："姐夫，你把钱投到饭店，拿什么买房啊？"

林航看了看姜胜，笑着反问："你就那么没信心把这钱都挣回来？再说了，就算都赔了也没什么啊！反正五万块钱也买不来房子！总之你就放心开你的饭店！房子的事情我能解决，用不着这钱！"

姜胜又看了看林航，然后又越过他看了看坐在母亲床边的姐姐，过了老半天，他一跺脚，说："行！那这钱我拿了！但是我有个条件！"

"什么条件？"林航怔怔地看着姜胜。

"现在一共十万块钱，我们两口子五万，你们两口子五万，所以这饭店得算咱合伙开的！一人一半儿！"

林航一听，立刻摆手推辞说："不用！不用！"

姜胜一看林航不同意，有些着急，说："你要这样就没劲了啊，我可是既把你当姐夫，又把你当哥们儿，咱们亲兄弟明算账，还有风险呢，万一赔了，咱一起倒霉，我姐给你三刀六洞，肖倩给我葵花宝典。要是挣了，咱俩的事儿就都解决了是不是？"

林航转头看了看姜薇，姜薇点了点头，他又看了看岳母。贾英想了想说："这亲兄弟做买卖啊，是得先说好了，省着以后因为钱闹别扭！林航啊，反正你那个导游挣得也不多，要不然你们俩就一起开饭店算了！"

"不……不！"姜胜一听母亲的话，急忙摇头道："姐夫这导游必须得干！没有他，这饭店还真就不好开！"

"你是说……"林航一听姜胜这话，心里咯噔一下，他明白，小舅子这会儿打的是旅游团的主意……

3

姜胜的饭店计划里，最关键的一环就是旅行社，这一点林航没有猜错。比较有意思的是姜胜，他居然把这个想法当成是自己的独创，他哪知道，现在的旅行社不这么干的已经没几家了，而林航所在的天游旅更是这方面的行家，他们甚至有着很明晰的规章制度和业务提成方案。

晚上回到自己的出租屋，林航想了半宿也没睡着觉。三点多的时候他爬起来给姜胜打了个电话，他觉得事情既然已经到了这个地步，自己必须跟小舅子说明白，饭店的卫生一定要好，同时必须具有北京特色。林航知道有很多游客对北京的风味小吃很感兴趣，卤煮啊、豆汁啊、焦圈什么的，甭管好吃不好吃，关键要特色，人家要的就是这口儿。

姜胜接到电话时也还没睡，年轻人好不容易即将拥有自己的事业，这种兴奋是难以名状的。送走姐夫后，他就和姐姐、母亲、肖倩研究起了饭店的各项事宜。接电话的时候，老太太已经睡了，但是姜薇、肖倩他们三个聊兴正浓，已经从装修风格谈到了餐饮配备。听完了姐夫的担心，姜胜开心地笑道："放心吧，姐夫，我姐刚教育完我，再说了，我做事你还不放心吗？咱不是那昧良心的人，我肯定会把饭店弄得干干净净！别看咱是小本经营，但卫生标准得按照全聚德和洋快餐来！"

林航又问："那你再琢磨一下饭店的招牌主打，最好北京风味浓一些！"

姜胜说："没问题，饭店以北方口味为主，什么卤煮火烧、焦圈、糖耳朵、豆汁、茶汤，我都弄，再加上点儿东北的炖菜，我可以向毛主席保证，神仙来了都满意！姐夫，你要不要狗不理包子，要的话咱也弄！保准也十八个褶儿以上！"

"狗不理就算了吧，加盟费咱都掏不起！"林航一听连忙说。

"没关系，咱要是做包子就叫猪狗都不理，加盟费就省了，哈哈！"姜胜照旧还是一副浑不吝的德行。

第二天一早，林航带着姜胜直接到了旅行社，跟胖经理把事情说了一遍。对于林航的这个转变，胖经理很开心。事实上他早就有把林航扫地出门的打算了，但始终都找不到什么合适的把柄。现在好了，死榆木脑袋突然开窍了，这对于天游旅来说简直是天大的喜讯，这意味内部最坚固的一个小堡垒终于被攻克了。

胖经理的兴奋是有着实际意义的，为了表达对林航"锥心泣血"的赞赏，他二话没说就把姜胜饭店的业务分成降到了百分之十五，也就是说一顿一百块钱的饭，旅行社只提十五块钱，而这里面还有一半是属于林航的。

送走了姜胜，胖经理又把林航单独留了下来，笑着说："你啊，总算是想通了！"

"您放心，经理，这饭店我一定会监督好的！"林航连忙说。

“这不重要！”胖经理笑了笑说，“重要的是你走出了关键的一步！年轻人嘛，在追求事业进步的道路上必须找对方向！”

“唉……我这……”

“怎么？觉得愧对良心？”胖经理斜眼一笑说，“游客嘛，在哪吃不是吃？你告诉姜胜把饭店弄得干净些，有特色些不就好了嘛！”

“是……”林航有些黯然。

“算一算，咱们共事也好几年了。凭良心讲，你是咱们社工作最认真的，也是受到游客表扬最多的。但是，你也不能一辈子只当个吉祥物啊！”

“呵呵……”林航苦笑了一下，没有回答，事实上，他现在对顺从姜胜这件事已经有些后悔了。

“你是不是又后悔了？”胖经理颇有些洞察先机的意思。

“有那么一点儿！”

“你呀……你呀，我问你，即便是你小舅子不开饭店，即便是不和咱们合作，你每天不还是得把游客领到你同事约的合作商家吗？你的脑子要灵活一点！”胖经理皱着眉头。

“嗯。”林航答应了一声。胖经理的这句话多少让他的心里舒坦了一点儿。是啊，反正怎么着都得按照公司的规章来，这钱让那些乱七八糟的饭店赚，还不如让姜胜赚。只要卫生合格、口味好，也没什么嘛，价钱再低一点，就不算坑游客啊！他暗自琢磨。

胖经理笑着问:“林航啊，能跟我说说你改变主意的原因吗？该不会是你老丈母娘逼的吧！”

“不……不，您知道……我这也结婚了，要买房……”

“哦……经济压力！”经理做出一副恍然大悟的样子，摸了摸肥肥的脸颊，说，“兄弟啊，你有转变是好事，但是你的转变还不够，动机也太……太缺乏主动性了！你也快三十了吧，要多想想了！你还有几个三十啊？再过两年都走不动了。”

“我不明白您的意思！”

“你这个人总是被逼得走投无路才去变通！这是不行的！”胖经理拉长声音说，“你要多看看别人，看看别人是怎么游刃有余的！你在北京这么多年了，人都说三十而立，可你呢？房无一间、地无一垄，这里面的原因你想过吗？”

"我……"

"你肯定是觉得自己没有机会吧！我告诉你，机会你有，但是你总是抓不住！你要是抓住了，现在这个经理早就是你了！变通变通吧！穷则变、变则通！这还用我细说吗？你今天算是开了个好头，以后还要继续！我可是把你当成自己兄弟才说这些的啊，咱们是老战友嘛！"

"是啊，我一定不辜负您的希望！"林航咬紧牙关拍起了经理的马屁。

"啧啧，拍个马屁，你都像被捅了三刀似的！"胖经理看了看神色尴尬的林航，摇摇头说，"一个饭店解决不了你的根本问题！你呀，多想想吧！别忘了我上次跟你说的那些啊！"

"上次？"林航纳闷地看着胖经理。

"哎呀！就是那个全陪吗？也就是一两个月而已！一个大老爷们儿，有什么豁不出去的？"

胖经理此话一出，林航立刻恍然大悟，原来胖经理绕这么大圈子，其实还是想让自己去陪那个女大款。他连忙说："经理，这个我恐怕……"

"先不要拒绝，回去再想想！"

"我真的不能……我都结婚了！"

"好了！再想想！不要说了！"胖经理不耐烦地挥了挥手。林航出门时他又补了一句："哥们儿，你要记住，人不能和钱过不去，人要成功就要付出代价！"

4

林航和胖经理谈过之后，心里一直忐忑不安，他不知道开饭店到底是对还是错。想到最后，他越来越烦，索性把张罗的活儿都交给了小舅子。反正钱已经给了，他爱怎么折腾就怎么折腾吧。

这天晚上，林航刚回到家，就接到了四叔林国全的电话，他告诉林航，自己已经到北京两天了，再待两天就走，说四婶江秋眉给他捎了点东西让他到酒店去拿。

和四叔简单聊了两句，林航又马上给姜薇挂了个电话，两个人约好在东方新天地见面，然后林航立刻换好衣服，下楼直奔车站。

小两口儿见了面，姜薇从包里掏出一沓钱递给林航说："五千，够不够！"

“应该够！”林航想了想说，他知道，这两天里，他必须请四叔一行人吃顿饭，这顿饭档次必须要高。

“我刚打电话在旁边那全聚德订了包间。明天中午，行吗？”姜薇问。

“行！没问题！”林航深吸一口气，答道。

四叔住的建国饭店就在王府井旁边，离东方新天地不过两步之隔。两个人一边说一边走，两分钟就到了。

找到四叔住的房间，林航敲门，开门的正是林国全。

林航喊了一声：“四叔！”

林国全笑了笑，并没有跟侄子说话，看到他身后的姜薇，林国全说：“咳，怎么还折腾小薇一趟啊，她工作多忙啊！”

姜薇急忙说：“没事，必须的！”

“哈哈，好！”四叔笑着做了一个请进的手势。

林国全住的是一个套间，屋子里还坐着一个胖男人，林航和姜薇进屋后，立刻问候道：“叔叔好！”

胖男人也站起来笑着：“你们好！”

林国全介绍道：“这是我们王局长！”

“就别局长、局长的了，咱们都是一家人！”胖男人笑呵呵地说。

众人落座，闲聊了几句家常，姜薇问公公婆婆的身体，林国全笑着说：“放心吧，都很好，现在全家就等着你们俩过年回去办喜事呢，饭店都已经订好了！”

“老林讲义气大半辈子，孩子的喜事咱得好好办办！”王局长插了一句说，“国全啊，给那几个老板打个电话，让他们出车！一家两辆！气派点儿！”

“不用，不用，就亲戚吃顿饭就行了！”姜薇急忙说。

“那可不行！我们这农村小子娶了个北京媳妇，这得好好办办！”王局长打趣道。

“我也就一北京穷丫头，能找到林航是我的福分！”

“说得好！林航啊！找了个好媳妇！”王局长说，“老林这辈子是够了！”

“王叔过奖了！”林航也急忙谦虚道。

“好了，你们几个聊吧，国全，我进里屋躺一会儿，今天可累得够呛！”王局长笑眯眯地站起身，朝林航和姜薇说，“我先失陪一会儿啊！”

“好，王叔您休息吧！”姜薇和林航站起身说。

王局长进了屋，反手带上了门。林航和姜薇都略略松了一口气，林国全笑着说：“你俩随便点儿！”

“嗯！”林航答应了一声，一屁股歪到四叔床上，从桌子上拿起一盒玉溪，点了一根，然后对四叔笑嘻嘻地说，“嘿嘿，我的是红梅，就不掏了啊！”

林国全白了侄子一眼，佯作嗔怒道：“少抽点烟！”

“知道，知道！”林航应了一声，又问，“我四婶和小伟咋样？”

“还那样，一个淘得要命，一个风雷滚滚！”

“我就觉得我四婶好！”

“好什么，死厉害死厉害的！”

“嘁！就该厉害点儿！”林航不以为然地说。

“这小子就跟他四婶一伙儿！”林国全笑着冲姜薇说。

“是啊，他总跟我念叨！”姜薇也笑着回答。

“对了，小航，你四婶给你捎了点东西！”

“啥啊？”林航坐起来问。

“几条老家的烟，还有一套西服，都在包里呢！”林国全指了指门口的一个旅行包。

“唉！好久没抽老家的烟了！”林航一边说，一边打开旅行包，从里面拿出一条烟，笑着说，“哇，大绥河！牛逼！”说完撕开一条拿出两盒，一盒扔到桌子上，一盒拆开。

林国全笑着说：“你都自己揣着吧，我这有！”

“破玉溪，哪有大绥河好抽！”林航不屑地说。

林国全看了看林航，无奈地笑了笑冲姜薇说：“这小子，平时他欺负你不？要是欺负你的话，现在就说，我现在就揍！给你报仇！”

“没有，林航脾气挺好的！”姜薇笑着说。

“他脾气好？他上高中那会儿，书包里天天装把小菜刀，和敢死队似的！”

“啊？不会吧，我从来没听他说过！”

“哈哈，这浑球装呢！甭怕他，小薇，有委屈跟四叔说，我收拾他最有一套了！”

“哎！”姜薇笑着说。

"嘿嘿,以前的事还提啥啊!"林航也笑了,他问,"四叔,你们这回来干吗呀?"

"还能干吗?送礼呗!"

"到北京送什么礼啊?山高皇帝远的……"

"唉!世道如此!不说这些!"林国全挥了挥手,眼睛里有些许的忧伤。

"四叔,你们事儿都办完了?"姜薇问。

"嗯,办完了,明天上街买点东西,后天就回去了!"

姜薇说:"明天中午咱们一起吃顿饭吧!"

林国全挥挥手说:"不用,我们这是公出,都报销的!"

"别,您到北京了,怎么着我俩也得请您吃顿饭!"姜薇说,"就在这旁边,王府井步行街上的全聚德,我都订好了包间!"

"哦……嗯……"林国全略一思量,转而很干脆地说,"好吧!那就叨扰你们一顿!"

请客的事情说定了,姜薇第二天上班时又跟跑剧场线的记者淘了两张国家大剧院的招待票,普契尼的歌剧。

中午,林航也请了假,小两口早早地就到了建国饭店,招呼四叔和王局长直奔全聚德。

到了饭店,林航让王局长点菜,王局长笑着说:"我们客随主便,你们两口子来吧!咱们这东北人都咕嘟炖惯了,随便来俩小凉菜,喝点酒就得了!"

林航又看了看四叔,林国全也笑着说:"你们俩点吧!"

没办法,林航只好自己点。说实话,菜谱上的菜他基本都没吃过,但是脸上又不能露出迟疑的表情,毕竟四叔的领导在,这涉及面子问题。

从第一页开始的翻,一直到最后一页,林航只点贵的,一套烤鸭,外加六个菜,鱼是石斑,肉是驼峰。估计加起来也得一千三四了,点完菜,林航又问:"喝白酒?"

"好!白酒!"王局长高兴地说,看得出来这是一个酒鬼。

林航一咬牙又点了一瓶五粮液。

这顿饭气氛很好,王局长很开心,酒是一杯接一杯,一瓶五粮液几个来回儿就没了,姜薇挥手又要了一瓶。等吃喝完,已经是下午三点了。王局长略有醉意,拍着林国全的肩膀说:“老四啊,你大哥够义气,你这侄子也不辱门风！别看现在是北京人,还瞧得起咱们这些农村佬！不错不错！”

“咳！哪儿的话！他们俩也就是瞎混！”林国全笑着说,眼里目光复杂,有些难过但又有些兴奋,毕竟侄子给他挣足了面子。

吃完,林航算了账,一共两千七。把四叔和王局长送到酒店,姜薇又掏出两张歌剧票,递给四叔说:“四叔,我要了两张国家大剧院的票,晚上您和王叔叔有空的话去看看吧！”

“嗬！国家大剧院！”四叔接过票,开心地说,“昨天王局长还跟我说,买两张观光票进去看看呢,没想到,你们先动手了！”

“咳！演出单位给我们报社的采访票,我就要了两张,我看了一下,位置还不错,前排中间。”

“好啊！咱也享受一把高雅文化！”王局长也很开心地说。

林航盘算了一下,三个人喝了两瓶五十来度的白酒,估计都有些迷糊了。于是便对林国全说:“四叔,您和我王叔休息一下吧！我和姜薇就先回去了,明天早晨我再来送您！”

“甭来了,还送啥送！”林国全说,“明天好好上班！”

“没事儿！”姜薇笑着说。

“不！不,绝对不行！你们今天都耽误一天了！明天必须好好上班！”王局长也插嘴道,“林航啊,你不错！很好！你王叔我今天很高兴,你小子没忘本！还是咱们绥河的人！好好干！你爸和你四叔我们这一拨人,这辈子就算是窝到老家了！你们还年轻,要咬住牙,扎根到北京！”

林航点头说:“哎！您放心,王叔,我一定努力！”

“必须要努力！过年回去,给王叔打电话！到了绥河！想吃想玩,都包在我身上！”王局长说。

“哎,哪儿的话！您太客气了！”林航说。

王局长笑着说:“不是客气！实话实话！小子,走吧！忙你们的去吧！”

“那……我们俩就走了！”林航和姜薇又看了看林国全。

林国全点点头说:“走吧,我送你俩下去！”

“不用,四叔,您歇着吧！”姜薇急忙推辞。

“不，不！一定要送！”林国全拉开门，态度坚决。

三个人到了楼下，酒店门口，林国全摸了摸侄子的脑袋，有些动情地抱住。林航的心里也是一热，任由四叔抱着，一瞬间他仿佛又回到了小时候，跟着比他没大多少的四叔到处跑，到处疯玩儿。

“小子，好好干！给咱们家争口气！家里的事儿，你放心，有四叔呢！”林国全的嗓音突然有些哽咽。

叔侄二人抱了一小会儿。林国全这才推开侄子，朗声道：“滚蛋吧，不送你俩了，我回去睡觉了，晚上还得看剧呢！”说完他一转身，快步走了回去。

“四叔哭了！”站在旁边的姜薇低声说。

“嗯，我知道！”林航也有些哽咽。

“我觉得四叔心里有事儿！”

“唉！你不知道，四叔以前最讨厌上炮儿送礼这一套的。”

“我也觉得他们这样挺那什么的……”姜薇低声说，“你说他们送礼都送什么啊？”

“钱呗！直接送钱。”林航低声道。

“啊？”姜薇睁大眼睛，“这……这也……”

“不说这些，你没看四叔这两天的眼神吗？”

“好像很纠结！”

“是啊，身不由己！”

“那个王局长到底是怎么回事啊？”

“王建军，我们绥河的风流人物啊！”

“没事儿的时候跟四叔说说吧！可得小心啊，现在中央反腐的力度特别大！”

“呵呵，再大的力度，到了地方，也变成毛毛雨了……”林航无奈地摇了摇头，叹了口气，指指远处的地铁站苦笑道，“消费完毕！目标地铁！”

5

四叔林国全是第二天上午走的，走之前他给林航发了三条短信，加起来内容很长：

“小航，歌剧我看了，普契尼的，很好！北京是一个好地方，你一定要留下来。

首都人素质很高，有秩序、有公德心！社会进步是漫长的，绥河和北京是两极，是两种生活状态的缩影。在这里你忍受的只是生活的磨难，但是回到绥河你会身处精神的炼狱！孩子，坚持住，把根扎下！这两天你花了不少钱，小薇很好，爱情上要把握住，要对得起人家！西服上衣口袋里有两千块钱，那是你四婶给小薇的，本来想给她买件衣服，但是怕她相不中，所以就把钱拿来了，自己买吧！家里有我，一切放心！”

林航看完短信，心里很难过，打电话把姜薇叫了过来。拿着钱，姜薇也有些难受。以前她只是听林航说四叔和四婶人很好，如今接触之后，她发现，三十八岁的四叔林国全身上有一种和别人不同的气质，坚忍还有无奈，那是一种随波逐流的悲伤。

两个人又感慨了一会儿，姜薇也没有回家，赵冲的老婆得了病，他已经回去快一个礼拜了。屋子里很冷清，这一晚姜薇住在了通州。夜里林航抽着“大绥河”跟她一遍遍地回忆着那个小县城的点点滴滴，高兴的时候两个人笑，难过的时候黯然饮泣。姜薇觉得生活真是太复杂了，从林航的描述中，她再一次了解了这个东北家族的点点滴滴。她感到忐忑，也感到幸福。未来会是什么样呢？她不知道。冥冥中总有难以预知的变化等待着她，除了承受，就没有任何余地。

生活继续着，四叔的到来不过是一个小小的节点，一切感慨很快就过去，它所带来的那些情绪在林航的心里慢慢发酵着，他明白四叔短信的含义，那是在告诉他，人需要坚守、坚持！坚守自己的道德，坚持自己的理想。四叔也许自己并没有做到，但是他希望侄子做到，他或许不明白北京的复杂，但是他希望那些好的东西能在侄子的内心生根发芽，这一点，林航明白。

胖经理曾经说过人要成功就得付出代价，可是这代价应该是什么呢？林航还是想不通，他觉得尊严是无价的，相比那一月暴富的机会，现在这个饭店已经让他很开心了。

经过紧锣密鼓的筹备，半个月后，姜胜的计划终于变成了现实。他把饭店取名为“双合发”，意思就是说这店是他和姐夫两个人的。饭店的菜谱主要是老北京风味，外加一些猪肉炖粉条，溜达鸡炖蘑菇等东北炖菜，店面只是简单装修了一下，桌椅板凳都是别人转让的，肖倩找裁缝定做了桌布和椅子套，看起来倒也干干净净。

自从肖倩住进了姜家，她和姜胜的关系也就迅速地明朗化了。她知道姜胜对胡杨的看法是不可能改变的，想了一段时间之后，肖倩辞职了。对于这个决定，姜薇和老太太贾英有些惋惜，但是姜胜却雀跃不已。肖倩辞职之后又找了一家小文化公司做兼职，不用坐班，完成多少任务拿多少钱，工资虽然没以前多，但很愉快，又自由。姜胜在饭馆里空出一间小房子作肖倩的工作室，工作累了，她就帮姜胜打理打理饭馆，算是工作、爱情都不耽误。偶尔和姜胜一起住在为服务员准备的简陋宿舍里，也觉得幸福极了，她的北京梦终于只差一步就要实现了。

由于饭馆开在虎坊桥附近，所以林航把带团的旅游线路重新作了修正，要么中午要么晚上，总之必有一站是陶然亭或琉璃厂。这样一来，等溜到了饭点儿，他就自自然然把游客领到了距离很近的双合发。

本来新开的饭店，客流量不会太大，但是每天林航一来，双合发里都呼啦呼啦一大群食客，附近观望的馋人也就忍不住进来尝尝。姜胜把好蔬菜肉蛋的质量关，菜价不贵，味道还不错，一传十，十传百，饭馆的生意渐渐有了起色。姜薇又请报社生活部的两个记者来吃了一顿，看到饭店里极具老北京特色的食谱和装修，两个记者第二天就把双合发的介绍登上了《北京时报》的美食地图。这样一来，生意就更好了，很快又有很多白领在这里订餐，一到饭点，服务员根本就忙不过来。

林航现在很高兴姜薇当初的英明决断，投入有了回报，有数的那些钱终于能生钱了。十一月刚过一半，姜胜就给了林航五千块钱的分成。要知道这会儿，饭店才只开了半个多月，而且这分成还是很小的一部分，姜胜和姐夫商量了一下，有一笔不在少数的分成留着，准备等春节前后再把饭店面积扩一下，门脸再修修。

拿着钱，林航的心里轻松了很多，再加上游客们对饭菜的反映也很好，一时之间，他甚至觉得，自己真是死脑袋，要是早这么干的话，何苦现在这样。旅行社那边，胖经理也很高兴，林航的收入噌噌地往上涨。姜薇算了一下账，告诉他说，照此推算，他们明年五月份之前就能搞定一套小两居的首付了。

林航把自己和小舅子合伙开饭店的事情告诉了母亲赵文瑾，母亲非常高兴，一个劲儿地嘱咐儿子要注意身体，不要光顾挣钱，把身子骨累坏了。但是父亲林国文的态度却让林航有些难堪，得知儿子跟人合伙开饭店后，他非常生气，在他眼里，下海做买卖和不务正业没什么区别。电话里，他一个劲儿地对林航说："都说士农工商，商是最后一档，你这不是越活越完蛋了吗？”

林航对父亲的看法很不服气，他问父亲：“按您的说法，我该干什么？”

林国文想了想说：“考个公务员，吃皇粮不比你当厨子强？”

林航冷笑道：“您应该说让我回家，然后混个一官半职，这样您才脸上有光！说了老半天，您不就是想出去吹牛吗？跟别人说，你儿子如何如何厉害，工作如何如何体面……这有用吗？现在没有钱寸步难行！我做点买卖怎么就丢脸了呢？”

父子俩话不投机，又吵了一顿。林国文慨然长叹，他觉得当初让儿子留在北京是个失误，还不如回家当老师。现在可好，儿子做起了小买卖。他既觉得这是一个没出息的表现，同时又怕儿子变得和三弟一样唯利是图。四弟从北京回来后，对林航和姜薇赞不绝口，林国文有些高兴，但是又有些后怕，他知道自己的儿子有些理想主义，同时又倔犟，看问题易走极端。这样的毛病在这个社会，有时真的是寸步难行。

这次通话后，林航很长时间再没有联系父亲，往家里打电话的时候都是挑时间，只和母亲聊。他的心里也很难过，他不明白父亲为什么就不能理解自己呢？难道面子比好好活着更重要吗？

Part.09
母亲啊，母亲

1

由于自家开了饭店，因此下馆子已经不再是奢侈的事情了，一到周末，姜胜就组织一家五口在双合发吃团圆饭，小日子过得颇有些其乐融融的味道。贾英对林航的态度也渐渐好了起来，这里面有两重原因：一是林航帮助她最发愁的儿子实现了创业梦；二是老太太也明白，在婚姻这个问题上，最终拍板儿的是女儿姜薇，孩子既然喜欢，作为老人她也只能接受。更何况，日子过到现在，艰难的生活正一步步扭转，等再过两年，女儿两口子有了房子，林航扎了根，那么一切所谓的后顾之忧就都归零了。

和贾英一样，林航现在也对生活充满了信心。虽然每天都奔波劳碌，但是一想到荷包日渐丰满，离买房子的目标越来越近，他的劲头儿也就越来越足。有时躺在床上回忆这几年客居北京的点点滴滴，有过苦难，也有过艰辛，但是每一次他都熬了过来。上帝这个非常糟糕的设计师，他最喜欢的事情就是把好事坏事掺和着来。还记得他刚毕业找不到工作那三个月，每天躲在地下室里啃馒头喝自来水，一个礼拜花八块钱，连酱豆腐都买不起。日子那么苦不也挺过来了吗？生活就像是一场游戏，在获得通关的喜悦之前，必须要经历一场场艰苦卓绝的斗争。三十而立，决不是那么简单的事情！

一天中午，林航刚安排完游客在双合发吃饭，手机就响了，一看是胡杨，他走到饭店外，硬着头皮接了。

“喂？林航！在哪儿呢？你猜谁来了？”胡杨神神秘秘地说，语气中掩不住兴奋。

“谁啊？”林航犯嘀咕，胡杨这么高兴肯定没好事。

“夏！雨！晴！”胡杨贼笑着一字一字地说。

林航一愣，喃喃道：“夏雨晴……”脑子里顿时闪现出一个清丽的身影。

夏雨晴是林航的初恋情人，林航大一入学时，夏雨晴已经大四，她是学生会负责迎接新生的。那天阳光明媚，气温不冷不热很舒服，林航兴奋地在学校里乱走弄丢了背包，被夏雨晴捡到，她费尽周折才找到林航，把包还给他，后来又帮了林航不少忙，一来二去两人发展成了姐弟恋。

刚开始那段时间，同寝室的胡杨、宋江和朱一墨几乎每天睡前都把林航按在床上，胳肢他或者把他扒光拍裸照，吓唬他要传到校友录上。精神加肉体双重折磨，逼问他老女人到底是什么滋味。林航宁死不说，后来胡杨和朱一墨觉得没趣，也懒得再问。

和一般年轻学生的幼稚不同，夏雨晴是个非常有分寸的人，朱一墨后来总结过，夏雨晴是一个知道自己要什么的人，这种人理智大于情感，很容易就能成为那种熟练掌握世界的人。

这个结论基本上是正确的，第一年，林航他们俩的恋情正常而又热烈，但是随着夏雨晴的毕业，一切都变了。由于考虑到就业压力，夏雨晴决定继续深造，并报考了浙江某所大学的研究生。而之所以选择北京以外的学校，是她经过仔细论证后慎重选择的。在她看来，北京各所大学的研究生考试太难，相比之下，地方省市的就要容易很多。结果也不出所料，大四一年的花前月下并没有耽搁夏雨晴的考试，她顺利地考取了研究生。

走的那天，林航送她，在火车站，夏雨晴冷静地提出分手，这让林航当时就懵了，他一遍遍地问：“为什么？”

夏雨晴的回答依旧冷静，她告诉林航，大四一年是她最快乐的时光，她已经很好地享受了青春，享受了爱！从踏上火车这一刻起，她要做的就是为了事业，为了未来而奔波！

林航有些不明白夏雨晴的话，问她：“研究生还有三年，等到我们都毕业了，难道就不能在一起？”

夏雨晴笑笑说：“傻子，别做梦了，三年之后，你肯定会留在北京，而我将不会再回来！你们学中文、新闻的，北京是最好的选择，可我学的是管理，所以我要去的地方是上海！其实我选择浙江的学校，除了好考之外还有一个原因，就是距离上海近！而那是我寻梦的地方。”

夏雨晴走后，林航一直很消沉，大学期间没有再谈恋爱，直到毕业后遇到了姜薇，爱情生活这才算是掀开了新的一页。

胡杨的这个电话，彻底搞乱了林航的脑子，老半天没说出话来。

过了一会儿，电话里传来胡杨的奸笑：“喂？嘿嘿……走神了吧？醒醒！晚上我在蜀国演义订了桌，你和姜薇一定要来啊！”

林航一听胡杨这么说，就更不好意思了，略带不快地道：“胡杨！你明知道我和夏雨晴……算了，我就不去了！”

胡杨笑了两声说：“过去多少年的事了，难道你小子还没放下？心里还有她？我跟你说这样可不行啊！对姜薇不公平！”

“不是！”林航急忙否定。

“不是就见见呗！老同学好多年没见了！再说人家也不是来找你的！是来找我的！”胡杨淫笑了两声又说，“出差！夏雨晴现在是南方菁华出版社的总编助理，这次是因为和我公司有项目合作才来北京的。说定了啊！晚上七点，不来就装孙子了啊！”

林航继续推托：“我真不去了！你们吃吧！”

“靠！”胡杨骂了一声，“还是那句话！你爱来不来！你不来，姜薇一个人来！我都跟她说完了！”

“你大爷的，你这张破嘴！”林航怒道。

“改主意了吧？还有你丫今儿晚上不许抢单了啊！”胡杨大笑了几声挂了电话。

放下电话，林航的脸已经被气得扭曲了。他明白胡杨这么做就是为了让他难堪。他和夏雨晴的事儿，姜薇是知道的，也正是林航对夏雨晴的坚守打动了她，但是这并不表示她不嫉妒夏雨晴，夏雨晴这位头号危险前女友的名字在他和姜薇的交往过程中一直是禁忌。现在让两个准情敌面对面，他胡杨这心思可真是太歹毒了。

想了一会儿，林航掏出手机给姜薇拨了个电话，说晚上很累，就不去参加胡杨的聚会了。可是没想到姜薇却不同意。言语间还略带讥讽，她问林航："你是不是忘不了那姓夏的啊？"

林航急忙辩解说："这哪能的事儿啊，都好几年没联系过了！"

姜薇又问："那你怕什么啊？怕我给你丢脸啊？那我不去，你自己去！成了吧？"

话说到这个份上，林航明白姜薇已经动气了，假如不去的话，反倒证明他贼心不死。想到这儿，他只好笑着说："行，你说去我就去！你是领袖我是兵，我听你的！"

晚上下了班，林航正准备直接去饭店，结果姜薇电话又来了，她非常严肃地对林航说："你必须跟我一起去！必须现在就来地安门接我！"

林航自然明白姜薇这是在打什么鬼主意，他觉得好笑，但是又不敢笑，心想，女人要是嫉妒起来，可真是可怕！

绕了一个大弯儿，林航到了地安门，还没走到小区门口，他就看见姜薇正站在路边东张西望。看得出来，她用心打扮过，完全不是平时那么随意，上身穿一件白色高领短毛衣，下身穿了一件红格子短裙，腿上裹着黑色紧身裤，脚下一双黑色高帮帆布鞋，外面罩一件合身的黑色羊绒大衣，而且她化了烟熏妆，眼睛大得有点吓人。配她那短短的波波头，这一身装嫩搭配，可以冒充90后。

"你不冷啊？扣子系上！"林航对她说。

"不冷啊！"姜薇十分轻快地跳下楼梯，人看起来很愉快。背后的手甩到身前时，林航看到她手里拎着胡杨送她的那个GUCCI包。

林航有些不爽，但是一想，自己说过，给了就用，不用好像有什么似的，她既然用了，也只好就这样。

姜薇看出林航的脸色不对，就说："你知道我为什么拿这个包吗？"

林航说："惩罚我？"

姜薇挎上他的胳膊，仰起头，冲他撅着嘴说："没错！这是提醒你，别以为只有你有前女友！我可是也有追求者的！我要是发现你对那个姓夏的多看一眼，别怪我没提醒你！"

林航苦笑着说："拜托！我们都领证了！"

“我们还没办婚礼呢！”姜薇说完叹了一口气，她也不想提这些伤心事，赶紧转移了话题说，“我只有这一身衣服勉强可以配这包，以后你赚大钱，好好包装包装我，听到没？”

“好！”林航有些心虚地答道，“我觉得你这眼睛画得跟熊猫似的！”

2

林航和姜薇坐上出租车的时候，天已经彻底黑了，风很冷很硬，街上的人都行色匆匆，缩着脑袋，繁华的都市在冬季到来的时候终于不可避免地萧瑟了起来。

此时的北京火车站，一列从抚顺发往北京的列车刚刚进站，这是所有出关火车中最慢、最便宜的一列，几乎见站就停，途经锦州、绥河、朝阳……

赵文瑾提着一个小旅行包，双眼茫然地站在站台上，这是她第三次来北京，第一次还是八年前送林航上大学，第二次是丈夫公出，她蹭车来看了儿子和他新交的女朋友姜薇。

随着人流拥出车站，赵文瑾仔细地打量着这个她心目中最伟大的城市。现在这里和自己已经有了很密切的关系，因为她最亲爱的儿子就在这个城市里生活着。

这次来北京赵文瑾主要有两个任务，第一件就是要去姜家走一走，由于两家隔得远，林航和姜薇领结婚证时又没和双方父母商量，所以两家的老人一直还没见面。如今大婚将至，再不商量一下实在有些说不过去了。除此之外，这半年赵文瑾的胃病犯得越来越频繁，每次都疼得要死要活的。她曾经去绥河县医院看过，已经确定了胃部有肿瘤，但到底是恶性还是良性却拿捏不准。林航四叔林国全上次来北京时打听到在南五环有一家著名的肿瘤医院，其诊断和治疗在全国都有口皆碑。所以这一次来北京赵文瑾也打算好好确诊一下，找一个稳妥的治疗方案。

本来按照计划，这次林国文会一起来北京，但是二妹林国竹家的孩子要结婚，他只能跟着忙里忙外。林家哥儿几个凑在一起商量的时候，老四林国全曾说孩子结婚这事儿就别让大哥跑了，赶紧去北京。话一出口，林国竹的脸色就有些难看，嘴里不咸不淡地说：“那可不，还是林航的事儿重要！”

林国全有些生气，沉着脸说：“二姐，大哥大嫂去北京，最主要的是看病！”

可是这话音刚落，老三媳妇沈琼枝又接了一句:“嫂子这病来得可真是时候！”

这样一来，林国文的脸就有些架不住了，立刻拍板说:“我留下，你嫂子自己去！”就这样，临走的时候，赵文瑾又跟四弟妹江秋眉小哭了一场，才伤心地上了火车。

出了北京站，赵文瑾并没有联系儿子，这倒不是她不挂念，而是她知道儿子很忙，而且也没什么钱，同时她也怕儿子因为她检查身体而担心。赵文瑾想临走之前见儿子一面，再去姜家看看亲家母，谈一下儿子和姜薇的婚事。

在站前广场转了一圈，又到附近的饭店打量了一下，一碗刀削面也要十块钱，赵文瑾叹了一口气，最后在一家小商店买了一块面包。

和全国所有的火车站一样，北京站附近也充斥着大量廉价的旅店，赵文瑾东问西问，最后找到了一家最便宜的。旅店招牌很小，半露在胡同口，几个民工打扮的中年人正拎着大包往里走，赵文瑾进了屋，又在招牌下方价格表的基础上还了五块钱的价，花了四十五要了一个只能放下一张单人床的小单间。进了屋，服务员又给送来一壶开水，赵文瑾倒了一碗，咕咚咕咚地喝下。

由于这次一个人来北京，所以她格外小心，即便多花几块钱，也不敢和别人同屋。睡前，她锁好门，又拎一把椅子挡在门前。关掉灯，躺上床，连大衣都没脱，她摸了摸大衣两边的内兜里，检查了一下兜的边缘，没坏，沉甸甸的，鼓鼓囊囊的，她一沓一沓地轻轻地数着，没错！左边三沓，右边四沓，都还在。

这次她带来了七万块钱，是家里的全部积蓄，一部分看病买药，一部分是给姜家的彩礼，刨除这些，估计还能剩下五万多，赵文瑾打算给儿子买房用。从家里出来的时候，江秋眉要她办一张卡，说安全。但是赵文瑾担心异地取钱手续费太高，因此考虑再三，最终还是带了现金过来，她打算明天一早到银行排队存一个活期，然后再给儿子。北京房价高，首付就要十多万，以前她从来没跟儿子提过这事，她怕拿出来丢脸，现在全国都在呼吁房价下调，估计加上儿子和姜薇的存款，也差不了多少了，买不来大房子，首付个郊区的一居应该差不多。

等检查完身体，她就能见到儿子了！赵文瑾太兴奋了，不管这么着，今天她和儿子在同一个城市，离他越来越近了。

3

林航和姜薇赶到蜀国演义时，其他人已经到齐了。进了屋，还没等林航说话，夏雨晴就先开口，她一副很开心的样子对着姜薇说："你们总算到了！快坐！快坐！早就听胡杨说林航找了一位大美女，果然啊！真漂亮！"

夏雨晴这出乎意料的热情让姜薇一时之间懵了。她本来是把这场酒局当做一个比美、比年轻的小战场，可谁知人家夏雨晴好像算准了一样，一见面就给她戴了一顶大高帽。尴尬之下，她只好笑了笑说："是啊，我也经常听林航说起您！"

这句话一出口，林航就有些生气，因为事实上，他和姜薇提夏雨晴还是刚谈恋爱那会儿。这一晃几年过去了，他压根就没再说过过去的事儿。现在姜薇这话一说就和挑衅一样了。而且她还特意用了一个您字，大三岁而已，用得着这样挤兑人吗？

好在夏雨晴毫不在意，依旧笑吟吟地说："嘿，老生帮新生，咱师大的优良传统！"一句话，轻描淡写地化解了尴尬。

众人再次落座，林航有些拘束，一直没说话。倒是胡杨和朱一墨意气风发，妙语连珠。觥筹交错间，林航用余光打量了一下夏雨晴，除了依旧妩媚动人之外，三十二岁的她已有了成熟女性的独特魅力。她比姜薇略高些，也丰满些，一头妩媚的短发，话音温润，慢而嗲。但是林航明白，在这柔美的外表之下，夏雨晴的骨子里却有一种南方人独特的坚忍，她的内心，大概比在座的所有人都要强大。

这顿饭就这样在尴尬中开始了，但是尴尬归尴尬，却不乏热烈，酒助血行，不一会儿大家都纷纷喊热。本来夏雨晴披着一件格子的羊绒大披肩，说是下了飞机冷得受不了在机场买的，但这会儿也摘掉放在了椅背上。她里边穿了一件简单的V领薄羊绒衫，那领子大得有点夸张，露出胸前雪白的皮肤，下身穿一条修身的黑色铅笔裤，简单的高跟鞋，看起来成熟而自信。和她一比，姜薇就显得有些夸张和不成熟了。谁更美，一目了然。

又吃了一会儿，胡杨和朱一墨又开始八卦起来，追忆往昔，感叹世事，故意提起林航和夏雨晴的陈年旧事。林航窘得很，也不知道说什么。倒是夏雨晴一直笑呵呵的，说姜薇比她漂亮多了，出水芙蓉，和林航郎才女貌，而且还那么年轻。

对情敌的嫉妒让姜薇整个晚上都卖力地表现，大秀林航对自己的恩爱，还凑过去让林航喂她吃东西。在外人看来，她就是个不懂事的小丫头，但这小丫头都二十八九了，让人觉得很不舒服。林航没想到姜薇会这样，平时她挺稳重大方的，从来没这么疯狂过，看来嫉妒不仅使人犯罪，嫉妒还可以使人变态！

一桌人聊天间，林航自然而然也有了仔细观察夏雨晴的机会，他发现说归说，笑归笑，但夏雨晴仰头喝酒时，眉头间总有愁容。这是为什么呢？工作不顺利还是生活不如意？林航看得出却又不敢问。

饭吃到一大半的时候，林航起身上洗手间，出来时，发现夏雨晴正迈着猫步朝他走来，两个人走近了，都停住脚步。林航望着夏雨晴，夏雨晴只是低着头，似乎并不准备开口。

林航问她："你是不是有什么愁事啊？"

夏雨晴摇摇头说："没事。"抬头看他一眼，又迅速低下头，不知为什么眼泪却流了下来。

林航心里很不是滋味，夏雨晴肯定有事，而且是大事。以他对夏雨晴的了解，她并不是个多愁善感的女人。想了想，他低声问："到底有什么事，你说出来也许我能帮上你呢！"

夏雨晴摇了摇头，依旧什么都不说。林航刚想继续追问，可一抬头却看见姜薇从包间里出来。

看见这一幕，姜薇的脸色突然变得很难看，她一言不发地往洗手间走，经过林航时狠狠地瞪了他一眼。

回到房间，气氛开始压抑，饭局草草散了。

胡杨看了林航一眼，然后笑着对夏雨晴说："我已经安排好了夏小姐的住处！"

夏雨晴微微一笑说："不用了……我……"

胡杨说："那可不行，一定要我来安排！"

夏雨晴眉头微蹙，刚要说什么。胡杨微微一笑道："夏小姐，我打算把公司以后所有的畅销书全给你们社，一会儿我送你回宾馆，具体的，嗯……咱们是不是还得再好好谈一下啊？"

这句话里面的含义是什么，其实很值得咀嚼。胡杨的业务就是自己的筹码，可夏雨晴的筹码呢？林航看了胡杨一眼，脸色铁青，其实他想邀请夏雨晴去姜薇家，但是看看姜薇的脸色依旧阴沉着。他知道，今天这个场合，自己根本就不是扭转局面的关键，夏雨晴这一夜如何过，在哪儿过，甚至跟谁过，那就要看她自己了……

出饭店时，胡杨凑到林航耳边小声说了一句什么话，林航没听清，疑惑地看他一眼，胡杨凑到他面前，饶有深意地又问了一句："一会儿你也一起来吗？我不告诉姜薇！"

林航明白胡杨的意思，紧皱着眉头瞪了胡杨一眼，他呼了一口气，走到另一侧，和胡杨保持距离。他有点控制不住自己的拳头了，胡杨要是再说一句，他肯定会揍他。

回家的路上，姜薇一直沉着脸不出声，林航拉了拉她说："我说不来，是你要来的！"

姜薇也爆发了，不管不顾地大声冲他喊："我来是因为相信你！可是你呢？你做了什么？对得起我对你的信任吗？"

林航反驳："我干什么了？就说一句话怎么了？"

姜薇喊："有什么话不能在饭桌上说？非要跑出去说吗？你们一定有什么！要不然夏雨晴不会见到你就哭！"

"我也不知道她为什么哭！我出洗手间迎面和她碰上了，问她是不是有什么不高兴的事，她就哭了！"林航辩驳道。

"你当我是傻子吗？"姜薇突然大吼了一句，然后也不顾路人的目光，头也不回地狂奔而去。

林航看着姜薇跑了，有心追过去，可是一时之间又觉得心里委屈，自己明明什么也没干，就惹了一身骚，胡杨的诡计终于得逞了！他冲着姜薇的背影喊了两声，但是姜薇也没停下，林航一跺脚也转身走了。

4

"哎，姐夫！"姜胜拎了两瓶啤酒，端着一碟油炸花生米来到林航的饭桌前。

"嘘！"林航紧张地看看左右，好在他带来的那些游客正在低头吃双合发的小吃，没人注意饭馆老板已经和他们的导游混在了一起。林航对姜胜挥挥手，让他赶紧走。

姜胜想留一瓶啤酒给林航，林航翻翻白眼，使劲冲他使眼色，姜胜无奈只好又端着酒菜去了后厨，林航狼吞虎咽地吃完了自己那碗面，走出双合发，姜胜若无其事地跟了出来。

"姐夫！没必要搞得跟特务接头似的吧？"姜胜笑着递给林航一根烟，又上赶着替他点着了。

林航抽了一口，然后皱着眉头教训起小舅子："跟你说多少次了，一定要假装不认识！虽然都这样，但要是游客投诉，我们经理就必须得给人家一个说法！不是自讨苦吃吗？"

"OK！OK！姐夫小舅子还得假装不认识，这也太搞了吧？哎，姐夫，你跟我姐到底怎么回事啊？"

林航叹了口气，转瞬又激动了起来，他已经憋了半天一宿了，正想找人说说，他忍不住向姜胜诉苦说："我不知道你姐怎么跟你说的啊！反正我跟那夏雨晴什么事都没有！昨天你姐就那么走了，到现在还电话不接，短信不回，看这架势是不想跟我说话了！"

姜胜说："那说明我姐在乎你！她要对你无所谓，她才不会生气呢！"

"问题是都过去那么长时间了，而且我根本就不想去，是你姐非要去，你没见她打扮成什么样儿了呢，都奔三十的人了，愣冒充90后！"

"我姐变态了！"

"你姐根本不相信我！我什么都没干，她非得让我承认！"

"什么都干了不就晚了吗？我姐姐这是未雨绸缪！也是好心，你……"

林航皱起眉头问："你也认为我会干对不起你姐的事？"

姜胜赶忙表明立场："不不不！事实上我站在你这边！真的！女的有时候就是这么不讲理！你甭怕，咱不做亏心事不怕鬼敲门。我姐就那德行，都是我妈惯的，等晚上我回去，跟她好好谈谈，你等着吧！甭劝！你越答理她，她越不知道自己姓什么！"

林航看着姜胜义愤填膺的样子，心里既觉得好笑又觉得悲哀，连小舅子都相信自己，可老婆却偏偏说不，这事情要是说出去，恐怕整个北京城也没人相信。

"行，那我等你好消息啊！"林航把自己的幸福都压在小舅子身上了。

离开双合发，林航又要带团去军博。在大巴车上，林航往老家打了个电话，这阵子他一直忙，已经好几天没跟母亲通电话了。拨了好几遍，家里的电话始终没人接。他又拨母亲的手机，听到的却是——“您拨打的电话已关机。”他慌了，母亲已经养成了出门带手机的习惯，打了这么多遍不接，唯一的可能就是母亲又病倒住院了。林航的心里长了草，他急忙拨通了父亲的手机。

电话一通，他便暗暗叫苦，很显然父亲又喝酒了，说话时又是不着四六：“林航啊，你他妈的干什么呢？”

林航忙说，“我妈是不是……”

林国文说：“你妈啥时候回来？让她赶紧回来给我做饭！家都不像个家了！”

林航一惊，大声问道：“什么意思？我妈上哪儿了？”

林国文不慌不忙地说：“嗯？北京啊！你妈……不是去北京检查身体了吗？她没……没给你打电话吗？不能啊……”

“轰”的一声，林航大脑一片空白，过了半天才想起来责怪父亲：“我妈来北京你怎么不告诉我？”

林国文说：“你也没问我啊！我敢给你打电话吗？打一回……你跟我急一回，我不是怕打扰你工作嘛！你堂堂一大导游……”

林航怒火中烧，大声问：“那你就让我妈一个人来了？”

林国文酸酸地说：“反正北京也不欢迎我！我有脸！”

林航理了理头绪，强忍住没爆发，他问：“好，我不跟你生气！生不起！我妈什么时候来的？”

林国文说：“昨天吧？还是前天？我……记不清了！今天礼拜几？”

林航重重地叹了口气对父亲说：“你少喝点吧！”

林国文不以为然地说：“急什么？一个老娘们儿，谁还能拐走她？有缺钱缺儿子的，谁家缺妈？你妈还丢得了？你……”

林航“啪”地合上了手机，但转瞬又急忙打开，拨母亲的手机号，依旧关机。

林航这会儿可是真着急了。母亲已经来北京好几天了，没给他消息，肯定出事了！

他打开一瓶矿泉水，喝了一口，拼命地告诉自己冷静下来。盘算着母亲可能的去向，他知道母亲肯定不会住贵旅馆，也不会到处乱走，假如安全到京的话，晚上到站，应该就在北京站附近的那些民营小旅馆里。

想到这里，他立刻给胖经理打了一个电话，说明了情况。胖经理也很开通，马上找了一个导游过来接团。

简单地交接了一下，林航立刻到路边拦了一辆出租车，直奔北京站。

林航找到母亲的时候已经是晚上七点多了。穿过小旅馆阴暗潮湿的走廊，叫开门，林航一把拉住母亲的手，泪水夺眶而出。

赵文瑾一看，是儿子找来了，急忙笑着说："嗬，真没出息！还哭了！"说完替儿子擦了擦眼泪。

林航紧紧地拽着母亲的手，埋怨道："妈！您想急死我啊？来了为啥不告诉我？"

"没必要，你挺忙的。我想说明天再给你打电话呢！"赵文瑾笑着说。

"我爸说您前天就来了！"

"是啊！我检查完身体，逛了逛北京城！没什么事，我也旅旅游！"

"您儿子是导游，还自己逛？检查完了？身体怎么样？妈，您怎么瘦成这样了？"林航拉母亲在床上坐下。

"没事，就是胃炎，和老家说得一样！早知道就不来了。你看我减肥成功，是不是看起来年轻多了？"赵文瑾故作轻松地说。

"妈！去的哪家医院？明天我带您再去检查检查。您怎么突然瘦这么多？"林航说。

赵文瑾直摆手说："不用！这种慢性病没什么好法子，三分治，七分养，吃点胃必治就行。多少年的老毛病了，妈心里有数。瘦是因为我天天上山锻炼，每顿饭控制食量，我跟你说，儿子，减肥没别的好法儿，就是少吃多运动！"

"真的？"林航盯着母亲的眼睛问。

"妈还能骗你吗？你妈什么时候骗过你？"赵文瑾回答，眼神有些闪烁。

"那您怎么好像不高兴？"林航问。

赵文瑾立刻哈哈大笑说："谁说妈不高兴了，儿子，你不知道本来我还想跟你吹吹，我自己吃住在五星级大饭店呢，我也潇洒一回，气死家里那老不死的，结果倒好，被你看到了，妈这不是感到面子上无光嘛！"

林航环视这间小屋，又脏又破，他说："我就知道您舍不得花钱住好点的。妈！别在这住了，跟我回家！"

赵文瑾点点头说："儿子，你还住那个……那叫什么地儿来着？"

“通州……”林航一边低声回答，一边琢磨，他制造的假象很快就要被母亲看到了，要早知道母亲来就好了，花点钱也换个好点儿的地方啊，这可倒好，等一会儿老妈看到那破破烂烂的地方，肯定又会难过。但事已至此，他总不能把母亲从这个破旅馆带出去，再换到另外一个旅馆。

5

出租车一路向东，此时天色已是漆黑，稀稀拉拉的路灯就像是穷人家的油灯，有气无力地照射着巴掌大的一小块地方。

赵文瑾靠着车窗往外看，只见外面的景象越来越荒凉，大片的拆迁区已经被扒掉，破败至极。她的眉头渐渐拧在了一起，心想，原来北京也有这么荒的地方，电视上总说贫民窟，想必这就是了，自己的宝贝儿子居然就住在这样的地方，实在是太难了！

出租车七拐八拐，等到了林航租住的小区，已经一个小时过去了。下了车，跟着儿子进了小区，赵文瑾的心情低落到谷底，这个小区连个门卫也没有，路灯十有八九都不亮，垃圾到处都是，冬天都臭烘烘的，夏天肯定全是苍蝇蚊子。

林航有些不好意思地说：“这地方看起来有点惨，妈您慢点啊，我还说最近就换房子呢，一直忙，也没倒出空来！”

儿子这么一说，赵文瑾立刻明白，孩子这是怕自己难过，于是立刻笑着说：“换什么啊，你一个大小伙子，住哪儿不行啊，这不挺好的嘛，挺好！我儿子就是乖！不把钱花在这没用的地方！”

林航勉强笑笑，娘俩一前一后，深一脚浅一脚地走，等上了楼，打开房门，赵文瑾的心情也基本平复了。屋子里乱七八糟的样子并没有超出她的想象范围，屋子虽然小点，简陋点，但该有的家用电器还算齐全，客厅里有冰箱、电视、微波炉，虽然那些可能是房东的，但儿子的日子过得应该还不算太差。转了一圈后，她问儿子：“不是说还有一个人跟你一起住吗？”

林航指了指卧室对门说：“哦，您说那赵冲啊，他老婆生病，回老家了！”

“他是干什么的？我记得你说过，搞装修的是吧？”

“对，包工头！”

“你看，人家有钱的不也就住这儿吗？儿子，你能在北京落下脚，妈就满足了。

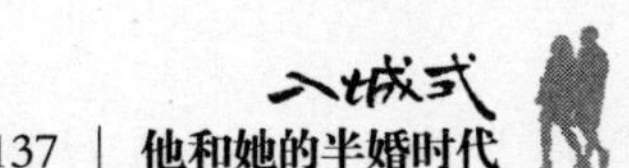

北京什么都贵，凡事都得慢慢来！这不是咱绥河，人生地不熟的，你千万不能着急，一步一个脚印地走就行了！别饿着，别冻着，住房啊，穿衣打扮什么的都可以将就，趁着年轻，好好工作，攒点钱……”

“我知道，妈，您放心！”林航答了一句，心里却有些泛酸。

母子二人坐定之后，林航拿出手机给小区边上一家外卖餐厅打了个电话，要了两个菜。赵文瑾想阻拦，但是林航死活不干。

不一会儿，饭菜送来，一个是红烧鲤鱼，一个是腰果虾仁，外加两盒米饭。林航烧水沏了一壶茶，娘儿俩一边聊天一边吃饭。赵文瑾的胃又开始疼了起来，她强忍着吃饭，看着儿子狼吞虎咽的样子，她是既幸福又心疼。

等吃完饭，收拾完了，赵文瑾偷偷吃了几片药，然后坐在床边问儿子：“小航啊，你最近工作咋样？”

“挺好的，我涨工资了，再加上饭店的生意也不错，现在一个月加起来，差不多能赚一万。”林航撒了个小谎，稍微多说了一点。

“真的？这可不少！”赵文瑾替儿子高兴。

林航做出一副轻松的样子，但心里却多少有些紧张。

“儿子，你和小薇还好吧！”赵文瑾又问。

“挺好的啊，这结婚证都领了，算是好得不能再好了！”林航笑着说，他并没有提自己正在和姜薇冷战着。

是不是所有情侣都是这样，甜蜜只有那短短的一年时间。再之后就是剩下彼此伤害了，如果磨合得好，就像他和姜薇这样，恋爱三年，彼此都开始不踏实，赶紧领证结婚，六七年，激情消失殆尽，爱情变成亲情，从此过上平静的日子。唉！他和姜薇的感情，好像已经变得平淡了。

赵文瑾满意地笑了笑，拉住儿子的手，凑到他面前小声说：“要是怀上了就留下啊！都领证了，怀了就生！生完我给你们带！”

林航脸一红说：“不用那么急吧？我们没想那么早要小孩！”

“还早？你眼瞅着就三十了！老家你那些同学孩子都好几岁了！我看着眼馋！我那些同事都抱孙子了，你这还没动静！你怎么着也给我造一个孙子出来，趁着我还没……”赵文瑾险些说走嘴，急忙改口，“趁着我现在还干得动，还能帮你们带带孩子……”

看着母亲笑吟吟的样子，林航很是尴尬，一时间，他也觉得这老太太实在是太逗了，把几年后的事情都提前琢磨上了。自己这婚礼还没办呢，都扯到孩子上了。这当妈的啊，真是有操不完的心。想着想着，林航自己也笑了，他并没有意识到母亲刚才想说的其实是："趁着我还没死……"

赵文瑾见儿子有些尴尬，就不再提孙子的事儿了，她拍拍儿子的手笑呵呵地说："儿子！妈这次来可不光是为了检查身体，妈可是带着任务来的！"

"什么任务啊？"林航被母亲逗笑了。

"妈给你带来了点钱，拿这些买房子，肯定是不够，但多多少少也管点儿用，你呀自己再添点，争取把首付交上。"说完，她从包里拿出存折塞到了儿子的手里。

林航见状急忙把存款折往外推，一边推一边说："妈，我不缺钱，这钱我不要！"

赵文瑾轻轻地打了儿子手一下说："嘿！你这孩子！你不要，我给谁去啊？这钱放着也没用！这就是给你买房的！"

"我不要！我又不是不知道，咱家根本就没多少钱，您这回把咱家的钱都拿来了吧？"林航心里有些难过。

赵文瑾摇头说："谁说的！家里还留五千活钱呢，再说我跟你爸还有三两天就发工资了，我们俩一个月三千块钱，干什么不够用啊？就老家那地方，有钱上哪儿花去啊？赶紧给你拿过来了，不然真让你爸都折腾光了！"

"妈！这钱我真不要！首付我自己攒，我和姜薇差不多快攒够了！钱您拿回去！别舍不得吃，自己都舍不得炒菜吃！天天吃咸菜，胃能不出毛病吗？我前阵子买了一个咸菜疙瘩，连着吃了几天，胃就泛酸水！"

"傻小子！这钱你不要也得要！爹妈给儿子结婚准备房子天经地义！天下当爹妈的都一样！等你将来和姜薇有了孩子，你就知道当父母的心了！谁不希望自己的孩子好啊？你离开老家那穷地方对！已经给你爹妈长脸了！你也是快三十的人了，买上房子，在这里结婚生孩子，以后你就是北京人了！"赵文瑾见儿子不要，心里有些急，说话时渐渐激动了起来。

看着母亲的样子，林航知道，这钱不留下是不可能的，更何况这会儿已经很晚了，要是因为这事儿让母亲伤心就划不来了，于是只好把存折接过来，心里琢磨着，等母亲走时再偷偷塞到她包里就是了。

看着儿子接下来钱，赵文瑾终于松了一口气。林航惭愧地说："妈！您看我这干了好几年，结果连半套房子还买不起！"

赵文瑾拍了拍儿子的脑袋说："北京房子贵！东西贵！攒不下才正常！我跟你爸干一辈子了，也没给你攒套房子，好了，不说这个，你看看你这屋里整得跟猪圈似的，也不好好收拾收拾。"说完她起身开始给儿子收拾屋子。

林航急忙拉住母亲说："妈！别整了！您赶紧休息吧，都这么晚了！"

娘俩又拉扯了两下，赵文瑾也没拧过儿子，只好上床睡觉了。林航把灯关好，又把母亲的包和桌子上的其他东西简单归整一下，然后拿了一件大棉袄出了卧室。今天晚上，他得睡沙发了。

这一夜，赵文瑾睡得很好，不一会儿就打起了呼噜。但是林航却辗转反侧怎么也睡不着。想着母亲一个人大老远跑来送钱，想着自己这两年在外面折腾，结果什么成就也没有，到头来还是要父母操心，他这心里就难受得不得了。

事情就这样越想越多，快到凌晨三点的时候，林航突然觉得这事情有些不对，母亲说自己的病情是老胃病。如果只是这样，干吗要到北京来看呢？绥河的医疗条件虽然一般，但不至于连胃病都治不了啊。难道母亲对自己隐瞒了什么。想到这儿，他只觉得浑身一激灵，急忙从沙发上爬起来，蹑手蹑脚地进了卧室，把母亲的包拎了出来。

打开灯，林航把包里的东西倒了出来。钱包、硬座车票、塑料袋里有一个馒头和半袋榨菜。林航一边看一边泛着眼泪，翻了两遍，并没有发现什么。林航又拿过包，里里外外检查了起来，终于他在一个内夹层里找到了那张诊断书。

看着那狂草的诊断书，林航终于按捺不住了，刚才只是泛泪的双眼，顿时如黄河决堤。此刻，他的心已经不仅仅是疼痛那么简单了。忏悔、自责，一浪高过一浪地袭来，他感到整个世界在这一瞬间都颠倒了过来。

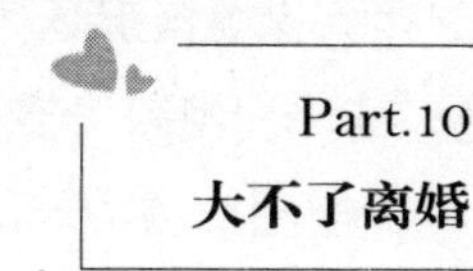

Part.10 大不了离婚

1

胡杨和朱一墨一大早就开车去了机场。司机是胡杨，坐在前面，后面是朱一墨和夏雨晴。

夏雨晴已经换了装束，大披肩和长裤已经不见了，一套职业裙装显得整个人干练而又不乏性感，深蓝色的裤袜裹着两条笔直的双腿，那是一种诱人犯罪的美。

朱一墨的手不太安分，开始的时候还在夏雨晴的后腰上，但刚上机场高速，就挪到了大腿上。五根手指就像五条被核辐射过的大蛆，渐渐蠕动着爬进了裙子的深处……

但是夏雨晴依旧面不改色，照样和前面的胡杨说着笑话。

到了机场，下了车，夏雨晴套上了一件褐色风衣，朱一墨从后备箱里拿出一大一小两个包，大的是普通旅行包，小的是个方便袋，里面是一个打了包装的纸盒。朱一墨一边递给夏雨晴一边笑着说："小晴啊，这大包里除了你的衣服，还有些北京的特产，拿回去给同事们分分，这小包是送给你的。"

夏雨晴看了看，微微一笑道："那我该谢还是不该谢呢？"

"当然不该啊，咱又不是外人！这是我应该的啊！"朱一墨连忙说。

"好吧，那我就拿着！"夏雨晴很爽快地接过了包。

小包很轻，夏雨晴有些好奇地问："你该不会是送给我一团空气吧！"

“我哪有那么浪漫啊？一个 GUCCI 包。”

夏雨晴一笑说：“GUCCI，你挺会讨女人欢心嘛！”

“漂亮女人都应该拿这个！”

“人家姜薇那是林航买的，怎么，你不是想娶我吧？”

朱一墨呵呵一笑说：“每个男人都有追求美的权利嘛！”

“哈，朱一墨，你嘴怎么那么甜啊？是不是看见每个姑娘都这么说啊。”夏雨晴瞥了一眼朱一墨说。

“嘿，哪儿的话啊，我这可是纯粹的铁血丹心啊，难道你感觉不出来吗？”

“哈……哈哈……”夏雨晴假笑了两声，接着说，“行了吧你！好了，我这就走了，你们赶紧回吧！”

说完她又转身走到胡杨面前，伸出手来和他握了握手说：“胡总，感谢您这两天的精心安排，业务上的事情可就麻烦您了！”

“没问题，没问题！”胡杨笑着回答，但是这笑容却多少有些僵滞。

夏雨晴没有理会这些，摆了摆手转身朝候机楼走去，从背影看，她的身段窈窕至极。

“这他妈就是个尤物啊！完全是个 S 形啊！”胡杨喃喃道。

一旁的朱一墨听到这句话哈哈大笑起来，他拍了拍胡杨的肩膀，有些恬不知耻地说：“你说，我和林老二算连襟不？”

“连襟？”胡杨有些错愕，但转瞬便明白了这话的含义，于是也笑着说，“我靠，你丫真无耻！”

“一般吧，咱也不能光投入啊！咱做生意讲的不就是回报嘛！”

“回报！靠……你觉得这回报值就行。”胡杨诅咒似地长叹一口气。

朱一墨说：“我主要还是看林航的面子！真的！”

2

赵文瑾一觉醒来，发现儿子正坐在床边哭，眼睛直勾勾地看着自己。她连忙坐起身来问：“儿子，你咋了？”

林航摇着头把存折塞到母亲手里哭道：“妈！我不买房子了！不结婚了！您一定要治病！”

赵文瑾心里咯噔一下，她看着儿子说："我的病不严重！你买你的房子！别管我！"

林航看了看母亲故作镇静的样子，生气地喊道："妈！您以为我是傻子啊？我难道看不懂大夫写什么？"

"大夫？"赵文瑾一听儿子的话，立刻明白，这孩子已经看见了诊断书，但转瞬间，她还是做出一副无所谓的样子说："大夫都夸张！一点点病他们都说得要死要活的！其实没什么事。多少年的老毛病，我心里有数！就两个小瘤，良性的！根本就不碍事！"

林航并没有理会母亲的轻描淡写，他一字一句地说："妈！如果您不治病，还逼我买那狗屁房子，我现在就开窗户跳下去！"

"浑蛋！你吓唬你妈！"赵文瑾抓住儿子的肩膀，想打又舍不得。

林航猛地一起身，甩开母亲的手，走到窗前，一把推开窗户，回头对母亲说："您知道您儿子什么都干得出来！"

林航的这句话让赵文瑾心里一哆嗦，自己的儿子有多倔她心里明白得很。她当然知道林航不过是在威胁自己，但她也明白，要是自己真跟他较这个劲，那这小子还真没准会从四楼跳下去。想到这儿，赵文瑾叹了口气，扭过头去，眼泪下来了。

见母亲的态度软化下来，林航稍稍松了一口气，走到床边蹲下身子抱着母亲的腿说："妈！您一定要治病！为了我您也得治！我明天就跟姜薇说，房子以后再买，我们就租房子结婚！其实早就该租房子结了，现在北京有的是租房子结婚的！有病一定要治！您这回就听我的，行不行？"

赵文瑾低着头看了看蜷伏在自己脚下的儿子，一颗心顿时碎了一地，她一面后悔自己没有把诊断书毁掉，一面想后面的对策。屋子里变得安静了起来，窗外的冷风一波接一波地扑到玻璃上，然后又顺着那些细小的缝隙拼命往屋子里钻，发出一阵阵嘶鸣。

林航见母亲一直不说话，接着又说："妈，您算一下，我现在一个月加起来能赚一万块钱，姜薇也能赚七千左右，我俩买房子不是啥难事，您就安心治病！妈，您想想，人家都说养儿防老，养儿防老，您把我拉扯这么大，我要是照顾不好您，我还是人吗？"

赵文瑾摇了摇头说："儿子，妈知道你孝顺，但是你马上就三十了，这婚事不能再拖了！"

"不拖，我都和姜薇商量好了，春节回去就办婚礼！"

"可是没房子你们住哪儿啊？"

"妈，您不知道，在北京租房子住的夫妻有的是！"

"儿子啊，话不能这样说，溜人家房檐的滋味可不好受！"

"嘿，这都什么年代了！您就别多想了！再说，没准儿我在这儿待够了，我还回绥河呢！"

"不行！这可绝对不行！你不能回去！"听儿子这么一说，赵文瑾立刻紧张了起来，"绥河那破地方还回去干吗？你好不容易走出来的，绝对不能回去！人往高处走，你可不能越活越怂！"

林航看着母亲紧张的神情，笑了笑说："您要是身体好好的，我自然会留在北京努力！您说您要是身体不好！那我在北京能待得下去吗？"

赵文瑾叹了口气，她知道，此时的儿子心里就只剩下了母亲的病情，绕来绕去就离不开这个话题。想了一会儿，她一拍旁边的枕头，说："行了，小子，妈听你的，回去就做手术！但是我也有个条件！"

林航一愣，连忙问："您有什么条件啊？"

"治病的事儿，你不能跟着瞎掺和，更不能回绥河！"

"那怎么行？您做手术！我当儿子的能不在身边吗？"

"儿子，今天咱娘俩儿把话说明白了！"赵文瑾看了一眼林航，接着说，"我保证把这病治好，等着抱孙子，你呢必须留在北京好好工作，好好挣钱！你要是不同意的话，非要跟我回去瞎掺和，那我这病就死活不治！你爱跳楼就跳楼，爱上吊就上吊，就当我没养你这个儿子！"

林航看了看母亲，母亲显然是非常严肃的，目光坚定，不容置疑。林航抽出一根烟，点燃，抽到一半儿的时候，他狠狠地把烟头按在烟缸里，缓缓地说："行！妈，我听您的！"他起身，把那张承载了太多的存折放进了母亲的包里。

3

这个阳光明媚的上午就这样被突如其来的事儿搅了个一团糟。劝完了母亲，林航就一直在网上查肿瘤的治疗方法，赵文瑾看了会儿电视，又帮着儿子归整了一下房间。林航这么一闹，她的心里也变得难过起来。

中午的时候，林航笑着对母亲说："妈，您开心点儿，别着急。我刚才查了一下，您的病没什么大危险，只要手术及时的话，保证没事儿。您就把心放肚子里吧！"

赵文瑾自然明白儿子这是在安慰自己，于是也笑笑说："我就说没事儿！大小伙子，还跳楼，也不嫌丢人！"说完，她又长长叹了口气。事实上，儿子的这种安慰她并不需要，因为自打化验单出来，她就已经不在乎了。她的想法就是，钱一定要给儿子留下，至于自己的病，回绥河再说。自己跟林国文过了三十一年，生了三十一年的气，现在这身体就这样了，他姓林的要是还有点良心，那就想办法给自己治；要是没良心的话，那也就算了，就当这辈子瞎了眼。反正无论怎么办，绝对不能给孩子添麻烦。

吃完了中午饭，赵文瑾提议下午去姜家看看。林航想了想没有阻拦，趁母亲梳头的时候，他给姜家打了个电话，贾英接电话的时候情绪不太高涨，但一听亲家母来看她，立刻就换了一个声调，开心地说："欢迎欢迎，我让小胜去接你们！"

"我们这就出发了，甭折腾姜胜了，饭店忙得要命！我们过会儿就到。"林航随口应付了一句。

出了家门，林航先和母亲找了家超市，买了一大堆礼品，赵文瑾又特意买了一个红包，装上八千块钱，这是她按照东北习俗准备的见面礼。林航在旁边默默地看着，心里酸酸的，他很想痛哭一场，但还是忍了下来，他知道，这笔开销他是无论如何也阻止不了的。

通州到地安门路途遥远，地铁和公交车挤得要命，林航担心母亲挤车太辛苦，于是便打了一辆出租车。上了车，赵文瑾的眼睛就一直死盯着计价器。一个多小时后，当数字停止在一百五十四元的时候，她已经接近崩溃了。要知道，在绥河，把这个数字除以三十，足足可以绕小半个县城。北京真是太大了，大得让她迷糊，让她不适应，要不是自己的儿子生活在这里，要不是这里是万众瞩目的首都，那么此刻的赵文瑾一定会立刻变成一只麻雀，叼着刚刚交出的钞票，头也不回地飞回绥河。

赵文瑾心疼的这会儿，姜家已经忙开了锅。接完林航的电话后，贾英立刻给女儿打了个电话。二话不说先是一顿臭骂，问她为什么不去接婆婆。姜薇一听，林航的母亲来了，也吓了一大跳，顾不得继续生气，急忙从报社跑了出来。到了家，娘儿俩立刻展开大扫除，把屋子里里外外收拾了个一尘不染。

刚放下笤帚抹布，敲门声就响了。

对于林母的到来，贾英是从心眼里高兴的，毕竟儿女亲家，不算外人。更何况女儿就要嫁给人家了，这中间的利害关系，她是最清楚不过的了。

开了门，两位老人并没有等待介绍，相反都是一副一见如故的样子。姜薇中间插了两句嘴，解释说自己刚从外地采访回来，也是刚回北京。

赵文瑾连忙笑着说："你们啊，就该忙什么忙什么，以后咱们娘儿俩有的是时间聊，再说了，我这回是来看老姐姐的，没你俩的事儿！林航这浑小子肯定总欺负你，一会儿告诉阿姨，阿姨替你收拾他。"

婆婆这句玩笑话让姜薇松了一口气，贾英也觉得这位初见面的亲家母是个开通人，心里自然又亲近了几分。

林航看着母亲神情自若的样子，他的心里难过一阵紧似一阵。本来一件好事，但此时他的脸上却愁云密布。姜薇以为林航是埋怨自己没有去见他母亲，于是趁着林航上厕所的时候跟过去对他说："对不起啊，我不知道阿姨来！"

林航面无表情地摇了摇头说："没事儿。"

姜薇对林航的态度十分不满意，她都已经跟他道歉了，他还要怎样？

林航从卫生间出来，就坐在母亲旁边两眼盯着电视屏幕，他的心早已不在这里，翻来覆去想的就是母亲的病情。

赵文瑾和贾英东拉西扯，随便聊了一会儿天气、菜价，北京与东北的风俗。

姜薇坐在母亲身旁的椅子上，偶尔起身给两位老太太倒茶水，林航两眼直勾勾盯着电视屏幕，姜薇看看面无表情的林航，也把视线转到了电视上。

半个小时后，姜胜笑呵呵地回来了，手里拎了好多保健品，说是给林航母亲的。赵文瑾有些不好意思。姜胜洗了手，喝口茶，也搬把椅子坐在姐姐旁边听两位老人聊天。他看看姐姐，又看看另一侧的姐夫，看出两人仍在冷战，姜胜趴到姜薇耳边轻声说："你不想结婚了？还不赶紧跟我姐夫说话？"

姜薇歪头瞪姜胜一眼，什么也没说。

两个老太太东聊西聊，终于又聊到两个孩子的婚礼上。

赵文瑾拍了拍正在发呆的儿子，然后转过头对贾英说："亲家母啊，您看俩孩子也领了证了。我和你大哥商量了一下，打算大年初八就给他们俩把喜事儿办了。您看怎么样？"

贾英点点头说："早就该给他们办了！要不然这俩孩子，地安门一个，通州一个，算怎么回事儿啊？我有心给他们办，可他们俩大手大脚惯了，也没攒下什么钱，房子到现在还没买上，我也没法儿给他们办啊！"

赵文瑾明白贾英是在挑他们家的理，一面小心赔着不是，一面拿出存折对姜薇说："这话我也不知道该咋说。我们家有点复杂，负担重，也没给孩子攒下什么钱，这回来呢，我带了几万块钱，小薇啊，你别嫌少。"

本来母亲刚才提房子的事儿时，姜薇就已经有些不高兴，觉得这个时候说这些毫无意义。此刻再一看林航的母亲把存折拿了出来，心里就更加过意不去了。她刚想推辞，可这话还没出口，旁边的林航猛地一下站了起来，大喊一声："不行！"他从姜薇手里抓过了那个存折。

屋子里的人都吓了一跳，气氛顿时僵住了。

贾英非常不高兴，咳嗽了一声说："小林，我知道你是个孝顺孩子，你知道你妈攒钱不容易这点很好，这两年你赚多少钱我可不是不知道，你工资一直没姜薇高。你们林家娶媳妇，总不能什么都我们娘家来吧？我还有个儿子，也不需要你倒插门到我们家！"

林航颤抖着冷笑说："倒插门？哈！如果你真觉得我没房子就不能娶你女儿，那这婚可以不结了！我没能力买！正好没办，直接离吧！"

这句话像一枚重磅炸弹，一屋子人都愣住了。

"啪"一声，赵文瑾打了儿子一个耳光，她大骂道："林航！你胡说什么？马上道歉！"

这一巴掌令这低矮的小客厅彻底安静了下来，大家都不说话了，姜薇听林航说离婚，忍不住呜呜地哭了起来。姜胜不知在这种情况下还该不该帮姐夫，他凑到姐姐身边，弯着腰看着姐姐的眼泪刷刷地往下流，心里的火腾地一冒三丈高，只觉得自己好像要控制不住自己的拳头了。从懂事起，他就明白，他是家里唯一的男子汉，应该负起了保护姐姐的责任，可是扭头看到神情复杂的林航，姜胜刚刚攥紧的拳头又松开了，姜胜是打心眼里喜欢这个姐夫，他伸手拍了拍姐姐的肩膀，低声劝着她。

赵文瑾颤抖着后退了两步，她攥紧双手，像个做错事的孩子，又向姜薇的母亲道歉道："亲家母，你别跟孩子一般见识！估计他喝多了！胡说八道！你别在意！"

"妈！"林航紧皱着眉头，拉住母亲还想说什么。

赵文瑾厉声打断儿子："林航！你闭嘴！如果你再犯浑，我就不认你这个儿子了！"她从儿子手里又抢下了那个她攒了一辈子的存折。

林航仰头长叹，在屋子里转了几圈。

赵文瑾又把存折塞到了姜薇手里，她说："小薇！别哭了！林航老说胡话你不是不知道！这存折你拿着，密码是林航的生日，还有……"她一边说一边又从包里拿出了那个红包，放到桌子上，对着贾英说，"亲家母啊，这次我来得匆忙，也没准备什么东西，这是八千块钱，算是补一下他们订婚的礼钱。林航这孩子不懂事，领证的时候没告诉家里，整得我和他爸手忙脚乱的，缺礼的地方您多担待点儿！"

贾英看了看面色窘迫的赵文瑾，她心里也觉得有些不忍，同是母亲，她自然明白这其中的不易，本来还想顺势数落林航一顿，可是现在也无话可说了，只好点点头，叹了一口气。

林航看到钱和存折都已经交到了姜家人手里，只觉得一阵天旋地转，仿佛世界就此崩塌，眼泪刷地一下流了下来。那哪里是几万块钱那么简单，那是母亲的命啊！林航再也待不去了，他一转身，冲出了姜家。

赵文瑾并没有理会儿子的举动，依旧满脸歉意地说："亲家母啊，这事儿怨我，事先没跟林航商量。这孩子可能是误会了。您别生气，本来挺好的事儿，让这浑小子给搅和了，您千万别往心里去！我这就走了，您放心，我们家就是砸锅卖铁，也保证让姜薇过得好好的！"说完她很是尴尬地又站了起来。

此时的姜家姐弟已经彻底呆住了，他们都没料到事情会突然变成这个局面。姜薇依旧饮泣，姜胜低着头也不做声。贾英起身对赵文瑾说："大姐啊，别的我也不说什么了，今天这事儿，我就冲您的面子，姜薇和林航到现在这份儿上，我当妈的不能埋怨也不能拦着。今儿晚上我也和孩子商量商量，您回去也和林航唠唠，这婚是结还是离，咱明天再定。这钱呢，要是结的话，姜薇还真得拿着。要是离呢，我就打发姜胜给您送去。别看我们孤儿寡母的，也不在乎这个！”

赵文瑾听完亲家母的话，连忙说：“离什么离啊，我这就回去收拾他！让他给您道歉！您忙着，我先走了！”说完，转身朝房门走去。

贾英推了旁边的女儿一把，姜薇条件反射般站起身，走到门口，哭着说：“阿姨，我送您回去！”

赵文瑾回头抱住姜薇难过地说：“小薇，别伤心，有我呢！你好好忙工作吧！我估计那浑小子没走远，应该就在楼下等我呢！”说完，她又对后面刚刚站起来的姜胜说，“小胜啊，今天都是阿姨做得不好，你别见怪，别跟你姐夫生气！”

姜胜连忙说：“没事儿，阿姨，您放心，他俩过两天准好！”

就这样，挨个儿道了一遍歉，赵文瑾这才出了姜家，贾英带着两个孩子把她送到楼下，远远地看见林航正坐在马路牙子上低着头，肩膀依旧在抽动。

4

一场风波就这样汹涌而来，两个家庭都在拼命地灭火。姜家的消防队员是姜胜，送走了赵文瑾之后，他就一直在纳闷儿。昨天中午吃饭的时候，林航还为和姜薇的关系发愁，可这才过了一天，竟然说出离婚的话，这也太奇怪了，这里面肯定有事儿。

贾英却不这么想，本来她就有些看不起林航。现在这么一闹，她就更加替女儿不值了，要不是赵文瑾一个劲儿地道歉，她今天就会把存折和红包全都撇出去。上了楼还没坐到五分钟，她就唠叨开来：“至于吗？我就说了那么一句，他就急了！我原以为只有林航他爸不正常，没想到他们一家老小都有问题！好像买了房子他不住似的，难道是给咱们姜家买的？真没看出来啊，这林航简直就是只铁公鸡！我又没逼他们家拿钱出来！是他妈主动拿的！小薇，我想了，这钱你不能要，明天就给他送回去！咱北京的姑娘还愁嫁吗？上赶着跟他一个东北穷小子？他……”

姜胜一听母亲的话，知道她这是在帮姐姐打退堂鼓呢，于是立刻打断说：“行了！行了！妈！林家的情况您又不是不知道，他爸胆儿小，不敢贪，平时又大手大脚地到处散财，估计这已经是人家全部家底儿了，拿出来是需要勇气的！咱家一分没拿，我姐就俩肩膀扛一个脑袋，您还这个那个，我姐夫肯定心里不痛快！换个角度想想，将来要是肖倩也这样，她们家跟咱们要这个要那个的，我也肯定跟她急！”

姜薇还是呜呜地哭，她觉得委屈。她只是没接他电话，她又不知道他妈来了，要是知道，肯定会接的，这点面子她还不至于不给他！她又不是不懂事的人，就这么点破事儿，他就一脑门子气，竟然说出要离婚这种不负责任的话！太过分了！哪有这样的男人？难道是因为夏雨晴？也许这两天他们天天见面，已经旧情复燃了，所以他才不想让他妈把钱拿出来！一定是这样！姜薇恨恨地骂了两句，又哭了起来。

姜胜看着两个女人一个骂一个哭，他在客厅里转了圈，烦躁地挠挠头发又对他姐姐说：“姐！你能不能从林航的角度想想，你拿着那个破包去得瑟，还当着胡杨的面儿，你给谁看的？给胡杨看还是给那个夏雨晴看？你说林航心里能好受吗？那胡杨是什么好东西啊？你是信他还是信你弟弟？我亲眼所见啊！你要他的东西？趁早扔了！你要舍不得，你给我，我帮你扔！要不给妈买菜使！恶心死他！还有林航和那个夏雨晴八百年前就分手了，谁还没点子过去啊？你还不依不饶，你有病啊？夏雨晴哭关林航什么事？你纯粹就是一神经病！”

贾英生气地照着儿子肩膀一巴掌，骂道：“我看你才是神经病！都什么时候，胳膊肘儿还往外拐，你就帮着外人！你姐白疼你了！林航给你俩钱你就认为他好！让你回来你买那么多东西干什么？都那么贵，钱都是白来的？你刚挣点钱就不知道自己姓什么了？你姐姐结婚，不是你结婚！有你什么事？你呀！你气死我得了！”

姜胜叹了口气，家里这两个女人精神都不正常。母亲又嘟嘟囔囔地骂他，姜胜待不下去了，拔腿往门口走，看到门边那堆他买给林航母亲的补养品，人家没拿走。而桌子上，放着林家拿来的大包小裹，今天这叫什么事啊？他感觉到头痛，结婚可真够费劲的，但愿将来他和肖倩可别有这么多麻烦！他拉开门走了出去，母亲喊他：“你干吗去啊？”

“我去告诉肖倩，以后我们俩绝对不结婚！”姜胜歪着头说。

“什么话？你给我回来！”贾英喊。

姜胜耸耸肩，摔上门走了。

赵文瑾和林航母子俩回到通州的出租房。一进屋，林航“扑通”一声跪倒在地，抱住母亲的腿哭道："妈！妈！我对不起你！"

赵文瑾仰天叹了口气，又把儿子数落了一顿，分析了一下眼前的情况，命令儿子这婚一定要结！尽快结！她一字一句地告诉林航："你要是想让你妈心里没遗憾，想让你妈多活几天，就给我拿出个老爷们儿的样儿来，别跟你爹似的！"赵文瑾说着说着也哭了，她知道儿子孝顺，知道儿子把她看得比什么都重要！让他接受，是为难他了。可她这个当妈的，必须这么做。

母子俩这一夜都没有睡，林航一个劲儿地埋怨自己，说这婚结不结没什么意思，又说北京没什么好的，还不如回绥河。赵文瑾只好一遍遍地劝儿子，要像个男人一样，扛起自己的责任，不能见硬就回，不能当个熊包。

林航见母亲死活都不让自己离婚，于是又说要回家陪母亲看病，赵文瑾依然不答应，这一次她的理由反倒更充分了，她对儿子说："现在家里的钱我已经全送出去了，你要想让你妈治病，那你就得留在北京好好挣钱！现在摆在你面前的是事业！经济危机，各个单位裁人都挺厉害的，你可不能把工作耽误了。小航！你有本事了，我这病也就能治了，你没本事，回去有什么用？我还得给你做饭，伺候你！妈答应你做手术！就在老家做，那里条件一点都不比北京差。你好好干，什么都不要想，以后你就是家里的顶梁柱了，孩子，你得努力了！房子必须要买，婚必须要结，这两样没得商量，你要是不留在北京好好干，那我这病肯定是不治的！"

林航听着母亲毫无回转余地的话，心里既难过又茫然，他知道母亲这么做一是希望自己早点成家，二是逼自己尽快立业。这些年来，自己的压力虽然貌似很大，但没有一样是性命关天的大事，即便是结婚买房，林航也并不过分着急。他知道，姜薇既然选择他，就不会让一套房子成为拦路虎，因此在更多的时候，他都保持自己那套有些不合时宜的道德观与价值观，不拿回扣，不做亏心事。可如今，一切都不同了，母亲的手术必须要做，房子和结婚也箭在弦上不得不发，压力骤然加到了极点。这一夜，林航一支烟接着一支烟，他知道，在自己的眼前已经只剩下一条路了——那就是留在北京，好好挣钱。他已经没有办法再回绥河了，以那里的经济状况和社会结构来看，他回去的话根本不可能在短时间内赚到足够的钱。钱！在此刻已经成了他完成自我救赎的关键棋子……

Part.11
何以为兄弟？

1

第二天上午，林航把母亲送上了火车。站在站台上，他低声哽咽道："妈！您放心吧！我听您的！房子要买，手术也要做，钱的事儿，您甭操心，我想办法！"

赵文瑾拉住儿子点了点头，从通州出来后，她便一直保持着笑容，即便是现在，看着儿子泪眼婆娑的样子，她也是乐呵呵地说："行了，快三十了还哭鼻子，也不嫌丢人！赶紧滚蛋吧，好好上班去！"

林航自然明白母亲这是在激励自己，他一个劲儿地点头，暗暗发誓一定尽快想办法筹到母亲的手术费。

火车拉响了汽笛，钢铁沉重的撞击声渐渐笼罩了站台。林航朝坐在窗边的母亲招了招手，一咬牙，转身而去。他知道，在此刻，再多的停留也是没有意义的，母亲终究要走！北京，他终究要留！不管在这里他有没有未来，他都必须像母亲说的那样——成为一个真正的男人，撑起自己的家！

母亲的手术费至少六万，买房子首付还缺九万左右，结婚的各项开支加起来最少也要一万。也就是说，林航最少还要攒十六万才能解决眼前的这三大问题，而且这其中还不包括新房的装修……在这三笔开销中，母亲的手术费必须先攒出来。

林航现在手里没有多少钱，上个月的收入他只留了一千多，其余交到了姜薇手上，算起来也不过七八千。加上姜薇的工资，应该有一万出头。其余的怎么办？还差五万！林航明白，这是笔急需要用的钱，一个月之内必须把母亲送上手术台，肿瘤这东西耽误不得。

在去公司的路上，林航又给自己打了打气，用的自然还是那套弓箭理论，但不知为什么他的脑子里却突然出现了和姜薇一样的问号，他不知道自己是否还能承受住这巨大的压力，也不知道自己这张弓能不能撑到柳暗花明的那一刻。

事情到了现在这一步，过去的一些东西必须改变了。饭店自然还要坚持，这段时间双合发已经上了正轨，除了旅行社的生意外，周边的食客们也对这间小饭店产生了信赖。林航明白，要改变的其实是自己，导游这个工作已经干了三年多，按照他的干法，月薪五千已经到了顶，要想短期多赚点，要么去当那个与“鸭子”无异的全陪，要么就换个工作。前者他不会做，可是能去哪儿找一个多薪又稳定的工作呢？简历早已投过无数次，但都石沉大海。林航掏出手机翻了翻，最后把目光定格在了一个人的名字上——胡杨！他明白，这个时候必须舍出自己这张脸了……

电话里，胡杨的心情似乎不错，一开口就是一阵大笑：“哈哈哈，你小子还活着啊，我以为你已经被姜薇大卸八块了！”

“靠，你大爷的！”林航随口骂了一句，心里却很是生气，听得出来，胡杨这么说是猜出了夏雨晴的到来必定让姜薇大为光火。

“放心吧，不会有事儿的，夏雨晴已经走了！”胡杨又笑嘻嘻地说。

“走就走呗！不走还长住啊！”林航故意装作一副若无其事的样子。

“哎，你今天怎么还想起给我打电话来着！以您老这种高贵的身份，应该是我恬不知耻地打过去才对啊！”

“我……有事想找你帮忙！”林航憋了一会儿，最后还是沉声说了出来，话出口的那一刻，他能感到自己的脸已经红了，仿佛恬不知耻那四个字正印在脑门上。

“靠！不能吧？我能帮到你什么啊？”

“真的！很重要！”林航继续一本正经地说。

电话那一端的胡杨明显已经意识到林航这并不是在开玩笑，于是略一沉吟，回答道：“说吧！什么事儿？”

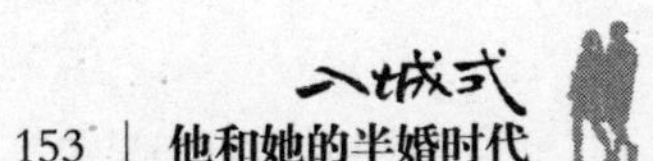

"我想换个工作，工资高一点的！还有一定要稳定！"

"换工作啊……"胡杨忽然想起朱一墨一个月前曾经问过自己林航有没有跟他说工作的事情，当初他还以为这个以倔犟出名的老同学绝对不会找到自己，可没想到，过了才一个月，这电话还真就打来了。

林航见胡杨不出声，他说："算了！我就是随便问问。"

"别……别算了啊！正好我们有个合作网站在招聘编辑！那活儿你干得了！而且离通州也近，就在大望路附近。"

林航松了一口气又问："一个月多少钱啊？"他目前最关心的就是这个。

胡杨笑了两声说："我还能糊弄你啊？要是你自己去，最多也就五千。他们跟我公司有合作，我推荐一下，去了就是高级编辑，怎么着也得一万吧！比你干导游强多了吧？不过网站可能有点累，你恐怕没时间陪姜薇了！"说这话的时候，他似乎是轻轻笑了两声。

胡杨的话让林航感到难过，他明白假如自己不能长陪姜薇的话，没准这小子就会乘虚而入，但是母亲的病情如此窘迫，他已经无法再考虑自己的事情了，叹了口气，林航说："谢了！什么时候能上班？"

胡杨想了一下说："怎么也得等我跟他们打声招呼啊！这样，晚上吃个饭，具体再聊，好久没见了。"

林航急忙拒绝："不了，我真没心情！"

"就因为心情不好才出来聚聚呢！聊聊！"胡杨又说。

"有什么可聊的？"林航有些不耐烦，他实在不想见到胡杨和朱一墨那两张无耻的面孔。

"瞎聊呗！聊聊人生啊！事业啊！洞房花烛啊！呵呵，别老把自己圈起来不见人，你还怕我跟你借钱啊？"胡杨顺便揶揄了一句。

"那……好吧！我请客，算是感谢你！"

"靠！你总是这副德行！生怕欠了谁的！"胡杨略有些不高兴地说，"先不说这个，见了面再说，就……就咱学校旁边的那家烧烤屋吧！好长时间没回去吃了！有点想得慌！"

"那……好吧！"林航只好应了下来。

2

林航给胡杨打电话的时候，姜薇正和母亲吃饭。早晨起来之后，她就一直守在电话机旁，母亲昨天说要林航和赵文瑾好好想想，这婚是结还是不结，这句话搞得姜薇整整一夜也没睡好觉，她一面使劲儿地恨林航，一面又担心这个浑蛋真的决定离婚。等到八点来钟吃早饭的时候，她有些坐不住了，不停地在屋子里走来走去。

贾英看着女儿烦躁不安的样子，叹了口气，她对女儿说："行了吧，别担心了，你这是怕嫁不出去啊？还是盼着离婚啊？"

"妈！"姜薇一跺脚，烦躁地喊了一嗓子。

"放心吧，你婆婆不会退婚的！"

"您怎么知道？"

"我怎么知道？你也不想想，他林航一个外地人，要想在北京扎根的话，哪儿那么容易啊。好不容易找了个北京媳妇儿，他赵文瑾能让儿子放手？"

"妈您怎么总看不起外地人啊？"

"嘿！我这可不是看不起外地人！我说的就是一个理儿，他只要是人，就得这么琢磨！"贾英瞥了女儿一眼，又有些不满地嘟囔道，"这还没嫁人呢，胳膊肘就往外拐！"

"哎呀！您真是的！"姜薇又说了母亲一句，这才气鼓鼓地坐到饭桌旁，母亲的话多少让她安心了一点。

贾英叹了口气又说："我估摸着啊，你婆婆今天上午就得回东北！你呀，打个电话！"

"怎么可能啊，这才来两天啊？"

"她这次来是给儿子送钱来的，可不是旅游的！你们这些小年轻啊，根本就不懂父母的心！你婆婆在这儿一天，林航就得陪一天，就得耽误工作！你婆婆能干？"

"我……哎……妈，您什么时候变得这么世故啊！"姜薇有些奇怪地看着母亲。

"死丫头这么说你妈！我说的这些啊，都是活出来的！等你有了孩子，等你吃了我这些咸盐，你也能明白！"贾英白了女儿一眼，拿起一个烧饼说，'快吃吧！吃完打个电话，要是来得及，就去车站送送！"

母亲的这通分析立即让姜薇混乱的思绪找到了方向，她立刻放下筷子说：“不行，我现在就打，去绥河的火车可能已经发车了！”说完，她跑回卧室，翻出手机，调出了林航母亲的电话号码。

一连拨了三四遍，确认没有拨错号码，未来婆婆的手机始终关机。姜薇不想打给林航，想了想又拨通了林航老家的电话。

接电话的是林航的父亲林国文，听起来还算清醒，毕竟他没有上午喝酒的习惯。

“叔，我是姜薇。”姜薇问好。

林国文一听是儿媳妇，立刻笑着说：“嗬，姜记者，你好！怎么样，看到你阿姨了吧？”

“嗯，看到了！我阿姨好像是今天回去，我上午开会，没能去送她。估计这会儿已经上车了！”

“没事，送啥啊，她自己又不是没长腿。”

姜薇尴尬地一笑，又说：“阿姨身体不太好，您多照顾照顾她吧。”

“她没事！啥病都不带有的！身体比我还好呢！这人啊，越是把身体当回事越完蛋！你看我，风里来雨里去这么多年，还不是什么事都没有。你阿姨到北京潇洒，可苦了我了，泡了好几天方便面！现在一闻见方便面味儿我就恶心。”林国文大咧咧地应道。

“您自己做点热乎儿的。”姜薇觉得林航父亲有些过，对老婆也太不关心。

林国文又道：“我不会使那煤气炉……再说多麻烦啊！这都是老娘们儿干的活儿！你阿姨要是再不回来，我就得回我们单位吃了，幸亏同事对我还不错，喝点儿小酒不成问题。”

姜薇听着林国文得意扬扬的话，暗自叹了口气，她知道自己的公爹是一个典型的地方干部，官不大但是却特别把自己当回事儿。这些年怀才不遇，性格又有些乖张，说起话来常常不着四六。她耐着性子又聊了几句，这才礼貌地道别，挂断了电话。

这通电话让姜薇心里很是别扭，心想，东北人是不是都这德行啊？老早就听说东北男人大男子主义，喜欢打老婆，把老婆当牲口使唤。想起昨晚林航的突然发作，他那一句不负责任的离婚，姜薇感到一阵阵心寒。

3

昨天的一场风波让姜胜到现在都疑窦重重。要说姐夫林航，那是一个很刚强的人，没什么大事情断然不会哭鼻子，可是这大事情到底是什么呢？他是越想越纳闷。望望窗外已经快到傍晚了，姐夫一整天都没出现，中午带团过来的是旅行社的一个新手，一问才知道，林航请假送他妈去了。

姜胜想了想，最后还是给林航打了个电话，约晚上见面，他想问问姐夫到底因为什么事闹心，可这次他却失算了，林航很平静地告诉他晚上要会同学。

姜胜问："同学？又是胡杨那傻逼吧？"

林航说："是他。"

姜胜说："你跟那傻逼有嘛说的啊？"

"这次有点急事，我必须得去！"

"靠，那这么着吧，你们快聚快散！我在双合发等你，反正我今天一定要看到你，我这都二十四小时没见着你了，特别想，我都快疯了！"姜胜有些赖皮地说。

"你可行了，跟同性恋似的！"

"嘿嘿，说好了啊，不见不散！我们家肖倩发明了一个新菜！"

"那，好吧！我九点左右到！"林航应了下来。他知道，姜胜这次之所以这么急，肯定是要给自己和姜薇当说和人，这让林航心里很是感激。他和姜薇都不是那种随便低头的性格，要是中间没个人说和的话，那这架还不知道要吵到什么时候呢。

联系完林航，姜胜又给姐姐打了个电话，说约她晚上到饭店来。

听完弟弟的话，姜薇自然也明白是为了什么，但却还是明知故问道："干吗？请我吃饭？是不是林航让你约的？"

姜胜笑着说："不是，但是我也约了我姐夫。你不觉得咱妈昨天有些过吗？把我姐夫他妈挤兑得一直赔不是，不怪我姐夫生气。他妈多好啊，看着就亲切，你今天连送都没送吧？"

姜薇哼了一声，赌气道："是，我就没送，怎么着？"

姜胜说："我觉得有点缺德，一点都不懂事！我姐夫挺不容易的，你不能总是让人家给你道歉吧？给他个台阶，晚上一起聊聊吧，他家肯定有事。"

弟弟的这句指责并没有让姐姐难堪，相反姜薇的心里却有一点儿甜滋滋的感觉。一直以来，弟弟对林航的态度都让她很开心，哪怕是这种指责，也会让她觉得弟弟是真的懂事了。姜薇又装出生气的样子哼了一声，然后笑着说："妈就说你胳膊肘往外拐，你到底是我弟弟还是林航弟弟啊？"

姜胜听出姐姐的语气是同意了，于是便也开玩笑道："你还别说，我真有心跟林航斩鸡头烧黄纸，结拜为兄弟！"

"结拜，亏你想得出来。得！冲你这份心，我去。"姜薇干脆地答应了下来。

约好了姐姐和姐夫，姜胜一副志得意满的表情，扭头间却发现肖倩正盯着他笑。

姜胜立刻笑嘻嘻地说："我刚才可是瞎说的啊，我绝对不是同性恋！"

"嘁……"肖倩撇撇嘴问，"你刚才跟姐夫说我发明了一个新菜？我发明了什么新菜啊？"

"我……我随口说的啊！"姜胜傻乎乎地看着肖倩。

"你呀，就是个神经病！"肖倩一屁股坐在了吧台凳子上，"晚上我拿什么菜出来，你说！"

"没事，你上次不是做过一回西红柿炒辣椒嘛！味道很劲爆啊！"

"姐夫吃过的啊，差点吐了！"

"那你就再加点肘子肉，豆角什么的！"

"啊？你说的是东北乱炖啊！"肖倩撅着嘴说。

"哎呀，对啊，我这……这也太有创意了，哈哈！"姜胜大笑。

"算了，不和你说了，我去和厨师商量！"肖倩眨了眨眼睛，进后厨了。

姜胜心满意足地看着肖倩的背影，心里不由得感叹，自己这辈子实在是太幸运了，爱情和亲情都太眷顾自己了。虽然现在还没有太多的钱，但是一切都在往好的方向发展。而算起来，这都该是肖倩的功劳。她就像是一个传说中的天使，在自己最迷茫的时候来到了人间，假如没有这段爱情，也许自己现在还活在落魄与自怨自艾中。

站起身，推开窗子，一股冷风灌进来，姜胜为之一振，远处夕阳西落，那是鲜艳的橙色。姜胜发现已经好久没有看到这样绚丽的景色了，或许以前的天空也是这样美，只是他没有时间和心情去发现。这个他熟悉的城市正在用日新月异的变化告诉他奋斗的意义和生活的真谛。

4

林航按照约好的时间来到师大旁边的烧烤店，进门时朱一墨和胡杨已经到了，桌子上摆着一大盘烤串。

“嘿，这儿呢！”胡杨扬手打了一声招呼。

“众里寻他千百度，还是串儿好啊。”朱一墨一边说一边做出一副感怀的样子。

“靠！”林航笑着骂了一句，坐了下来。他当然明白朱一墨这话的意思，这间小饭店已经开了七八年了，他们念书的时候，每到周末都会来吃一顿。现在故地重游，串好不好是其次，那种亲切的感觉却是让人心头一热。

“老二，一坐到这儿，你最先想的是啥？”胡杨给林航倒了一杯酒，问。

“我……”林航略一迟疑，想了想，声音低沉地说，“老四！”

“唉，看来咱们英雄所见略同了，我打进这屋起，满脑袋都是宋江那张大脸。这狗日的，也不知道最近怎么样了？”胡杨的目光里也有些萧索。

“打个电话问问吧！”林航一边说，一边摸出手机。

“别打，别打！”旁边的朱一墨突然伸手阻止道，“你们俩别总来这套伤感的！多没劲啊！再说了，要是人家宋老四这会儿正搂个小妞甜蜜呢，那还不得骂咱仨祖宗啊！”

“靠！老四才不会跟你一个德行！”林航轻蔑地说。

“这话说的，就好像你是柳下惠，我是西门庆似的！”

“差不多吧，咱俩就这差距！”

“看把你得意的，怎么着，你就觉得柳下惠一定比西门庆高级啊？”

“那倒不一定，但是柳下惠一定比种猪高级！”

林航这句话一出口，胡杨大笑起来。

“小点声儿啊！这周围好多都是咱们的师弟师妹！以后我还怎么把猪手伸向她们啊！”朱一墨求饶道。

“朱三儿，你他妈也有今天啊，哈哈！”胡杨也揶揄道。

“操，人生的一大悲剧，这个外号是我永远的痛！”朱一墨叹气自嘲，然后立刻转移话题,“咱还是说点正经的吧！”

“说啥正经的？六方会谈还是阿富汗反恐？”胡杨笑着问。

“靠,太远,太远……”朱一墨连忙摆手说,“你不是给老二介绍了一个工作嘛,说说工作环境啊什么的,有没有美女啊,要是有的话,我以后就天天去找林航混了！妈的,咱们公司的女编辑都快被你辞退光了！”

“你还别说,林航啊,”胡杨转过头说,“哥们儿给你介绍的这个网站号称东三环教坊司,美女多,那叫一个养眼啊！”

“靠,哥们儿有主儿,没那闲心。”林航咬了一口羊肉串,答道。

“没关系,你没那闲心不怕,我有啊,你给我介绍不就得了,每成功一个,哥们儿就请你吃一顿大餐！”朱一墨涎着脸说。

“少来！没门儿！”

“靠,早知道这样,还不如我去呢！唉……”朱一墨一副意兴阑珊的样子。

“对了,胡杨,那个待遇,你到底有把握没有啊？”林航喝了一口酒又问。

“靠,哥们儿办事多靠谱你又不是不知道,试用期七千五,转正后一万起。”

“试用期多长啊？”

“最多俩月！他们这儿啊刚弄到一笔风险投资,正准备扩充内容,人家可是冲着搜狐、新浪那级别去的。你就放心吧,我跟他们说了,你对文化市场特有研究,到那儿后,你就负责图书频道,我这有的是资源,你就放心吧！”

“行!”林航点点头,端起酒杯说,“那我就提前谢你了啊！”

“别啊,这我哪敢当啊,你一万事不求人的主儿,这回能给我这个机会,那是我的荣幸啊！”胡杨揶揄道。

“靠……”林航讪笑了一下。

三个人一边喝一边聊,大概是故地重游的原因,和往常相比,今天的气氛要好很多。酒也喝得很快,不到两个小时,一打已经没了。

胡杨和林航酒量都很好,没有什么太大的反应,但是朱一墨已经双眼迷离,满嘴跑火车了。他一边抓着酒杯一边问林航:“哎,二哥,兄弟问你一件事？”

“啥事？”

“你觉得夏雨晴怎么样？”

“夏雨晴？”林航的心里忽然一震,阴沉着脸说,“朱一墨,今天不说这些行不？”

“靠！有什么啊？不就一女人吗？难道还比咱哥们儿亲？”

“我不是这个意思！”林航皱着眉分辩。

“你……甭说，林老二，你这辈子就是爱装孙子，总是一副大义凛然的德行，干吗呀？有必要吗？”

“不是，你喝多了吧！”林航又说。

“行了啊，老朱！别胡说了！”胡杨也劝了一句。

“我才没胡说呢！”朱一墨眼皮一翻，又道，“我胡说什么了，林老二，我刚才又不是说你们家姜薇，你干吗阴个脸啊，怎么了啊？我不就问问她怎么样吗？我又没问你她床上功夫好不好！你至于吗？”

“朱一墨，你有完没完啊！”林航把酒杯往桌子上一顿，满脸怒火。

“我靠！恐吓！”朱一墨身子往后一靠，伸手指着林航，大声喊道，“林老二，你他妈恐吓我！甭跟我来这套，我他妈看不惯你吃着碗里的还惦记着锅里的！我今儿还就告诉你了，我他妈和她上床了，不光我，还有胡杨呢，我们一起上的，3P 了，你怎么着吧？”

“浑蛋，别瞎扯，哪儿有我啊！”胡杨插了一句，此时他的脸色也有些不好。

“哈哈，无所谓……”朱一墨根本没有理会胡杨的话，仰脖喝了一口酒，继续对着脸色铁青的林航说，“怎么着，因为一个烂货打我啊？来啊！”说完，他头一歪，把脸送了过去。

“我操你妈！”林航终于按捺不住了，猛地站起来，攥起拳头朝朱一墨脸上打去。

这一拳下去，无论是朱一墨还是胡杨都懵了，紧接着林航像发了疯一样抓住朱一墨的衣领，按倒之后便是一通猛打。

胡杨见状，急忙冲过去使劲儿抱住林航的腰，用力地把他从朱一墨身上拽开，而朱一墨则趁着林航起身的空当，抓起旁边的一个酒瓶子砸了过来。小饭店里顿时乱成了一团，老板急忙报警，食客们纷纷皱着眉往外跑去。

5

一场激战的结果总是两败俱伤，半个小时后，三个人都被呼啸的警车送到了医院。处理伤口的空当，警察立刻展开了调查，从取证结果来看，饭店老板和目击者都一口咬定是林航先动的手。朱一墨受的伤有些重，要留院观察，林航则被警察带回了派出所。

半夜十一点多，姜薇和姜胜、肖倩赶到派出所时，林航正被铐在一根暖气管子上，额头贴着一块纱布，衣服早已被撕扯得破烂不堪。

“怎么回事啊？”一进屋，姜薇急忙大声问。

“你们是他什么人？”屋子里值班的警察头也不抬。

“我……我是他爱人！”姜薇磕磕巴巴地回答道。

“也是外地来打工的？”警察斜着眼继续问。

“不……我是《北京时报》的记者。”姜薇急忙从兜里掏出自己的证件递了过去。

“记者啊，”警察拿过证件看了一眼，端正身子说，“酗酒打人啊。”

“您能告诉我这到底是怎么回事吗？”姜薇又问。

警察拿起桌子上的记录扔给姜薇说：“你有文化，自己看吧！”

姜薇皱着眉看完，抬头对警察说：“这怎么可能，他们……他们是一个寝室的，大学毕业后关系一直很好啊！”

“这我就不知道了！”警察双手一摊。

“那……您看这事儿……”

“怎么处理是吧？”警察抬头看了一眼，接着说，“挨打的不要钱了，但是饭店损失你们要赔偿，还有就是拘留，当然你们也可以选择罚款。毕竟，外地来打工的，也不容易，呵呵！”警察皮笑肉不笑地说。

“罚款！罚款好！我们选择罚款！”旁边的姜胜一边说一边从包里掏出钱来说，“警察同志，您给我们算算，连赔偿带罚款，我们一共得交多少？”

“一万一千五。”

“这么多啊？”姜薇一声惊呼。

“记者同志，您可听好了，罚款只有两千，其余的是饭店的赔偿！他们打架的时候，饭店客满，结果这一架搞得一大半食客没交钱就跑了！”

“好……好……没问题！”姜胜拽了姐姐一把，然后又从兜里数出二十张百元钞票，连同前面那一沓一起递了过来，“这是一万二，多的五百是请您喝茶的，这么晚了，还让您忙乎，我们实在是太不好意思了！”

“别……少来啊！带着记者跟我扯这套，你小子想害我啊！”

“哪能啊！您看我……这多真诚啊！”姜胜一脸媚笑道。

“别贫啊，咱照章办事！”警察点了点钱，从里面抽出五张，又开了张收据，递给了姜胜。

办完了手续，肖倩和姜家姐弟扶着林航出了派出所，一出门，姜薇就气鼓鼓地对着林航说：“都是老同学，至于吗？人家对你多好啊，念着这么多年的感情，还跟你这个穷光蛋做朋友！你还想怎么样儿啊？”

林航看了看姜薇，没有说话。本来他的心里就已经很难受了，姜薇这句话如同一把尖刀在他的伤口上又是狠狠一剜。

穷光蛋！是啊，自己快三十了，还是一个穷光蛋，饭店是人家姜胜在打理，投资的五万块也没有多少是自己的贡献。当导游工资才长到五千，刨除房租、车费、电话费，也就没多少了，不是穷光蛋是什么呢？林航仰头看了看天空，漆黑一片，过了一会儿，他转头对姜胜说：“兄弟，钱我过阵子还你，我先走了！”说完他一转身，拔脚就要走。

姜胜急忙一把拉住林航，转头对着姐姐吼道：“怎么了啊，打了俩傻逼有什么啊？那俩畜生打死才好呢！再说了，你知道是因为什么吗，你就瞎嚷嚷啊！”

“好……好……”姜薇见弟弟冲自己发火，心里稍稍冷静了一点，但是嘴上却依旧不依不饶道，“能有什么事儿啊？胡杨和朱一墨俩人那嘴就那样，你跟他们一般见识？”

“姐夫，是不是有别的事儿啊？”姜胜看林航满脸冷峻的神情，狐疑着问。

“没啥！”林航轻声道。

“是不是……”姜薇好像突然想起了什么，她一把扯住林航大声叫道，“是因为夏雨晴！对不对！”

“是！”林航转过身冷冷地看了姜薇一眼，然后突然大声嚷道，“他们太过分了！朱……”

“够了！我受够了！”姜薇猛地捂住耳朵，大声喊道，“林航，我受够了！离吧！离！”说完她转身向远处跑去。

站在一旁的肖倩急忙追了过去，大声喊:“姐，你等我一会儿！”

这一晚，姜胜跟着林航回了通州，半路上给肖倩打了两个电话，先是告诉肖倩不要让姐姐回家，去饭店宿舍住，省得老太太上火。然后又给家里打了一个电话，告诉母亲，自己和姐夫去通州了，晚上要合账，说饭店里有点活儿，肖倩一个人干不过来，所以就把姐姐扣了下来。贾英一听也没多想，唠叨了几句就挂断了电话。

到了林航住处的楼下，姜胜又买了几瓶啤酒、两袋花生米，他知道，姐夫目前最需要的就是借酒浇愁。

进了屋，两个人一边喝酒一边聊。姜胜小声问:“姐夫！到底是怎么回事啊？”

林航仰脖儿喝了一口酒，然后又叹了一口气，缓缓地说:“姜胜，我没做一点儿对不起你姐的事！连想都没想过！我跟夏雨晴早就过去了。这么多年，我们一直没有联系，要不是上次的聚会，我们可能一辈子都不会再见面了。但是即使见了那一次，我的脑子里也没有再起过别的什么念头！”

“姐夫，我就不明白了。既然是这样，那你今天晚上干吗打架啊？”

“你不知道姜胜，这两个畜生实在是太缺德了，我受不了他们那么侮辱一个女的！朱一墨这个狗杂种向我挑衅，说夏雨晴和他们一起开房……”林航越说声音越高，说到最后，额头上已经青筋毕露。

姜胜静静地听完林航的解释，心里也是怒不可遏，他狠狠地砸了桌子一拳说:“这俩孙子！姐夫！你别上火，这仇我给你报！”

林航摆摆手说:“算了，你可别惹祸了。你要是惹出点事来，我就更没法跟你姐交代了！”

姜胜说:“放心！我没那么傻！”

林航说:“姜胜，你也不小了，和肖倩也快到了谈婚论嫁的阶段，你可不许乱来！”

姜胜耸耸肩，做了一个不置可否的表情。

两个人沉默了一会，姜胜忽然又想起林航在自己家发飙的事儿来。于是又问:“姐夫！是不是你家里有什么事啊？我感觉你那天晚上在家不对劲！怎么突然就急了？我妈那张嘴就是不饶人，你理她干吗？”

林航看了看姜胜，心里也不知道是该感动还是该难过，眼泪慢慢流了出来，继而号啕。哭了好一阵子，他才停下来，揉揉眼睛对姜胜说：“我妈这次来北京……背着我去检查了身体，我看了她的化验单……是肿瘤！需要立即做手术！她不想做手术，非让我拿这钱买房。你说，这钱我怎么要？”

姜胜一听林航的话，立刻倒吸一口凉气。千算万算，他也没有想到会发生这种事情。一时间，心里所有的疑团都解开了。他明白，从一开始姐夫就没有做错什么。可错的又是什么呢？是姐姐的小肚鸡肠还是别的什么？姜胜感到自己头大如斗，原本快乐的生活在这一刻似乎又变得狰狞了起来！

Part.12

谁疼谁知道

1

从北京上车后的第二天清早，赵文瑾回到了绥河。到家之后，她把化验单往桌子上一放，林国文便傻眼了。他也没有想到老婆的病情会如此严重，这些年来他很少在行动上关心赵文瑾。家里的兄弟姐妹太多了，需要他这个大哥做的也太多了，他几乎已经忘记了身边这个体弱多病的妻子，拿着化验单，他许久没有说话，心中惭愧不已。

过了老半天，林国文轻声对老婆说："这是不是要做手术啊？"

"对，大夫是这么说的，但是我不打算做了。"

"为什么？"

"咱家就那点儿钱，我得给孩子结婚用！"

"可是……"

"没什么可是的了，林国文，我这辈子认了！"

"你别这么说啊！"

"那我还怎么说？咱们俩一九八七年进城，吃的喝的是什么先不说，就说我这胃病吧，我吃过十块钱以上的药吗？"赵文瑾冷冷地说。

"我……我又不是不让你买！"林国文低声辩解。

"是啊，可是我拿什么买？"

"家里不是有钱吗？"

"你还真好意思说啊！林国文，我问你，我一个月工资多少？"

"两千啊！"

"从一九九九年工资调整到现在，我的工资总数是多少？"

"这我哪知道？"

"我告诉你！是二十二万七！你觉得这十年我花了多少？"

"你这是什么意思啊？"

"什么意思？往多了说，这九年算我花十万！天天咸菜粥的，够多了吧？"

"不是，文瑾，你……"

"林国文！"赵文瑾突然提高嗓门喊了起来，"我问你，钱都哪去了？为什么咱们家的存款只有那么点儿，这还没算上你的工资呢！"

"林航念书不花钱啊！"林国文也提高了嗓门。

"你要不要脸啊！孩子念书时每个月花多少？还不如你出去得瑟的多呢！"

"我……"

"你觉得你配做一个父亲吗？你配做一个丈夫吗？你配做这一家之主吗？林国文，你配吗？"赵文瑾声嘶力竭地喊道。

"还有完没完！"林国文猛地站起身来。

"怎么着，你还想打我啊？来啊，来啊！"赵文瑾也站了起来，死死地盯着丈夫。

林国文看着满脸泪痕的老婆，忽然感到一阵前所未有的胆怯，他没有再搭话，转身走到门口，穿上棉袄，出去了。赵文瑾也颓然歪倒在沙发上，眼泪止不住地流了下来。

出了家门，林国文点燃一支烟，一边抽一边在街上漫无目的地走着。不一会儿手机响了起来，掏出来一看，是儿子。

这次通话让这对父子的心情都很沉重，林航要家里的账号，说打钱，但是林国文坚持没给。他知道那笔钱赵文瑾既然已经给了出去，她就死活都不会用。在她眼里，儿子成家立业远比救自己的命重要得多。林航对父亲说，无论如何先让母亲住院，半个月内他会带着手术费回来。林国文想说不用，可是这话还没等张口，儿子就把电话挂了，甚至连再见都没有说一声。

2

给父亲打完电话，林航又把小舅子姜胜叫醒，两个人在楼下一人吃了一碗面条。姜胜直接回了双合发，林航直奔旅行社。

换工作的事情算是彻底泡汤了，和姜薇的关系也到了冰点，林航知道自己已经没有退路了。到了公司楼下，他把额头上的纱布扯了下去，然后直接上楼进了经理室。

胖经理正在电脑前聚精会神地看着什么，见林航进来，他目光舍不得离开电脑屏幕，笑着说:"怎么样啊，你母亲回去了？"

"回去了！"林航顿了顿，接着又说，"经理，我有个事儿想求您。"

"求我？"胖经理警觉地看着林航，沉声问，"什么事儿啊？"

"我想预支半年的工资！"

"什么？你说什么？"胖经理像看怪物一样看着眼前这个神情尴尬的下属，发现了他脸上的伤，他说，"预支半年工资？林航啊！你发烧了吧？你以为我这里是银行啊？"

"是这样，经理您听我说！"林航急忙解释，"我母亲胃部有肿瘤，需要立即做手术！可是我现在不太宽裕！"

"哎呀！真的假的啊？"

"当然是真的啊！"林航有些急。

"真的恐怕也不行啊！"胖经理点燃一支烟，一边抽一边斜着眼睛看林航。

"我真的是没办法了！再说了经理，我是什么人您还不知道吗？我一定会还的，连本带利！"

"林航啊！"胖经理抽了一口烟，沉着脸说，"按理说呢，你家里有难处，作为领导，我是应该表达一下关爱的，但是咱们公司也没有预支工资这个先例啊！而且你也知道，我虽然是个经理，但是什么事情都要问总部！这……"

"那我给总部打个报告成吗？"林航接着又问。

"呵呵，给总部打报告要钱？你也想得出来，就上面那群人？可能吗？"胖经理讥笑道。

"经理，半年不成，三个月总可以？"林航可怜巴巴地看着经理。

"这样吧！林航，我给你指条路！"胖经理把烟头掐灭，正了正身子说，"你还记得我上次跟你说的那个业务吗？"

"什么业务？"林航心头一激灵，脱口问道，"陪女大款？"

“其实也没你想得那么肮脏！”胖经理笑着说，“没准人家就是精神上寂寞，想找个人聊聊天呢！”

“我……我……这我干不了！”林航急忙说。

“那我就没别的办法了！”胖经理收起笑容，“你自己好好想想吧，是你妈手术重要，还是你那所谓的道德重要？”

“经理……我……”

“行了，别说了！你还是好好想想吧！我还有别的事儿呢！还有啊，你赶紧去天安门把小王替回来吧，人家替你两天班了！还有！你这伤我不管你是怎么弄的，下次如果你再这么鼻青脸肿地来，我不得不以你影响旅社形象放你的大假了！”说完胖经理不耐烦地冲他挥了挥手。

出了旅行社，林航的心情已经差到了极点，倒换了两辆公交车到了天安门。小王像看见救星一样把手里的小旗儿塞到了林航怀里，满脸怨气地说：“靠，你可来了，赶紧着吧！这伙人太猛了！”

“谢谢啊！”林航急忙赔着笑说。

“行了行了！我走了！”小王摆摆手头也不回地走了。

这一天，林航的脑子就像灌满了糨糊，解说过程中接连出错，搞得游客们非常不满。到了傍晚，他把旅行团又带到了双合发，一进屋，姜胜就喊肖倩给大家倒姜糖水。林航排在最后，喝着热乎乎的姜糖水，心里略略舒服了一些。姜胜指挥服务员们给旅游团上完饭菜，这才凑过来对林航说：“怎么样啊？”

“还那样呗！”

“一会儿把旅行团送回去，你再过来一趟吧！”

“怎么？有事儿？”

“有事儿！”

“那就现在说吧！”

“晚上再说！”姜胜拍了拍林航的肩膀，神秘地笑了笑。

3

姜胜叫林航晚上再来双合发自然是有目的的，他觉得这个时候不能让姐姐和姐夫继续冷战下去了。林航家里出了这么大的事儿，假如姐姐还是不管不顾，那没准儿他们的婚事就会一拍两散了。

上午从通州回来之后，他立刻把事情的来龙去脉跟姐姐说了一遍。姜薇一听，心里马上凉了半截。虽然她对林航因为夏雨晴打架依旧不满，但满腔的怒火还是消了一大半儿。内心深处也泛起了一些愧疚，作为林家的儿媳妇，她觉得自己一点儿都不称职。

晚上七点多，姜薇一下班就老老实实到了双合发，等到八点多，林航也回来了。姜薇小声说："对不起啊，小胜都跟我说了，我不知道阿姨得病了！"

"哦！没事儿！"林航淡淡地答了一句。

"咱把钱再寄回去吧！"

林航看了看姜薇，摇摇头说："你觉得我妈会要吗？"

"那怎么办啊？"

"我自己想办法！"

"可是你有什么办法啊？"

林航皱着眉说："再说吧！"

"姐夫，要我说你也甭犟了，这钱啊必须寄回去！你们俩买房子那算个事儿吗？"姜胜拎了两瓶啤酒，一边打开一边说。

"唉！你不知道，我妈那人特要面子，这钱她是绝对不会要的！"

"你就撒个谎呗！"

"不可能，我妈才没那么好糊弄呢！"

"那我问你，你和我姐现在手里有多少存款？"

"我就兜里的一千多块钱啊！"林航说。

"我那还有一万四。"姜薇立刻补充道。

姜胜转头看了一眼肖倩，使了眼色。肖倩立刻走过来说："我们俩还有一万呢！还有……我有笔编辑费马上也下来了！"

"不行！绝对不行！我不能拿你俩的钱！再说了，春节你们还要去江西。"

"这个啊，您就放心吧！姐夫，我和姜胜已经商量好了，今年春节不回去！现在咱们饭店生意好，春节期间正是忙的时候，绝对不能回去！"肖倩笑着说。

"可是……"

“您就别可是了！周转的钱我已经留出来了！咱们凑凑也差不多三四万，先把手术做了！后面的钱咱们再想办法！”姜胜拍了拍姐夫的肩膀，又说，“你不要多想，咱俩可不是一般的姐夫小舅子那么简单！咱怎么着也算是好哥们儿吧！这钱你要是不拿，不是寒碜我吗？嫌少啊？”

林航心潮澎湃，他说：“姜胜，你知道我不是那个意思！”

“你呀，甭这个意思那个意思了！一家人不说两家话！明天我去支钱，你往家打个电话，赶紧把钱寄回去，治病要紧！”

“林航，你就别推了！互相帮帮忙怎么了啊！何况他是我亲弟！再说了，平时你们俩好得恨不得钻一被窝儿，现在推什么推啊！”姜薇也嗔怪了一句。

“啊……姜胜……你居然对姐夫……啧啧……”肖倩立刻接过这个话茬，“说，你们俩到底是什么关系！”

“我们俩能是什么关系！纯洁的男男关系啊！”姜胜一听肖倩把话岔开了，急忙也笑着跟了一句。屋子里的气氛一下子转了劲儿，姜薇也笑着加入了取笑弟弟的战团，林航还想再推辞，但是已经没人再听他说话了，仿佛刚才的一切都不存在似的。

几个人又聊了一小会儿，林航要赶末班车回通州。从双合发出来，姜薇送他到门口，林航刚要说再见，却被姜薇一把抱住了。她小声地哭泣着：“林航，你别跟我生气了，都是我不好！我以后再也不耍脾气了！”

“没……是我不好，赚不来钱，还总惹你生气！”

“不！姜胜都跟我说了！这次是我错了！你……你别离开我！”

“怎么会呢？我那都是气话！”说话间林航的心也软了下来，用手抚摸着姜薇的头发，夜色中两个人紧紧地拥抱在一起。

饭店里，姜胜顺着门缝偷偷向外看，他生怕姐姐和姐夫再闹什么别扭。忽然脖子上传来一阵痒痒的感觉，一回头，原来是肖倩。

“患难夫妻啊！”她幽幽地说。

4

从双合发回来这一夜，林航又没睡好觉，他想了很多很多。这些天事情一件接着一件，让他有种度日如年的感觉。那天从派出所出来时，他几乎想立刻收拾包裹回老家，可谁知一个白天下来，这种想法就荡然无存了。

这到底是为什么呢？为什么生活总是在人绝望的时候又悄然给你一抹阳光呢？这种挣扎和曲折让林航有一种迷茫的感觉。

快到三点多的时候，他起身到厨房翻出一瓶前一天喝剩下的啤酒，一仰脖灌了下去，然后倒头趴在了床上。这一觉睡得很浅，还没等彻底进入梦乡，门外突然传来了一阵敲门声。

"谁啊？"林航吼了一嗓子，急忙爬起身冲出卧室。

"林航，是我！"黑暗中传来了一个低沉的声音。

原来是赵冲。林航打开灯，只见赵冲穿着一件灰色的大棉袄站在门口，身后是一个怯生生的小姑娘，看上去也就十五六岁的样子，穿着一件红色的棉袄，系着一条蓝白相间的围巾。

"这……"林航的心里一颤，靠！这也太小了吧？犯法啊！

"啊！我闺女！"赵冲看出了林航的讶异，连忙解释。说完又转身拉过小姑娘，说："小玲，快叫叔叔！"

"叔叔好！"小女孩低声说了一句，一脸的羞涩。

"你好，你好！快进屋。"林航松了一大口气，一边答应着，一边走过去，帮赵冲把手里的大包小包拎进另一间卧室。

小姑娘对眼前的环境明显有些不适应，怯生生地站在床边，也不说话。赵冲心疼地蹲下来，握着女儿的手说："傻丫头，到家了，快把棉袄脱下来！"说完，他又帮着女儿解开围巾。

"咋样，吃饭了吗？"林航一边帮着赵冲收拾东西，一边问。

"车上泡了两袋面，等天亮了再下去吃吧！"

"暖壶里还有开水，我去倒点儿。"林航说完就往厨房走，就在转身这一瞬间，他忽然发现小姑娘的毛衣袖子上缠着一块黑布。林航只觉得心里咯噔一下，转头看了一眼赵冲，赵冲很沉重地点了点头说："婆娘没了，唉！"

倒水的时候，赵冲也跟了进来。林航拍了拍他的肩膀，安慰道："节哀！"

"唉！我这哀倒是容易！就是可怜了我这闺女！"赵冲满脸惆怅。

两个人又简单地聊了两句，林航得知赵冲在乡下的亲戚不多，仅有的几户大人都在外面打工，只剩下老的小的，根本没人可以照顾他的孩子。他又不能长时间留下，因为北京的工程正在施工的关键阶段，很多技术上的问题必须要他来把关解决，所以想来想去，他只好把孩子领了过来。

“等过两天，我就先给闺女找个学校借读，初三了，可不敢耽误！”赵冲抽了一口烟，又重重地叹了一口气。

帮着这父女俩收拾完已经是早晨六点了。按照计划，九点钟他还要赶到位于东三环的招待所接旅游团的人，今天他们要去小汤山洗温泉。

林航又抓紧时间补了一个觉，等起床时，赵冲和女儿已经不在屋子里了。客厅的茶几上放着一袋包子，一杯豆浆，豆浆杯下面压着一张字条。林航拿起来一看，是赵冲留的，上面写着：“兄弟，我带孩子出去逛逛，早餐是给你的！赶紧吃吧！”

5

和林航一样，姜薇也是一夜未眠，早晨起来后打电话把自己的采访拜托给了同事，然后就把自己锁到了卧室里。女儿的这种变化让贾英很是不安，快到吃中饭的时候，她试探着问姜薇到底出了什么事，是不是林航欺负她了。姜薇吞吞吐吐了半天，最终还是把婆婆得病的事儿说了出来。听完女儿的话，贾英的神情立刻变得呆滞了许多。过了一会儿，她长长叹了一口气，略带责备地问：“这么大的事为什么不告诉我？”

姜薇低着头说：“咱家还不够乱啊？我怕您知道跟着着急。”

贾英摇摇头说：“你是怕我让你跟林航离婚吧？小薇，你把林航给我叫来，让他马上过来！我有话跟他说！”

“妈！”姜薇大声喊道，她生怕自己的母亲这会儿会干出落井下石的事儿来，林航现在正是最困难的时候。

“给他打电话！”贾英板着脸命令女儿。

姜薇的眼泪刷地一下就下来了，目不转睛地望着母亲。

贾英叹了口气说：“不是让你们离婚！把他叫来我跟他谈谈。”

“谈什么？”

“谈你们的婚事！行了吧！谈让你个死丫头早点离开这个家，早点搬到东北去！成了吧！”贾英的声音也高了起来。

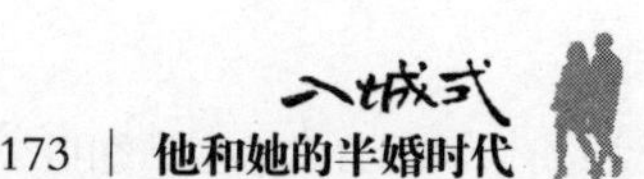

姜薇看着母亲怒气冲冲的样子，顿了顿，但转瞬之间又表情坚定地说："妈！我这辈子就打算跟林航过了，现在林航家有事儿，正是需要帮助的时候，你甭想拆散我们！"

"谁说要拆散你们了？谁说了？我就是想跟他聊聊，看看你这如意郎君是不是就这么垮了？要不然我怎么放心把你交给他？"

"妈！我……"

贾英用力地挥了挥手，打断了女儿的话，大声问："你就对他一点儿信心也没有？"

"我……"姜薇说不出话来了，她觉得在此刻真的没法回答母亲的问题。林航的工作本来就不顺，加上自己这些天又和他闹别扭，他这张弓早已经把弦绷得紧紧的了。这关头母亲要是再火上浇油的话，难保林航会干出什么傻事来。

贾英看了看女儿泪流满面的样子呢，心里一痛，语调也缓和了下来："人家出了这么大事，我当岳母的总要问问吧，总要说句安慰的话吧！赶紧着，去替我拨个电话！你还真要等我自己去打啊！"说完她又轻轻推了女儿一下。

姜薇看了看母亲，又看了看小茶几上的电话机，心里七上八下。她知道，这电话一拨出去，后面的事情就不是她能掌握的了。

从东三环到小汤山路途遥远，林航一路上强打着精神。温泉是没心情洗了，到了目的地，把旅客安置好，他在大巴上又睡了一个小时，醒来后给家里打了个电话。

电话里，父亲林国文的情绪明显不太好，他怕儿子埋怨自己没照顾好老婆，但又不愿意放下当爹的架子，两个人才说几句就火药味渐起。林航觉得父亲到了这个时候居然还一副不思悔改的样子，心里自然更加不满。他冷冷地告诉父亲，自己明天会把钱汇过去，这会儿他已经没心思再跟父亲纠缠了，既然不给银行账户，那就走邮局算了。

挂断了父亲的电话，林航长长地叹了口气。大巴车上的空调已经关掉了，里面冷得一塌糊涂，他紧了紧棉袄的领口，给手机里所有能借钱的朋友群发短信，他实在不知道该如何开口说借钱。一个小时之后，他数了数一共发出去四十八条短信，收到表达心有余力不足之意的短信有十八条，三条回信说可以借给他五百到一千不等，剩下的那十几个人都选择了缄口不言。

唉！杯水车薪啊！

手机铃声又响了，林航赶忙打开一看，是姜薇。

“林……林航……”

“怎么了？”

“你……你在哪儿呢？”

“小汤山！”

“呃，我妈说她想跟你聊聊！你晚上过来一趟成吗？”

“你妈？是不是上次那……”

“不……不……”姜薇急忙打断林航的话，“我……我也不知道，反正你过来一趟吧！”

“那……好吧！”林航咬咬牙，答应了下来。他知道，事到如今，无论是暴风雨还是艳阳天自己都躲不过去了。

中午吃完饭，林航带着旅行团返回市里，这一路上他一直在琢磨该如何对付自己那刁钻刻薄的丈母娘。

要是她逼着自己和姜薇离婚呢？要是她继续要钱呢？要是……想了一路，林航越想越憋气，等把旅客安置完，他已经被自己乱七八糟的思绪搞得怒火万丈了。林航咬牙切齿地想：要是这老娘们儿还不说正经的，我他妈立刻离婚，爱咋咋的。

Part.13
丈母娘

1

自从那天和林航打完架之后，胡杨这心里就一直憋得慌，十几年的老同学现在变成了仇人，这种滋味让他难过至极。他想给姜薇打个电话，但是每次一拿起电话，他就心慌得要命，他生怕姜薇会劈头盖脸给自己一顿臭骂。按理说，那天的事情起因在朱一墨，但是警察调查的时候，他不得不把责任都推到了林航的身上。

自己的公司是朱家投资的，他不得不袒护朱一墨，而且朱一墨身在国企，大小又是个干部，因此万万不能和挑衅斗殴这样的事情联系在一起。可是这样一来，他就又觉得对不起林航了，毕竟按照当时的情形来讲，林航动手纯属被逼无奈。

一连几天，胡杨都是阴沉着脸，在办公室时是这样，去探望朱一墨时也是一样。这天下午，他处理完公司的业务之后，开着车又到了朱家。一进门就听到屋子里枪炮声音大作，朱一墨正在看影碟。

看见胡杨来了，朱一墨抬手关掉了电视机。

“怎么样？今天还好吧？”胡杨一边问一边坐到沙发上。

“好，要是你不拉着脸的话那就更好了！”朱一墨不咸不淡地回了一句。

“我有拉着脸吗？”

“你要是属驴的话，那就不算拉着脸了！”

“靠！”

“怎么着，给你的梦中情人赔罪了吗？”

“我看你是不疼了吧？”胡杨斜了朱一墨一眼说，“要不然我再给你两下？”

“没问题啊！反正我就是个贱骨头，上大学的时候就总挨打，这两年没挨着，这心里啊，还真痒得慌。幸亏有了林老二啊，让我又找回了逝去的青春时光。”

“不是我说，你……能不能好好说话啊？”胡杨不耐烦地看了一眼朱一墨，他知道这小子还在因为自己那天没有帮着他打林航而耿耿于怀。

“我这态度不端正吗？我这自白不够深刻吗？我就纳闷了，你说吃亏的人是我，你整天吊个脸子干吗啊？你是不是觉得我这一发飙，姜薇和你就彻底玩完了啊？我是帮你啊！”

“你说点儿正经的啊，别有事没事就姜薇姜薇的。”

“唉……”朱一墨长长地叹了一口气。

胡杨看了看朱一墨一副萧索的神情，心里有些不忍，抬手拍了一下他的大腿说：“行了，老朱，你就甭管我的事儿了，好好养伤！”

“妈的，千错万错都是我这张破嘴的错！”朱一墨看了一眼胡杨说，“可是林老二，他也太过了啊，不就是个贱货吗？至于吗？那夏雨晴，就是一人尽可夫的主儿啊。再说了，我不还给她买了一GUCCI的包呢吗？ 这价码也够大了啊！我他妈要不是看她和林老二以前有那么一腿，我能出这么多血吗？”

“哎？你难道认为你和夏雨晴上床，然后绘声绘色地告诉他，就是给了林航面子？”胡杨瞪了一眼满脸委屈的朱一墨问。

“那倒不是！我是说，我对夏雨晴出大本钱，把好书都签给她是因为她和林老二以前有一腿，曾经是自己人嘛，肥水不流外人田啊。可他们毕竟都分了啊，我睡睡怎么就不行呢？”

“哎，你说你这都是什么逻辑呢？夏雨晴又不是一只哈巴狗，你看在她前主人是林航的面儿上，蹂躏完它，再给来只烤鸭。”

“咳，要我说啊，这女人和哈巴狗差不了多少。有奶就是娘，有钱就上床。你还记得那天从机场回来时我跟你说的吗？”

“什么啊？”

“夏雨晴和我上床之前让我签合同啊！”

“吁……记得。”胡杨叹了口气，回答说。

“所以啊，我说的绝对没错，夏雨晴就是拿身体做交易！林老二因为这样的女人打我，他就是没义气！这事儿，我跟他没完！”

“好了，好了！咱不说这些！”胡杨见朱一墨滔滔不绝，满嘴都是歪理，心中无奈之至，只好打断了他的话说，“收拾收拾，咱出去一趟！”

“干吗去啊？”

“吃饭啊！你们家保姆给你上顿人参枸杞，下顿枸杞人参地补，你还没够啊！”说完他起身拿起旁边的一件厚呢子风衣扔到朱一墨的身上。

两个人出了别墅区，胡杨开着车一路向南。这一路上，朱一墨继续滔滔不绝，一会儿说那天自己喝多了，要不然肯定能把林老二放倒，一会儿又说林航说白了就是一个土鳖加憨蛋，这些年把他当哥们儿纯粹是瞎了眼。

对于朱一墨的这些牢骚，胡杨既觉得好笑又觉得无聊。快到地安门的时候。朱一墨突然问：“哎，你到底给没给姜薇打电话啊？”

“没啊！”胡杨故意做出一副无所谓的表情。

“你说，她该不会真把屎盆子扣你头上吧？”

“扣就扣呗！无所谓！”

“别啊，我可是知道，你对姜薇那是铁血丹心的啊！可别因为我搞得鸡飞蛋打了！”

“没事儿！反正也没戏！”

“话不能这么说，你有戏没戏我不管，但是这失败的导火索不该是我！哎……对了，我那天喝多了到底都说什么了啊？”

“你说什么你不知道？”

“我就记着说夏雨晴来着，但具体是什么记不大清楚了！”朱一墨的神情有些茫然。

“你说咱俩跟夏雨晴 3P。”

“什么？你说什么？”朱一墨突然拉了一把胡杨的胳膊，胡杨只好一打方向盘把车停到了路边，然后转过头无奈地又重复了一遍：“你说咱俩和夏雨晴搞 3P！”

“哈……3P……哈哈哈，我他妈太有创意了！哈哈哈……”朱一墨一通狂笑。

胡杨瞪了他一眼，脚下猛地一踩油门，宝马车噌地一下蹿了出去，强大的惯性把朱一墨带得身子一歪，脑袋"咣"的一下撞在了玻璃上。

"靠！轻点儿！"

胡杨没有答理他，继续加快速度向前开。

"哎，咱们这是去哪儿啊？"朱一墨看了一眼窗外问。

"去养猪场！"

"养猪场？"

"对啊，给你找两头猪，你们3P去吧！"胡杨没好气地说。

2

林航下了班之后没有回家，按照和姜薇的约定直接去了地安门。进门一看，屋子里人挺全。姜薇和肖倩在一旁择菜，贾英靠在沙发上正在看电视，开门的是姜胜，他拎过林航手里的包，使了个眼色。

林航明白姜胜的意思是让自己先跟老太太打声招呼。于是便朝姜薇和肖倩点了一下头，径直走到岳母的面前。按照他的预定想法，这次来其实就是摊牌，但是即便这样，先道歉也是必须的，因为上次那件事怎么说他都有不对的地方。

"阿姨！"

"嗯！来了啊！"

"来了，阿姨……您……您别生气了！前两天是我不好！我那天有点激动，我给您道歉！"说完林航规规矩矩地鞠了个躬。

姜胜见姐夫给母亲鞠躬道歉，立刻打趣道："嘿，怪不得人家都说一个女婿半个儿子，我看我姐夫足顶一个半儿子！我姐夫以前对我说得最多的，就是让我要对您好点儿。妈，我给您道歉都没这么诚恳过！您说是不是？这家伙，像是国民党军官看见蒋介石似的！"

姜胜的这几句话让屋子里原本紧张的气氛稍稍松弛了一些。贾英也"扑哧"一声笑了出来，她白了儿子一眼说："你这是变着法儿骂我是反动派啊！"

"哪儿的话！哪有您这么英姿飒爽的反动派啊！您往这儿一坐，那活脱脱就是双枪老太婆啊！"

"行了！甭在这儿跟我耍嘴皮子了，你们该干嘛干嘛去，我有话要跟林航说！"

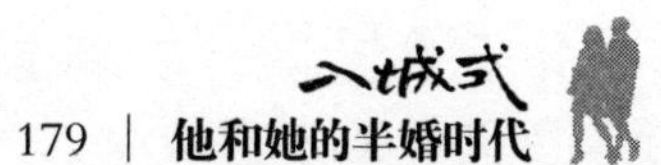

贾英突然把脸一沉。

“这……还怕我们听啊！”姜胜又涎着脸跟了一句，他想留在客厅保护他姐夫。

贾英挥挥手说：“进屋！我看见你心烦！”

“你们进屋吧，我跟阿姨聊会儿！”林航明白姜胜赖在客厅是怕自己和贾英再起冲突，但事情已经到了这个地步，再纠缠也就没什么意思了，于是他朝姜胜点了点头，笑了笑。那意思是说，你放心吧！

姜胜看了看林航又看了看母亲，摇摇头进屋了，紧接着，姜薇和肖倩也躲到了厨房里，关上了门，客厅里只剩下了老太太贾英和林航，气氛又变得紧张起来。

“阿姨，您有什么话就说吧！我在这儿听着呢！”林航先开口说。

“你们俩这婚事，你是怎么打算的啊？”

“阿姨，我那天说了些气话。如果您不反对，我想我和小薇还是尽快举行婚礼，毕竟证都已经领了好几个月了。”

“那你母亲那边呢？我听姜胜说，你母亲胃里长了肿瘤。”

“对，要做手术！可能就是最近。我和姜薇的婚事估计要在春节后，到那时我妈应该恢复一些了！”

“那你这钱够吗？”贾英看了一眼林航说。

“坦白说，钱肯定是不宽裕！所以我的打算是先不买房子。我得用这几个月的收入给我妈交住院费。”林航毫不犹豫地说。

“哦！”

“阿姨，我明白您的想法！我也知道姜薇跟我挺委屈的，我能做的只是保证以后对她好。但是现在事情在这儿摆着，我不能先顾我俩的房子，所以我今天来也是想跟您商量一下。”

“林航啊，我明白，你说这些话是跟我摊牌，对不对？”贾英看了一眼林航，接着从身后拿出一个存折放到了茶几上，“这是你妈留给姜薇的钱，你可以拿回去！”

贾英的这句话一出口，林航就明白自己已经被逼到绝路了。但是这一次他没有像以往那样选择沉默，而是很干脆地回了一句：“对，阿姨，您说摊牌，这我承认，但是这钱我无论如何都不会要。假如我们俩能在一起，那么这钱姜薇该拿，假如我们不能在一起，这钱我也不会要。姜薇跟了我这么多年，我连件像样的衣服也没给她买过，这钱虽然很少，但就权当是一点补偿吧。”

“呵呵，你倒是挺大方的！”

“也不是大方，事情就是这样，这两天我已经想得很清楚了。我希望我能和姜薇一起走完以后的人生，我也会对她更好，但是我的条件太差，又是外地人，所以我不会强求。”林航说完，面目坦然地看着贾英。

“说完了？”贾英问。

“嗯，说完了！”

“那好，接下来我说！”贾英正了正身子说，“不错，我确实是希望小薇能嫁个有钱人，过吃穿不愁的日子。你呢，我还真没相中，你这孩子性格太倔，太要面子，不像是有什么大出息的人。”

“我知道您对我有看法……”

“别搭茬，你先听我说！”贾英摆了摆手，接着又说，“但你有一点很好，人品好，没什么花花肠子！这点我很满意！虽然这不能当饭吃，但是两口子在一起要的就是一个交心。你呢，是个靠谱的人，这个我看得见！”

“阿姨，我……我不明白您的意思。”

“我没什么意思，婚事是你们俩自己定的，我当老人的愿意不愿意都不会强拧着。我今天叫你来呢，就只有两句话，第一，我们姜家虽然条件一般，但是我们不贪财，这钱你拿回去给你妈治病，至于以后房子什么的，你们自己再想办法。第二，你把姜薇领走吧……”

“阿姨……您……您说什么？”林航有点怀疑自己的耳朵，吃惊地看着贾英。

“我说，钱你拿回去，姜薇你领走吧！”

“您……您不反对了？”

“林航啊，你想得太多了！”贾英说完叹了一口气，“你这一下午怕是就琢磨这点儿事了吧！这么说吧，你刚才要是光跟我起誓发愿对姜薇好，不提给你母亲治病，那你们俩这婚还真就结不成，我怎么着也都给你搅散了。你还不错，还知道先给老娘治病！就凭你这孝心，我这姑娘跟你受点儿罪也没什么！毕竟将来我也有病的时候……”

“可是……”

“甭可是了，就这么点事儿，我虽然老了，但也不能让你瞧不起不是……”

“阿姨……我……”林航愣住了，他不知道此时此刻到底该说些什么。这种突然的转变让他毫无准备，他没有想到，一向刻薄的岳母竟然在关键时刻做出了一个这样的选择。此时他想感谢，但又不知道该如何出口，想说点什么，又不知从何说起。就这样，他尴尬地坐在椅子上，手足无措地盯着地面。

小客厅立刻陷入了一片沉默之中。贾英仰着头靠在沙发上，微闭着眼睛。此时她的心里也不好受，刚才的话一出口，也就意味着女儿彻底成了别人的，她将离开这个家，离开母亲的庇护。贾英不知道未来会是什么样子，这一切太仓促了，亲家母一场大病让她设定好的步骤全部化成了泡影。她原本还打算等林航买了房子再把女儿正式嫁过去，但现在不行了。这已经不仅仅是两个年轻人生活的问题了，它所关联的是最深刻的伦理道德。

过了足足十分钟，贾英揉揉眼睛，直了直腰，大声喊道：“行了，你们三个听声儿的，都出来吧！肖倩，咱娘俩包饺子，小胜擀皮，姜薇你把你那堆破烂收拾收拾，今儿晚上就滚蛋吧！我不要你了！”

“妈！”厨房的门开了，得到母亲命令的姜薇满脸是泪地跑了出来，扑到了贾英的怀里。

“吓坏了吧！呵呵。”

“嗯！”

“你看你，也不怕人笑话！”贾英笑着摸了摸女儿的头发，然后轻轻叹了一口气。

3

一场预料之中的斗争就这样消弭于无形。吃完晚饭，姜胜帮着林航和姐姐把两个大旅行包拎到了车站。

上了公交车，两人找了一个双人座位坐下，姜薇把头靠在林航的肩膀上，幽幽地出了口气说：“今天可把我吓坏了！我生怕你和我妈再吵起来！”

“我也以为会搞得鸡飞蛋打呢！”

“怎么样，我妈还不错吧！”

“嗯，是啊！”

“对了，我还没找你算账呢！”姜薇忽然坐正身子，狠狠地掐了林航一把，说，“你根本就不爱我！”

“你说什么胡话呢！”林航一边揉胳膊，一边问。

“今天你跟我妈聊天儿时，你说对我不强求！”

“这……这算什么罪证啊！”

“这当然是罪证！我当时就哭了！”

“咳！至于吗，我就那么一说！”

“你就那么一说？你也好意思出口！我还以为你不要我了呢！”姜薇说完又紧紧地抱住了林航的胳膊，低下头狠狠咬了一口。

“哎哟！你属狗的！”

“我就是要让你记住了！对我，你必须得强求！”姜薇一边说一边把头使劲儿朝林航的怀里扎。

“别人看着呢！”林航有些不好意思地说。

“我们是有证儿的人，怕啥？”姜薇一副扬扬自得的表情。

两个人就这么抱着，直到公交车开到地铁站的时候，姜薇才松开。此时已是晚上九点多，但是地铁里依旧是人头攒动。上了列车，林航把两个旅行箱并排放好，然后让姜薇坐在上面，他自己则站在对面充当姜薇的人肉扶手。

“对了，那包工头儿回来了吗？”

“回来了！”

“天啊，他该不会又给咱们演毛片儿吧？”姜薇有些不满地说。

“这回不会了！”

“哦？改邪归正啦？”

“他闺女来了！”林航叹了一口气说，“他老婆病死了，孩子在家没人管，他这边工程又忙着冬季施工，所以就把孩子领过来了！”

“多大了啊！”

“十六吧，听说上初三了！正准备在这边找个学校借读呢！”

“哦！原来是这样！”姜薇点了点头，然后又摇了摇林航的胳膊，撒娇道，“等咱们给阿姨治完病，换个房子吧！”

“嗯，我也是这么想的，现在这地方上班远不说，住着也别扭！”

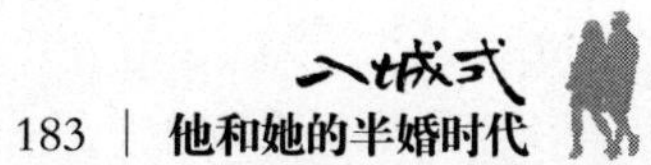

两人一路聊天，回到通州的出租房时已经快十点钟了，夜色浓得再也化不开了。赵冲在客厅里放了一张小床，把自己的卧室让给了女儿。看见林航和姜薇进来，他很是不好意思，尴尬地站起身来。

姜薇朝赵冲笑了笑，赵冲急忙说:“小姜你好！”

姜薇也立刻回了一句:“赵大哥好，您女儿呢？怎么不见她？”

“在里屋呢！”赵冲一边说一边朝卧室喊，“小玲儿，快出来，你林叔叔和婶婶回来了！”

很快，卧室的门打开了，小女孩怯生生地走了出来，然后朝姜薇和林航轻轻鞠了个躬说:“叔叔婶婶好！”

这是第一次有人叫姜薇婶婶，一时间，她既有些难堪又有些兴奋，忙不迭地走过去拉住小女孩的手说:“嘿，好漂亮的小姑娘！”

“漂亮什么啊，就一个农村丫头。”赵冲不好意思地说。

“嘿，您可别这么说，往上翻九辈儿，还不都是种地的！没准咱祖先还是邻居呢！”姜薇俏皮地回道。

林航看了看姜薇，也笑了，看样子，她今天的心情是彻底地多云转晴了。

姜薇拉着小玲问学习之类的事情，小姑娘的脸上满是自豪的笑容，很显然她的学习成绩不错。林航问赵冲学校找得怎么样，赵冲的脸色立刻变得沉闷起来，叹了口气说:“找了两家附近的，人家先是不要，后来又说想念的话，就得先交两万元借读费。我琢磨着，这价儿也实在太贵了，于是又打听了两家民工子弟学校。可是离这儿最近的一所也要坐三个小时的公交，而且那儿的孩子太多了。还义务教育呢，你说在北京上个学怎么就这么难？”

看赵冲有些沮丧，林航拍了拍他的肩膀说:“别着急，慢慢来！这孩子入学确实不是一天两天就能办下来的！”

“能不急吗，初三了，过了年就要中考！万一耽误了中考，这孩子不就完了嘛！办完了孩子她妈的丧事，我手里也没那么多钱啊！”

姜薇转头看了看满脸愁容的赵冲，突然说:“哎，赵大哥，我好像听说明年国家就要取消借读费了！”

赵冲挠了挠头发说:“那……我先让小玲在家待着？”

姜薇说："要不然这样吧，我回去问问我们报社跑北京新闻线儿的记者，看能不能跟附近的学校商量一下。"

"我……小姜……这真是太感谢了！让我说什么好呢……"赵冲的脸上顿时堆满了感激。

姜薇笑着说："别，我明天就去问，也不知道能不能成！"

"你能帮我，我就感激不尽了！你看得花多少钱，我明天就去支！"

"别，我先问问吧！也许用不着钱！你们到北京来打工也不容易，孩子要是再上不了学就太说不过去了！唉……"

4

跟赵冲父女俩又聊了一会儿，快到十一点的时候，林航打了个哈欠，小玲立刻对滔滔不绝的父亲说："爸爸，我有些困了！"

赵冲立刻尴尬地止住了话匣子，红着脸说："你看我，还不如孩子有眼力呢！天这么晚了，早点休息吧！"

林航急忙说："没事儿，要么就再聊会儿。"

但是赵冲却死活不同意了，又说明天自己还要起早去工地，这么晚了该睡了。

道了晚安之后，姜薇和林航进了卧室。把包一扔，大衣一脱，姜薇就扑到在林航的床上，伸了个大懒腰，然后爬起来就要收拾房间。林航急忙拉住她，可姜薇却一脸兴奋，一定要收拾，她要把床调个方向，说头朝南睡会睡得踏实一些。

林航笑着说："要折腾也得等明天啊，大晚上你搬来搬去，楼下受得了吗？"

姜薇吐吐舌头说："我忘了！呵呵。"

"姜薇！谢谢你！"林航有些动情地抱着她说。

"谢什么？别忘了我们是夫妻！"姜薇捏捏他的脸说。

"也谢谢你家里人！"林航补充道。

姜薇笑笑说："都是一家人，你客气什么！不过今天我妈表现得真是太棒了！我一直以为我妈是个唯利是图的老太太！没想到关键时刻没给我掉链子！"

"我明天就告诉妈你说她坏话！"林航吓唬她。

"你敢挑拨离间！"隔着衣服，姜薇撅着嘴拧了林航胳膊一把。林航惨叫了一声，然后笑着也倒在了床上。

窗外夜色沉沉，但小屋子却是暖意浓浓，姜薇靠着林航的臂弯，心里幸福极了。林航抚摸着姜薇的秀发，心里也是一阵阵久违的甜蜜。

“明天咱们就去打钱，然后请假，周末回东北！”姜薇说。

“嗯！”林航答应了一声。

“你什么都别说，咱就把钱都打回去！”

“别，那样的话，我妈心理压力会很大，恐怕对治疗也不好！我妈给你的存折上的钱现在恐怕还用不着！咱凑凑先把手术费打回去。”

“可是一想到这钱还在我手上，我这心里就难受！”

“别，小薇，我知道你的心思，只是我父母要强一辈子了，太好面子，要是现在把钱打回去肯定会起副作用的。就是打也得一点一点往回折腾，不能让我妈起疑心。”

“嗯，我都听你的！”姜薇说完，又把身子使劲儿朝林航靠了靠。

Part.14
旧情人的感伤

1

第二天一大早，姜胜打来电话说往姐姐的卡里打了两万块钱，让他们赶紧给林航老家汇回去。林航一个劲儿地表示感谢，姜胜笑着打趣道："别扯了，咱俩之间是永恒的友谊，是比爱情还高级的男男关系，别说两万块钱了，你现在就是让我把自己阉了……"

"你就立刻动刀？"林航笑着问。

"我肯定不阉！现在这不是我个人所有物了！哈哈哈……"姜胜也是一通大笑。

挂了小舅子的电话，林航拍了拍还在熟睡的姜薇，两个人又腻了老半天，这才起床。下楼吃了口饭，姜薇找家就近的银行，把姜胜打来的钱提了出来，然后又跑到邮局把他们筹到的所有钱都汇到了林国文的原单位绥河土地局。

汇完钱，出了邮局，姜薇让林航给家里打个电话，林航掏出手机说："你打吧！"

姜薇点点头，她明白林航让她打这个电话是好意，是要告诉父母，这个未过门的儿媳妇其实很懂事。

想了一会儿台词，姜薇胆战心惊地拨通了林家的电话。接电话的是林国文，很显然他已经没了往日的神气，一声"喂"就让姜薇听出了些许的消沉。

"叔叔，是我，姜薇。"

"哦！是……是姜薇啊！怎么，还好吧！"

"我们都挺好的！叔叔，我阿姨什么时候动手术啊？"

“就这两天，已经排号了！”林国文沉声回答。

“叔叔，我……我和林航给您汇了手术费，地址写的是您单位，估计很快就到了。您先拿着给阿姨交押金，等周末我俩回家还可以再拿回去一些。”

“啊？汇钱？你们汇什么钱啊，赶紧拿钱买房子去吧！家里的事儿不用你们管！”

“年前事太多了，我们想春节之后再买，再说林航我俩还能挣！也许到时候能买一个更大更好的房子。您先把手术费交了，后面的费用林航我俩包了。”姜薇接着又说。

“哎呀，真不用，你叔我干了这么多年，还差这点小钱儿吗？”

“我知道您不差钱，这是林航我俩的心意，养儿防老嘛！”

“嗬……这家伙的，都整出成语来了，你等等啊，你阿姨要跟你说话！”林国文说完把电话递给了旁边的老婆。

姜薇电话里说的，赵文瑾坐在旁边其实已经听了个大概，孩子又把钱寄了回来，这让她感觉非常难过，接过电话来，她着急地喊道：“薇呀，你咋还把钱寄回来了啊？那钱就是给你的，谁也不能动！”

“不是，阿姨您听我说，您给的钱我一分都没动，就留着回头买房子。给您打回去的是我和林航挣的，给您做手术的！买房子的钱还在我们这儿呢。”

“不可能，甭糊弄我，再说了这钱和那钱还不都是你们的钱，我回头给你们寄回去！”

“不行！阿姨，您要是把钱寄回来，我……我就不和林航结婚了！”姜薇一着急，也顾不得这话难听不难听了。

“孩子……”赵文瑾接着又说，“我知道你们对我好，你们挣钱了，我当然高兴，但是现在最要紧的是你们赶紧把房子买上！你俩都快三十了，结了婚，阿姨这心里也就踏实了！再说我的病不要紧！不做手术也行……”

“阿姨！一定要做手术，您这病早点治什么事儿都没有。千万不能耽误，人都说三十而立，我们拿钱这是当儿女的本分，您要是不要，我俩就不上班了，立刻回东北陪着您，以后再也不回北京了！”

“你这孩子！怎么能这么干啊，唉……都是我……给你们添负担了！我这……我这……你们千万不能回绥河啊，这破地方什么意思啊！好不容易在北京站稳脚跟，绝对不能走回头路！”赵文瑾着急地说。

“阿姨，您别着急！您的身体不好，千万别激动！林航现在工作很好，收入是原来的一倍。只要您做完手术，尽快恢复健康，我们什么都听您的！婚礼您说怎么办，我们就怎么办……”

就这样，婆媳俩又纠缠了足足半个小时，说到最后，两个人都泪流满面。赵文瑾明白，孩子既然已经把钱打了回来，那么再打回去就不可能了。儿媳妇的脾气虽然她还不太了解，但是自己儿子她却是再清楚不过了。她知道，假如自己不要这钱的话，那么林航一定会辞职回东北的，而这是她无论如何也不愿看到的。

又安抚了一会儿婆婆，姜薇把电话给了林航，一听到儿子的声音，赵文瑾情绪失控了，大哭道：“儿子，妈对不起你啊！房子钱没给你攒够，反倒让你为我花钱！”

林航抹了抹眼角的泪说：“妈！看您说的啥话，小时候我有病，你砸锅卖铁也会给我治吧？我要是死活不让您给我治，您会是什么心情？对不对？现在反过来也是一样！手术一定要做！妈，您生病了，不要有心理负担！不用担心，我现在收入非常不错，等您病好了，我跟姜薇就买房子结婚，到时候给您生一大胖孙子！……”

儿子的安慰，并没有让赵文瑾感到一丝轻松，她反复嘱咐着绝对不能动那买房子的钱，说到最后，她甚至要求林航回来的话必须带着存折，假如上面的钱不对，那她就不做手术。

就这样，一个电话，母亲、儿子、媳妇，三个人轮着说，等到挂断的时候已经是一个半小时之后了。姜薇和林航的脸上都挂着泪痕，黏黏的，在冷风的吹拂下有一种刺痛的感觉。

两个人又站了一会儿，林航抽完一支烟，拍了拍姜薇的肩膀，强挤出一个笑脸说：“别哭了，没什么，事情……事情已经这样了，哭也没用！”

“我就是觉得阿姨太可怜了！”姜薇依然还在哽咽。

“是啊，所以我有时就特别恨我爸！可……唉！不说了……咱们上班吧，今天你还要去帮对门赵大哥打听他女儿的学校！”林航晃了晃姜薇的肩膀说。

2

给姐姐打完钱，姜胜觉得心里快活极了，长了这么大，自己终于能为亲人排

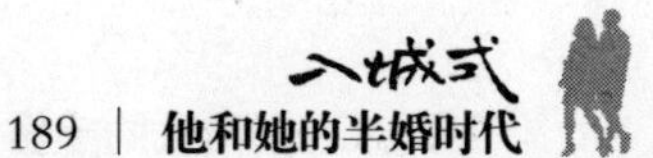

忧解难了。回到双合发，肖倩正在里面的小工作室里改稿，姜胜过去捣乱，很快就被轰了出来。百无聊赖地坐在吧台边，姜胜拿起手机看了看，还不到十点，这个时间段，店里一个客人都没有。厨房里小工正在切肉改刀，两个大师傅在下象棋，几个服务员则忙忙碌碌地一遍遍收拾着桌椅。

姜胜左看右看，越发觉得没有意思，只好盯着账本胡乱琢磨，他盘算着姐姐和姐夫这次应该算是度尽劫波了。家长的问题解决了，夏雨晴的事情也说清了，等到一过年，俩人结了婚，自己可就是林航的正牌小舅子了。

想着想着，姜胜忽然觉得自己好像忘了点事儿，夏雨晴——胡杨——朱一墨，对了！就是朱一墨这个杂碎！他忽然想起自己曾经跟姐夫说过，要帮他收拾这个姓朱的色狼。

想到这里，姜胜立刻又来了精神头儿，摸出手机给原来一起混的哥们儿打了个电话。他知道，朱一墨这个人好色至极，因此三里屯一带的酒吧应该是他经常出没的地方。以往这些地方姜胜也常去，因此认识一批酒肉朋友。

电话里，姜胜仔细地描述了一下朱一墨的长相，然后叮嘱他们一定要帮着自己留意，只要朱一墨和小姐开房，就马上打电话告诉自己。

挂了电话，姜胜美滋滋地哼着小曲，姐夫一直生怕自己出去惹事，所以这次对付朱一墨，他灵机一动想了个馊主意。你不是流氓吗，抓你个嫖娼现行！我直接给你送局子里去！

安排完了这件大事，姜胜又给母亲打了个电话。电话里贾英的声音有些嘶哑，看样子是上火了。姜胜无奈，只好安慰说："妈，你凡事都要往开了想！我姐夫和我现在开饭店，他们旅行社每天都往这儿领好几拨客人。等过完年，我俩还要扩充店面，开分店！一套房子算什么啊？买卖做好了，先买十套！您啊，就甭总琢磨这点事儿了！"

贾英听完儿子的话，苦笑了一声说："我呀，现在不是担心钱，我是担心你姐姐这命，嫁到这么一户人家，婆婆身体不好，公公是甩手掌柜。林家的亲戚关系又那么复杂，你姐姐也没个心眼儿……唉！"

"妈，要我说，这你就更不该担心了！这俗话说得好，家家有本难念的经。林家的事情是复杂，但是再复杂他也是普通家庭啊！你要是把我姐嫁个富二代，那不更闹心啊，又要防备小三儿，又要争家产！您不也总说嘛，平平安安比什么都强！”

“小三儿，什么叫小三儿啊？”贾英好奇地问。

“咳！就是第三者啊！你们老太太应该很了解这些啊！”

“呸！你妈我什么时候跟人扯过闲话啊！”

“好……好！我妈万岁！总之啊，我姐的事儿您就甭操心了！你就好好保重身体，多吃点好的，把自己身体养得棒棒儿的，等着哄孙子和外孙吧！”

“说得轻巧，那孙子和外孙在哪儿呢？”贾英嗔怪道。

“咳，您忙什么啊！我和肖倩过些日子就去领证，等我姐他们春节结完婚，我们俩就去江西。到时候两头一办，然后就回来给你生孙子！行了吧！”

儿子的这番话让贾英沉重的心里有了几丝喜意，她笑着骂道：“你个小浑蛋，你就整天糊弄我吧！”

“没有的事儿，我从来不糊弄您，我多乖啊！对了，妈，咱饭店进了八只内蒙的小羊，等晚上我让大师傅烤半只，我给您拿回去啊！特香！”

“别，家里还有不少剩饭呢！”

“甭吃剩饭了，你儿子这马上就大亨了。就这么定了啊，我晚上七点之前回家！”说完姜胜没再理会母亲的唠叨，挂断了电话。

3

从通州到单位，足足坐了两个半小时的车，等把拎包放到桌子上时，姜薇已经筋疲力尽了。喝了一口热水，暖了暖身子，她立刻跑到北京新闻部。

姜薇所在的《北京时报》一共分为三大部门，北京新闻、国内新闻、国际新闻归属于第一编辑中心；财经、生活归属于第二编辑中心；而姜薇所在的娱乐部，则连同文化、体育两个部门被归为第三编辑中心。这三个编辑中心各有侧重，上班时间也不相同。比如，第三编辑中心要求编辑记者上午十一点上班，而第二中心的则要上午九点到岗。和他们相比第一编辑中心的制度就有些复杂，国际新闻一般是晚上六点才开始上班，而北京新闻的记者则必须在早八点到岗，开完早会后便背着相机、采访设备直奔各个新闻现场。

姜薇到的时候已经快十一点了，屋子里一个人也没有。眼看着午饭时间渐到，报社里的人越走越少，姜薇咬了咬牙，敲开了中心主编室的房门。

第一编辑中心的主编名叫郭宁，在报业圈子很有名气，为人正直，年轻时写过不少轰动性的报道。“5•12”期间，他还组织了整整三十人的报道团赶赴四川灾区，一边采访一边做志愿者。

进了屋之后，姜薇红着脸把事情的经过说了一遍。郭宁听完之后笑着说：“这是好事啊，你干吗那么紧张？”

“我……我这不算走后门吧？”

“走后门？你可真逗！你这是做好事啊！再说，咱这又不是衙门！怎么，你拿人家农民工的钱了？”

“没……没有……绝对没有！”姜薇忙不迭地说。

“那就好啊！只要我们不做有偿新闻，只要我们做的有益于社会，合情合法，那就是好事啊！你说的这个事儿啊，其实咱们报社也一直在关注着！这样，你把那个赵冲的电话给我，我这就让咱们的记者跟他联系，然后陪他一起去学校。”

“您说……咱们去了该不会起什么副作用吧？那孩子挺可怜的，刚没了妈，要是再没学上，我怕……”姜薇一边把电话号码写下来，一边试探着问。

“不会的！放心吧，如果出了什么差错，我们一定追到底。收借读费本来就不对！我就不信有学校敢理直气壮地收！姜薇你帮了我的忙，我们一直在策划做有关借读费这样一个专题！”

“哦？真的啊……”

“让孩子上学，这才是最关键的……不过我们报社不是权力机关，能做的很有限啊！”说完郭宁眉头紧锁，叹了一口气。

姜薇看了看主编，她明白事情也就只能这样了。能不能成就看那学校怕不怕媒体曝光了，如果他们不想被曝光，那么小玲上学就没问题，如果他们压根不理记者这套，那这事情就彻底弄砸了，到时候，恐怕赵冲掏钱买都没有用了。

就这样，怀着忐忑不安的心情出了主编室的门，姜薇这颗心就仿佛提到了嗓子儿眼一般，接下来的小半天儿都魂不守舍。

好不容易挨到下午四点多，赵冲来电话了。一接通，他爽朗的笑声便传了过来，姜薇的心里立刻巨石落地。

“小姜啊，我真是太谢谢你了！还有你们那位刘记者！要不是你们帮忙，小玲这学就上不成了！”

“怎么，真成了？”

“成了，成了！刘记者把证件一亮，那个校长就改口了，一分没要！”

“那就好，那就好，我这一天也是提心吊胆的，生怕耽误了小玲！”

“你们那刘记者真好，我说请他吃饭他不吃，说给他点钱，他也不要。”

“我们报社不准收红包的！”姜薇笑着解释道。

和赵冲又聊了两句，姜薇这才挂断了电话。兴冲冲地跑到一中心的主编室，把消息告诉给了郭宁。

郭宁也很开心，他笑着看了看姜薇说：“姜薇啊，你干记者几年了啊？”

“三年多了啊！”

“一直就做娱乐新闻吗？”

“嗯！一直干这个。”

“你们那边车马费不少吧？”

“啊？”姜薇愣了一下，但还是很爽快地回答道，“确实有，但是我都上缴了！”

“嗯，这我听你们主编说过！怎么样，有没有兴趣到我这边来啊。我这里缺北京新闻记者，你是北京人，熟悉地理环境，而且还有个好处啊。”

“好处？”

“对啊，我这部门出去基本没有车马费，你省得回来上缴费事了！”郭宁笑着说。

“我……我怕我做不好……”

“我相信你能做好，这样吧，你回去考虑一下，如果想来的话，第一编辑中心欢迎你！”郭宁笑着说。

回到了第三编辑中心的办公室，姜薇便一直愣愣地看着电脑。从个人理想来讲，她很希望能去一中心工作，因为毕竟自己已经快三十了，不能再浑浑噩噩地混日子了。相比娱乐部，社会新闻那边更能实现自己的新闻理想。干了这么久娱乐新闻，姜薇已经彻底厌烦了这份工作，每天要么是追逐花边报道，要么就是对着那些忸怩作态的大小明星，这心里真是要多难受有多难受。可是转念一想，假如自己真的提出调换部门，那么会不会得罪现在三中心的主编呢？平心而论，这边的主编对自己也很好，三年下来，也有一份很深的情谊。到底是去实现理想，还是在这里浑浑噩噩地当个狗仔队员？姜薇觉得此刻自己的心里混乱极了。

4

好不容易挨到下班，姜薇带着满脑子的浆糊出了报社大楼。刚到门口就看见林航在不远处站着。现在他们终于住在一起了，林航也开始行使一个丈夫的责任与义务了。下班来接，这就是爱的表现。

甩掉满脑子的烦心事儿，姜薇轻快地跑到林航身边，一把拉住他的手。

“嗬，看你这高兴样儿！”林航笑着揶揄道，“中彩票了？”

“比中彩票还高兴呢，告诉你，小玲的借读问题，本姑娘解决了！”

“我知道了，她爸爸已经给我打电话了！”

“嘁……”

“还有别的高兴事儿吗？”

“没了，其余都是闹心事！”姜薇嘟着嘴说。

“闹心闹到笑开花？”

“我这不是看你来接我了嘛……”

“我这又不是第一次接你！”

“今天和以前可不一样，今天咱俩是一起回家！”

“哈……哈哈，你呀，活宝！”林航笑了笑，然后正色道，“不过现在咱俩不能回家！”

“为什么？”

“去双合发见一个朋友!”

“去双合发见朋友？你该不会说是姜胜吧？他是你朋友兼小舅子……”

“夏雨晴!”林航缓缓地吐出了三个字。

“啊？”姜薇一声惊呼。

“小薇，咱们俩已经是夫妻了!我想我不该单独去见别的女的了!我知道你对夏雨晴有成见，这我理解，但是我和她真的没有什么！这次她来北京也是公出，下午给我发了条短信，本来也没说见面，但我想还是见一次，她以前挺照顾我的，有些话，我想跟她说说。我自己见不好，咱们还是一起见！”

“哼,你是想给自己洗脱罪名对不对?”姜薇白了林航一眼说。

“就算是吧!”林航长出了一口气说,“小薇,我不希望咱俩在这个问题上有疙瘩,我必须要你知道,我爱的是你,只有你!”

“好了,好了!别恶心了!哼!走吧!我要是忍不住打她,你可得帮我啊!”说完姜薇一笑,大步流星地朝车站走去。

从姜薇报社到双合发路程很近,但是一路堵车却足足耗掉了四十多分钟,等他们俩到的时候,夏雨晴已经坐在包间里了,姜胜和肖倩正陪着她闲聊,看见姐姐和姐夫回来了,他们俩便借故到外面照顾生意去了。

这次见面,姜薇虽然准备了一路,但多多少少还是有些尴尬,好在夏雨晴见惯了风雨,并不在乎这些,几个人一边吃饭一边闲聊。夏雨晴是聪明人,知道今天这个饭局是林航故意安排的,这种安排让她心里很痛,但同时她也明白,对于林航来讲,这是无奈之举。

“林航,听说你和胡杨、朱一墨打架了?”夏雨晴问。

“对,是有这么一回事!他妈的,朱一墨实在是太过分了!”

“是因为什么啊?我?”夏雨晴笑着问道,“他说我坏话了?”

“他……”林航欲言又止。

“朱一墨说……”姜薇看了看眉头紧锁的林航,接着又道,“朱一墨……说你和他还有胡杨有特殊关系,所以林航才……”

“哦……是这么回事儿啊!”夏雨晴眉宇之间掠过一丝怒色,但转瞬便恢复了笑容,“怪不得这次来,吃饭他们没叫你们俩。其实那天晚上我确实和朱一墨在一起,但是……没有胡杨的事儿。我不知道朱一墨为什么那么说。”

夏雨晴的这句话让姜薇和林航同时吃了一惊,他们俩原本以为夏雨晴会勃然大怒,但却没想到她只是轻描淡写的一句。

“可是夏姐……”姜薇欲言又止。

“姜薇啊,我知道你可能不理解我的做法!但是我有我的道理!”夏雨晴淡淡一笑道,“你知道我为什么选择去上海吗?”

“不知道。”

“因为我喜欢那里,我一点都不喜欢北京,这种城墙包裹的氛围让我觉得特别压抑。我的性格比较外向，我希望自己能活在一个丰富多彩的环境里。但是，在上海……真的太难了！我本来以为自己研究生毕业后能轻易地进入外企，但是没想到最后还是干了出版这行。这个行业竞争太激烈了！现在像我们这种国营出版社根本不能有效地控制市场，几乎所有好的选题都握在民营公司的手里。所以我们要想发展，扩大赢利面，就必须加强同民营公司的合作，而胡杨和朱一墨的公司又是民营公司中的佼佼者。”

“可是那你也用不着这样啊！”姜薇道。

“不，我并不这样想。你知道，他们公司的合作条件是很苛刻的，而且全国各大出版社都抢着跟他们合作，我上次来签的那批书都是他们最好的产品，而且效益分成对我们很有利，所以我觉得这一切都是值得的！”

“可是你们一个国营出版社，制度僵化，你这样做有什么好处呢？”

“僵化那是以前了！现在我们这里的晋升也是讲业务能力的，而且社里正逐步和民营公司接轨，进入市场体系。这方面我们南方的出版社走得比较快，特别是上海的几家出版社，步伐很大。你看这不就是上海的好处？我做得好，自然就有机会……”夏雨晴笑了笑说。

“可是……我还是不明白……”姜薇依旧一副难以理解的样子说，“事业真的有这么重要吗？”

“对我来说，事业永远是第一位的！没有什么比成功更能让我兴奋的了！”

“你以前不是这样啊。”林航突然插了一句。

“以前？你是说大学时候？其实……”夏雨晴摇头笑了笑说，“我以前就是这样，林航，你根本不了解我！或者说，我们压根儿就不是一种人。”

“唉……真可惜，你那么漂亮，干吗这么想不开啊？”姜薇转了转眼珠说。

“啊？奇怪，你觉得我是想不开吗？我倒觉得我想得很开。美貌使我更容易实现自己的理想。”夏雨晴说到这儿，端起了酒杯，满脸笑容道，“好了，我可不能再说了，再说你们家林航就该埋怨我教坏你了！来！我敬你们两口子一杯，感谢你们的热情招待！”

“哪儿的话啊，应该的！”姜薇也急忙举起酒杯，这会儿，她已经彻底放心林航和夏雨晴的关系了，他们的确不是一类人。

Part.15

回家，回家

1

姜胜的计谋成功了。发出监视令的第三天，一个常年在三里屯泡夜场的哥们儿给他打了个电话，告诉他说，那个朱一墨刚找了个小姐，进了一家小宾馆。

姜胜连忙问清房间号码，然后立刻拨通了110。

很快，警察赶到了宾馆，把脱成光猪一样的朱一墨按在了床上。

“嫖娼！”证据确凿，拘留的问题胡杨可以用钱来解决，但通知单位这一条却无法疏通。当天晚上，派出所的电话便打到了单位，尽管有着朱一墨父亲的面子，但单位领导最终还是作出了决定，朱一墨这个原本风光无限的办公室主任被开除了公职。

从单位出来的那天，胡杨直接把朱一墨接到了梦成图书公司，办公室本来就是常年预备的，只不过以前是偶尔来一次，而现在这儿成了朱一墨唯一的战场。

看着朱一墨垂头丧气的样子，胡杨拍了拍他的肩膀，笑着说：“没事儿，这样更好，省得天天八小时工作制！咱这多好啊，每天可以干十二小时！”

“妈的，真他妈邪门！”朱一墨并没有理会胡杨的揶揄，自顾自愤愤不平地说。

“行了，你已经说了快二十遍了，有什么邪门的啊？现在到处扫黄打非，你这不是自己撞枪口吗？”

“什么撞枪口啊？我去的那地方要多安全有多安全，警察根本就不可能知道！”

“那他们是从天而降的？”

“就算是从天而降，也得有小鬼儿报信！”朱一墨揉了揉自己的肥下巴说。

“你呀，就甭疑神疑鬼了！这事儿就掀过去！明天我把公司的具体情况好好跟你说一遍，然后咱俩分一下工。”

“不行，这事儿我非得弄清楚！我他妈绝对不能这么不明不白就让人给祸害了啊！”

“你被人祸害？你祸害那么多良家妇女你怎么不说啊？”

“那是你情我愿的事儿，和这能一样儿吗？我他妈可没求警察把我光不出溜地从床上拖下来！你都不知道当时有多寒碜，我他妈脑袋上还套着一丁字裤呢！”朱一墨哭丧着脸说。

“哈……哈哈哈，你他妈也太变态了吧！”

“头一回！真是头一回！唉！不说了！越说越憋气！”朱一墨身子一歪横躺在了沙发上。

“干吗啊？要睡觉啊？这才下午！”胡杨走过去踢了他屁股一下。

“不睡觉干吗？出去展览啊？”

“我跟你说个事儿啊，夏雨晴走的时候跟我说林航他妈病重要做手术！”

“关我屁事！”朱一墨头也不抬地回了一句。

“怎么着咱也得表示表示吧！”

“狗日的林老二揍我的时候怎么那么狠，活该他倒霉！”

“你真不去？”

“去哪儿？”

“我想给姜薇送点儿钱去！”

“不去！刚他妈交完罚款！”

“你不去，我可自己去了啊！”

“随便，你要是隔几天不见姜薇，还不得大脑生蛆啊！”

“好……好，你爱说什么说什么，我惹不起躲得起！”胡杨笑着回了一句，转身拿起衣架上的风衣和围巾。

朱一墨翻了个身，冲着马上就出门的胡杨的背影嚷道：“替我掏一万，狗日的，我他妈上辈子欠他的！”说完抓起一个靠垫捂住了自己的脑袋。

驱车到了《北京时报》社，胡杨先到文化新闻部和相熟的编辑记者打了一遍招呼，这才转身到旁边的娱乐部找到了姜薇。

这次见面让姜薇很是尴尬，她万万没想到胡杨居然会跑到报社来，而且还大摇大摆地进了办公室。

“你怎么跑这儿来了啊？”姜薇没好气地问，但脸却依旧盯着电脑，就仿佛胡杨并不存在一般。

“我怎么就不能来？你们这儿又不是八一大楼、中南海！”

“少贫，你干吗来了？”姜薇转头白了他一眼说。

“来找骂啊！这不是得罪了你们家林航大官人嘛，我怕你找杀手花冤枉钱啊，我自己送上门来了！”

“你去死吧！”

“是啊，这不来了嘛！你说吧，怎么死？跳楼？抹脖子？上吊？还是喝安眠药啊？”

“贫嘴贫死！”姜薇没好气地说。

“这……这太宽容了！这么死还不如你嫁给我让我幸福死呢！”胡杨涎着脸回道。

“你闭嘴！”姜薇扭过身子，恶狠狠地盯着胡杨说，“你要是敢胡说八道，我现在就杀了你！”

“好……好……我不说！我今天说什么都不对，出来时朱一墨诅咒我，到这儿你还要杀了我！我可真是倒霉到家了！”

“朱一墨？他还没死？”

“死倒没死，但是生不如死。”

“那种人还会生不如死？怎么，得艾滋病了？”姜薇恶毒地问。

“那倒没有，找小姐被警察活擒了！”

“啊？真的假的啊？”姜薇吃惊地看着胡杨，事实上虽然她也不喜欢朱一墨，但是并没达到林航的那种厌恶的级别。甚至有些时候，她觉得朱一墨这人还算不错。虽然好色，但对待朋友还是很真诚的。因此当胡杨说朱一墨被抓，她这心里立刻咯噔了一下。

“真的，这不都没脸见人了嘛。”

“活该，干坏事也不知道小心点儿！有那么多自己送上门来的姑娘，他还找小姐干什么？”姜薇白了胡杨一眼说，但心里却有点恨铁不成钢的意思。

“好了，咱就不说他了，我今天来找你可不是献媚，有正事儿！”胡杨一边说一边从大衣兜里掏出一个大信封，放到了桌子上。

“什么东西？美元啊？”姜薇狐疑地看着胡杨。

“那倒不是，人民币。林老二家不是出事了吗？这是我和朱一墨赞助的，一人两万。”

姜薇心里又是一惊，直勾勾地看着胡杨，她万万没有想到胡杨会在这个时候伸出援助之手。愣了老半天，才缓过神来，低声问：“你们怎么知道的啊？”

“你弟弟跟夏雨晴说的啊！”

“这个浑蛋，真多嘴！”姜薇小声骂了一句。

“好了！有什么啊，这么大事还非得一个人扛着啊？你可别跟你们家那姓林的学，还真把自己当成万能的上帝啊！”

“不行！”姜薇没有理会胡杨的讥讽，抓起信封塞到他的怀里说，“这钱我不能拿，林航肯定不要！”

“不是，我说你嫁了一个死心眼儿，就把自己也变成死心眼儿啊？你不告诉他不就完了吗？”

“不告诉他？那这钱是大风刮来的啊！绝对不行！你赶紧拿走！”

“你真不要？”

“真不要！”姜薇坚定地说。

“这钱你要是不拿，我可就在这大声求爱了！”胡杨斜着眼，笑嘻嘻地说。

“你……你神经病啊！”

“害怕了是不是？那就拿着！”胡杨又把信封放到了桌子上

“可是……”

“甭可是了！就这么着！这钱是我们赞助林航的，打架归打架，打不散的亲兄弟嘛！”胡杨笑着说，“谁让我们是一个寝室爬出来的呢！你就收着吧，我走了！不在这儿碍你的眼！”说完他一摆手，转身朝门外走去。

“哎……胡杨……”姜薇拿起钱急忙追了出去。可是这一次，胡杨却并没有理会，快走两步，下了楼梯。

站在楼梯口，看着胡杨的背影消失在拐角处，姜薇心里一阵翻腾。本来见夏雨晴的那天，她已经把朱一墨和他归到了坏人的行列，可是今天这一来，自己却有些动摇了。

稀里糊涂地回到了办公室，姜薇却发现同事袁璐丹正满脸狐疑地看着自己。

“怎么？傍上老板了？”

“什么啊，以前同学！”

“哦！同学，同学……”袁璐丹斜眼看了看桌子上的厚信封，然后诡异地笑了笑走了。

姜薇看着这个讨厌的八婆出了办公室，心里简直气得要死，她知道，用不了多久，这件关于自己的八卦就将在整个部门流传开来。

桌子上的手机颤了几下，是短信。姜薇拿起来一看，发信人是胡杨，内容只有一句：“就说是你们单位捐款！”

2

胡杨从报社回到公司时，朱一墨已经基本恢复了常态，正坐在经理室外面和新招的女前台闲聊。看到胡杨进屋，他站起身，迎了过去。

“怎么样？钱花出去，开心了吧？”

“靠，无耻！”胡杨做出一副大义凛然的样子，转身进了经理室。朱一墨回头朝女前台眨了眨眼，然后也跟了进去。

进了屋，胡杨把大衣一脱，坐到了办公桌后面的老板椅上，朱一墨则大马金刀地往沙发上盘腿一坐。

“靠！你怎么又跟前台搭上了？你干脆死了得了！”胡杨翻着白眼骂了一句。

朱一墨嘻嘻一笑说：“哎，这我想过，哥们儿将来的死法肯定是精尽人亡！这也是最潇洒的一种死法！”

胡杨皱着眉给自己的茶杯续上热水，喝了一口说：“都快三十了，你就不想找个固定的女人，踏踏实实地过日子？”

“三十正是好年华啊，再说哥们儿还没碰上那种值得我改邪归正的女人！”朱一墨一副看破红尘的模样说，“也许这世界上根本就没有那种女人！要不然怎么可能有这么多有主儿的女人愿意跟我睡觉？”

“唉……”胡杨叹了一口气不再说话了。

“怎么，不想跟我说话啊？”朱一墨斜着眼问。

“没，我是在想，你什么时候能回自己办公室呢？”

“怎么？烦我啊，你越烦我我越缠着你！气死你！”朱一墨笑嘻嘻地说。

“唉，种猪啊，你该不会是对男人也有兴趣了吧？”胡杨正了正身子问。

“那可不一定，异性恋——双性恋——同性恋，这可是撒旦定下的发展轨道！”

“算了吧，你说的这撒旦姓朱吧？”

“哈……哈哈！”朱一墨假笑了一声，然后扬头盯住胡杨的脸，眯着眼睛说，“姜薇……没给你好脸儿是不是？”

“是又怎么着？”

“我就纳闷儿了，你说你至于吗，她那长相也就一般偏上啊，我没觉得她哪儿特别啊，她又不是安吉丽娜•朱莉，犯得着吗？”

“你不懂，那是我的初恋！”胡杨手一挥说。

这句话让朱一墨笑得前仰后合，指着胡杨说：“你也太逗了吧！你丫发育得够晚的啊，上大学才初恋？而且还是不成功的单恋！”

胡杨笑着说：“不管怎样，我都乐意。再说了，在我心里，安吉丽娜•朱莉和她没法比！我得不到没关系，我能看到就行。”

“不是我说，你还真要玩儿真的啊？我可告诉你，这太危险了！”

“哥们儿啥时候假过？”胡杨不以为意道。

“唉！真替你着急，姜薇也太死脑筋转不过弯来了！要是有人这么爱我，我早以身相许了！”朱一墨摇摇头说。

“你不懂，这正是我喜欢姜薇的地方！要是那么容易还有什么意思啊？就你睡过的那些女人，容易得手吧？”胡杨叹了口气道，“也许得不到的才是最好的吧！”

“你得不到的多了去了，希拉里你还得不到呢。”

“靠，你这不是抬杠吗？我要是有本钱追希拉里，我他妈早就不做书了！”

“好……好！大情圣，我说不过你，你大义凛然，你爱比海深、情比金坚，你痴心情长剑行了吧？”

“剑？哪个剑？”

“下贱的贱！”朱一墨一边说一边起身朝门外走，走到门口时回头又看了一眼胡杨道，“别说哥们没提醒你，对女人，你必须多留个心眼，世间唯女子与小人难养也！懂不？”

“我贱我不懂！”胡杨回了一句，然后趴在桌子上，彻底不说话了。

3

四万块钱不算是小数目，胡杨和朱一墨的雪中送炭确实让林航松了一口气，自从那天给父亲汇完钱之后，他就一直在想办法，希望能在回家之前再张罗出一笔钱，可是在公司借了一圈，却只凑了八千多。本来他还想再找经理磨一次，预支一点工资，或者干脆把那母亲给的存折动了，可谁知晚上一回家，姜薇却变戏法一般地拿出了四万块钱。

林航问钱是哪儿来的，姜薇便按照胡杨的说法告诉他是自己单位同事给凑的。对这个谎话，林航没有多想，一个劲儿地说：“你们单位的人真好，可比我们那儿够意思多了！我们经理生怕我跟他借钱！这两天一见我就板着脸！”

然而对于林航的这种发自肺腑的感激之情，姜薇却觉得忐忑不安。自从那天晚上把钱给了林航，她就像得了魔怔一般，生怕事情露了馅。她明白，林航对胡杨追求自己这件事始终耿耿于怀，假如这件事真的露馅，那么自己很有可能会面临跳进黄河也洗不清的局面。

带着这种不安的心情又熬了三四天，林航每天都往家打电话问手术日期，但是林国文总是说快了快了。这天上午，林航又给父亲打电话，林国文终于不耐烦地吼了一句：“做完了！妈的！啥事都没有！不用回来了！”说完便气鼓鼓地把电话挂掉了。

林航一听这话立刻着急起来，急忙告诉姜薇，两个人马上开始交接工作，收拾行装准备回东北。贾英和姜胜知道了消息后，各自准备了一大包补品，让林航和姜薇带回去。临出发的时候，贾英又把女儿、女婿叫回地安门，拿出三千块钱，说是自己去不了东北，让林航捎给亲家母，多少是点儿心意。岳母的这种做法让林航的心里既愧疚又感激，他很想说一点儿感谢的话，但是一时之间又不晓得该如何表达。

吃完了饭，两个人拿着大包小包回通州，坐在车上，林航有些累，一直靠在椅子上迷迷糊糊，姜薇则倚在他的肩膀上盯着车窗外的马路。恍惚之间车停了一站又一站，人来人往间，林航觉得自己的双眼似乎镀上了一层膜，有些看不清眼前的一切，直到一阵短促的铃声响起，姜薇从包里拿出手机。

“谁呀？”林航睁开眼，轻声问。

“哦……同……同事。”姜薇飞快地在键盘上敲了两个字然后按下了发送键。而就在她慌乱地合上手机那一刹那，林航看到了接收人的名字——胡杨！他的心猛地一颤，刚想问是怎么回事，但是姜薇已经把手机揣回了包里，然后又看向窗外。

她的头还靠在他的肩上，但是那一瞬间，林航还是感到她的身体在慌乱地颤抖。她有事瞒着自己，或者说是他和她有事瞒着自己！

林航长长地吸了一口气，空调车里的暖风立刻灌进了肺部，但是他感受不到任何温暖，相反却有些莫名的憋闷。

一定只是打个招呼，一定就是这样，绝对不会有别的事情，绝对不会！姜薇不是那种人，林航一遍遍地安慰着自己。

4

从北京到绥河，这是一段曲折的旅程，虽然直线距离不算太远，但是却隔着连绵不绝的丘陵山区。闷罐似的火车摇摇晃晃，从天亮到天黑，又到黎明，火车在无数地方停下，一些人下去了，一些人上来，车又启动，周而复始，好像这辆车就这么一直开下去了，永远没有终点。

天快亮时姜薇已经接近崩溃状态了，她还是头一次坐这么长时间的火车，硬座硌得她浑身发酸，根本无法入睡。林航爱惜地抚了抚她的额头说：“快了，再有一会儿就到家了！”

“一会儿是多会儿啊？都已经坐了二十多小时了！”姜薇挣扎着翻开手机，上面电子钟显示为 07:20。

“也就半个小时吧！”林航说。

“唉，这车怎么总停啊！而且好慢好慢啊！”

“没办法，我们家这边都是丘陵，开隧道不划算，火车只能绕着山跑，速度根本上不来。再说能从北京直接到绥河的只有这么一列慢车，见站就停不说，还得总给别的快车让路。”

“唉，我现在算是明白了！”姜薇叹了口气说。

“你明白什么了？”

“想致富先修路啊！”姜薇扭了扭脑袋冲林航一笑说，“等咱成了大亨，专门开一趟动车组，上面就坐咱俩人儿！”

“哈，美得你吧！你以为我是李嘉诚啊？”

“那可没准儿，再说了他不也是从钟表匠干起的吗？我就坚信自己将来一定能成一阔太太，打一圈麻将输赢都得几十万！”姜薇做出一副憧憬的样子。

林航看着姜薇陶醉的神情，心里猛然一酸，他忽然想起临走前一天胡杨发来的那条神秘短信。假如当初不是自己按捺不住，也许现在的姜薇正依偎在胡杨的身边，而如果那样的话，她的阔太太梦也许早就实现了。

姜薇发觉林航对自己的幽默毫无反应，便转过头捏住他的下巴，装成凶巴巴的样子说：“小妞，以后给大爷我好好干活！听见没！”林航没有回答，只是僵硬地笑了笑。

“你怎么了啊？”姜薇松开手，盯着林航问，“刚才不还好好的吗？”

“哦……没……没什么！”林航又是尴尬一笑。

“近乡情怯了？”

“可能吧，我都快一年没有回来了！”林航点了点头说。

姜薇看林航一脸严肃，便吐了一下舌头，不再说话了，也把视线转向了车窗外。

铁路两旁，荒山一座接着一座闪过，很多地方还残留着没有化去的积雪。树木很少，稀稀落落的几棵白杨在寒风中哆嗦着身躯，这就是林航的家乡。

过了足足十分钟，姜薇憋不住又问：“哎，你不是跟我说，你们家这边有铁矿吗？怎么都看不见啊？”

“快了，马上就能看见了！”

果然，林航的话音刚落，姜薇便看见远处的山上稀稀拉拉地散布着几十处矿区。

“怎么都这么小啊？”她好奇地问。

“都是私人开的！”

“中央不是取缔了这些个体小矿井吗？”

“中央？你知道什么叫上有政策下有对策吗？这些小铁矿就是绥河的经济命脉，你觉得地方政府会取缔吗？”

“可是假如把矿山留给大企业开采不是更有助于地方经济吗？”

“呵呵，钱啊，这都是钱啊，谁不想往自己腰包里揣？”林航摇了摇头说。

“这么开采下去太危险了！”姜薇感叹道。

“何止危险啊！简直是在吃子孙饭！”

“不用说，他们肯定也没有做什么环保措施吧？”姜薇指了指窗外，只见一条冰封的河，黑糊糊地从矿区那边蜿蜒而来。

“当然，而且你知道吗，绥河的水源地离这里只有不到二十公里！”

“啊？不会吧！”姜薇吃惊地喊了一声，车厢里立刻射过来无数厌恶的目光。

5

火车最终停在了一片黄色的瓦房前，房子的墙面上漆着一行红色的大字“绥河火车站”。林航和姜薇拎着大包小包下了车。外面冷得要命，脚一落地，姜薇便觉得自己浑身上下仿佛在瞬间凝固成了一团。

“真冷啊！”

“这算什么？今年还算暖和的！你要是前两年来，能直接把你冻晕！”

“不会吧！”姜薇惊讶地看着林航。

“有什么不会啊？我还记得一九八七年那会儿我上小学，我班上有一同学就活生生把耳朵冻掉了！”

“天哪，真惨！”姜薇感叹道。

“不过你放心吧，现在不会了！”

“那是，全球变暖嘛！老公，你的家乡很不错！”姜薇一边笑着说一边用力地拍了一下林航的肩膀。

林航也笑了笑，虽然他也明白姜薇这句话不过是虚伪的安抚，但那一句“老公”还是让他心头一暖。

两个人出了站，打了一辆开往城区的出租车，林航在车上给父亲打了个电话，却无人接听。又往家里打，等了老半天，话筒里才传来一丝虚弱的声音，是母亲赵文瑾。

“妈！你咋在家啊？不是去医院了吗？”林航急忙问。

“哦，手术做完了，没啥事，我就回来了！”

“这才几天啊！做手术怎么不告诉我啊？”林航埋怨道。

“没事儿！大夫说了，手术特别成功！”赵文瑾故作轻松地解释道。

“唉！您在家等着，我和姜薇马上就到家！”林航说完挂断了电话，转头对姜薇说，“我妈一个人在家呢！”

“啊？怎么搞的啊？”姜薇也大吃一惊。

“不知道啊！”林航心不在焉地回了一句。

出租车一路疾驰，到了林航家楼下，两个人下了车，扛着大包小包直奔四楼。到了家门口，林航摸出许久没用的门钥匙，拧开了门。

“妈？”他站在门口喊了一声。

“哎！儿子，我在里屋呢！”大卧室里传来了母亲的应答。

林航和姜薇连忙放下东西关好门，快步走进了卧室。

“妈！你咋这么早就出院了？咋不多住几天啊？”一进屋林航便直接扑到床前，握住了母亲的手。

赵文瑾看着儿子，开心地说：“没事！我没事！都出院两天了！”说完又朝姜薇招了招手说，“小薇快坐，冻坏了吧？快歇会儿！”

“阿姨！我没事！”姜薇坐到婆婆身边，帮她掖掖被子，又问，“您感觉怎么样？”

“没问题！大夫都说了，这手术做得要多成功有多成功！你们俩根本就不用回来！”

“那可不行！这么大的事，我俩必须得回来！”姜薇连忙笑着回答说。

林航看母亲和姜薇聊得不错，便起身在屋子里转了两圈，不一会儿又回到床前，皱眉问道：“我爸呢？”

“你二姑病了，你爸回老家去看了，这不是快过年了嘛，顺便走走亲戚。”赵文瑾神情寥落地回了一句。

林航皱眉问道：“我二姑啥病？”

“可能是肺炎吧，感冒好多天了，一直咳嗽。”

林航铁青着脸嘟囔了一句什么，然后便低着头不说话了。姜薇心里一沉，她知道，此刻的林航已经在心里冒火了，她暗暗祷告千万不要在这个时候出什么问题。

赵文瑾挣扎着支起身子说：“你们俩歇会儿，我给你们做饭去。”

姜薇急忙说：“不用，阿姨，饭我还不会做吗?你快躺着，我去弄！”说完拔腿就往厨房走，套上围裙开始忙起来。厨房一片狼藉，姜薇一边熬粥一边收拾。

赵文瑾眼睛有些湿，她低着头不着痕迹地抹了抹眼角说：“林航，你去帮帮你媳妇，我没事。这两天我没空收拾，厨房都快被你爸弄成猪圈了！”

“不用，姜薇弄吧！“林航说完又问，“妈，你手术那些病历什么的呢？我看看！”

赵文瑾指了指旁边的柜子说：“都在那抽屉里！出院时都放在那儿了！”

林航拿出来翻了半天，也看不出个所以然，医生的字太潦草了，他越看越心烦。

不一会儿，姜薇熬出一锅小米粥，端过来先喂婆婆吃了半碗，然后伺候她吃了药。姜薇发现婆婆还没洗脸，便又接了一盆温水，用湿毛巾帮她擦了手和脸，接着从包里翻出自己的护肤品给婆婆抹了些。

这一次赵文瑾并没有推辞，她享受着儿媳的照料，等收拾完了，才笑呵呵拉过姜薇的手说：“我没事了，你们俩赶紧吃饭吧！吃完休息休息，在火车上肯定一夜都睡不着。”

的确，火车上熬了二十多小时，到现在姜薇和林航都有些吃不消了，知道父亲一时半会儿也回不来，看母亲又没事，便喝了些粥躺在林航的卧室里睡着了。

下午一点多，林国文醉醺醺回来，“哐当”一声摔上防盗门，吓醒了林航和姜薇，他们连忙爬起来。

林国文进屋后把鞋一脱，蹬上拖鞋往沙发上一靠，吐了一口酒气冲卧室中的妻子喊：“赵文瑾！给我倒碗水！”

林航连忙走出卧室对父亲说：“我妈都这样了，你还让我妈给你倒水？”

林国文歪着头看清了眼前人，大声喊道：“哦？回来了？替你妈给我倒碗水！”

姜薇急忙打圆场说："哦，我去倒吧。"

林国文瞥了儿子一眼说："咋样啊，这不挺好吗？都出院了，病不能养着，越养越完蛋！"

林航板着脸说："爸，你过来一下，我问您点事。"

林国文说："你小子有啥背人的事啊，在这不能说啊？"

林航说："你过来一下吧。"说完转身回到自己的卧室。

林国文接过姜薇递来的水，喝了一口，把水杯放在茶几上，然后起身摇摇晃晃地走到儿子的卧室，一屁股坐到床上问："啥事？"

林航小声问："我妈为啥出院？是大夫让出院的？"

林国文一皱眉说："你妈不愿意住，再说医院里也没啥，就是吃药打针，跟在家一样。"

林航说："在家咋打针？"

林国文说："楼下你孙大妈会打，她每天过来帮忙，她没空的时候我给你妈打也行，实在不行每天去医院一次不就得了。"

林航大怒说："我妈才动的手术，你让我妈咋走？你也想得出来！"

林国文瞪了儿子一眼，突然抬手就给了林航一个大嘴巴，高声骂道："你他妈的敢跟我犟嘴？别他妈回来显孝心，你一天都没照顾，回来就这个那个！我他妈容易吗，一天天地忙里忙外还要听你的?!"

"你不能心疼我妈一点吗？她伺候你那么多年！你就是装也装几天不行吗？"林航依旧不依不饶。

"还轮不到你来教训我！"林国文又骂了一句，"不爱待滚蛋！"

客厅里，姜薇端着洗好的杯子愣在原地，她听到了卧室里的吵闹，一颗心仿佛已经提到了嗓子眼。她知道林航一直和父亲别扭，但是万万没有想到在这个时候，两个人竟然会吵起来！

赵文瑾在另一间卧室也听到了争吵，她几乎是用尽全力喊道："林国文！你别回来耍酒疯！林航和姜薇刚回来，你少说两句！"这一声喊过，赵文瑾立刻觉得胸口传来撕裂般的疼痛，她赶紧捂住伤口，努力让自己平静下来。

林航铁青着脸走出卧室，对姜薇说："走，咱送妈去医院！"

"哦！"姜薇答应了一声，放下水杯，就开始收拾去医院的东西。

赵文瑾在床上拍拍床铺喊:“你们俩听话！别折腾妈了！妈在家养着就行！”

“妈,您别动！回头伤口扯坏了！”姜薇说完转过头对林航说,“打电话让医院的救护车来接吧,他们有担架。”

林航点点头,掏出手机要打电话。

赵文瑾很激动地制止他,甚至想抢他的电话。

林航觉得母亲的态度很奇怪,便问:“妈?到底为啥不去?住院一天没多少钱,在那养好了再回来！”

赵文瑾摇摇头说:“我就在家养着吧！医院住着不方便！”

“有什么不方便的？”林航突然问,“是不是没钱了？”

赵文瑾急忙说:“有有！有呢！”

姜薇问:“还有多少啊,不够了吧？”

赵文瑾又说:“够够。”

姜薇说:“妈您别着急,我们带钱回来了,带了……”

姜薇的话还没说完,赵文瑾就急忙冲她摇头摆手,示意姜薇不要再说了。

姜薇纳闷地看了看林航,又转回头看着赵文瑾。赵文瑾摇了摇头,指了指隔壁屋,姜薇明白了,林航母亲的意思是钱的事不要让林航父亲听到,可为什么要瞒着呢?

林航似乎也懂了,他叹了口气,对他母亲说:“妈！无论如何咱必须去医院,手术都做了,还差这几个住院费吗？我们去医院好好养着,钱您不用担心。”

正说话间,林国文从里屋出来,咬牙切齿地瞪了儿子一眼,然后穿上鞋一摔门走了。

又是“砰”的一声,和他回家时一样。

Part.16
父亲的心

1

父子俩的这次争吵把听声儿的姜薇吓得够呛，直到林国文走了四五分钟，她还是一副目瞪口呆的表情。林航站在窗口平静了一小会儿，拍了拍姜薇的肩膀，然后叹了口气走到母亲的床边说："妈！我爸走了，您跟我说吧，到底咋回事？为什么提前出院？"

赵文瑾看看儿子，又看看儿媳，她叹了口气说："你们回来了，想瞒也瞒不了你们了。这不快过年了，今年春节早，你爸回老家串亲戚花了点钱。"

姜薇说："串亲戚能花多少钱，再说，这过年早着呢，还有一个月呢！"

赵文瑾说："你爸想提前走完亲戚，然后就踏实地张罗你们结婚的事。"

姜薇插一句："串门是应该，有一千块钱也够了吧？"

赵文瑾苦笑道："一千？丫头，据我所知四千块已经没了啊！"

姜薇说："啊？多少亲戚啊？"

赵文瑾叹了口气说："你有四个叔，三个姑，你爷爷，你还有两个姑奶奶，还有几家叔伯的爷爷，加起来得有十多家，你爸要面子，出手又大方，吃的喝的用的，各家都给办齐了。再加上两个远房亲戚娶儿媳妇，农村孩子结婚都早，你爸一个礼都不落下，八竿子打不着的亲戚，也上赶着给人送去了。要我说他就是奔着酒去的，凑热闹，恨不得天天喝。"

姜薇皱着眉说，"唉，妈您别生气，我爸是家里老大，也难免的。我说我爸当官这么多年家里怎么就攒不下钱呢。”

儿媳的这句话打开了赵文瑾的话匣子，一直以来她都无处诉苦，这次最亲最近的人回来了，她再也忍不住了，一边拉着姜薇的手一边说：“小薇啊，我也不怕丢人了。你叔这官还不如不当，他刚管土地那几年，咱家没房子，还租别人家的房子住，我问他能不能批块地；咱按制度交钱。你爸说怕有人说闲话，也没批。我记得清清楚楚！在没房子之前一共搬了十一次家！他呀，胆子小，当个小官，一辈子也没拿公家钱，不敢收礼，咱这么个小县城，工资也低，不干歪门邪道，不做买卖，哪攒得下钱？我呀，谁都对得起，就对不起我儿子、儿媳妇！我就想赶紧给你们在北京买上房子，别再搬来搬去的，我当年受的那些苦，可不想让你们再受了！”

婆婆的这通诉苦让姜薇的心里很不好受，她也不知道自己该说些什么，是该像林航那样和公公对着干，还是事不关己高高挂起，想了老半天，她也没有个主意，只好低声劝解说：“阿姨！您也想开点儿，叔叔虽然没替您分担这个家的重担，但这么干也有好处，半夜警车从楼下经过，咱们不是也能睡个踏实觉？最起码没人戳咱家脊梁骨！”

赵文瑾叹了口气说：“我不是说他不贪这点不好，他那个人说不好听的就是想当婊子又想立牌坊！有贼心，没贼胆，看别人贪他还眼热，心里不平衡！百爪儿挠心的！长期这么矛盾着，我跟你说，他这人都不正常了！特别是退二线之后，就像精神病一样。”赵文瑾说着说着，眼泪就下来了，姜薇从包里找到一包面巾纸，抻出一张，替婆婆把眼泪擦去。

林航见母亲的苦水吐得差不多了，便接口劝道：“妈，消消气，跟他生气你还不气死了啊！”

赵文瑾深呼一口气拿指头凭空点了一下儿子，说：“林航，你呀，也别跟他吵，你回家能待几天？姜薇这又是新媳妇，第一次回来，家里吵吵闹闹的让人家看见了不好。你抽空给你爸道个歉，顺便商量一下春节后结婚的事儿！听到没？”

林航皱着眉又说：“妈，那也不对啊！”

赵文瑾问：“啥不对？”

林航凑到母亲面前说：“钱不对啊，我看了您住院时的医药费单据了，刨除我爸走亲戚的，应该还有钱呢，为什么提前出院？”

赵文瑾说：“我啊，想留点儿钱给你们结婚。”

姜薇说:“结婚用不着多少钱啊！有几百块钱，招待亲戚吃顿饭就行了。我听林航说咱家这边的饭店特便宜。”

赵文瑾说:“那可不行，里子面子咱们还是都要有的！”

林航接着又问:“剩下的钱呢？”

赵文瑾叹了口气，说道:“你二姑她家孩子不是结婚嘛，女方非得要去旅游。开始想去北京，你爸说你没时间，就拿了几千块钱让他们去了大连。”

“什么？他有病啊！”母亲的话音一落，林航立刻勃然大怒，咬牙切齿地对着空气使劲抡了两下拳头。

赵文瑾忙劝儿子:“小航！你别生气，你二姑家确实困难，孩子结婚也不容易。再说妈这一病，你四叔和三姑跑前跑后没少忙活，你大姑和二姑也来了好几趟，不错了！”

林航怒道:“我爸这么大岁数了，怎么就不知道个轻重缓急呢？”

“儿子，你别急。老林家是大家族，整整一个屯子都是一个姓，家家都在比着过。你爸他有时也是没办法。这两年亲戚借咱家的也有八万块钱，我背着你爸打了电话，应该还能收回来个三四万。咱家现在这房子傻大傻大的，一百平米，你们不回来，我跟你爸俩人住空得慌，我想换个小的，也好收拾。别看你们北京房子降价，咱们这儿可没降，这房子位置好，能卖二十万。我和你爸商量了一下，到县城边上换一套一室的，也就七八万，这样还能落下十来万……”

“妈！不行！”还没等母亲说完，林航便立刻大声拒绝。

“你这孩子听我说！”赵文瑾嗔怪着打了儿子的手一下，接着又说，“等春节后你们结完婚，这钱你拿走，加上我之前给你的那些，买个房子，你丈母娘一个人拉扯两个孩子，攒点钱不容易，你小舅子做买卖也挺辛苦，姜薇嫁过来就算咱家人了，不能总占娘家便宜呀！”

姜薇一听婆婆这么说，知道老太太还是担心自己和林航的婚事，怕儿子被人看不起，于是急忙说:“阿姨，这房子位置好，买菜上医院都方便，您身体不好，不能换！我们家那头儿什么问题都没有，我妈已经把我轰出来了，我现在就和林航住一块呢！”说完她又跑到外屋，拿来自己的拎包，从里面抽出一个大信封和一张存折，笑着说，“阿姨您看，您给我的存折我们真没动！”

赵文瑾满脸狐疑地拿起存折看了看，确实是自己留给姜薇的那张，又看了看

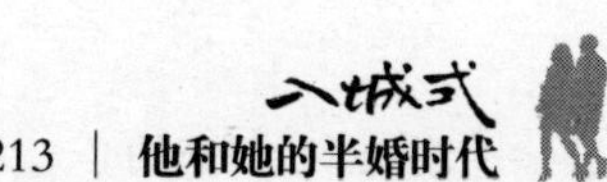

眼前的一包钱，纳闷儿地问:“你们俩是不是跟人家借钱了啊？”

“没有的事儿，我们跟谁借去啊！”林航急忙遮掩。

姜薇也笑着说，“阿姨，您就放心吧，我和林航的年终奖金都下来了，林航今年干得好，社里给了他两万多，我这也有一万多块钱，再加上饭店的盈利和工资，可不就是这些钱嘛！”

“不可能，这才几天啊，你们前两天刚汇过来好几万！这钱肯定是借的！”赵文瑾继续坚持。

“哎！妈，你就甭唠叨了，姜薇这不都跟你说了吗，不是借的。哦，对了，我走时，我丈母娘还让我给您捎来三千块钱，在我兜里呢！”

“给我捎什么钱啊！我这啥事儿都没有！你岳母孤儿寡母的攒点钱容易吗？林航你怎么这么不懂事啊！”赵文瑾着急地说。

“阿姨，您别这么想，有了林航我俩这婚事，咱两家不也算是一家人吗？没那么多讲儿！”姜薇立刻接过婆婆的话来，笑着说，“我妈和我弟还给你捎了点儿补品，也不知道管用不管用，就是点儿心意。北京和绥河地方离得太远，饭店又太忙，要不然我妈和我弟弟就一块儿过来了！”

“我这啊，纯粹是给大家伙找别扭！还让亲家母这么老远跟着担心，唉……作孽啊！”赵文瑾叹了口气，眼泪又下来了。

2

林航和姜薇折腾了一下午，总算又把母亲送回了医院。付完两万元押金，两人想把剩下的钱交给母亲，但赵文瑾却死活不要，争到最后林航和姜薇都没了辙，只好又把钱讪讪地装了起来。

由于赵文瑾动的是胃部手术，因此饮食上的要求极度苛刻，只能吃少量的流食。姜薇在医院待到下午便要了钥匙回家去熬粥，留下林航一个人照顾母亲。到了家，她一边做饭一边收拾厨房，偶然间发现靠墙的角落摆着一溜大坛子，她好奇地打开一看，顿时一股酸味扑鼻而来，原来里面全是腌制的咸菜。

看着这一坛一坛的咸菜，姜薇越发替婆婆难过，节省了一辈子，结果却给自己节省出一身病来，五脏六腑没有一个健康的，这到底是得还是失？此时她终于发自内心地理解了林航，明白了他为什么那么羞于从家里拿钱。

熬完粥，姜薇又找了个保温饭盒装好，临走的时候写了一张字条放在桌子上，这是留给林国文的，她知道林航现在是不会给父亲打电话的，他的气还没消呢。

到了医院，姜薇一边喂婆婆吃一边说："阿姨！以后想吃什么您就跟我说，我什么都会做！"

"可别麻烦，你们回来就好好待着，别老围着锅台转，这女人啊得对自己好点，做饭这活儿你千万不要上手，甭惯着林航，惯大发了，他就和他爸一样了！"赵文瑾笑着说。

"妈，您胡说什么啊？我能和他一样吗？"林航假装生气地说。

"但愿你不要那样，你要是跟你爸一个德行啊，我就让姜薇跟你离婚！"

"妈，有您这么干的吗？您到底跟谁一伙儿啊！"

"姜薇呗，难道我跟你一伙儿啊！我到老了走不动了，还不得姜薇管我，你会什么呀？"赵文瑾瞥了儿子一眼说。

听着婆婆和林航斗嘴，姜薇的心里美滋滋的，虽然她明白这多少有些作秀的成分，但是婆婆对自己好的确是不可否认的。这是一个善良的老人，只是命运让她如此坎坷，五十多岁了，她却从未体会过来自丈夫的温暖与疼爱，这不能不说是人生的遗憾。

暗自叹息了片刻，姜薇从包里找出一把梳子，给婆婆梳起了头发。赵文瑾躺在床上，感受着这份温柔和体贴，也是别有一番感慨，她心里一个劲儿地想，假如时间就此停止，假如儿子和儿媳能在家多陪她一段时间那该多好！然而她知道那是不可能的，孩子们在另外一个城市有了自己的事业，有了他们的生活，快三十了，他们得为一个新的小家去奋斗了。

晚上七点多，林国文来了。进了病房，直接坐到床边的椅子上，垂着眼皮也不说话。赵文瑾一直给儿子使眼色，林航却低头看书，无动于衷。姜薇想了一会儿对林航说："病房里不能抽烟，林航你陪叔叔到外面抽支烟吧。"

儿媳妇这句话让林国文尴尬地笑了笑，起身朝门外走去，林航想了想也跟了出去。赵文瑾看了看儿媳，两人相视一笑。

住院楼外，林航和父亲一前一后站着，各自点燃一支烟，默默地抽着，谁也不

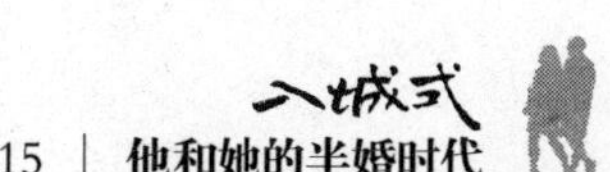

说话。林国文挺直了腰杆，依然一副大义凛然的样子。

林航抽了会儿烟，把烟头狠狠地掷在地上说："我二姑孩子结婚，你干吗随那么多？咱家现在多困难啊！"

"我是老大我应该的。"林国文神色坦然。

"你应该的？他们就不应该来看看我妈？"

"有啥好看的，农村哪有钱啊？再说也来了啊！做手术的时候你三姑、四婶一直在床边伺候啊，今天你四叔下乡检查，你四婶为了给小伟做饭这才没来，你还挑什么呀？"

"我不是说我三姑和我四婶，她们对咱好我清楚，我的意思是你现在根本就没必要再充这老大的门面。他们几家做买卖包地，哪家穷？用得着你年年这么折腾吗？你至于吗？"

"至于不至于我比你清楚！"林国文瞪了一眼儿子说，"我告诉你，你就不是老林家的人，你就是个牲口，我他妈白养你，你回来了还不去看看你爷爷，都八十多了，你也挣钱了，还不给你爷爷送点去，你他妈的一整天蹲在医院！你妈就是你的天！"

"我爷爷不是挺好的吗，我妈病成这样，我还去那扯什么？有用吗？"

"你他妈再说一遍？"林国文勃然大怒，大声骂道，"你到底姓啥？你随你妈姓赵得了！"

"我姓啥不重要，我是我妈生的才重要。爸，您打我我没意见，我今年二十九了，奔三的人了。您要是觉得打得痛快您就打，但是我跟您说明白了，这次我们带回来的钱，我一分都不会花在别人身上，我得给我妈治病。我妈这么多年，太苦了！"

"没人稀罕你那俩臭钱！赶紧给我滚！"林国文鄙视地看了一眼儿子，接着快步冲过来，照着林航的肚子就是一脚。

3

这一夜，每个人过得都不舒服，林国文揍完儿子一个人回了家，林航掸了掸身上的土回了病房。他想努力装出一副笑模样，但还是被母亲一眼看穿了。晚上睡觉的时候，赵文瑾劝儿子回家给父亲道个歉，林航嘴上答应，但一出病房门就找张椅子躺下了。

第二天一大早，林航的三姑安排好了家里的事情又从乡下赶来，不一会儿四婶也拎着吃的来了。两个长辈拉着侄儿媳妇的手一个劲儿地夸，搞得姜薇的脸火辣辣的，好不容易包里传来了电话铃声，她这才找到借口出了病房。

这通电话是胡杨打来的，姜薇一看号码，便直接挂断了，然后发了一条短信过去："什么事？"

很快胡杨的短信回了过来："没事儿，就是问问你们怎么样！"

"很好！"姜薇回了一句之后，立刻把手机关掉，匆忙回到了病房。

两条短信，一共五个字！这让远在北京的胡杨很是沮丧。他又耐着性子等了一会儿，却依旧没有新的信息，再拨姜薇的电话，话筒里却传来了关机的提示音。

"唉……"胡杨长叹一声，把手机扔到了办公桌上。事实上，自从姜薇去了东北之后，他就觉得心里突然变得空落落的，虽然人家在北京的时候，十天半月也见不了一次，但是这真一离开，他便感到好像有一根钢丝在纠缠着自己的五脏六腑，越勒越紧，越勒越疼。"不就是去趟东北吗？又不是不回来！再说就是不回来又关自己什么事儿呢？人家是媳妇见公婆，一家团聚去了。自己在这儿伤哪门子心呢？"他每天都这样不停地安慰自己，但是越安慰越闹心，越安慰情绪越差，看什么都觉得难受，仿佛整个北京都因为姜薇的暂时离开而变得萧索灰暗起来。

闭着眼睛发了一会呆，再睁眼时胡杨发现，朱一墨正坐在对面，伸着手在他眼前晃来晃去，胡杨瞪了他一眼说："猪蹄，我知道！"

"还没傻！还有救！"朱一墨笑嘻嘻地说。

"回你自己办公室不行吗？咱不是说好了吗？以后你分管财务和人事！你都回来这么多天了，还不给下面的编辑部开个会啊？"

"开什么会？有必要吗？"朱一墨反问道。

"怎么就没必要呢？全公司六十多个编辑，你连一半儿都没认全吧？"

"我认识他们干吗？我认识你就行了！再说，那四个编辑部的主任我都已经聊过了！一个个都跟牛犊子似的浑身是劲儿！"

"那公司的账目你总要顺一遍吧？"

"顺那个干吗？公司就是咱俩的，我去查账那和查你有啥区别啊？"

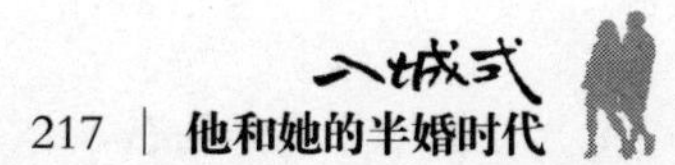

“靠的嘞，朱一墨，你是公司的一号，控股的法人，你就不能上点儿心啊？”

“别跟我扯这个！我那两把刷子我自己清楚，什么法人啊、控股的！我不在乎！我现在就在乎你！”

“滚蛋，我不是同性恋啊！”

“我也不是，但你实打实是我在北京的唯一！”

“有病！”胡杨说完抬头看了看朱一墨。

“你看我像病人吗？”朱一墨注视着胡杨，目光里却丝毫没有戏谑的味道，这表情让胡杨的心怦地一跳，他突然明白到，这小子确实没有跟自己开玩笑。

“怎么了，老三，玩儿深情啊？”胡杨努力摆出一副轻松的样子。

“你能告诉我，这四五天你在想什么吗？”朱一墨并没有理会胡杨的调侃。

“没想什么啊！”

“那你干吗一天到晚跟大限将至似的？”

“没啊！我这……不是操心阿富汗局势嘛！中东、索马里，太闹腾了！”

“别跟我扯淡！又是因为姜薇是不是？”

“操！你是非得当我肚子里的蛔虫啊？”

“我有个主意，你想不想听？”朱一墨继续问。

“什么主意？又是生米煮成熟饭，让我把姜薇先强暴了？”

“不！那是说笑话呢！我这回说的是真的！”

“靠，你还有真的……”

“林老二不是缺钱吗？给他一百万！”朱一墨眨眨眼睛说。

“你是说拿钱买？”胡杨睁大眼睛看着朱一墨，“你他妈想什么呢？这能是拿钱买的东西吗？再说了，林航的脾气你又不是不知道，他要真能这么豁得出去，他早就发财了！”

“那你说怎么办？霸王硬上弓吧你嫌不道德，拿钱买吧你又觉得不光彩，我说老胡，你现在怎么越来越像林老二啊？跟个正人君子似的！”

“什么叫跟个正人君子似的啊？我本来就是！”

“你算了吧！你可别装大发了，最后像岳不群那样自己把自己阉了！”

“玩儿蛋去！你才岳不群呢！”

“我可不是岳不群，哥们儿是正宗的采花大盗田伯光！怎么样，我给你找个仪琳小师太去？”

“去……去……赶紧走！别在这烦人！”胡杨一边说一边站起身来把朱一墨往外拽。

“你跟我一起走我就走！”朱一墨抱着凳子死活就是不动弹。

“走什么走？我跟你去哪儿啊？”胡杨继续使劲儿，但是朱一墨一百八十多斤的身躯就像生了根一样纹丝不动。两个人较了一会儿劲，胡杨终于放弃了，颓然坐在旁边的沙发上。

“说吧，去哪儿？”

“唉！这就对了嘛！走，赶紧穿大衣！”朱一墨笑嘻嘻地站起身，从衣架上摘下胡杨的大衣，扔了过来。

“到底去哪儿啊？”

“百花深处！”朱一墨神秘地一笑。

4

有了四婶和三姑的帮忙，姜薇和林航轻松了很多，两个人又待了三四天，赵文瑾的病情日渐稳定，老太太开始催着儿子和儿媳回去上班了。

然而就这样离开，林航并不放心，父亲现在这样，别说是让他照顾，他不给母亲添乱就谢天谢地了。一天下午，林航回家取东西，正赶上父亲在家，父子俩对着抽了一会儿烟。林国文问儿子："小子，跟我说个实话，你干得到底咋样？一个月能收入多少？”

林航说："挺好的。”

林国文说："你当我傻啊，我这么多年过来，别的本事没有，看人的本事还是有的，我看你干的不如你媳妇。”

林航说："还不是一样，都结婚了。”

林国文摇摇头说："那可不一样，这女的不能比男的强！女的一强男的就不能当家了！”

林航说："爸，你别用老眼光看现在，男女都一样，谁也不比谁少啥。”

林国文说："这男的在家就得说一不二，你可别跟你三叔似的，最差也得赶得上四叔。”

林航不爱听家里的闲事，也不想听父亲给他传授管老婆的心得体会，想起以前父亲欺负母亲，他就气不打一处来。

林国文看儿子不说话，叹了口气说："我呀，这辈子两袖清风，没给你攒下多少钱，但是你腰板比别的人直！没人戳你脊梁骨，你爸局长干了八年，吃喝不敢说没有，但公家的钱一分没贪，我就敢说这话，现在这社会，像我这样的基层领导，真没几个！当我的儿子，你不丢人！"

"嗯，是。"林航支吾着。

林国文又说："我也知道你要说啥，你妈的病耽误不了，你就放心吧，我不傻，我是家里的老大，你那些叔叔姑姑看着呢，我得有个大哥样，他们过不下去，我得帮，没钱就是借钱也得帮，你们独生子女理解不了我的难处。"

林航说："这两年不都缓过来了吗？再说我四叔也能帮你分担不少。"

林国文说："你四叔是挺好，可还有你四婶呢，她就只对你三姑和你妈还行。你四叔给别的人花一分钱她都不干，就是刁婆一个。"

林航说："我觉得我四婶没错，人都是俩好换一好！你要是对我好，我就对加倍对你好！你要是对我不好！那就别怪我对你不客气！"

林国文说："你这话最让我伤心，咱们林家是个大家子，我这辈是老大，你这辈你又是老大，你必须得担负起你该担负的！"

林航说："和我有啥关系？又不一个爹妈生的。我小时候他们怎么对我，我都记得，想让我照顾他们的孩子？门都没有！什么兄弟姐妹？还不如街壁子(街坊)感情深。特别是那几个浑蛋的，我吃饱了撑着管他们？"

林国文骂道："放肆，你怎么能这么说你兄弟，那是亲兄弟，血浓于水啊！你太让我伤心了。"

林航叹了口气说："爸，咱们在这个问题上想得不一样！您怎么干我不拦着，您也别教我怎么做！我有我的原则！我妈伺候您三十年了，她现在有病，您就少喝两顿酒，照顾照顾她不行吗？就算我求您了，我给您磕一个！"说完林航"扑通"一声跪在了父亲面前，额头使劲地在地上磕了起来。

"儿子！"林国文连忙把林航拽起来。等两人再坐回椅子上时，他的脸上已经彻底没有了方才的怒气，取而代之的是一种茫然，这种神情仿佛让他在这一瞬之间便苍老了许多。

"爸……"林航喊了一声，哭了。

林国文猛地一把拉过儿子，用力地抱在怀里。

"儿子，别哭！爸答应你！"

"爸，我真的不是非要惹您生气，我就是想让咱们家过得更好一点，让我妈你俩活得轻松点儿。你们太累了！"林航一边哭着一边说。

"我知道！儿子，爸明白！"此刻的林国文也忍不住老泪纵横，泪水顺着他的脸颊流到了儿子的肩头。

在这一刻，他忽然觉得，自己老了！就在这一瞬间，他意识到，从今以后撑起这个家的将不再是自己，而是怀里的这个儿子，这个二十九岁零七个月时还被父亲抽耳光的男人。

Part.17

突变

1

这突如其来的和解，仿佛在瞬间给乌云密布的林家带来了一缕光亮。这一切看似偶然，但想一想又是必然，接下来的几天，林国文苍老了许多，他的话没那么多了，每天都陪在妻子的床前。

一天晚上，林航和姜薇从外面回来竟发现父亲正在喂母亲喝水，两个老人就那么依偎着，赵文瑾似乎还有些不好意思，但却顺从地喝着碗里的水，那动作明显缓慢至极，悠然而又温馨。

林航明白，自己该走了，该回到北京去了。现在距离过年不到一个月了，到时候，他还会带着姜薇站在故乡的这片土地上，那时他是新郎，她是新娘，那将是新的幸福的开端。

绥河的这一个多礼拜让姜薇也感觉自己成长了不少，当她身处这样一个复杂的大家族中间时，她才意识到什么是责任什么是爱！在和四婶和三姑的几次闲聊中，她知道了林家这些年的种种变迁，她明白了公公为什么那么在乎兄弟之情，那已经不是一句血浓于水就可以解释的了……

公公是一个值得尊敬的人，虽然他的很多做法都是错误的，虽然他一生都活在纠结之中，但他的确像自己表白的那样："这一辈子，正直！清白！"

临走那一天，林国文没有送站，他买了一大旅行包的土特产让儿子和儿媳捎给北京的亲家母。三姑和四婶三七开凑钱给姜薇买了一个八千多块钱的项链，说是见面礼，姜薇推辞不过，还是收下了。最后，四叔林国全开着单位的车把林航和姜薇送到了车站。

等车的时候，林国全拉着侄子语重心长地说："小子啊，家里的事情、婚礼的事情一切有我，你不要操心！留在北京好好干！以后咱们林家就看你了！"

林航看着四叔殷切的目光，点了点头。

林国全笑着拍了拍他的肩膀，接着又说："我知道，你脾气倔，有些疾恶如仇，虽然会栽跟头，但这是好事情！大城市虽好但是乱七八糟的东西也多，你要好好把握自己，不要走错路，不要做那些急功近利的事情。侄子，你马上就要三十岁了，这是人生中最关键的一道坎儿，不要为了身外之物不择手段，你要坚信只要笔直地走下去，即便有再多困难，也都会过去的！要有骨气地活着！"

"我记住了！您放心吧！四叔，我不会给家里丢脸的！"林航也笑了笑，对着四叔保证道。他明白四叔的这番话不仅仅是告诫，更多的是一种殷切的期盼。

告别了叔叔，林航和姜薇上了车，一坐定，姜薇就问林航："你没觉得四叔今天有些怪吗？"

"是有点儿！他以前话很少的！"

"说了好多特正确的话哎……"姜薇狐疑地看着林航，"我觉得他好像压力特别大！"

"唉，其实四叔的性格和我差不多，要不是家里这么乱套，他也不会像现在这样！"林航叹了口气说。

"上次在北京时，我就觉得他心事重重的……"

"是啊，这两年，他一直这样。"林航顿了顿说，"放心吧！一切都会好的！"

2

一切都会好的！这看上去似乎只是一句预言，现如今却仿佛正慢慢地变成现实。东北一行让林家结束了多年的父子纷争，也让两个年轻人在奔三的关口前第一次体会到了生活的含义。柴米油盐、鸡毛蒜皮、七大姑八大姨、家庭、事业、社会、爱情、责任……这一切的一切互相交错才构成了生活的真谛，没有平坦，只有曲折！没有终点，只有前进！

火车穿山越岭又是二十多小时，第二天下午，林航和姜薇疲惫不堪地回到了北京，一出检票口，俩人就看见姜胜和肖倩雀跃而来。

“这俩人儿，跟小孩儿似的！”姜薇撇撇嘴说。

“你前些日子也这样！”林航揶揄了一句。

“不可能，我多成熟啊！”姜薇狠狠地捏了林航一把。

四个人一路说笑到了地安门，一进屋姜薇便扑到母亲身前，来了一个大号的拥抱。

贾英笑着打了女儿一下，然后立刻问林航：“你妈怎么样？”

“手术很顺利，大夫说再养两个月就没问题了！”

“以后可得注意点儿，这人啊上了年纪，五脏六腑都不听话，一定要时刻小心。你们现在年轻，什么都无所谓，以后老了就知道了……”贾英顺势又唠叨了一顿。

林航和姜薇耐心地听完教导，然后又把旅行包打开，把父亲让自己带来的礼品拿了出来。里面有鹿茸、野木耳、狍子肉干什么的，都是些东北的土产，拿到北京绝对都是稀罕物。

还没等母亲说话，姜胜便猛地扑了过来，大声喊道：“都是我的！姐夫，下次回东北带我吧！我替我姐去！”

“浑蛋，下次你姐去结婚！”贾英笑着骂了儿子一句。

“我替她结了！为了狍子肉我也要嫁给我姐夫！”姜胜一边闹着一边撕开一袋肉干猛嚼起来。

肖倩摇了摇头说：“可怕的食肉动物，回头我们可以弄些这样的特产，在双合发研发新菜！”

姜胜猛点头说：“对啊！你怎么那么聪明啊？以后买辆车，我跟姐夫就可以常回家看看回家看看了，顺便进食材。一举两得！”

做饭的时候，贾英把女儿拽到了厨房，小声问：“林家这次怎么样？”

“什么怎么样啊？挺好的啊！都特热情！”

贾英又问：“什么叫挺好啊？”

姜薇想了想，挑几件具有代表性的说了说，说到赵文瑾提前出院，还有林航和父亲从吵架到和解时，贾英咂了咂嘴说："他们家啊，乱套的底儿。这东北人什么都好，就两样儿不好，一个是死要面子活受罪，一个是女的倒霉！"

说到三姑和四婶给自己买的项链时，贾英又说："他们东北人，这钱都是要花到明面上的，要面子，唉，不过这个时候，买这个还不如直接给钱呢！"

听着母亲背地里挑三拣四，姜薇有些不高兴地说："您看您啊，咋着都不行！"

贾英说："你行就行了，去了没几天，说话都东北味儿了！"

"那是，我以后就是东北人了！哼！"姜薇朝母亲皱着鼻子说。

"看把你美的，那么一大家子，林航又是这一辈儿的老大，以后有你受的！"贾英继续说教道。

"我……乐意！"姜薇摇头晃脑地回了一句，"以后我就是大嫂了！"

3

回到了北京，也就意味着熟悉的生活又要铺陈开来。

刚一到报社，姜薇就发现同事们总是对自己指指点点，从偶尔飘过来的窃窃私语中，她了解到那天胡杨的到来的确给自己带来了麻烦。现在傍大款这个帽子已经扣在了她的脑袋上，不用说这又是袁璐丹那个八婆散布的。

憋了一上午气，中午吃完饭，姜薇直接去了主编室，要求调到第一编辑中心，主编再三挽留，但她却一副铁了心的架势。这个决定，让三中心的主编很是恼火，专门跑到一中心郭宁的办公室喊了一通，说是他挖了自己的墙角，郭宁倒也坦荡，居然厚着脸皮承认了下来。姜薇换办公室那天，袁璐丹和刘义民一副鄙视的表情，但是姜薇内心坦然，她明白，从此之后自己算是彻底告别了八婆狗仔的生涯！

林航对姜薇调换部门百分之百支持，他为她高兴，她已经实现了她的理想。而他的理想呢？他可不想干一辈子导游，但什么时候才能有新的工作机会呢？可那些明明缺人的用人单位，却不愿意给他一个面试机会。也是，他的工作经历，除了导游还是导游，隔行如隔山啊！谁也不愿意招一个奔三的新手。

由于带到东北的钱没有花完，林航告诉姜薇让她把剩下的三万再交到报社，姜薇一面答应着，一边暗自盘算早点还给胡杨。她想找个机会给胡杨打个电话，但不知为什么，一拿起手机她这心里就觉得别扭。假如胡杨就是林航说的那样坏，那自己倒还坦然，可事实上偏偏又不是那样，姜薇觉得有时候跟一个好男人联系要比跟一个坏男人联系难度还大……

胡杨并不知道姜薇已经回到了北京。那天和朱一墨花天酒地了一个晚上之后，他就彻底颓掉了，仿佛自己已经变成了一个灵魂肮脏的家伙。其实仔细算算，这并不是他第一次出去乱搞，但问题是这一次让他由衷地感到了一种失败，一种近乎绝望的失败。

一连两天，胡杨都没有去上班，第三天，朱一墨直接来了他家。一进屋，看着满地的酒瓶子，朱一墨叹气道："我靠，你说你……你就打算这么颓了？"

胡杨醉眼朦胧，抬头看了他一眼，没有说话。

"哎……"朱一墨踢了胡杨的脚一下说，"我跟你说啊，姜薇回来了！要不要我把她叫来！"

回来了？朱一墨这句话让胡杨心里猛然一震，但旋即又掉进了深渊之中："回来就回来呗，关我屁事！"

"什么叫关你屁事！你要是非她不娶，就立马直接去说！人家要是死活都不尿你这壶，你就赶紧该干嘛干嘛！何必这样啊！满世界这么多女人，不是就她姜薇一个啊！"朱一墨没好气儿地说。

"哎……她还就是死活不尿我这壶！"胡杨站起身，踢了一脚地上的易拉罐，盯着朱一墨说，"这点……你说对了！"

"要不咱请个杀手把林老二杀了，你们俩二婚！"朱一墨赌气道。

"靠！甭说那没影儿的事儿！林老二，林老二，他是老二，你是老三……咱们是一个寝室爬出来的！"

"你看，你这也顾忌，那也顾忌！"

"算了，不说这事儿了！这事儿从今天起就算掀过去！姜薇我也不琢磨了！"胡杨伸了个懒腰接着说，"过去了！猫有猫道，狗有狗道，这两天我想明白了！"

"你想明白什么了？"

"我想明白了，以后就好好挣钱，然后找个盘靓条顺的一娶，怎么着不是一辈子啊！"

"你说的是真的？"朱一墨满脸狐疑地看着胡杨。

"真的啊！这有什么假的啊！我总不能这辈子在一棵树上吊死吧！"

“我靠，你真是太英明了！不愧是老大啊，你今天这么一说，我立刻觉得你又高大了许多啊！”朱一墨开心地说。

“行了，甭跟着瞎操心了！”胡杨一转身直奔洗手间，“等我洗把脸，一会儿咱出去快活！”

“好！没问题！”朱一墨立刻大声响应，“我就喜欢快活！”

洗手间里，胡杨看了看镜子里蓬头垢面的自己，苦笑着打开水龙头，接了满满一盆凉水，然后把脑袋整个儿浸到里面。

“爽！”半分钟后，他猛地抬起头，冷水带着泪水甩得镜子一片昏花。

“透心凉！”

4

日子就这样平缓地流走，在走向而立之年的时候，每个人都在曲折中确定着自己的方向。

林航的工作也发生了变化，他彻底拒绝了胖老板那个陪女大款的提议。这个决定让他在公司的地位立刻又下降了许多，不过这一次，林航觉得很坦然。离开东北前，四叔的那一番话犹在耳边，三十岁了，绝对不能再犯这种低级错误。

那天和胖经理摊完牌后，林航回家把事情跟姜薇汇报了一遍，姜薇先是一通大嚷，接着就像一块儿蜜糖似地黏在了他的身上。林航明白，这甜蜜是来自于信任。然而生活并不是夫妻间的信任就可以完全解决的，公司地位的降低也代表着薪水的下降，虽然饭店生意渐火，林航的经济不再那么紧张，但是旅行社还是待不下去了。他和姜薇商量了一下，想年前争取换个工作，哪怕是从头再来也无所谓。姜薇也鼓励说：“别怕什么试用期！现在饭店一个月能分一万左右，咱不在乎这点儿钱了！你也该考虑一下自己了！找一个适合你的工作吧！”

有了老婆的支持，林航开始重新投简历，这一次他只瞄准了大型网站，在大学那会儿他就希望自己能在IT行业干，只是阴错阳差进了旅行社，随着现在压力的减轻，他知道是时候改变一下了！

和林航一样，这段时间的感情挣扎让胡杨也明白了许多事情，他觉得自己那两天闭门是对过去的了断，了断之后就必须重归正确的轨道。他想约林航见个面，道个歉，毕竟大学四年的情谊还在。但是琢磨了一会儿，他又考虑到朱一墨和林航还在较劲儿，这个时候见面效果恐怕不会太好，莫不如他和姜薇结婚的时候，自己和朱一墨再叫上福建的老四宋江一起去趟东北，到时候自然而然地就什么都解决了。

想完了林航的问题，胡杨又考虑是不是该给姜薇打个电话，毕竟林母的病情怎么样，自己也不清楚，钱够不够也不晓得。想到这儿，他掏出手机，拨通了姜薇的电话。

“喂……胡杨啊……”姜薇的声音明显有些不自然。

“啊，是我，你们回来了对吗？”

“回来了！我……我正想给你打电话呢！”姜薇一边说，一边回手把门关上。此时正是早晨，林航在洗手间洗漱。

“林航他妈怎么样了？”胡杨并没有理会姜薇的解释。

“挺好的，手术特别成功！”

“钱够吗？不够我这儿还有！”

“够！够！都没用完，我正想还你呢？”

“不用，你们拿着用吧！对了，有时间的话，你跟林老二说说，别老生朱一墨的气了，毕竟我们是一个寝室的！别真伤了感情！老四已经走了，这北京就剩下我们仨了！”胡杨有些伤感地说。

“好的，你放心，我一定劝他！”姜薇立刻答应道。

“那好，就这样！”胡杨说完挂断了电话。

接完电话，姜薇一屁股坐在床上，长长地出了一口气。突然身后的门开了，姜薇一回头，只见林航正面色铁青地站在那里。

“那四万块钱，是胡杨给你的？”

“我……”姜薇立刻感觉大事不好。

“是不是？”

“不是……我……你听我解释！”

“为什么？”林航突然大声喊了起来，“为什么拿他的钱?!”

“你听我解释！”姜薇也喊道！

“不……不用解释了！”林航一边说，一边抓起床边的衣服，猛然转身，走了。

“林航！”姜薇撕心裂肺地喊道，但是没有回音，林航已经摔上门下楼了。

“婶婶，你怎么了？”门口，小玲正怯生生地看着自己。

不一会儿赵冲也从卧室里出来了，着急地问：“怎么了？吵架了？”

“我……”姜薇只觉一阵天旋地转，巨大的委屈感顿时击穿了自己的大脑，她呜呜地哭了起来。

下了楼，林航的情绪依旧激动，他只觉得浑身上下都在往外冒火。自己的老婆居然拿了一个流氓的钱！林航只觉得自己瞬间便被巨大的羞耻感笼罩了起来！

为什么？这到底是为什么？他一遍一遍地问着自己。难道仅仅是为了给自己的母亲治病？不会的！即便是姜薇这样想，胡杨也不会这样想，这些年他一直贼心不死，一定不会安什么好心的！林航一边走一边生气。

沿着脏兮兮的马路，林航越走越远，最后也不知走了多久，前面竟然出现了一大片荒地。林航一屁股坐下来，掏出一根烟来点燃。此时冷风袭卷，天空中布满了乌云。林航忽然想起昨天晚上天气预报说今天白天有雪。他紧了紧自己的领口，使劲儿抽了两口烟。这会儿，他的火气已经慢慢下来了。坐在田埂上，他一边抵御着寒风一边琢磨，他忽然想起回东北之前的那个晚上，姜薇曾经收到过一条胡杨的短信，现在想来应该说的就是这钱的事儿！

也怪自己，怎么就那么粗心大意，相信真会有人捐钱给母亲治病呢？这个谎话并不结实啊！怎么当初就没仔细想想呢？

胡杨为什么要掏这笔钱呢？这两年每次见面他不是对自己冷嘲热讽就是跟姜薇扯皮，没理由在这个时候帮忙啊？这王八蛋一定是在打姜薇的坏主意。

他们该不会有什么交易吧？难道姜薇像夏雨晴那样，为了钱而……林航不敢再想下去了，因为这会儿他又想到了另一个问题，那就是姜薇拿这笔钱确实是为了给的母亲治病！无论她是怎么拿到的，都是为了他啊……

5

这一走就是一个白天，等到华灯初上的时候，林航才哆哆嗦嗦地回到了家。赵冲正在客厅里抽烟，见他进来，立刻站起身问：“你们到底怎么了啊？”

“没……没怎么。”林航掸了掸身上的雪说。

“什么没怎么啊？我听玲儿说小姜哭了一上午，下午一个人走了！”

“哦！小玲怎么没上学啊？”林航故作冷静地问。

“今天是礼拜天！”小玲从里屋探出半个身子，两只眼睛冷冰冰地看着林航，“林叔叔，你为什么欺负婶婶？”

“我……”女孩的这句话让林航很是尴尬，顿了顿只好苦笑着说，“小玲，有些事情你现在还不懂！”

“什么我不懂啊！婶婶那么好，你是男的就该让着她点儿！”

“小玲，怎么跟你林叔叔说话呢！快道歉！”赵冲训斥道。

“哼！才不！”小玲儿白了父亲和林航一眼，“啪”的一声把门关上了。

“不好意思啊，林航，这孩子都惯出毛病来了！”赵冲不好意思地说。

“没事儿！”林航勉强笑了笑，转身进了自己的小屋。

屋子里有些乱，一些书本散落在地上。墙角处姜薇的皮箱已经不见了。林航打开衣柜，里面空了不少，自己的衣服还在，但是姜薇的那些已经不见了。

她走了，真的走了。就因为这么一次争吵，就这么走了。林航一屁股坐到床上，盯着凌乱的房间，心里一阵莫名的疼痛。

时间就这么一点一点地溜走，八点……九点……，快到晚上十点的时候林航有些坐不住了。他忽然觉得这事情有些不对，姜薇离开这儿去了哪儿呢？一开始的时候，他认为肯定是回地安门了。但现在想想，这个推测很值得怀疑！假如回了地安门，那么即便岳母不打电话兴师问罪，姜胜也肯定会跟自己联系。

想到这儿，林航的心猛地悬了起来！她该不会出事吧？该不会……该不会去找胡杨吧？林航立刻摸出手机，往岳母家打了个电话。

“干吗呀？都这么晚了！”电话里贾英打着哈欠问。

“阿姨，姜薇……没回家吗？”

“姜薇？没啊！嗯？你们吵架了？”一听女儿没和女婿在一起，贾英立刻警觉起来！

“没有，其实也不算吵架。”

“林航！姜薇这孩子从小娇生惯养的，我从来没打过没骂过……”

林航赶忙打断她说：“阿姨！我们挺好的！我再打电话问问她同学吧！可能跟同事玩去了吧，手机没电忘了。”

“找到她让她往家里打个电话！这么大人了还让人不放心！都快结婚了！”贾英气呼呼地说。

挂断了电话，林航真的急了，他再也顾不上生气了，立刻又拨了姜薇的号码。然而手机传来的却是：“您所拨打的号码已关机！”

没错，离家出走的人总是会把手机关掉。

Part.18
四顾皆茫然

1

姜薇的确是去找胡杨了。

林航走后她哭了整整半天,她想打电话叫他回来,但是一拨号码却听到铃声从茶几上传来,林航压根就没带手机。

到了中午,小玲给她做了一碗面条,姜薇吃了几口便吃不下去了。想想自己和林航整整恋爱三年,这中间自己省吃俭用,连件好衣服都舍不得买,这到底是为了什么啊?难道自己这么做连最起码的信任都得不到吗?难道林航就不能用脑子想想吗,假如自己真和胡杨有什么瓜葛的话会等到今天吗?会跟他去领结婚证吗?再说了,人家胡杨到底哪点做错了?

为什么?这到底是为了什么?姜薇一遍又一遍地问自己。

等到下午三点多,外面飘飘扬扬落下了雪花,林航还没有回来。姜薇默默地站起身,把自己的衣服一件件装到箱子里,然后推开门走了。

雪越来越大,等姜薇从地铁站出来时,地上已经积了厚厚的一层。这是哪儿?姜薇忽然意识到,从家里出来后她就如同行尸走肉一般,乘公交,换地铁,随着人流,一切都是稀里糊涂的。左右打量了一会儿,她渐渐清醒过来,四周高楼林立,原来是王府井。

拖着旅行箱,四处转了一会儿,天气越来越冷,在小吃街买了一碗茶汤,也只是缓过了那么一丁点儿。回家吗?那样母亲一定会跟着着急,会冲林航发一通脾气，也许他们的婚姻会就此完蛋。回通州吗？不！他到现在居然都不来个电话，真是铁石心肠！

琢磨了半天，姜薇掏出手机，可是一按却发现已经没电了。没办法，她只好找了一个公用电话，拨通了胡杨的号码，她要先把钱还给他。

接到姜薇电话的时候，胡杨正愁眉不展地坐在办公室里，对面是脸色阴沉的朱一墨。十分钟前，这胖子一把推开办公室的门，怒气冲冲地走到他面前。

胡杨吓一跳，忙问："怎么了？又被警察抓住了？"

"屁！警察哪有那么聪明！"

"那你这是唱的哪一出啊？脸都青了！"

"我查出来是谁害我了！"

"什么？你说什么？"胡杨一头雾水地盯着朱一墨。

"上次被警察抓的事儿，我查清楚了！"朱一墨愤愤地说，"老子找了好多天，终于逮住了一个知道内情的，打一顿什么都招了！"

"谁啊？"胡杨好奇地问，"不会真是林航吧？"

朱一墨冷笑了一声说："拐了八个弯！你那梦中情人的弟弟——姜胜！"

"啊？怎么会是他啊！"胡杨吃惊地看着朱一墨，"你不会搞错了吧？你和他没过节啊？"

"给他姐夫报仇啊！"朱一墨冷笑道，"你说他妈的这小兔崽子是不是脑袋进水了啊？我他妈非教训教训他不可！"

"别别别！这事儿，你容我想想！"胡杨努力让自己平静下来，然后对朱一墨说，"老朱！不能蛮干！"

"呵呵，你是怕我搅了你和姜薇的局吧！"

"别扯淡！"胡杨皱眉道。

两个人就这么面对面地坐着，还没等想出辙来，姜薇的电话就打来了。

胡杨这边一接通电话，姜薇"哇"地一声就哭了出来，之后便倒豆子似地说了一通，一会儿说林航不爱他了，一会儿说都怨胡杨。搞了半天，胡杨总算明白是怎么回事儿了，心里立刻觉得林航实在是有些过分。

眼看着天就要黑了，胡杨忙问姜薇现在在哪儿。姜薇一边抽泣着一边说："王府井大街上呢！”

胡杨立刻说:“你等着啊,我马上去！”说完便挂断了电话。

“怎么？英雄救美去啊？”朱一墨歪着脑袋问。

“这样,老朱,你等我回来!先别乱来,这事情还不定是怎么回事儿呢!也许是误会！”

“行啊,不过我觉得这事儿你不用跟姜薇说!”

“为什么？”

“说了大家都难看！”朱一墨道。

“那你的意思是？”

“不管怎么着,这是一个机会！没准她会因为这件事感激你呢！”

“你到底什么意思啊？”

“没什么意思啊！反正你先不要说。”

“靠,那这样,等我回来再商量,我先去看看姜薇!这么冷的天儿,一会儿冻成冰雕了！”胡杨说完抓起衣架上的大衣,急冲冲朝门外走去。

“你的好机会啊！”朱一墨冲胡杨的背影喊了一嗓子。

2

林航上地铁的时候是晚上八点,从国贸出了站,他打了一辆车直奔姜薇的报社。一打听,姜薇压根就没来,林航只好又出来,奔往双合发。到了双合发已经是晚上十点了,姜胜和肖倩两人正在合账,一看林航来了,急忙迎了出来。

“你姐来了吗？”

“没啊,怎么？又吵架了？”姜胜看着一身是雪的林航问。

“唉！是这么回事儿！”林航只好把来龙去脉跟姜胜说了一遍。

“就这么个事儿啊,不至于吧？”姜胜嘀咕着。

“可是这人跑哪儿去了呢？”林航着急地在屋子里走来走去。

“不过,姐夫,这回我得说说你了！”姜胜拍了拍林航的肩膀说,“我觉得这件事我姐的出发点是好的,而且吧,像胡杨这种傻逼的钱不花白不花啊！你干吗那么死心眼啊！”

“不是那么回事！”林航摆了摆手说。

“你是不是怕我姐跟夏雨晴似的啊！”姜胜看了看林航说，“不可能，我告诉你！这点我太了解她了！她对你那是王八吃秤砣——铁了心了啊！”

“我知道，姜胜！我不是不相信你姐，我是不相信胡杨那孙子，那就是个流氓啊！你姐整天稀里糊涂的，根本就分不清好坏！人家两句好话，她就不知道南北了！你想想，这王八蛋要是没啥想法，他会给你姐送四万块钱去？”

“这倒也是！我姐确实是个迷糊儿！”姜胜嘬了嘬牙花子说，“要不这么着吧，咱俩一起去找！我估计她跑不远，肯定在哪个旅店躲着呢！”

“算了，你在家陪肖倩吧！这么晚，她一个人守店不安全！我自己去找吧！”说完林航立刻朝门外走去。

“找到了，你先道歉，把她糊弄回去再说啊！”姜胜追出来喊了一嗓子。

“知道！放心！”林航头也不回地走了。

从虎坊桥出发，林航一直向北找。他知道姜薇如果住宾馆的话肯定不会住那种特贵的，应该就是“如家”一类的连锁旅店。然而这一路上，打听了不下二十家，却依旧没有任何线索。等他找到东直门附近时已经是凌晨三点了。此时雪已经停了，地面上白皑皑的一片，林航坐在出租车里看着外面摇曳的灯光疲惫极了。他并不知道，就在十分钟前，不远处的一个酒吧外，胡杨搀着醉醺醺的姜薇上了一辆出租车。

姜薇彻底醉了。

当胡杨把她扶进车里时，她甚至还在大喊着：“我还要喝！”

“好了！好了！酒马上就来！”胡杨一边说一边又把她往里推了推，然后自己也挤了进来。

“你好，去哪啊？”司机笑呵呵地问。

“最近的旅馆！”胡杨喘了口气说。

“好嘞！”司机应了一声，一踩油门，车冲了出去。

开了一会儿，胡杨忽然发觉路线有些不对，便皱起眉头说：“哎？哥们儿，绕道了吧？”

司机一笑道：“这附近的旅馆我都熟，边上这些都不行！卫生太差！我知道前边有一家不错！旁边还有家成人用品商店，送货上门，需要什么你给他们打电话就行。”

胡杨尴尬地笑了两声，问司机：“我看起来像个嫖客吗？”

“那倒没有！不过您喜欢这女的没错吧？要不然干吗把她灌醉了啊？是不是？”司机笑着说。

“她自己灌的！”胡杨歪头看姜薇一眼，她正软绵绵地靠在他肩上。

司机乐着说：“那更好了！那说明她喜欢你啊！”

胡杨苦笑，不再说话了。

出租车又开了十来分钟，泊在了一家三星级宾馆门前，胡杨交了车钱，左手扶着姜薇右手拉着皮箱，进了宾馆大门。

开好了房，胡杨把姜薇的大衣脱掉，然后把她平放在床上。到洗手间洗了一把脸，等他出来时，姜薇已经睡得很熟了。

胡杨从兜里抽出一根烟，点燃，氤氲的烟雾中，姜薇的脸红扑扑的，是那么的美，宛如一件精美的瓷器。胡杨叹了一口气，从衣兜里摸出手机，调出了林航的号码。

胡杨盯着屏幕上的数字，心里一阵翻腾，打还是不打？再抬头看看姜薇，她翻了一个身，毛衣的扣子开了一颗，黑色的内衣若隐若现……

“啪”，胡杨的手机落在了地毯上。

3

林航联系上姜薇已经是第二天上午十点多了。

电话一接通，他就听到嘈杂的人声，似乎有人正在说昨晚的大雪导致了七八起交通事故。很显然，姜薇是在报社。

“你在报社？”林航问。

“我在十八层地狱！”姜薇气鼓鼓地说。

“我错了！行了吧！都是我不好！你可把我吓死了！”林航忙不迭地道歉。

“哼！我才不信呢！你巴不得我走丢了，你好找个新的！”

“咱别说那些没劲的行吧？我现在就去接你！”

“不用！我不会跟你回去的，反正你也不要我了！”说完姜薇就挂断了电话。

“唉！”林航看了看手里的电话，苦笑了一声。他是凌晨五点多才回到通州的，压根没合眼，此刻早已筋疲力尽。吵架是没精神了，还是早点把人接回来吧。林航想了想，摇摇晃晃站起身，又穿上了羽绒服。

出门之前林航又给旅行社经理打了个电话。一听又是请假，胖老板很不高兴地说:“林航啊，你是不是不想干了啊！怎么总请假啊？”

“没啊！我没总请假啊！”

“还没哪？你刚从东北回来，那不算请假啊？再之前你妈来，那不算请假啊？”

“那不是特殊情况嘛！”

“什么特殊情况，我告诉你，你爱干就干，不爱干赶紧走人！”

“我……”林航刚想要继续解释，但是手机听筒里已经变成了嘟嘟声。

“靠！”林航恨恨地骂了一声，一上午被人挂了两次电话，心里郁闷至极。

出了门，坐上车，林航只觉得脑子里嗡嗡作响，好像有无数飞虫来回乱窜。通往地铁站的这趟公交车没有空调，里面冷得要死，林航把衣领紧了紧，心想，这回可千万不能睡着，要是再感冒可就倒霉到家了。

一路摇晃，下车换地铁，刚刚从黑黢黢的地下钻出来，林航的手机响了起来。该不会是又有什么倒霉事儿吧，林航苦笑着掏出手机。

号码很陌生，并不是手机通讯录里的，林航满心狐疑地按下接通键，立刻，一口略带四川腔的普通话传了过来。

“是小林吗？”

“是我，您哪位啊？”

“我是谁都听不出来了？我给你提个醒，还记得前几个月你救了一个四川老爷子吧？”

“哦……”林航猛然想起秋天的时候自己在故宫的确救过一个晕过去的老大爷。

“咱们见过面的，我是他的大儿子王全福啊！”电话里的人又说。

“哦，是王先生您啊！最近还好吧，老爷子也好吧？”

“好，都很好！呵呵，老爷子还总惦记着你的，有事没事就总拿你当榜样教训我们哥俩儿。”

“咳，我这段时间事情太多，也没给大爷打电话！真是不好意思！”

“没关系，是这样啊！小林，我有件事想问问你！”

“什么事？您说？”

“我们集团在北京要建立一个分支机构，需要招一批员工，你看你愿不愿意来试试啊？”

“可是我一直在干导游，我不知道我还能干什么？”林航有些慌乱地回道，事实上换工作这件事是他早就打算好的，但是他的想法是去网站，因此王全福的这个提议让他着实有些慌了手脚。

“呵呵，这样吧，我春节后会去北京一次，咱们见个面！小林，你是一个很可靠的年轻人，待在旅行社里，实在是大材小用了！”王全福笑呵呵地说。

“您快别这么说！我那两下子实在不值一提！”

“哈哈，好了，先这样，你考虑考虑，如果有兴趣的话，等见了面咱们再详谈！”

“好的！王先生！”林航立刻回道。

王全福的这个电话让原本迷迷糊糊的林航立刻清醒了起来。这也许真的是一个机会，那次送走王家父子之后。林航曾经仔细查过双全工贸集团，他发现这家企业规模庞大，在川陕一带极具影响力，经营范围涵盖了家电、轻工、能源等几大类。

那次见面之后，林航曾经想过联系王家父子，但是又觉得那样做的话好像在找人情，他的自尊心一向很强，特别是有了那次举报风波之后，他就更没有联系人家的想法了，可谁知今天王全福竟然主动打来电话，这可是一个身价数十亿的大老板啊，这不由得让林航心潮澎湃起来，难道真的是自己时来运转了？

4

赶去报社的路上，林航一会儿憧憬自己的未来，一会儿琢磨姜薇的事情，直到出租车司机提醒，他才发现目的地已经到了。

下了车，林航直奔姜薇所在的第一编辑中心，可一打听，人已经走了，说是身体不太舒服，回家了。

林航万分沮丧地下了楼，又给姜薇打了个电话，这次姜薇没有接，不一会姜胜把电话打了过来，告诉他姐姐刚才到了双合发，现在估计是回了地安门。林航立刻吓了一大跳，他知道这事情要是吵到地安门的话，岳母非得把他生吞活剥了。姜胜一听姐夫胆战心惊的语气，笑着说:“放心吧，她的箱子留在这儿了！要是真不打算回通州，她早拎回家去了！”

挂了小舅子的电话，林航忐忑不安地奔了地安门。一进屋就看见姜薇正躺在沙发上抱个枕头在看电视，看见他进来了，索性把眼睛一闭，装睡觉了。

“林航啊！”岳母贾英面沉似铁地看着林航。

“阿姨，我……我来接姜薇。”

“接什么啊？我就纳闷儿了，我这闺女是干了什么见不得人的事儿啊，你把她轰出来？”

“我没有啊，昨天晚上一回家，她就不见了！”

“哦！按你这么说，倒是我闺女把你抛弃了？”

“阿姨！我不是这个意思！”林航连忙又解释。

“那你是什么意思？你说给我听听！到底是为了什么，让我这闺女大晚上的无家可归！”

“我……唉！我错了！”林航叹了一口气说。他知道这会儿说什么都没有用了，说多了更麻烦。

“妈！我什么时候无家可归了！”沙发上的姜薇突然开口了。

“你不无家可归你昨儿晚上去哪儿了，你不无家可归，你跑我这儿来干吗？”贾英白了一眼女儿说。

“那也不是无家可归啊，再说……”姜薇说到这里语调低了下来，“再说林航也没轰我啊！”

“嗬！嗬！你这脸变得可真够快的，刚才不是你一进屋就喊着要搬回来的啊？”贾英“啪”地一下把手里的锅铲拍到了桌子上。

“阿姨您别生气！”林航连忙把话茬接了过来，“这次确实不怨姜薇，是我不分青红皂白误解她了！”

“误解？什么事儿啊？你们这么闹腾！”

“没事儿！行了吧！”姜薇站起身，把枕头往沙发上一摔。

“是这么回事，我呢想换个工作，姜薇我俩意见不一致，我就发了点儿脾气！我现在想通了！”匆忙之间林航只好编了这么一通瞎话。

“换工作？换什么工作啊？有前途吗？”贾英擦了擦手，拽过一把椅子坐了下来。

林航一看这架势，知道这瞎话自己是得编到底了，好在这一路上关于这个问题他也想了不少，于是便滔滔不绝地说了起来，说到最后，老太太贾英终于被绕迷糊了，她捶了捶腰站起身来说：“什么企业、挨踢的，四川北京，你都给我闹糊涂了！你这是又想去四川了？”

“不不不，我不走！唉，所以说这事情很麻烦！”林航耸了耸肩。

“好了，这回知道了吧？什么都问！”姜薇没好气地说。

“你以为我愿意问啊！不愿意让我问别回来！赶紧滚蛋！”贾英一挥手转身进了厨房。

林航长长松了一口气，转身可怜巴巴地看着姜薇说：“走吧，咱有啥事回去说行吗？”

“就不！谁让你把我一个人扔家了，谁让你不分青红皂白就冲我大吼大叫了！”

“好……好，都是我不对！行了吧！跟我回去吧！”林航一个劲儿地求饶。

“就不！”姜薇依旧不依不饶。

“就不什么啊！差不多儿就行了啊！你是没看过东北人打老婆吧！”贾英的大嗓门又从厨房里传了出来。

“走吧！”林航又可怜巴巴地朝姜薇使了个眼色。

姜薇瞪了他一会儿，转身套上了大衣，出门前朝里屋喊道：“我走了，你不要我，我就再也不回来了！”

“不回来更好！省得我心烦！”贾英闷着嗓子回了一句。

5

回通州的路上，两个人谁也没有说话。到了家林航往床上一躺，睡着了，他实在是太累了，浑身上下散架了一般。

醒来时，天已经黑了，屋子里亮着灯，桌子上摆着饭菜，再看姜薇，正趴在阳台上向外看。

“我睡了多久啊？”

“五个小时！”

“天哪！”林航惊呼道。

“你昨儿晚上没睡？”

“我一直在找你！”

“我去见胡杨了！”

“哦！”

“还他钱！”

“哦！”

“我真的和他什么都没有！”姜薇突然提高嗓音喊了一句，转身时已经是泪流满面，“真的，什么都没有！”

“嘘……我知道！我不是不相信你！对不起！是我太冲动了！我只是不想占他的便宜！”林航继续平静地解释道。

“其实事情不是像你想的那样，胡杨不是坏人……”

“好了，咱们不说他了，吃饭吧！”林航指了指桌子上的饭菜说，“嗯……真香啊！”

两个人吃饭的时候，姜薇渐渐平复了情绪，她问林航在地安门说的那些换工作的事情到底是怎么回事儿，是不是都是瞎话？

林航顿了一下，他现在并不想跟姜薇把所有实情都和盘托出，因为王全福那里毕竟要春节后才能见分晓，说早了也许就变成了吹牛，到时候还让姜薇失望。

“到底是怎么回事儿啊？”姜薇又问。

“假的，我说着玩儿呢！”

晚上九点多，赵冲带着女儿回来了。一进屋小玲就直奔姜薇，路过林航的时候又狠狠地白了他一眼，这个动作让赵冲很是尴尬，林航连忙摇手说：“没事儿，小玲这是见义勇为呢！”

屋子里人多了，气氛也就不那么压抑了，小玲和赵冲讲了不少学校和工地里的乐子，逗得林航和姜薇哈哈大笑。

晚上睡觉的时候，林航洗完澡，躺到床上时姜薇已经钻到被窝里了。沉闷的黑幕里，姜薇轻轻叹了一口气，翻了个身把手搭在了他的胸口。

林航没说话，任凭姜薇在他身上轻轻摩挲，他能感觉到，那温软的躯体上并没有穿着睡衣。过了一会儿，他猛地翻过身来，压在了姜薇的身上。

他很疯狂，而她温柔地配合着。沉重的喘息声塞满了小小的卧室，一股闷热竟把寒气逼得蔚然四散……

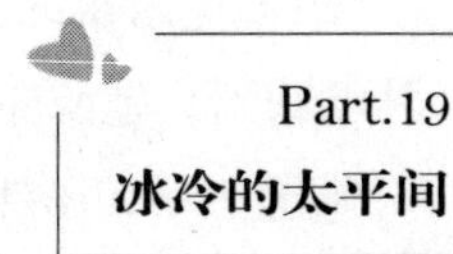

Part.19
冰冷的太平间

1

“你真什么都没干？”办公室里朱一墨盯着胡杨的眼睛问。

“真没有！”

“突然阳痿了？”

“靠，你怎么那么低俗啊？”

“不能吧，你什么毛病都没有，就那么直勾勾看了一夜？”

“就两小时！我五点多就回家了，再说我不还给你打电话了吗？”胡杨满脸冤屈地看着朱一墨。

“两小时能干的事儿多了去了！上次我才十分钟就被警察抓住了！”

“靠，这都哪儿跟哪儿啊！”

“我就是不信，你什么都没干！”

“爱信不信！”胡杨不耐烦地挥了挥手。

“你要是什么都没干，干吗不给林老二打电话，告诉他老婆在哪儿？”朱一墨斜着眼睛说。

“得得……我还不如不跟你说呢！”

“咱俩谁跟谁啊！”

“对了，姜胜那件事，你到底准备怎么着啊？”胡杨转移了一下话题。

“没怎么着啊，你放心，我一不会杀了他，二不会把他送公安局！搞不好我还能帮你一忙儿呢！”

“你能帮我什么忙？”

“帮你把姜薇拿下啊！”

“咱不提这事儿行不行，我现在对姜薇真是没想法了，我现在就希望她早点和林航结婚！她嫁完了，我就可以踏踏实实地寻找我那另一半了！”

“哈哈……甭解释！咱不说别的，就说那天你接姜薇电话时那样吧！”

“我那样怎么了？”

“你那样不怎么！但是我敢保证，就是你们家着火，你都不会那么着急！”

“滚蛋啊！跟你没话说！”

“好，我走！”朱一墨走到半路又转回身问，“真没干啊？”

“靠！”胡杨抓起手边一本书朝朱一墨掷了过去，朱一墨闪身一躲，哈哈大笑出了办公室。

看着朱一墨的身影消失在门口，胡杨苦笑了一声，然后抄起一本杂志，翻了开来。杂志的名字叫《红娘》，上面密密麻麻地登了不少征婚广告。胡杨一条一条仔细地翻看着，心里不停地琢磨：过了年，自己就三十整了，说什么也该有个女人了。人都说三十而立，可是自己却总有一种无力的孤独感，这种孤独并不是朱一墨这样的朋友能够解决的，这种孤独需要一种情感来战胜，而这情感叫爱情……

2

一场雪并不能让一座城市清新太久，接下来的日子里气温略有回升，大街小巷都变得脏兮兮一团，残存的白色和新生的黑色混合在一起，让人一看就浑身地不舒服。

林航和姜薇这两天都比较平和，他们似乎进入到了一种奇特的相敬如宾中。姜薇一直等着林航问那天晚上的事情，但是林航却好像忘了有那件事一般，再也没有提起过。

绥河那边照例是每天都通电话，赵文瑾的病情已经基本稳定下来，术后也恢复得非常好。经过和儿子的几次冲突后，林国文性情大变，这十来天居然一次酒也没喝，除了中间回了两趟老家，见了一次朋友，就一直陪在老婆身边。跟儿子通电话的时候他也是简洁明了，再也没有了以前的神神叨叨。这种变化让林航多少有些不太适应，于是又打电话问四叔父亲是不是出了什么问题。林国全听了之后哈哈一笑，他告诉侄子，大哥林国文正筹划在老家建一个养殖场。

得到了这个消息后，林航和姜薇都很开心，父亲的转变也就代表着林家从此之后将会变得和谐起来。虽然这转变有些晚，但是依旧可喜。

和父亲的东山再起相比，林航的事业关口也越来越逼近了。由于和胖经理的关系越来越紧张，他在旅行社已经基本处于边缘状态了。大多数时候都是一个闲人，不过这些他并不在乎，因为反正自己也铁了心要走。经过几天的考虑，他给王全福打了个电话，告诉他自己愿意进入双全工贸。电话里王全福很开心，因为这也是了却了他父亲的一个愿望，但即便如此，王全福还是很严肃地告诉林航，进入双全工贸必须从基层做起。对于这些，林航毫不犹豫地就答应了下来，因为在他的心里，自尊比什么都重要。他珍惜这次机会，若人家给他一个高职位，他还真不去。

由于工作暂时变得轻松了，林航便把大部分精力都用在了饭店上，每天早晨到旅行社转一圈后便直奔虎坊桥的双合发。有了姐夫的帮忙，姜胜也轻松了很多，两个人简单分了分工，林航做事稳健所以负责饭店管理，姜胜脑子灵活，能砍价，所以采购的任务就包在了他的身上。而这样一来，肖倩也能分出时间来多陪陪贾英。

这天又是周末，林航和姜薇从通州出来时已经接近中午了，按照计划，今天下午，一家人要在双合发聚餐。上午十点的时候，姜胜打来电话说自己要去水产市场买点螃蟹，要姐姐和姐夫先去饭店等着。

两个人一路优哉游哉，从前门站出了地铁，姜薇说想去附近的一家云南特产店买点儿米酒，两个人刚走到商店门口，林航的手机突然响了。

来电的人是肖倩。

3

“有人在双合发捣乱，姐夫你赶紧来！”电话里，肖倩的声音哆哆嗦嗦。

林航和姜薇急忙打了一辆车直奔双合发。

十分钟后，出租车在饭店门前停了下来。一进屋，两人就发现整个饭店大厅只有一桌客人，四条大汉，看起来都很壮硕，桌子上每人面前放了一碗面条，肖倩和一个胖厨师站在一旁正在跟他们理论。

林航拉住姜薇，自己走过去说：“请问有什么问题吗？”

一个额头上有疤的壮汉凶巴巴地盯着林航上下打量了一番问：“少逼吃！你是老板吗？把你们老板找来！”

林航一听，心松了一下，赔着笑问：“哥们儿！是东北的吧？”

一个矮胖子站起来问林航：“东北的怎么的？看不起东北人哪？”

林航朝对方做了几下双掌下压、息事宁人的手势说：“都是老乡！我也是东北人啊！我是绥河的！几位大哥呢？”

额头上有疤的壮汉斜着眼睛盯着林航说：“绥河？我他妈最膈应绥河人！上午刚他妈剁了一个绥河的，滚犊子，一边撅着去！”

林航一看这招不好使，也不生气，微笑着说：“别！别啊！到底是因为什么而生气啊？我们饭店一定会尽量解决的！”

肖倩气鼓鼓地说：“他们非说面条里有蟑螂！”

有疤的壮汉端起自己那碗面条凑到肖倩面前问她：“这不是蟑螂是什么？不是蟑螂是什么？你连蟑螂都不认识？敢他妈说是葱花？！”

姜薇吸吸鼻子，瞅准机会凑过去说：“我是《北京时报》的记者！怎么回事？”

矮胖子笑嘻嘻地说：“哎，记者在这儿呢！正好！给这家饭店曝光！有营业执照吗？有卫生许可证吗？”

姜薇凑上去看了看面条中的那只肥大的蟑螂说：“哎！不对吧！这蟑螂明显是生的！我看是你们自己放进去的！”

脖子上戴手指粗黄金项链的光头食客骂道：“你说什么？滚犊子！有你什么事啊？”

胖厨师义正词严地说道：“我们这里从来没有蟑……螂！后厨特……别冷，怎么可能有……蟑螂！”

额上有疤的壮汉猛一拍桌子吼道：“你说没有就没有？这面条里的怎么说？赶紧把老板找来给我解决！不然你们这家店就别想开了！”

“后厨冷？你他妈的意思是说这俩蟑螂在碗里洗热水澡啊？”矮胖子说完转向姜薇和肖倩，挑了挑眉毛流里流气地问，“你们俩喜不喜欢泡热水澡啊？”

林航把肖倩和姜薇圈到自己身后，对东北食客说：“真抱歉！我们赔！老李！赶紧做一桌子好酒好菜招待这桌客人！”

有疤的壮汉哈哈笑了两声说:“一桌子好酒好菜？你打发叫花子呢？拿十万块钱我们走人！不然你这饭店就开不成了！”

“你们这不是讹人吗？”肖倩气得大骂。

矮胖子也骂道:“谁他妈讹你了？说半天了,叫你们老板来听不懂？”

林航强压下怒火说:“我就是老板！这蟑螂的问题说不清楚了,你们说是我们的,我们说是你们带来的。这样吧。我们愿意陪一桌菜给你们,另外赔300块钱,就当是补偿。再多我们接受不了！现在生意不好做。”

“狗屁,叫你们老板来！没听清楚啊,再不来的话,我们就只能找有关部门解决问题了！”额上有疤的食客对同桌的人说。

林航耸耸肩说:“好哇！你不找我还想找呢！最好连警察也找来。”

林航话音刚落,肖倩从后轻轻拉了他一下,凑到耳边低声说:“姐夫！不行,要是报了警,咱们这饭店肯定得歇业一段时间！”

有疤的壮汉看了看神色紧张的肖倩，冷笑着说:“哎！商量个屁呀，快点拿钱！”说完他又指指姜薇和肖倩问林航,“这俩姑娘都是你的吧？还冒充记者？要不陪我们睡一觉也行！”

“这是天价了！十万块钱！镶金边的吧？让我瞅瞅！”带粗链子的光头壮汉趁乱摸了姜薇屁股一把,其他几个人哈哈大笑。

姜薇跳到一旁怒道:“你干吗呀？”

“你不是为人民服务的吗？你躲什么？”那胖子一副流里流气的模样,摇晃着身体朝姜薇凑过去。

“哎！干吗呀？”林航冲了过去,拦在姜薇身前。

“滚蛋！叫你们老板来！”胖子猛地拨开他,一把抱住了姜薇,凑过去胡乱亲了起来。

“我操你妈！”林航这会儿再也忍不住了,从旁边拎起一个啤酒瓶子就冲那个胖子砸了过去。那群人迅速散开,纷纷抄起家伙,朝林航冲过来。

姜薇厌恶地抹去脸上的口水,她大声叫嚷着:“别打架！我们报警啦！”

“报你妈个逼呀！”戴金链子的大汉朝姜薇走过来,抓着她的头发就往墙上撞,骂道,“让你报！我让你报！”

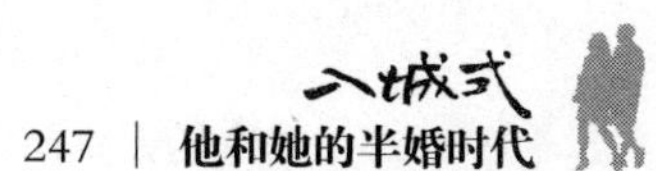

肖倩大叫着抄起一把椅子用尽浑身力气砸向攻击姜薇的人，戴金链子的家伙背上受到重重的一击，疼得松了手，姜薇连滚带爬跑到了一边。

屋子里乱作一团，胖厨师挨了几拳后，一看不是对手，跟着原本躲在小吧台后边的服务员撒腿跑出饭店。

林航一个人左支右绌，很快便被包围了起来。四条大汉把他围在中间，一顿猛打。

姜薇和肖倩这会儿已经忘了报警这码事儿了。两个人抓起笤帚和拖把，一边喊救命一边乱抡，但是很快便被那群人抢走了武器，推倒在地。

眼看着林航已经动弹不得，突然门外传来一声大喊，姜薇回头一看，原来是弟弟姜胜拎着一大袋东西冲了进来。

“小胜赶紧去报案！”姜薇大喊。

“报个屁，我弄死他！”姜胜压根没理姐姐这茬儿，把东西一扔，拉起那个戴金链子的人，一把推到墙上，然后抄起一个酒瓶子，朝那人脑袋猛砸过去。

这一下，金链子脑袋立刻开了花，血“咕嘟咕嘟”地冒了出来。屋子里的人都愣住了，姜薇急忙拉起肖倩往外跑，一边跑一边掏出手机。

屋子里的东北人看同伙负伤，立刻变得更加疯狂了。林航这会儿则从包围圈里脱了身，抄起两个酒瓶子一通猛抡。

顿时屋子里血光四溅，叫喊声此起彼伏，姜薇只觉得脑袋一阵恍惚，昏倒在了饭店门前。

警车由远而近，呼啸着开过来。几个闹事的人纷纷朝门外跑去，额上有疤的壮汉急于想走，却被林航死死抱住，慌乱间，他掏出一把明晃晃的匕首俯身要刺，姜胜手疾眼快，丢下手上的矮胖子扑过去，与有疤的壮汉扭在一起，两个人你推我搡，都用尽全身力气抢那把刀。突然，影像定格，像按了暂停键，两个人僵住了。那壮汉丢下刀子，几滴暗红色的血溅在地砖上，姜胜软绵绵地倒在林航身边，有疤的壮汉和刚缓过来的矮胖子在肖倩的尖叫声中仓皇地逃出了双合发。

“姜胜！姜胜！你醒醒啊！姜胜！……”肖倩跑进来跪坐在姜胜身边不知所措地呼喊着。

“叫救护车！”林航说了一声就昏了过去。

4

贾英没想到早晨还活蹦乱跳的儿子，下午就安安静静地躺在医院的病床上，脸上蒙着白布单。她颤抖着走过去，“刷”一下掀开布单，看到她看了二十五年的熟悉的面孔，她的儿子，和他七八岁时一样，他只是因为淘气跟别人打架打肿了脸，蹭了满头满脸的土，这一会儿累得睡着了……

“节哀！”医生拍拍她的肩膀对她说。

贾英突然反应过来，儿子死了吗？她猛地扑倒在儿子身上，拍着他的脸喊：“小胜！你醒醒啊！你不是要吃妈包的韭菜鸡蛋馅饺子吗？你倒是醒醒啊！小胜！睁开眼看看妈！小胜！大夫！他没死！还没死！你摸摸！小胜身上还是温的！软的！他没死！你们骗我！小胜！你睁开眼睛啊！……”

“阿姨！小胜他死了！”面无表情的肖倩抱住激动的贾英。

“你胡说！”贾英挣脱开肖倩，继续摇喊自己的儿子。

“阿姨！让姜胜安静地去吧！”肖倩说。

贾英不理，依旧想叫醒她的儿子，可是姜胜偏偏就不醒来，他从小就不是个听话的孩子。贾英哭倒在地，只是哭号，再也说不出话来。

“尽快办理后事吧！”有个护士走过来对肖倩说。

一听这话，贾英嗷了一嗓子，突然晕了过去，护士们手忙脚乱地进行急救。肖倩不知所措地呆立在病房里，怎么办哪？姜胜死了，姐姐和姐夫林航生死未卜，现在姜胜的母亲也晕了过去。所有事都落在她身上，仿佛千斤重担。她要给姜胜处理后事，这是最紧要的，对！没错！她给自己打气，鼓励自己千万不要在这时候倒下。

护士对她说：“没事，老太太只是因为悲伤过度，睡一会儿就醒了。”

肖倩点点头，又来了一个高大的男护士，他们把姜胜盖上白布推出了病房，肖倩回头看看仍昏迷不醒的姜胜母亲，便失魂落魄地跟着他们去了太平间，她的眼泪哪去了？她像一个面无表情的木偶一样依照医院工作人员的叮嘱为姜胜擦洗了身体，在他们的帮助下，给姜胜换上了她刚为他挑的寿衣，寿衣的样式都太老，估计姜胜不会喜欢，他如果知道自己会死，会不会后悔和那个坏人抢刀？他有没有料到这一架，从此他俩阴阳两隔？她的世界没有姜胜，而姜胜的世界也没有她！他会在不久的将来忘记她吧？他会在那边爱上别的姑娘吧？在那边也会结婚生子吗？肖倩为姜胜料理后事的过程中就一直这么胡思乱想着，她把他定义为一个负心的男人，不然她真的会崩溃。

姜薇和母亲是前后脚醒来的，姜薇无法相信弟弟已经死了，她昏倒前姜胜还打得热火朝天的，数他最英勇，怎么会死呢？她无法相信。

母女俩说想再看姜胜一眼，肖倩带她们去了，看到已经换上寿衣的姜胜，姜薇和母亲抱头痛哭，肖倩也想哭，可是却哭不出来。

看过姜胜的遗体之后，姜薇和母亲坐在医院后院的长椅上哭他们的小胜，肖倩则坐在她们身边盯着远处建筑的某一个转角发呆。

老泪纵横的贾英突然问满脸是伤的女儿："小胜是怎么死的？你们都是怎么弄的？"

泪眼婆娑的姜薇摇摇头，转头看肖倩。

同样灰头土脸衣衫不整的肖倩回过神来，便把从发现面条汤里有蟑螂到警车赶来之前这一段冲突的详细经过向姜胜的母亲讲了一遍，贾英听到儿子竟然是为了救林航而死，她半天没反应，突然咬牙切齿地大喊道："林航在哪？他也死了吗？"

姜薇也才想起林航，转头问肖倩："林航呢？"

"在急救室躺着呢，还没醒过来。"肖倩木然地回答。

贾英拔腿便走，姜薇和肖倩愣了一会儿，快步追上去。姜薇拉住母亲的胳膊问："妈！您干吗去啊？"

"我去看看你的好丈夫！"贾英恨恨地说。

姜薇拦不住她母亲，贾英像一头蛮牛一样冲到了急救室，一巴掌打醒了正在输液的林航。林航猛地坐起来，看看屋里的人，他焦急地问："姜胜呢？"

"我们姜家上辈子欠了你什么哪？这辈子要拿一条命来还你啊？我闺女给你了还不行啊！还要搭上我的儿子！我可怜的小胜啊！还没娶媳妇……就去啦！你还我儿子！把小胜还给我！……你怎么不死了呀你？要不是因为你，我的小胜也不会死！"贾英肆意打骂着女婿，把她满腔的怨恨都发泄出来，如果能换回小胜的命，她恨不得把林航打死。

肖倩和护士拉走了濒临崩溃的贾英，给她服了一片安定，让她睡下。

姜薇抹抹滚烫的眼泪，看了林航一眼，也跟着出去了。

怎么会变成这样？姜胜死了，这让他拿什么还姜家？林航重重地躺回床上，只觉得浑身上下没有一个地方不疼，右手腕火辣辣的，估计是骨折了。他知道骨头有了裂缝，即便再好的医师把骨头接得如何完美，也会留下一道阴影，不会长得和原来一模一样。

5

胡杨在办公室里看完两份报表，郑重地在右下角签上了自己的名字，拨了内线让助理把报表拿走了。

他起来伸了个懒腰，扭扭脖子，手叉腰做了个转呼啦圈的动作。然后掏出手机拨了姜薇的电话，许久电话才接通。

胡杨慢条斯理地问："姜薇啊，好点没？我让你跟林航说的那事儿你说了没？给老朱一个机会吧，总不能你们俩结婚，就我和宋江去吧。"

姜薇情绪低沉地回答道："没事儿。"

胡杨纳闷："没事儿？你……你说什么呢啊？你怎么了？出什么事儿了？我怎么听你的语气有点不太对劲啊？"

"没事儿。"姜薇重重地叹了口气。

胡杨猜测道："缺钱吗？是不是林航他妈的病恶化了？"

姜薇说："胡杨，我很忙，先挂了。"

胡杨喊住她："哎，姜薇！到底出什么事儿了？你还把我当外人吗？"

半天，姜薇幽幽地吐出了一句话："我弟弟死了。"

"啊?！"胡杨惊叫，忙问，"怎么死的？"

"被人打死的。"姜薇说完"啪"地挂了电话。

胡杨呆呆地站在办公室里，听着听筒里的忙音，仿佛催命符一般令他心慌，他拍拍胸口自言自语道："应该不会。"

迟疑了一下还是给朱一墨打了电话，电话那头的朱一墨显然已经慌了，声音有些发颤："干吗呀？"

胡杨心一沉，大声问道："真是你干的？"

朱一墨凑近话筒小声说:“我只是让他们吓唬吓唬姜胜，我也没让他们下这么重的手啊！”

胡杨烦乱地抓了抓头发骂道:“我就说不让你做！你他妈有病啊！”

朱一墨说:“不说了,千万替我保密！公司的事你做主吧,我出去躲躲。”说完匆匆挂了电话。

6

姜家一家连招呼都没打就出院了,林航结了自己的医药费,他手腕并没有骨折,估计是打架的时候太用力戳了一下,更讽刺的是,他浑身上下虽然鲜血淋淋,但却没伤筋没动骨,全是皮外伤和淤青,连肋骨都没象征性地断一两根,这叫什么打架啊?连林航也鄙视自己,更别提别人了。回通州自己的租住房,姜薇果然不在,发生了这么大的事,她肯定在家陪母亲,也许以后再也不会来这里了。

躺在并不温暖的床上,林航回想事情的经过,越想越觉得蹊跷,双合发一带的房租很贵,大多都是白领租住,几乎很少见到这种东北流氓。这群人张口就要十万,肯定是有预谋而来的,而且又不像单纯的敲竹杠,他们口口声声让他们叫老板来,当林航说自己就是老板,他们直接否认了林航的身份,说他不是老板。难道这伙东北人根本就是冲着姜胜来的?姜胜虽然没少惹事,但应该没有这么深仇大恨的仇人吧?或者是胡杨?因为忌恨姜胜揍了他一顿?可是这未免也太扯了吧?这事情都过去这么久了,至于吗?

正好派出所给林航打电话,让他去做笔录,林航去了之后讲了一遍那天发生的事情,描述了那四个东北人的相貌特征,又把自己的猜测都告诉了警察。

警方基本认定是流氓故意滋事，视线迅速锁定在胡杨和以前几个和姜胜有过节的小痞子身上。然而经过调查,那几个小痞子的嫌疑很快就被排除了,胡杨也拒不承认,警方只好先把他放回了家。

姜家陷入了巨大的悲痛之中。林航想给姜薇打电话安慰她,但他不敢。觉得这一次的事情实在是太难解决了,自己和姜薇恐怕是真走到头了。

家里的电话林航也没敢接,他不知怎么对父母说,一是怕母亲担心,再说以父亲的性格,要是知道这件事,必定不会只是听听那么简单。老头子虽然对他很严格，但是脾气火暴，假如听到儿子被人打伤，一定会疯掉的！

又过了几天，年关越来越近，焦灼之中，姜胜的葬礼也到了。只身前往的林航被贾英骂了个狗血喷头，不许他靠近姜胜的墓地半步。林航虽然难过，但是不想耽误姜胜入土为安。只能远远地看着小舅子的墓碑竖起。看着消瘦的姜薇搀着几近哭倒的母亲，他心里十分不是滋味。他本来可以成为他们的精神支柱，在这个时候安慰她们。但现在他的形象已经在她们母女心中坍塌了，成了造成她们失去亲人的罪魁祸首。不管凶手抓到没抓到，姜胜也是因为救他被刺中心脏而死的。

肖倩此时终于哭了出来，比姜胜的母亲哭得还悲伤，跪坐在地上，一直抚着姜胜的墓大哭。可爱的姜胜、单纯的姜胜、义气的姜胜，从她的世界消失了，她的北京梦至此醒了。醒来后发现自己一无所有，只有对冰冷的花岗岩下那黄绸布包裹的骨灰盆的痛恨。她在心里默默地骂姜胜：你太狠心了！为什么要让我爱上你！又为什么这么快就离我而去？再也见不着了，每念及此，滚烫的眼泪便又涌出来，她哭得肝肠寸断。

一个带着墨镜的黑衣男人，手里捧一束不知名的花，走到姜胜墓前，放下花束。刚摘下墨镜，就被姜家的亲戚轰走了，是胡杨。看来林航不是唯一不受欢迎的人，令林航产生了一种难兄难弟、同病相怜的感慨。作为第一嫌疑人的胡杨，此时虽然还没有半点证据指向他，但他还敢来参加姜胜的葬礼？也不怕已身归黄土的姜胜气得从墓地里爬起来掐死他吗？

林航快步走过去，照着胡杨的脸就是一拳。

"林航！"胡杨喊着昔日好友的名字，倒退好几步靠在一个陌生人的墓碑上，他搭了把手，身体恢复了平衡，掸了掸手上的灰。

胡杨这一声，在林航听来，似是求饶。林航逼近他，瞪着眼睛问："是不是你找人干的？"

"不是我！真不是我！"胡杨摇着头解释，他没有更有说服力的词语了。

"我让你嘴硬！我他妈让你嘴硬！……"林航又补上一拳，直接打中了胡杨的鼻子，瞬时，血流如注。这场面立即让林航想起了那天的饭店，他猛地冲上去又是一顿拳脚相加。在林航眼里，胡杨已经化身变成了那个额头上有疤的东北人，他把所有怒气都发泄在胡杨身上，胡杨也不还手，就蜷缩在地上，抱着头任他打。

远处的姜家人视若无睹，继续着葬礼的步骤。墓地的管理人员开着电瓶车过来，把林航拉走了。胡杨从地上爬起来，吐了一口带血的唾沫，掸了掸身上的土，又瞧了一眼不远处的姜薇，她也在看他，但脸上没有任何表情。“我操！”胡杨低声骂了一句，黑着脸离开了。

7

隔了两日，警方根据画像抓住一个犯罪嫌疑人，让所有涉案的人到派出所，林航和姜薇一见正是那天闹事的矮胖子。

矮胖子承认是有人指使他们干的，把同伙都招了，只是他也不知他们现在的下落，那天打完架四个人就散了。

“到底是谁指使你们干的？”警察问。

矮胖子招认：“一直是刀疤吴跟那个人联系的。但是有一次，我远远地见过那个人的背影。”

警察把胡杨带到他面前，让胡杨转个身，问他是不是这个人。

矮胖子摇了摇头说“比这人胖多了！应该比我瘦一点，好像也没他高。”

通过矮胖子的描述，林航立刻想到了朱一墨，可是有什么证据呢？朱一墨和姜胜并无过节啊。想着想着，林航一声苦笑，自己实在是太失败了，出了这种事情，想来想去，居然还是在自己的同学身上打转儿。

这次见面，姜薇看起来憔悴了不少。出了刑警队，林航轻声问：“嗯……你妈好点了吗？”他想了许久才在称谓上确定了用“你妈”这两个字。

姜薇一愣，被他那句“你妈”说得心里荒凉极了，她苦笑着说：“还行。”

林航一见她的态度，那弱小的想求得她原谅的念头被掐灭了。他认命般垂着头问：“有什么需要我做的吗？”他以为姜薇会摇头，没想到她深深地叹了口气说：“把双合发盘出去吧，既然人已经不在了，那饭馆尽快处理了吧，肖倩不敢去，我也……不想去，你去吧。处理完了给我打电话。我回家照顾我妈了。”

“好，我去。”林航满口答应。

和姜薇告别之后，林航就坐上公共汽车直接去了双合发，门锁着，他用钥匙开了门，屋子里一片狼藉，桌椅板凳混乱地堆着，厅中间一大片干枯暗红的血迹，林航绕过血迹，在吧台下翻出一只黑色的油性笔，找出一张啤酒广告宣传画，在背面写了一张启事——“旺铺低价转让，电话××××”。

“旺铺”两个字仿佛是一种嘲讽，他狠狠地把这两个字涂掉，接着把纸揉成团扔在地上，又拿出一张纸直接在上边写了——“低价转让，电话××××”，然后用透明胶条贴在窗玻璃上。

到后厨拿了一条毛巾浸湿了水，来到厅中央那片血渍旁，他蹲下身子把毛巾上的水拧在血渍上，然后把毛巾盖在上面，接着起身去收拾桌椅，扫那一地的杯盘碎片和几坨干掉的面条，他甚至在面条的缝隙里看到了那具引发血案的蟑螂尸体。

“我要拿你去祭姜胜吗？”林航低声问蟑螂。“刷拉”一下，他粗暴地把面条连同蟑螂用笤帚扫进了簸箕，最后统统倒进了垃圾桶里。

前厅收拾完，他来到姜胜的血渍处，按住毛巾在地板砖上一抹，毛巾上一抹暗红，他用力地把地板砖上的血都擦掉，然后到后厨的水槽里冲洗毛巾，他使劲地搓洗着，看着那些浅红色的血水顺着下水道消失，他的眼泪终于掉了下来。

“兄弟！走好！”他边掉泪边嘟囔着。洗好毛巾又回到只剩下一点点浅红印子的地板旁，使劲地擦洗地板，砖面已经擦干净，但瓷砖缝隙的血污无论如何都洗不干净，与污泥混合在一起，顽固得如同用了半年的抽油烟机上的油，怎么洗都洗不掉。那就留着吧，只是比别的缝隙处的颜色略深一些，提醒着别人，这里曾经发生过血案，有个英勇的小伙子在这里倒下了，他把血留在了这里，好像是想守着这里似的。林航犹豫着要不要把这里盘出去，姜薇肯定是不会经营的，肖倩连来都不敢来，估计再过不久她就走她自己的路了，而自己也不可能经营这里。他和姜薇，还不知道是结还是离。

盘出去吧！只有盘出去一条路，虽然这是姜胜的心血……

Part.20
婚礼中止

1

饭店很快就盘出去了，因为屋里曾经死过人，知道底细的人把价格压得很低，林航也没跟姜薇商量，直接低价转出去了。拿到钱他给姜薇打电话，正赶上姜薇母亲病倒了，林航尽快赶到姜家，背起老太太就往楼下跑，医院离得不远，出了这破旧狭窄得连救护车都进不来的小区，林航使劲弯着腰，把老太太往上背了背。贾英有些胖，虽然最近已经瘦了很多，但估计还得有一百四十多斤，林航背着颇感吃力，以前闹着玩时，林航背过姜薇，但姜薇还不到一百斤。

到医院一检查，没什么大碍，血压有些偏高，大夫开了两瓶液。输液时，贾英迷迷糊糊地醒过来，刚才就觉得好像有个小伙子背着她往医院跑，她觉得特别颠。是儿子吗？贾英使劲睁大眼睛四下看，她看到林航的脸，失望加悲愤的表情纠结在一起，她把脸转到一旁，也不看自己的女儿和肖倩。

姜薇和肖倩在一旁小声嘀咕着老太太的病情，林航垂着头，不知道是该退出去还是该留下来求得姜母的原谅。姜薇的母亲，这个他曾经恨过也感激过的老太太，此时称她为老太太一点也不为过，才短短几天，她好像老了十多岁，以前整天念叨钱，两眼放光的的精气神儿也不知道跑哪去了。

林航怕贾英太激动，回头血压再高上去，于是便不声不响地往外走。刚拐出病房，迎面出现了一张熟悉的面孔。

胡杨往后一仰才看清眼前的人，问:“你，你怎么来了？病了？”

自从知道那批人不是胡杨指使的，林航为上次对他下黑手感到抱歉，他尴尬地“嗯”了一声指指屋里说：“陪别人来的。”指完又后悔。

胡杨好奇地往里探头一看，正看见姜薇，他看看林航问：“姜薇病了？”

林航摇摇头说：“她妈，没什么事，血压高上去了，说输两瓶液就没事了。”

胡杨犹豫了一下，还是走了进去，林航没离开，就站在门口竖起耳朵听着里面的动静。姜薇和肖倩看到胡杨，都从椅子上站了起来，肖倩很殷勤地叫了一声：“胡总。”

“阿姨，您病了？”胡杨凑到姜薇母亲面前小声问。

贾英也知道了进来的这个人并不是害死儿子的凶手，为上次赶他离开墓地而不好意思，冲他招了招手说：“哎，你坐。”

肖倩赶忙给胡杨搬来一把椅子，胡杨点点头，只坐了椅子的前半部分，挺直着身子，好像很紧张的样子，起先也不看姜薇的母亲，东瞧瞧西望望，有时候看看姜薇，有时候又看看肖倩，有时候就看着地面，闲扯几句问了问老太太病情，他突然歪着头看了一眼躺在病床上的姜薇的母亲，突然悲从中来，想到当年自己的母亲去世前，也是以这个角度躺着。他那时候还小，站着和他现在坐着差不多高，那时候还什么都不懂，他脑海里对母亲最后的记忆就是从他现在这个角度看过去的一个并不立体的女人的面容，母亲的模样在他记忆里已经模糊了，恍惚将姜母与自己的母亲重叠在一起，泪水突然模糊了双眼，他凑上前去，迷迷糊糊地叫了一声：“妈！”

这声音不大，姜母却浑身一颤，盯着胡杨仔细瞧，这个满脸是伤的小伙子不是他儿子，只是一个声音和小胜很像的人罢了。想起自己的儿子，贾英的眼泪也下来了，头扭向一边，呜呜地哭了起来。姜薇和肖倩见状也勾起了对姜胜的思念，三个女人低声哭着，把胡杨晾在了一边。此时他走也不是，留也不是，刚才的失态令他觉得尴尬，看到门口正往里探头探脑的林航，他拔腿就往外走，贾英见胡杨要走，止住了哭声对女儿说：“送送！送送！”

姜薇点点头，和肖倩对望一眼，肖倩留下来照顾老太太。

胡杨和林航走了几步，又回头看看刚走出门欲送他的姜薇，林航看看姜薇，姜薇也看看林航，三个人在楼道里僵持了一会儿。胡杨冲姜薇一招手，示意三人一起走走，姜薇犹豫了一下还是走了过去。林航就站在一旁，只看着地面，好像一个做错事的小孩子，胡杨问姜薇："人抓着了吗？"

姜薇摇摇头说："除了那个矮胖子，都还没抓到。"

胡杨张了张嘴，迟疑了一下低声说："我知道是谁。"

林航激动地揪住他的衣领子问："你说什么？是谁？"

胡杨不敢看林航的眼睛，继续说："我答应他不说的。"他看起来很慌乱，矛盾极了。如果不想说，他就不会提这茬儿了。

姜薇抓住胡杨的胳膊说："你告诉我是谁！"

胡杨看着紧张的林航和姜薇，他叹了口气，幽幽地吐出了那个憋在他嘴边多日的名字："朱一墨。"

姜薇吃了一惊，木然地重复着仇人的名字："朱一墨？朱一墨？"

林航心一沉，竟然真的是他的同学，他曾经怀疑过朱一墨的，可为什么呢？

姜薇早林航一步，抓着胡杨的胳膊连声问："为什么？为什么？姜胜和他有什么仇？他为什么要对姜胜下手？"

胡杨看了林航一眼低头说："朱一墨前阵子嫖妓被抓，还被开除了公职。后来他查出这事是姜胜找人干的，说是为他姐夫林航报仇，之前林航不是和朱一墨打过一架吗？就是为夏雨晴那次。朱一墨一直惦记这事，说要吓唬吓唬姜胜，我劝过他，可他不听……"

林航和姜薇傻傻地站着，似乎没听懂胡杨在说什么。

突然身后一声苍老的咆哮："我不许你跟他结婚！"

姜家老太太一声怒吼，惊醒了林航和姜薇，林航腿一软，一屁股坐在地上。姜薇回头一看母亲，正由肖倩搀扶着站在门口，看来刚才胡杨说的话她全听见了，她过去大声责怪肖倩："你怎么扶我妈出来了?！"

肖倩也听见了刚才胡杨说的话，得知姜胜死的直接原因是姐夫林航，她的眼泪止不住地流下来，这会儿被姜薇的一句话吓得哆哆嗦嗦地回答道："阿姨她……非要……自己上厕所！"然后就直勾勾地盯着林航。

2

"妈，咱们回去啊！"姜薇叹了口气，从肖倩手里接过母亲往病房里走。

肖倩冲到林航身边，蹲下身子攥起拳头，不停地往他身上打："你把姜胜还给我！”这个泪流满面的姑娘不停地重复这句话。

“对不起！对不起！……”林航痛哭流涕。如果姜胜被刺只是意外的话，假以时日，姜薇的母亲会原谅他吧？可是现在完全不同了！

是啊！刚才胡杨已经进行了宣判。姜胜的死，他有不可推卸的责任。姜胜是因为他而死的！他已经陷入了万劫不复之地，他谁都对不起！不仅仅是死去的姜胜，还有失去儿子的岳母、失去弟弟的姜薇、失去男朋友的肖倩。他真是该死啊！还不如死去的人是他！

“我不许你跟他结婚！”这会儿贾英的嗓门小了下去，几乎是用恳求的语气说着。

“妈！”姜薇喊了一嗓子。

“我不许你跟他结婚！我不许你跟他结婚！我不许你跟他结婚！我不许你跟他结婚！……”贾英由女儿搀着，嘴里一遍一遍地重复着，仿佛一个任性的小孩想买一个十分渴望的玩具，不停地念叨着。

姜薇转过头看着母亲的脸，突然她大叫一声：“妈！妈！你怎么了？”

胡杨吓了一跳，他跑过去问：“怎么了？”

姜薇焦急地喊着自己的母亲：“妈！你不认识我了吗？妈！”

胡杨只看到姜薇母亲的双眼一点神也没有，仿佛并没有看任何事物，对姜薇的呼喊和召唤一点反应也没有，只一味地喊着“我不许你跟他结婚！”这句话，就是她的全部了。

姜母疯了，几次三番的打击，终于让她的精神防线崩溃了。

“我不许你跟他结婚！我不许你跟他结婚！我不许你跟他结婚！……”医院的走廊里这句决绝而又凄惨的话语久久回荡着，听得所有人的心都碎了。林航低下头，带着满脸的泪水，使劲地朝墙上撞去，咚！咚！咚！……

撞墙声与那句话相呼应，仿佛是人世间最悲戚的一曲离歌。

3

清早的病房里，林航刚要给姜薇的母亲洗脸，手机响了，一见是母亲的手机号，犹豫了一下还是走出病房接了，听筒里传来母亲的声音：“儿子，快过年了，你什么时候回来啊？”

“妈！”林航喊了一声就哭了。

赵文瑾焦急地问：“儿子！你怎么了？”

林航压抑地回答：“妈！没事，我就是想您了！您身体怎么样？”

“你真没事？”赵文瑾问。

林航强笑了两声说：“我真没事！”

赵文瑾以为儿子只是太累了，就没多问，直奔主题：“你和姜薇什么时候回来啊？”

林航回头看看病房里坐着的姜家老太太，小声说：“妈，我现在工作特忙！春节前好多旅行团，我脱不开身哪。”

“春节都回不来啊？”赵文瑾掩不住失望的语气。

“嗯。”林航轻轻应道。

他母亲又问：“那初八呢？你能回来吗？”

林航叹了口气说：“妈！我现在也不知道，我只能争取！”

赵文瑾说：“好吧！你爸说打你电话你老不接，让我打。”

“我爸……算了吧，你告诉他我没事。我现在马上要出门，过后再打吧！”林航胡乱找了个借口。

挂断了电话，林航回到病房，打了一盆温水，沾湿了毛巾拧了八成干，然后轻轻地给姜薇的母亲擦脸。

贾英突然抓住他的手说：“我不许你跟他结婚！”

林航哽咽地“嗯”了一声，又帮老太太擦手，擦完左手，又擦右手，擦得很仔细。然后把水倒掉，再回来时又拖着老太太的手帮她剪指甲，刚剪完一只手的，姜薇就到了，她带了早点，对林航说：“你回去睡吧。”

“嗯。”林航点点头，把钥匙上的指甲刀拿下来，放在桌子上。

姜薇走到母亲身边问：“妈，您好点吗？”

贾英对着姜薇说：“我不许你跟他结婚！”

“嗯！”姜薇也应了一声，也不看林航，伸手帮母亲整理了一下头发。林航心里难过，快步离开了病房。

又隔了两天，贾英的气色见好，姜薇和林航一起扶着母亲做了全面的身体检查，她的身体基本上已经没什么问题，只是精神上的疾病依旧没有任何恢复的迹象。她一直很安静，对什么都不关心，谁都不认识，谁跟她说话，她都会说一句："我不许你跟他结婚！"只此一句，再无其他。她可以走路，自己吃饭，自己上厕所，每天只睡三四个小时觉，剩下的大部分时间就是盯着房子里的某一个点发呆。

以后怎么办？姜薇和肖倩还有林航一起商量。

肖倩劝说姜薇："你还是把阿姨送到精神病院去接受治疗吧，也许能好呢。"

但姜薇却有些抗拒那个地方，觉得自己的母亲不应该去那里受罪。她觉得肖倩那么劝她，只是不想照顾她母亲而已，姜薇生她的气，又劝自己不应该生气，因此她一直不吭声。

肖倩见她不吭声，知道她在担心什么，又转头看林航。林航自知没有权利开口，但也觉得还是去精神病医院看看比较好。

"要不然去检查一下吧，看有没有治好的可能？"林航终于开口。

"我可以照顾我妈！"姜薇赌气说道。

肖倩叹了口气问："你不希望阿姨好起来吗？一辈子就这么过了？"

三个人沉默了许久，都不知道该说什么，做什么。姜薇转头看着可怜的母亲。

病床上坐着的贾英说："我不许你跟他结婚！"

姜薇眼泪倏地掉下来，她执意带母亲回家了。肖倩和林航面面相觑，没有再说什么。三个人在医院门口分了手，肖倩和姜薇回了地安门，林航回了通州。

这一夜，姜薇始终坐在母亲的身边，两个人依偎的身影在灯光的映衬下显得无比孤寂。睡前，客厅的座机响起，姜薇赶紧跑过去接听。以前，家里的座机电话大部分都是母亲接，现在母亲吃了一片安定，正躺在客厅的小床上打着呼噜。她很不习惯地接起，"喂"了一声，听筒里传来林航父亲的声音："姜薇？"

"哎！"姜薇答应了一声，却迟迟想不出该如何称呼他，干脆作罢。

"林航一直不接我电话，你家电话又总没人接，没事吧？我听你妈说过年都不回来？那么忙啊？"

姜薇听林航父亲这口气是还不知道她们家发生的事，她也不准备说，反应过来他说的这个妈，指的是林航的妈，姜薇随口应道："嗯，是啊！"

"唉！"林国文长长叹了一口气，接着又沉声说："我知道小航对我还有意见，你……帮我劝劝这孩子吧！"

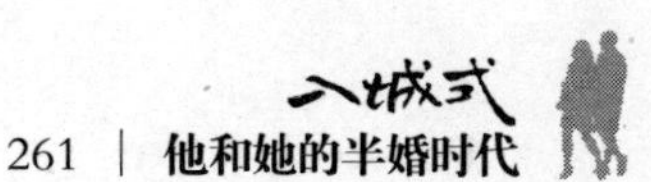

“嗯！”姜薇应了一声。

“唉！”林国文又是一声长叹，接着说，“过完年尽量早点回来，婚礼我都张罗得差不多了，你们俩出个人就行，耽误不了几天的！”

“好的，叔叔！”姜薇捂住嘴，好不容易才没让自己的哭声传到话筒里。

4

朱一墨被通缉了，但是国内已经找不到他的踪迹了。胡杨明白自己这么做也就意味着出卖了朋友。三天后，他带着公司的所有文件飞了一趟浙江，他把公司的一切都还给了朱家。

梦成公司的这一大变故在文化圈里立刻传得沸沸扬扬，有人怀疑胡杨的人品，有人夸奖他正直。肖倩听说了，回家告诉了姜薇，姜薇吃了一惊，她觉得胡杨是因为她才牺牲了事业，考虑再三，她还是决定给胡杨打个电话。

“我没事儿！”电话里胡杨一副无所谓的口气说，“一直在做有关交接的工作，所以没能去看阿姨，阿姨怎么样？”

“还那样。”姜薇叹了口气。

“今年可能是年份不好！不过马上就过去了！过完这个春节，我们一定都会转运的！”胡杨安慰她说。

姜薇明白，胡杨这么说只是在安慰自己，但心里还是略略舒服了一些。两个人沉默了片刻，姜薇笑着问他：“接下来，你打算怎么办？投简历？当白领吗？还是在‘3158‘上找好项目？”

“我容易得很，这两天我把车一卖，年后再把房子卖了，东山再起嘛！”胡杨依旧是一副轻松的语气。

“你能这么想就好，我以为你会从此一蹶不振了。”

“怎么可能啊，我是那种颓人吗？在意志力这个问题上，哥们儿这一生只有林航一个对手！”胡杨笑嘻嘻地说。

姜薇不说话了，一听到“林航”这两个字，她就感到慌乱和茫然。

“姜薇……我有句话要跟你说。”胡杨道。

“什么话？”

“早点和林航把事儿办了吧！你没选错人！”

“唉……再说吧！”姜薇沉声应了一句，立刻挂断了电话。

结婚？怎么结呢？姜薇一阵苦笑。

现在母亲几乎二十四小时都不能离开人，稍微不注意就会出状况。躺久了，她开始下床活动，像个需要保护的小孩儿，摔跤磕碰是常事，姜薇担心她出门走丢，根本不敢带她出门。肖倩对老太太也很细心，领了工资给老太太买了很多补品，像哄小孩似地一勺一勺喂。

旅行社那边，林航则直接辞了职，这样一了百了，胖经理看着他满脸淤青，一副幸灾乐祸的表情。白天他过来和姜薇一起照顾贾英，晚上再回去。两人从来没有谈过他们之间的事，好像成了忌讳，也都自觉地保持距离。

一天早上，肖倩去兼职公司开会，林航还没到，姜薇就去了趟洗手间的工夫，回来就看见母亲正在往嘴里塞东西，嘎巴嘎巴地嚼着，吞咽着。她连忙凑过去一看，见母亲正在往嘴里塞药片，手里、嘴里全是白花花的药片，瓶子已经空了，姜薇赶紧给母亲拍背让她吐出来，老太太吐了半天，姜薇把那些药都塞回瓶子，发现仍有一大部分空余，母亲一定已经咽下去不少了。她想赶紧送母亲去医院，可是老太太死活不肯站起来，姜薇软硬兼施，母亲只对她说：“我不许你跟他结婚！”正好这会儿林航来了，两人赶紧把老太太送到医院洗胃，看着一脸痛苦的母亲，姜薇的眼泪难以自制地流个不停。

当天傍晚林航和肖倩又劝说姜薇还是把老太太送到精神病院去，那里有专业的精神科医生和专业的护理，现在发病时间不长，也许老太太的病真能治愈。要是时间一长，也许就真治不好了。

也许，也只是也许，但有希望，姜薇打算试一试，她实在害怕以后母亲因为她照顾不周又会出现什么意外。

第二天，把母亲交给肖倩照顾后，姜薇和林航到大兴精神病院去咨询。路上姜薇接到胡杨的电话，这一次她并没有刻意躲避林航，对胡杨说了母亲的事，胡杨也劝她还是送老太太去医院看看比较好，这又坚定了姜薇送母亲就医的想法。林航有些难过，但是他已经失去了吃醋、生气的权利。

当天下午，姜薇为母亲办理了住院手续，把母亲安顿好，天色已晚，三人都不忍离去，好像是抛弃了老太太似的。但精神病院不是旅馆，他们不得不安静地离开。

一起赶回市里，三人都无话，林航送姜薇和肖倩回地安门，然后自己回了通州。

临睡前，肖倩劝姜薇："姐，你别难过！阿姨生病了，送她去治疗是对的！讳疾忌医不是为她好，只会耽误病情，你别胡思乱想了。"

"嗯，我知道！"姜薇点头应道，可心里还是惦记着母亲。

"我会常去看阿姨的。"肖倩说。

"好，你也别耽误工作。"姜薇应了一声。

肖倩又说："家里发生了这么多事，你一定要打起精神来！"

"我没事。"姜薇说着又有些哽咽，转身要回自己的屋。

"姐！"肖倩喊住她，却欲言又止。

"嗯？"姜薇转回身看着她。

肖倩轻声地问："我……还可以住在这里吗？"

姜薇说："你不住这儿，住哪儿啊？"

"姐！你别把我当外人！我是真把你当自己的亲姐姐！我不想走！"肖倩说着说着就哭了起来。

姜薇走过去一把抱住她，轻轻地拍了拍她的后背，肖倩又何尝不是个可怜的姑娘呢，这么年轻就经历了一次失去爱人的痛苦。

两人相拥而泣，许久，两个人松开手，彼此给了对方一个鼓励的微笑……

5

第二天下午，姜薇下了班，到精神病医院看望母亲。刚一到病房就发现林航正在屋子外面跟医生讨论姜家老太太的病情。医生很乐观，觉得自己能治好老太太，只是需要时间，也需要家人的配合。林航很高兴，说一定听医生的安排，花多少钱都行，让大夫一定给用最好的药。

林航的这种态度让姜薇有些感动，以前母亲没少骂他，没想到此时他却是真的希望老太太能恢复健康。事实上，母亲恢不恢复对他又有什么意义呢？母亲不好，她很难能和他在一起，母亲好了，她就更难接受他了。

跟发呆的母亲说了一会儿话，母亲一律以那句口头禅回答她。姜薇叹了口气，不知道该如何帮母亲。

林航和医生聊完走进来，就坐在一旁，也没跟姜薇说话。姜薇歪头看他一眼说："你爸往我家打过电话……"

林航叹了口气，想到父亲也许又跟姜薇说了很多不靠谱的话，只好道歉："对不起，我没敢告诉他。他不知情，说什么你别往心里去。"

"没，叔叔挺可怜的，你……你早点回去吧。"

林航愣了半天，挤出一句："安排好我会走的。"

姜薇想问他都安排什么，包不包括她？终于还是把话咽了回去。

晚上八点多肖倩才下班，兼职的公司已经放假。她领回一沓书稿，打算在春节期间加班多挣些钱。

"你春节也不回去吗？"姜薇问肖倩。

肖倩说："今年就不回去了！"

姜薇觉得林航一个人不回去过年就已经是她心里的负担了，没想到还有一个肖倩，她忙劝："肖倩，你不用担心我和我妈，没事！"

肖倩摇摇头说："我留下来陪你！今年事多，你肯定忙不过来。"

姜薇不为所动，继续说："你还是回家吧，你爸妈也一年没见你了吧？"

肖倩不答，半天才说："姐，你别劝我了，我不会回去的，我跟我爸关系很不好，他总打我。"

姜薇皱了皱眉头又问："那你妈呢？"

肖倩咬了咬嘴唇说："不是我亲妈……"

姜薇才明白为什么以前从没听肖倩讲过她家里的事，为什么她会对姜家产生这么强烈的依赖，她看到肖倩的神色不好，忙说："对不起！肖倩。"

肖倩像变脸似的，突然很高兴地说："那我留下来啦！以后你就是我亲姐！阿姨就是我亲妈！咱们一起照顾她！"

看到肖倩的情绪变化如此之快，姜薇拿她没辙。家里也同样一团糟的肖倩，却有着与年龄不符的坚强和乐观，反倒比她这奔三的人强了很多，这让姜薇有些惭愧，还有些羡慕。

Part.21
信

1

转眼间春节到了，城市里到处都是喜洋洋的气氛，但是在姜薇的心中，这一切都和自己没有关系。

除夕夜，肖倩组织大家一起吃年夜饭。三人找了一家仍在营业的小酒馆，像模像样地点了六个菜。

“过年一定要有鱼！”肖倩对点完菜的林航说。

“有鱼吗？”林航抬头问店伙计。

小伙计点头说：“有！草鱼？”

“那就红烧一条吧？”林航说着征求大家的意见，姜薇和肖倩都点点头。

林航要了一瓶二锅头，姜薇和肖倩心里不痛快，看见酒也都要喝，三个杯子，都倒满了。上来一个凉菜，三个人就开始喝上了。饭馆角落的电视播着春节联欢晚会，店老板和几个小伙计都仰着头看电视，被小品逗得呵呵直乐。

而这一桌愁容满面的食客却没心情看，屋外的鞭炮声一阵接一阵，天空中也并不是单调的黑色，总有几朵烟花点缀。

三个人就这样苦着脸，有一句没一句地说着话，也感受不到任何喜庆的气氛，引得店老板经常侧目。

林航一仰脖，又喝下一口，艰难地咽下，从口腔一直到胃，又辣又烫，他就纳闷了，这又不是一种享受的滋味，不像酸甜是一般人都喜欢的味道，为什么世界上有那么多的酒鬼会喜欢这个东西呢？

对面的姜薇也喝着闷酒，咽酒的表情也很痛苦。她对他很冷淡，当然不是只有今天才冷淡，而是这二十来天一直冷淡，自从她弟弟去世之后，傻子都看得出来，他们的婚姻基本已经完蛋了。

弟弟的死让姜薇内疚不已，她有时候也相信母亲的话，一定是他们家上辈子欠林家的，所以这辈子他们要全家上下一起还林家，经济上的，她可以接受，即便是生点气，吃点感情上的亏她都可以接受，可是竟然狠心地夺走她弟弟的命！这她接受不了！害她母亲精神分裂，她更接受不了！如果还能接受，一定是她也精神分裂了！

然而虽然她恨得牙根痒痒，但是她又是那么地希望林航能安慰她，能死皮赖脸地留在她身边，拿他的一生来偿还她。但是他没有！这更让姜薇恨他。

这一边，林航的心理压力也无法排解。都是他的错！他害姜薇的亲人一死一疯，而且这些人曾经真心对待过他。他夜夜噩梦，想到即将面临绥河家人的询问，就更加头痛欲裂，这也是他一直没敢跟家里说的原因。他觉得自己现在就快崩溃了。他准备处理好这些事情之后，就和姜薇离婚。她恨他，他知道。

一杯酒又下了肚，林航的脸有些发烧，他说："我知道一切都不能挽回了，姜薇，我对不住你，我配不上你！"

姜薇咽下一口酒说："也许不是配得上配不上的问题，是我们在一起太累了……咱们离婚吧！"

坐在一旁的肖倩看了看身边的两个人，只好劝说："好不容易才走到一起的！你们就这么分开了吗？"

姜薇哭了，林航含着眼泪。

林航把瓶里剩下的酒都倒在自己的杯子里，又喝了一大口，他对姜薇说："我不会离开北京，老太太我来照顾。我这辈子就给你当牛做马！"

姜薇说："不用了！我会照顾我妈的！"

林航说："以后找个对你好的人！别嫁给胡杨那个畜生，他人虽然不坏，可是他在男女关系上实在太不检点……"

姜薇急了说："你到现在还认为我俩有什么？"

林航沉吟了一会，缓缓问道："姜薇，其实有一件事我一直想问，但是我憋在

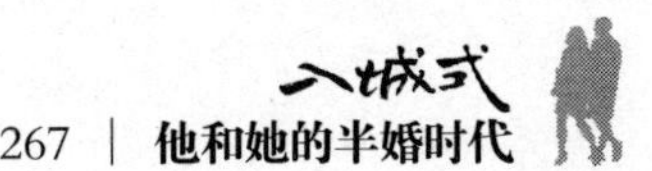

心里没问，那天晚上……你到底在哪住的？”

“好好……你……”姜薇的脸顿时红了起来。

林航说：“你别激动，我不怪你，我只是觉得他不是好人。”

姜薇冷笑道：“那你就是？”

林航苦笑了一下说：“我也不是！我是天底下最浑的一个！谁沾上我，谁就有倒不完的霉！”

“你们别吵了，也许……也许你们都误解胡总了。”肖倩突然插了一句。

“对，你给他当过助理，他还非礼过你！”林航转头看了一眼说，“你也向着他？”

肖倩摇摇头说：“其实不是的！他没非礼过我！”

“没有？那……”

“连姜胜我都没告诉，其实……都是我太虚荣。我一直想留在北京，自己打拼太难了，就想直接嫁给北京人，可以一步到位。给胡总当了助理之后，我发现他这个人其实并不像表面那样不堪，他是孤儿，因为公司是朱一墨父亲帮忙开的，他没办法，为了这份事业，只好陪着朱一墨胡闹，我经常听到他劝朱一墨。有几次，朱一墨想非礼我，都被胡总撞上，他巧妙地保护了我，所以我就想倒追胡总，他符合我对男人的所有想象，虽然不是北京人，但已经在这里扎下根了，有钱，人也好。我们第一次见面那天，胡总让我到他办公室拿那个 GUCCI 的手袋，我以为是送给我的，我真的特别开心，以为他体会到了我对他的用心。吃饭的时候，他一直说追姜薇姐，我以为他只是开玩笑的，就跟他平时和朱一墨开的那些玩笑一样，我没当真。回去的路上，他看到手袋才想起来要送你东西，又掉转车头去追你们，我当时真的很失望，特别难过……”

“哦，我记得那天你的表情确实很……复杂。”姜薇叹了一口气。

肖倩冲姜薇苦笑了一下，继续说：“有一天我假装身体不舒服，拜托胡总送我回家，在路上我……我企图色诱胡总。”

“啊？”林航和姜薇同时大吃一惊。

“他拒绝了！我从来没想到世界上会有这种坐怀不乱的男人！在那么尴尬的情况下，他还安慰我说以后我肯定会遇到一个真心对我好的人。我觉得很丢人，哭着跑下车，正好被姜胜碰见，于是一切都阴错阳差……”肖倩咬了咬嘴唇继续说道，“胡总挨了姜胜的打，到派出所被警察询问，为了我的名誉他保守了秘密，我……我也不敢告诉姜胜，后来我再也没有脸在那个公司待着，只好辞职了。后来，我才知道我现在兼职的文化公司还是胡总帮我说了话人家才留下我的。他真的是一个特别正派的人！”

“呵呵……“姜薇听完突然笑了，转过头，她死死地盯住林航的脸，幽幽地说：“林航，你知道吗，那天胡杨确实是带我去宾馆了，我那天心情不好，喝得烂醉如泥，他把我安排在宾馆里，但是我们什么事都没有发生！我醒来的时候，他根本就不在屋里！”

林航木然地看着肖倩和姜薇，半天才咕哝出一句：“你……你们说的都是真的？”

“你以为呢？你以为这世界上就只有你一个正人君子吗！”姜薇突然激动地站了起来，声泪俱下地喊道，“林航，假如我要做过任何对不起你的事情，我妈妈就永远都是个疯子！”

“我……”林航只觉得自己的脑袋里轰地一下，他呆呆地看着眼前的一切，心中一片茫然……

2

小薇：

我对不起你！我不知道是该死皮赖脸地在你身边继续赖下去，还是该静悄悄地离开。

我得回老家去跟父母解释这件事，他们岁数大了，我怕他们接受不了。

你想离婚，那我听你的。解决完老家的事情，我就回来和你去办手续。

胡杨是个好人！假如我们真的没有了可能，那你就嫁给他吧！他肯定能让你过上好日子！

林航

胡杨把皱巴巴的信纸放到茶几上，看了一眼蜷缩在沙发上又哭又笑、满嘴酒气的姜薇。

肖倩晃了晃从姜薇手里抢下的半瓶二锅头，叹了口气说：“我是拿她没辙了，

胡总，你劝劝她吧！”

胡杨撇撇嘴，歪头对姜薇说：“哎！姜薇！”

“别理我！我烦着呢！”姜薇醉眼朦胧地抬头说，说完又把那封信抓起来使劲揉成一团，狠狠地扔了出去。然后就抱着膝盖，盯着那白色的纸团哭个不停。

“想林航啦？想他就找他去吧！姜薇，你和林航不能离婚！你们要离了，我就成千古罪人了！要怪就怪我！都赖我！”胡杨皱着眉头道。

“跟你有什么关系？有什么关系？”

“这不明摆着嘛，我忌妒林航，老给你们捣乱，挑拨你们夫妻感情，有事没事我就挤兑他！他傻了吧唧地就上当了！我还撺掇过他去嫖娼，撺掇过他去搞一夜情。”

“他也上当了？”姜薇的哭声突然止住了一下。

“从来没去过，每次都是把我臭骂一顿！”胡杨尴尬地耸了耸肩继续说，“其实这么说吧，林老二是我这辈子看过的最正派的一个人，他除了自尊心太强之外，还真没有缺点！他的道德感太强了，凡事都要光明正大！这在现在这个社会真的很难。或者说林航的这个性格，除非有大老板慧眼识金，否则真的很难出头！但是这不代表他没有能力！说实话，我一直想让他跟我一起干，但是……”

“但是什么？”

“他肯定不愿意接受我的帮助，就他那德行，打死他，他也不愿给老同学打工，觉得矮人一截，特别是那个人还是我。”

姜薇摇摇手苦笑道：“死要面子活受罪！别说了……别说了，都过去了！还说他干什么啊！”

“那你真不想跟他过了？”

“不过了！我恨他！他就不是个男人！”

“姜薇，今天早晨林航给我打了个电话。这浑蛋让我追你，他还说，他会一直留在北京，监视着我，怕我对你不好！我问你，你想跟我好吗？”

“滚！”姜薇骂了一句。

“你看你还是放不下他！”胡杨喊了一嗓子，“你觉得林航这封信是要跟你离婚吗？他说了，是你想离婚！你让他怎么办？拿刀架在你脖子上祈求你别离开他？”

“那我能怎么样？”姜薇又号啕起来。

胡杨叹了口气说：“唉！你们俩要僵到什么时候啊？其实这有什么呀……”

肖倩插话道：“姐，你别哭了！你再好好想想，其实姐夫他也挺不容易的！出了这么多事，他压力得多大啊？”

胡杨接着说：“姜薇，我知道你们两个吵着要离婚，主要原因是因为姜胜的不幸，但这件事真的都怪林航吗？假如姜胜当初不那么冲动；假如我更敏感一些，早一点阻止；假如朱老三不自作聪明……你觉得这事情会发生吗？”

“问题是……已经发生了不是吗？我弟弟死了……”姜薇拼命地摇着脑袋，摇得眼睛都花了。

“我问你，姜胜活着的时候，他最大的心愿是不是看着你和林航结婚？他是不是把林航当成了自己的兄弟？假如不是这样，他会不会在那么危险的时候替林航挡那一刀？姜薇！”胡杨猛地抓住姜薇的肩膀，大声喊道，“难道你不想让你弟弟笑着上天堂吗？你想让他死得不安生？”

“可是我妈……不让我跟他……”姜薇有气无力地回了一句，此时她觉得整个世界都在飞快地旋转，母亲的那句声色俱厉的“我不许你跟他结婚！”又飘到了她的耳朵里。

“妈，我听你的！”姜薇嘟哝了一句，身体轻飘飘的，仿佛灵魂出了窍，又沉沉地睡了过去。

3

坐了一天一夜的火车，清早，林航灰头土脸地回到了绥河，他拖着沉重的脚步进了家门，此刻，他身心俱疲。

林国文穿着毛衣毛裤站在门口，一见是儿子，先喜了一下，随后又一愣，问：“你媳妇呢？”

“没来！”林航走进屋，把旅行包放在地上问，“我妈呢？”

屋子里的光线有些暗，赵文瑾正在洗手间里洗脸，听闻是儿子回来，抓起毛巾擦了一把脸，笑呵呵地跑出来迎：“儿子！你们回来了！”

“妈！您瘦了。”林航打量着母亲，她刚洗完脸，头发有些乱，以前穿着合适的衣服现在看起来都嫌肥了。

“姜薇呢？”赵文瑾有些失望地问。

“唉……”林国文在后面一声长叹，替儿子回答道，“没来！”

赵文瑾拉着儿子问：“怎么回事啊？初八的日子，她什么时候来啊？”

“妈！您别着急，咱们坐着说。”林航拉母亲往沙发那边走。

“到底怎么回事?！快说！”林国文等不及了，大声问。

“你别嚷！儿子坐一宿火车了！让他歇口气！”赵文瑾冲丈夫吼完，回头换了温和的语气说，“儿子，你先喝口水，我给你做饭去！”

“妈！不忙！我在火车上吃了。”林航拉住母亲摇着头说。

“你先说怎么回事？吵架了？”林国文也坐到沙发上，捋着毛衣袖子问。

林航见父母坐定才说：“爸，妈，你们别激动！出了点事，我和姜薇的婚礼……取消了。”

赵文瑾皱起眉头问：“啊？为什么啊？这么突然？你们上次回来还好好的！”

林国文板着脸大吼：“我问你原因！”

林航叹口气说：“她弟弟死了。”

林国文吃了一惊，问道：“怎么死的？打架吧？我就知道，他那性子，早晚得出事！”

赵文瑾也一脸惊恐万状，一把拉住儿子的胳膊说：“怎么回事，姜胜那孩子多好啊，怎么突然就没了？”

“不仅如此！”林航叹了口气又说，“姜薇她妈也疯了。”

林国文又吃了一惊，喊道：“啊？她妈疯了？那为什么取消婚礼？等等，是拖后吗？也是，她家里出了这么大的事，拖后就拖后吧！”

林航看看父母的表情，摇着头叹了一口气，缓缓地说：“不是拖后，姜胜是因为我而死的……他妈是因为这件事而疯的……”

“什么？儿子你杀人了？你……”赵文瑾喊完又看看窗外有没有人。

“你让他说完！”林国文一挥手制止了妻子，“要是真杀人了，一会儿我亲手把他送进去！”

“你们听我说！”林航苦笑着道，“一个月前姜胜替我教训过一个浑蛋，结果那人查出来了，找了几个人到饭店闹事，我们打了起来，姜胜为了救我，被捅死了！老太太知道后就疯了。”

“啊……”林国文和赵文瑾同时一声惊叹。

“妈！我对不起你！”林航拉住母亲的手喊了一声。

“那你跟姜薇……”赵文瑾的眼圈红了。

“我们……完了……”林航低头道。

“唉！”林国文长叹一口气，但旋即又站了起来，“不行，这事情不能这么处理！”

“爸！”林航转身喊了一声。

“林国文，你又想出什么馊主意！”赵文瑾也喊了一嗓子。

“我想出什么馊主意！我去买车票！姜家出了这么大事！咱们老林家就看热闹啊？”

“爸！您听我说！”林航一把拉住了父亲，“姜薇很恨我！她不想看见我！我觉得我还是离开一段时间比较好，也让我好好想想吧！我脑子很乱！”

“这有什么好想的，领了证了，你就得像个男人！不能出了事就躲！你他妈的是个废物！”林国文的火气瞬间就冲了起来，“人家出了这么大的事，不跟我和你妈说，就这么熊地跑了回来！都说三十而立，你看看你……我怎么生出你这么个废物！”说着林国文就要打林航。

“老林！你让孩子把话说完不行吗！以前说姜家不好的是你，现在说儿子不好的还是你！”

“以前是以前！现在是现在！以前姜家还没出事儿呢！”

“爸，这回您要打就打吧！妈您别拦着我爸！”此时的林航眼泪围着眼框转。

林国文看儿子一副可怜巴巴的样子，长叹一声坐到了沙发上。

赵文瑾问：“儿子，那你以后打算怎么办哪？”

“爸，妈，我这次回来就是跟你们说这事，我怕我妈一时接受不了！我觉得我还是回来一趟比较好，亲戚朋友那边，我去解释！过几天我就回北京，我不知道我和姜薇还有没有可能，她肯定不会轻易原谅我，也许这辈子都不会原谅我！我欠她实在太多了，不管怎样，我会尽我最大可能照顾她，照顾姜家老太太。你们放心，我不会就这么完蛋的，导游那工作我辞了，我会找一个新工作，活出个样来！我会挣很多钱，买上房子，把你们二老接到北京去养老！我三十了，我是个男人！我不会给家里丢脸的！”林航说完，终于哭了出来。

林国文和赵文瑾木然地坐在沙发上，看着痛哭流涕的儿子，他们纵有千言万语也说不出来了。

屋子里缓缓地变得阴暗了起来，外面的风声一阵紧似一阵。沙发对面的电视机里，绥河电视台正在插播天气预报："今日全县普降大雪，请广大市民做好防寒准备……"

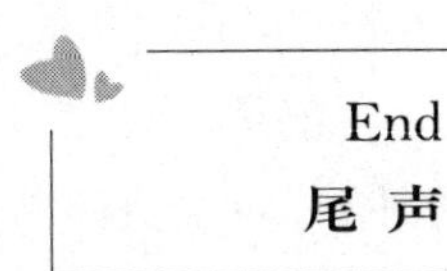

End 尾声

大兴精神病院的一间病房里，胡杨坐在椅子上，端着一碗粥，舀了一勺吹了吹，然后送到姜薇的母亲嘴边。

贾英吃了两口，直愣愣地看着胡杨，她突然动了动嘴唇，半天嘟囔出一句："儿子？"

胡杨笑着回答："哎！妈，我在这儿！来，再吃一口！"

两日后，姜家客厅。

肖倩把行李箱扣上，笑着对姜薇说："姐，东西我都给你收拾好了！"

"肖倩，我……"姜薇的脸色明显还有些纠结。

"姐，无论如何，你都得坚强起来！迈出这一步，继续走下去！"

"可是妈她……"姜薇话还没说完，眼泪又流了出来。

"妈妈会理解！她一定会理解的！你幸福，她就幸福了！"

"肖倩，要是没有你……"

"姐，你不是说了嘛，咱们是一家人！妈就交给我了，你就放心大胆地去吧！"

"是啊，一家人！"姜薇笑着摇了摇肖倩的手。

"姐，那婚纱你穿之前再好好整理一下，找一个好化妆师，别舍不得花钱，一定要做最美的新娘！"

"好！"姜薇答应着，眼泪却忍不住溢了出来。

“姜薇，快点！”楼下传来胡杨的喊声。

姜薇和肖倩趴在窗口往外看，胡杨拍了拍他拿宝马换来的二手桑塔纳。

西装革履的宋江从车里钻了出来，他对胡杨笑笑，然后对着楼上的窗口大声喊道：“嫂子！快点，都三十的人了，还装什么纯情啊！”

“就是，你快点儿！”胡杨也笑着补了一句，“我这破车跑长途可慢啊！要是赶不上，你可就只能嫁给我了啊！”

姜薇又看了肖倩一眼，两个人相视一笑，姜薇鼓了鼓勇气，拎起地上的旅行箱出了门。

此时，清晨的地安门寒气正慢慢散去，太阳虽然一副睡不醒的样子，但终究还是升了起来……